恆星的安魂曲

Requiem of The Stars

林家愉

【各界名家好評推薦】

作者與我並非師生關係，只是半年前到台大來旁聽我的課；她很認真地聽講，並且勤做筆記，，下課常會問問題，直到學校停課，我問她什麼戲，才知道她只是旁聽，現在是上班族，業餘寫作。

月前她告知我她的創作小說完稿付梓，問我能否為她的書寫序。我一向鼓勵年輕人創作，欣然拜讀她的《恆星的安魂曲》，僅從政治科學（人際關邏輯）觀點，提出一些淺見。

在書中，我們看到了作者對每一個角色的自私、軟弱、對感情貪求而選擇忽視危險性的矛盾……再再反射現實社會年輕人對於愛的盲目嚮往與追求，同時企圖逃避責任感與缺乏同理心的困境。對於一個剛踏出校門的年輕女作家而言，我感受到她對成熟、探險、讓生命更強大的熱切。為此，我願意為本書按一個讚！

——李錫錕（台灣大學政治系教授／高人氣網路紅人）

作為一位文字工作者，能將人生第一篇序獻給此書，深感榮幸。當時作者林家榆來信洽詢合作意願時，我一口答應。不特別為了什麼，只覺得，故事主題很吸引我。待我反覆閱讀了四遍後，我從主角的身上，隱約看見了我自己。

我的整個青春期，是在懷疑自己是不是女同志中度過的。當時在我家，自由討論性向這件事並不被家人許可。「女生愛的當然是男生啊！妳是在幻想什麼？」，他們說得多麼理所當然，不需任何思索就可知曉答案。儘管後來我很確定我是異性戀，可我很懷念那段迷惘的時光。

至少，我曾很努力地找尋過自我，想要去瞭解我是誰、假如我愛的不是男人那又如何？我可以拍著胸脯對外人說，探索人生這條路上，我從未中斷過。大學時期，我與我的同志好友們，加入了爭取婚姻平權的行列。愛情對每個人都是平等的，婚姻也該是如此。

同性戀與異性戀沒有什麼實質意義上的分別，他們一樣會愛、會恨、會自私。如同書中主角李未宇，為了得到秦國晉，不惜一切代價；與青梅竹馬張云暘撕破臉、對長子秦夏城充滿恨意、為挽留婚姻找代理孕母生小孩。李未宇是位個性十分鮮明的人物，愛到極致愛得瘋狂，恨起來也從不在乎耍了什麼手段。只要我喜歡，有什麼不可以？

曾有幾位反對多元成家的路人甲乙丙丁問我：「假如同性可以結婚，難道他們的婚姻就會比較美好？」我笑了。婚姻這個墳墓，我三年前已正式踏入。最大心得是無關什麼性向，婚姻都是複雜的，老公這種生物就是這麼煩人（偷偷罵老公）。婚姻的一大難題是，如果拿掉愛情這個元素，它還能活嗎？有一個答案很老掉牙，那就是「責任感」。秦國晉的內心深處，住著張云暘。他對李未宇的那丁點喜歡，也被婚後生活的柴米油鹽醬醋茶以及各種摩擦，消磨殆盡。他只知道，李未宇是這輩子的責任與牽掛。這位合法伴侶再怎麼嘮叨、緊迫盯人，他都願意咬著牙把這份責任扛下去。

當然，這跟秦國晉天生愛滿足他人期待有關。為了不讓深愛他的李未宇失望，於是他們結了婚；不想讓父親失望，於是他追隨父親的腳步也成為了一名法律人。他永遠都在想著，別人要什麼，卻忽略了自己想要的是什麼。

每一段三角關係，都會有一位第三者，而這個人就是張云暘。她與李未宇一樣，把爭奪秦國晉視為人生唯一志向。當她發現李未宇比她搶先一步得到秦國晉後，徹底崩潰。之後的復仇，在她眼裡，不過是奪回本應該屬於自己的東西罷了。在愛情面前，再善良的人類，都會展現出人性的陰暗面。

同志家庭，也會發生與異性戀家庭同樣的矛盾點：來自於原生家庭的潛在影響、生兒育女帶來的衝擊、精神外遇讓人手足無措。當我們用更平常心的態度的去看待秦國晉、李未宇、張云暘之間的情感糾葛，正要閱讀此書的您將發現：「那就是婚姻中會發生的事情啊！」

——**廣告小妹**（人氣部落客）

書中的每位主角，就如同一顆顆漂浮在太空中的小行星，運行的軌道因為彼此間糾纏難解的命運交會在一起，進而碰撞出浩瀚瑰麗的宇宙事件。而作者在細心鋪陳細膩情感的同時，也挑戰了推理小說中最困難的「第二人稱」書信體寫法：如果每個關係人包括真兇在內，都將自己的內心世界毫無保留地坦承在讀者們眼前，那麼還能設計出引人入勝的佈局與轉折嗎？無論你是推理入門者或老手，都非常推薦一起來參與這場試煉人性的天文學盛宴！

——**天地無限**（知名小說家／台灣推理作家協會監事）

目次

序曲
宇宙

宇宙是由空間、時間、物質和能量，所構成的統一體。

一般人所理解的宇宙廣義的是指我們所存在的這一個時空連續系統，包括其中的所有物質、能量和事件。對於這一體系的整體解釋來構成了宇宙論。

而根據相對論，信息的傳播速度其實十分有限，因此在某些情況下，例如當宇宙膨脹時，對於那些距離我們非常遙遠的區域，我們將只能收到一小部分的信息，而至於其他剩下的部分，則將永遠無法傳播到我們所在的區域。[1]

許多時候人們會用宇宙來比喻自身，藉此描述人體的奧妙，甚至擬定人體器官哪一個是太陽哪一個是水星。

可是對我而言，宇宙的意義其實要來的更寬廣些，它是人生的縮影。只唯一不同的是，在人生中，即便有些信息於你不過一步之遙，在傳遞上卻有如咫尺天涯，成為永恆不可知的異域空間。

所以我的建議是：無論你身處宇宙或是人生中，一開始就不要期待接收到任何信息；沒有期待，沒有傷害。

甚至有時候，不要對任何信息抱有期待；因為你最期待的那些事情，到頭來，也是最有可能造成大撕裂[2]的元兇。

---

1 引述自摩爾、諾斯《仰望夜空》。

2 大撕裂 Big Rip：一種宇宙論假說，在2003年被發佈，關於宇宙的終極命運。

我的腳上蹬著一雙全新的球鞋，尚未能符合腳型的鞋面硌得我的腳趾隱隱發疼，這樣的不自在感一路傳上胸前，在完全沒能感知任何情緒的心口轉了一圈後直上腦門。我只感覺暈呼呼的，卻無法分辨出這樣的暈眩究竟是出自於臉頰上沾染著熱辣辣的血薰得我頭疼，抑或是出自於方才目睹了你死在我面前的那份說不清道不明的情緒。

車上的空調像是壞掉了，時不時地發出令人不安的嗡鳴聲，我的頭上罩著一個散發濃郁花香的塑膠袋悶得我暈眩噁心，而即便我再如何透不過氣，我也並不處於一個可以自由選擇是否搖下車窗的處境。空氣中混雜著微弱的廣播電台的音樂聲，悶得我有些呼吸困難，幾乎要讓我想起你死前大口大口喘氣的模樣，但我卻不敢動彈，更不敢擅自將腦海中你瀕死的模樣給揮去。只能緊緊地闔上眼，任憑這輛車載我前往一個我無力阻止的未來。

我是**身不由己**。我對自己說，一次又一次地說，彷彿如此我自己便能這麼相信。我不是刻意為之，我是逼不得已。

但是就連古典音樂電台裡隨機播放出的曲目都能識破我的謊言。一首莫札特的《安魂曲》[3]優揚響起，道盡了我的軟弱、罪孽，與不容饒恕。

3 《d小調安魂彌撒曲》Requiem：KV626，或簡稱《d小調安魂曲》，是莫扎特的音樂作品，亦是他最後的作品之一，寫於1791年。

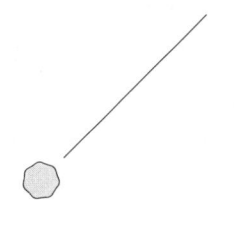

第一章
流星

流星是指運行在星際空間中的流星體，在接近星球時由於受到星球引力的攝動而被吸引，從而進入星球大氣層，並與大氣摩擦燃燒所產生的光跡。

在許多地方都有傳說，在流星落下時許願，心願就可以成真。是以多數人會視流星為自己生命中最美好的存在，同時亦是最璀璨的過客。

但在某些地方的風俗則認為，流星是來自上天的警告，其經過的區域將會帶來火災，燒毀一切僅存的希望。

致　張云暘

我其實並沒有很常想起妳，只會在某些頗有感觸的當下、某些回憶被誘發的當下、某些心煩氣躁的當下、某些笑著望向遠方的當下，或某些不為了什麼的當下，我才會想起妳。

認識了妳二十三年，我們實際上擁有的相處時間僅有不長不短的五年，而我卻在**那一天**後、用了餘下的十八年來惦記妳。有時候是看見幾個高中生嘻笑著走過路口、有時候是看見咖啡廳對面街角走過的人影、有時候是看見天邊劃過流星，一切都會令我無法控制地想起妳。

即便當年我是因著妳的一句話才放棄了在美國攻讀天文、轉而返台就讀法律系，但閱讀天文書籍仍然是最常使我想起妳的一個管道。每每當我翻過蜷曲泛黃的紙頁，任憑那些或者我已爛熟於胸或者令我驚訝好奇的天文知識進到腦海裡：眨眼星雲[4]、行星狀星雲、NGC天體、科德韋爾天體、快速低電流輻射區……。卻總用不了多久時間，我的注意力便會被偷走，任由歲月的念想將其轉移到與學習新知毫無關聯的瑣事上。例如，那一日我們第一次聊到眨眼星雲時，妳的眼睛著迷地看著星雲的圖片，妳的笑容緩緩在唇邊綻放，妳的頭髮被窗外照進來的午後陽光淬上細小的金色光暈；接著不知不覺，我不再在乎它的視星等、它所屬哪一個星座，或是華盛頓大學最新發表的相關論文，我能在乎的，只剩下那一日的所有細節，以及在那個午後、坐在我身旁的妳是如何眉眼彎彎地向我笑著招呼。「秦國晉。」

一直以來我都不覺得這有什麼大不了的，這充其量只是種對昔日最珍貴的舊友的想念，並不參雜一絲

4　眨眼星雲　NGC 6826：也稱為Caldwell 15，是位於天鵝座的一個行星狀星雲。當使用小望遠鏡直接觀看時，受到環繞的星雲遮蔽，中央恆星的亮度會被抵消掉。但是，利用外圍的視力（側視法），會使觀測者感覺看到它一亮一暗閃爍般的現象。

一毫的男女情分在其中——我和一個**男人**結婚了，這可以解釋很多事情——直到多年前的某一天，我跟我大學時期以來最好的朋友兼現在一起合開律師事務所的合夥人陳珺聊起這件事情，而她竟對我們的友誼嗤之以鼻。「友誼個鬼，你愛上她了，白癡。」

當下的我完全懶得理她。「就因為妳的腦袋裡塞了太多詭異的粉紅泡泡，所以不相信我和她之間的友誼存在，」我用力戳了一下她的額頭，冷冷地說。「不代表我們就沒有。」我始終堅信妳我之間所擁有的是十分珍貴的友誼，所以即使陳珺樂此不疲地強調著我愛上妳了，即使我再也不能準確地計算恆星的光度，即使在**那一天**之後我就沒能再見上妳一面，可我依然相信著我與妳之間仍舊維繫著某種關聯。

就像眨眼星雲一樣。這種行星狀的星雲會因為瀕死的恆星外層崩離，從而產生曖昧閃爍的假象。我深信其他人之所以會將我們的關係給誤會成那樣凡俗的愛情，就是因為我們之間的聯繫在這十八年來早已分崩離析，才讓他們產生了某種浪漫淒美的錯覺，可事實上並非如此，我們還是擁有那一段珍貴得無與倫比的友情存在。

只是我老是忘記，縱然外層的崩離會使眨眼星雲給人閃爍的錯覺，可位於中央的恆星還是能被看得見，而且會比周圍的星雲狀物質更為明亮，絕不會被錯認。

我在辦公桌上放了一座小小的水晶城堡。

它是透明的，在底座上有著小小的台階通往城門，在城堡的主體上還有四座不同的塔，每一座塔頂都有一隻小小的旗子，在右後方的底座邊上有著一道明顯可見的裂痕，但只要扳開底座之下的開關，整座城堡便會亮起七彩的光芒，在黑暗裡熠熠生輝，完全不受影響。

妳可能不記得了，但這就是當年妳買來放在我們社團辦公室裡的那一座。二十三年的時光轉瞬而逝，那時候的我們多年輕啊，才十三歲的年紀，剛在就讀的國中創立了天文社，所有的一切都要親力親為的從頭開始建構。我們花了整整一個禮拜的放學時間才把荒廢已久的小教室整理出來，最後在簡陋的小小空間裡，妳笑瞇瞇地把城堡塞進我手裡。「麻煩社長大人啦。」一邊說著這樣的話一邊把我趕上椅子，讓我把這座精巧的水晶城堡放到社辦裡最高最顯眼的地方。

「終於有點真實感了呢。」妳看起來很滿意，「像是終於有人要在這裡從頭開始了。」

「是啊。」我應了一聲，卻忍不住要問。「不過，為什麼是城堡？買個星星或星球形狀的不是更應景嗎？」

「因為我喜歡城堡。」妳快速地回答，沒有看我，只是淡淡地這麼說。「而且，總有一天你會明白，秦國晉。」

但我至今仍然沒有明白過。事實上，在很多年後我才真正意識到這件事：似乎在面對妳時，我從來都有許多無法理解的地方。比方說這座水晶城堡，比方說妳每一次莫測高深的笑容，比方說**那一天**。但也因為這樣的不明白，才讓我更加去珍視我們之間有過的一切，讓我在每一次想起過往時去細細檢視任何瑣事，讓我即便過了這樣多年後、依然把這座城堡留在身邊。

從前的我們只要碰上社團危機——預算問題、評鑑成果、社員齟齬——妳就會趁沒有旁人在時把社辦裡的燈關掉，拉著我走到城堡前，奮力踮起腳尖把開關扳開，接著站回我身邊，抓著我的手臂後退兩步，讓我們並肩仰望它沉默地在黑暗中閃耀的璀璨色彩。**莫忘初衷**，妳總會說。

大約就是從那時開始養成的習慣吧，我維持著這套儀式直到現在，每當工作不順時、每當事務所又出了什麼財政狀況時、每當輸了案件後看著客戶在我面前崩潰痛哭時，我總會看著桌前的這座城堡。並在確認了沒有人會打擾的疑慮下把辦公室的燈關掉，凝視它對我綻放炫麗的光輝直到心情好轉。莫忘初衷。我也總會對自己這麼說。

然而比起工作上所承受的挫折，有更多時候，我總會在我的婚姻出了問題時凝視著它來試著警醒自己。只是，很諷刺的是，我的結婚照就放在這座水晶城堡的旁邊，可我卻不曾、一次也不曾在婚姻不順時看著它，告訴自己，莫忘初衷。

我喜歡沒有人會來煩我的生活。當電話亮起刺目的綠燈時，這是閃過我腦海中的第一個念頭。我帶著些賭氣性質，惡狠狠地瞪視我辦公桌上的電話，只覺得自己對於這樣日復一日的惱人情節抱持著極為強烈的厭煩感。新來的秘書老愛用些無聊的小事打擾我——秦律師，上次的客戶送了水果禮盒來，您要嚐一點嗎？秦律師，我們要訂飲料，幫您點烏龍茶好嗎？秦律師，不好意思打擾您，但是陳律師要我轉告您，您上個月接下的案件數輸給她，她要問您有沒有想好這個月要賭什麼——**總是**有事情可以拿來煩我。有時候我甚至懷疑她只是喜歡按下室內通話鍵的那種感覺，彷彿這讓她像個大人物，而不是某個二十幾歲的無知小女生。

但再這樣拖延下去她只會變得更煩人。我嘆了口氣，騰出一隻手壓下按鍵，聽著我秘書親切甜膩的嗓音響起，**又一次**：「秦律師，有一位客戶在會議室等著，她想要見您。」

我強忍下心口滿溢的厭煩感，耐著性子回答。「我沒記錯的話，我今天下午沒有預約的客戶。」

「是的，很抱歉打擾您，但她說她有急事。」

「那就把客戶轉介給陳律師，她會接手。」我無意與她多費唇舌。我們一直以來的慣例都是如此，只要是未預約的客戶，陳珺都會很樂意替我接下。

「可是，秦律師，這位客戶堅持只要見您，她……」

「那就叫他預約了再來。」我直接打斷了我辦事不力的秘書，心裡暗自決定再有一次相同的情形就開除她。「現在，我在忙，麻煩妳幫我處理一下這位客戶的情況。」

鬆開按鍵的那一瞬間我就知道我對她過於嚴苛了。當然，從我的角度看，她一再為了不必要的事情打擾我，所以她理應受責。但從另一個角度看，她才二十多歲，什麼都還不懂，所以才努力向我報告所有事情以避免遺漏，我不該為此責罰她。

太好了，我開始幫她找藉口了。我摘下眼鏡捏了捏鼻樑，深深地嘆了口氣。

避免了他人來煩我的好處在於，我不必去煩惱別種可能性，也不必為了自己做過的事情感到後悔，更不必在兩種選擇之間搖擺不定。

就像從不同的緯度觀察星星，會發現它們的移動略有不同。這同時是好事也是壞事。好處是，可以透過不同的面貌去了解一顆星星；而壞處是，這極有可能擾亂原有的觀測結果。

在能夠深入了解一個人、與完整的處理好事情以得到正確的結果這二者之間，很抱歉，我從來都不是個感性的人，我選擇後者。我的生命中已經有太多無法掌握的事情了，我不需要另一件，更不需要因為我自己一時的婦人之仁來製造另一次無能為力的後悔莫及。

我有過太多了。我短暫地閉上眼，刻意略過了我桌前的相框，拉過一份受雇律師撰擬的答辯狀開始審閱，卻在只讀了一半後更無力地嘆了口氣。這個案件簡直和垃圾沒有兩樣。好吧，公平點說，我這個客戶**就是個**垃圾。

要闖空門就算了，頂多是加重竊盜罪。但連我這種大外行都知道事先踩點的重要性，他身為一名入室慣竊竟然沒有做好調查，早不去偷晚不去偷，偏偏挑在一個十七歲少女會補習完回家的時間點去偷。好吧，這樣也就算了，一個高中小女生能有什麼攻擊能力？直接逃跑不就好了嗎？不，這個天才竟然選擇打昏少女，強姦她後將屋子洗劫一空。這樣真的也就算了，他卻偏要在離開前殺害那名少女。怎麼說呢，強盜結合強制性交犯真的算是非常好處理的了，相較於強盜故意殺人之下。

陳珺有一句話說得很好，在許多年前我們一起喝酒時，她晃著寬口杯對我說：很多時候我們總會對客戶做的事情感到生氣，但一次兩次之後，我們才會發現，我們所氣的倒不是因為他們犯下的罪行有多罪大惡極，」她停頓了一下，仰頭把酒乾了，金賓威士忌，純的，連冰塊都不加。「而是在氣他們的**愚蠢**讓官司更難打。」

理論上，以強盜殺人結合犯與加重強制性交既遂併合處罰罪來看，這個人是別想活著走出監獄了。

好吧，前提是如果我沒有替他辯護的話。而我既然接下了這個客戶，就必須——即便是要泯滅自己的良心——盡我所能地幫他，讓他在二十五年後出獄還是一條好漢。

律師誓詞，背棄良知的**第一個**謊言。

我一邊寫下關鍵字，一邊騰出手去取一疊參考用的文件，卻不慎碰倒了桌前的相框，落在厚重的地毯上一聲不響。好極了。我嘆了口氣，也不知是純粹地為了弄翻東西而感到煩躁，抑或是更深沉的一層情緒。

站起身繞過辦公桌，我帶著些沉重的情感彎下身，拾起樣式簡單卻高雅精緻的木質相框，這樣小小一張紙片裡卻禁錮著兩個男人，我不禁覺得有些好笑。看著其中一名男子——這樣稱呼似乎有些生疏了，這麼說吧，我看著李未宇，我的人生伴侶身著筆挺的白色西服，自負地對著鏡頭勾起嘴角，面容上嵌著傲骨天成的微笑，彷彿整個世界都被收羅於掌中毫不費力。

而在這張照片裡真正被他握在手中的東西卻意外普通，只是另一隻手，其主人自然就是我。相較未宇之下，我這個人並沒有那麼多華美的形容詞可以用來形容，只是一如既往地穿著黑色西裝，被閃光燈亮得皺起眉頭。

這是在我們結婚當天拍的。我們的婚禮很盛大，上百名賓客出席、辦在最高級的飯店宴客、請了好幾名攝影師。當時有人從背後喊我們，在我還來不及反應前，未宇就抓著我的手轉過身，無比自然地笑出自信而燦爛的弧度。

在事後檢視婚禮的紀錄時，未宇似乎一眼就喜歡上了這張相片，於是即便在數年後我的事務所落成的那天，也還不忘把它洗出來，不由分說地將相框安置在我的辦公桌上。

不可否認的是這張照片真的很美，我們看上去也很快樂，甚至稱得上是很幸福，可我卻總覺得有哪裡不大對勁。

我靜靜地看著照片中我與未宇的臂膀被拗成不自然的角度，就只為了讓無名指間的那兩枚銀白對戒能被攝影師收入相片中。

辦公室的門突然被粗魯地推開，我嚇了一跳，差點弄掉了手中的相框，回過頭去看，就見陳珺抱著一疊文件對我毫無形象可言地打了個呵欠。「喲，都結婚多少年了還拿著你家男人的照片看啊，真甜蜜。」她向我隨意地招招手，掛著一臉不懷好意的笑容。「嗨囉。」

「找我有事嗎？」我沒好氣地瞪她一眼。「還有，下次進來，麻煩妳敲門。」

「拜託，我是你最要好的兄弟欸，我幹嘛要敲門。」她嘻皮笑臉地對我說。「何況，我是來幫你家小美人秘書傳話的，有一名客戶堅持要見你，已經等了快一個小時了，你就見一下吧。」瞄了下腕間的手錶，她又向我有些無賴地笑道。「好啦快點，現在已經快五點了，你趕快隨便去和這個客戶談一下，我們就可以提早閃人去吃飯了，早點吃完我還要去安親班接子幸。你動作最好快點我肚子好餓，別忘了你上個月的接案數輸給我，所以我要吃後面那家很貴的日本料理，無菜單的那種。」她向我皺皺鼻子笑道。「願賭服輸啊秦律師。」

我重重地把相框放回桌上，面對陳珺調侃我的婚姻我只覺得無比煩躁，又總對她那副笑嘻嘻的模樣生不起氣來，便帶著些不耐地回嘴。「首先，我不是妳兄弟。再來，妳知道我的習慣，我不見沒預約的客戶。」我繞回辦公桌後坐下，頓了一頓，才淡淡地開口：「對了，我記得妳下個月打算要做人事調動，幫我把我的秘書排進資遣的名單裡，然後幫我重聘一個有用一點的。」

「我不是你兄弟誰是你兄弟？你擺脫不了我的。」陳珺向我露出一個討人厭的微笑，重複著那句她死皮賴臉拿來糾纏了我大半輩子的經典台詞，然後才半開玩笑地道。「喂，你的每個秘書都撐不過半年，我們這邊都要變成傳說中的秘書墳場了。」

我哼了一聲。「如果妳在一開始就幫我篩選好要聘用的秘書，讓他們至少有點腦袋的話，我們也不會是傳說中的秘書墳場了。」我拿過一個檔案夾，翻開第一頁，卻感覺到她還沒走，只好抬頭看她。「我能幫妳嗎？」

她微微斜起一邊的嘴角。「當然能，去見客戶，打官司，賺錢。」

「我說過我不見沒預約的客戶，麻煩妳接手，我現在很忙。」我微微皺眉，低下頭繼續翻閱文件，希望她會識相地離開。

「平常我當然會直接幫你接下啊、我還不夠了解你嗎？但今天這個客戶你會想見的，相信我。」

「憑什麼要我相信妳？」我嗤之以鼻。

「我騙過你嗎？」她裝出又受傷又誠懇的聲音。演得好。

「很多次。」

「所以，」陳珺的語氣突然沉了下來，我有些狐疑地抬臉，就見她已經走到我的辦公桌前，單手支在桌面上，神情是極為罕見的認真。「所以，你應該要能夠分辨出來，這一次，我說的是真的。」

我沉默著看向陳珺，認識她至今已經有十幾年了，這是我少數幾次能看見她露出這樣的表情。她總是精力充沛、笑口常開，看似對什麼事都得過且過。就算是在大學時代，教授威脅要當掉她，她也仍然能嘻皮笑臉地瞞混過去。

在我印象中另一次看到她如此認真的模樣，是在我和未宇的婚禮當天。身為我的男儐相，她把我一個人丟在等待室裡、到處偷吃喜宴上的食物，還差點把戒指弄丟，幾乎沒有盡到任何一點男儐相該盡的責任。直到婚禮前幾分鐘，她才優哉游哉地晃到我面前，幫我整理衣領及調整袖口，一邊不著邊際地對我說：「通常新人在喜宴上是吃不到什麼東西的，但你很幸運，我剛剛已經幫你試吃了一輪，等一下會幫你偷一點食物起來免得被拿光，你今天的肚子就靠我了。尤其是那個鑲蘑菇我等一下一定要幫你搶到，真的很好吃，我剛剛自己就吃掉了三個，李少爺的品味真不是蓋的。」她瞄了我一眼，然後自顧自地笑了起來。「就是在選男人這件事上出了點問題。」

但她說著笑著終究就也收了聲，拉好我的領帶，拍拍我的手臂，珍而重之地向我開口：「但是，李未宇和你、你們的婚姻，絕對不是個錯誤。」在此之前我從未見過她這樣認真的神情。「好好對他。」

這就是為什麼我會選擇她一個女孩子來擔任我的男儐相了。因為其實我知道的，一直以來，陳珺都是很關心我的。再怎麼漫不經心、大而化之，但她對我們一起成立的律師事務所簡直可謂鞠躬盡瘁，她總是不著痕跡地幫不擅交際的我融入她的社交圈裡，她會很敏銳地查覺到我的心情低落、進而想方設法地拐我出去喝酒陪我談心。從我們認識至今，她老愛一再宣稱我是她在這個世界上最好的兄弟，而我即便再怎麼口是心非，也不得不承認，她真的是我在這個世界上最要好的朋友。

所以我**當然**相信她。我向她點點頭，答允了面見客戶。

雨後總會有彩虹。這大概是人們小時候被驟雨取消出遊計畫而困在家裡時，最常聽到的一句話。事實上，這大概也是一般人聽到的第一個科學謬誤，很多時候，雨後的確會出現彩虹。但有更多時候會事與願違，往往等待了一場暴雨的時間，也等不到那道七彩的奇蹟。

我曾向陳珺簡單地提過一次這件事情，我總感覺自從**那一天**後，我的世界就像是在下雨。一場如同永遠都不會結束的雨，整整十八年的時間我都不曾見過陽光，更遑論雨後彩虹。

當時的陳珺帶著些不快地嘲笑我。「你到底有什麼毛病不要在那邊耍自閉好不好？你有李未宇、有兩個可愛的孩子、事業也算小有成績，你還有我這個兄弟，你到底是還在不滿什麼？把你的中年危機收起來不要放出來害人好嗎？」

可不是這樣的。我不知道該如何向她解釋，我對我的人生並沒有任何不滿，這也不是什麼可笑的中年危機，而是一種延續了十八年的迷惘。我總覺得這樣看似同年紀的男人夢想中能擁有的一切像是少了些什麼，而無論我所缺失的是哪一部份，它所帶給我的代價都是讓我無法**真正的**快樂。

當然有幾個當下我也能感到幸福，比方說與未宇結婚的那天、比方說第一次抱起孩子的那天、比方說成立了事務所與陳珺並肩站在辦公室裡的那天，我都也曾能感到快樂過。只是這樣的感覺總是一下子就消失，取而代之的是無邊無際的空虛感，幾乎要將我給吞噬。心中有一小部分的我總像是被抽離開來，遠遠地望著一切**應該要**快樂的場景，卻永遠無法理解其中幸福的意涵，接著總是不由自主地感到不在乎。

因為不能理解，所以不在乎。因為不在乎，所以不懂得珍惜。因為沒有了能夠珍視的事物，所以不曾真正的感到快樂過。

有另一個關於彩虹的科學謬誤，是大人總愛灌輸給孩子的：**只有**雨後才會有彩虹。任何一個上過自然課的小學生都可以證明這樣的錯誤，最簡單的方式就是，拿出一個三稜鏡。用這樣的方式，不必苦巴巴地等待雨過天晴，只要隨便一瞥便可看見彩虹。但似乎就是因為這樣的感動來得太快，所以相對地也消失得太快，縱然有一瞬間會有璀璨的色彩充溢心底，但不必多久那樣的光景便會褪去，心裡總覺得空落落的，怎麼樣也填補不了的遺憾。

這十八年來我就像是站在雨中，手中緊緊攥著一個冰冷的三稜鏡，偶爾感受一下稍縱即逝的幸福感，卻從來不曾真正的快樂過。

而我總在想，什麼時候我的世界才會放晴？什麼時候我才不必靠三稜鏡來填補我的空虛？什麼時候我才能見到雨後那道彩虹無與倫比的美麗？

「秦國晉。」

一個溫暖和煦的嗓音突然響起，明明是這樣親切舒服的柔軟聲線，卻震撼到令我全身顫抖。有一種感覺就像是被人拿了一大桶熱水往自己身上澆，先是那樣剜心刺骨的滾燙劃下肌膚，可當水珠真正滑落後，隨即而來的涼意會瞬間直達心底，冷得令人牙齒打顫，冷得像是失去了些什麼，冷得連靈魂都疼。

突然間那場連下了十八年的雨終於停下，長久以來我所企盼的陽光灑了滿室滿戶，整個世界陡然明亮了起來。而我卻像是毫不在乎終於變得清晰的世界究竟是什麼樣的光景，反而是將全部的注意力都放在面前的人身上。妳，**妳**站在那兒，就站在我面前，站在驀然陽光傾城的世界之下，對著我溫柔地微笑。

我口乾舌燥，欲語無能，像是陷入了極致的慌亂中。我不小心將那個禁錮了我與未宇的相框面朝下地按倒，順著這樣的姿態撐著桌面站起身，兩隻扶在桌上的手強烈地顫抖著，搜腸刮肚也找不出一句適宜的話語訴說。

而妳，妳站在我面前定定地望著我，十八年過去了，妳卻像是連髮尾的長度都沒有改變過。妳也不急著開口，只是輕輕地笑著，像是在期待我來回覆妳那句久別重逢的招呼。

相較妳的從容不迫之下，我表現得完全就像個白癡。嘴一張一合連一個字都說不出，像是有一顆火球一路從我的喉嚨往腹部燒。而妳也不催我，只是耐心地站在原地眉眼含笑，似乎在我開口前不敢輕易地移動我們之間的位置關係。

過了像是一世紀那樣久，我才艱難地開口，道出一個我以為我不常想起，我以為時光早就讓我忘卻，我以為十八年來已經消失在我生命裡、可事實上卻是一直迴盪在我心底，我一刻也不曾忘懷過的那個名字。

「……張云暘。」

致　秦國晉

我其實每天每天都會想起你，無時無刻地、任何細微的生活瑣事都足以讓我望著前方，想像你站在那裡看著我，然後就情不自禁地露出微笑。我總會想到你。又或者說，我總會**看見**你。

在**那一天**之後，坐在公園的長椅上餵鴿子時，我會突然看見你出現在我身邊，神態自然地接過我手裡的飼料。站在舊書店高大而佈滿灰塵的架子邊時，我會突然看見你出現在我身邊，幫我拿下我使足了勁踮腳也拿不到的畫冊。躺在床上因發燒而全身無力時，我會突然看見你出現在我身邊，輕輕地替我掖緊被角。

我從沒有幻想過你會拿著大束的玫瑰花站在家門口迎接我，或是頒獎典禮時你西裝筆挺地走上台階單膝下跪向我亮出戒指，又或是在熙來攘往的人群中驀然把我拉進懷中。我從來不會、也不敢想像這些畫面出現在我身上。

我的這些幻覺總是過於平實，一點也不刺激、一點也不有趣、甚至一點也不浪漫。有幾次我甚至看過你突然出現在廁所裡，對坐在馬桶上的我遞出衛生紙這種滑稽又尷尬的景象。

所以，也總是讓我分不清楚，這一切究竟是我的想像抑或是現實。

有很長一段時間我都與這樣的幻覺和平共處，這樣平淡無奇的想望已經是支離破碎的生活裡唯一的安慰了。我要的從來不多，始終如一。

……這是在騙誰呢？

事實是，就算我說我要的並不多，但人類從來都是善於說謊的，無論是對別人或是自己。我們擅長蒙騙，擅長隱瞞，擅長自欺欺人。

在某一次的打擊之後，我開始厭憎起自己**偽裝出來的**無欲無求。我的幻想開始加重，我會在危險的情況下看見你出現，你突然拉著我衝進車水馬龍的道路中間，你突然在頂樓的欄杆邊把我抱起來旋轉，你突然在眾目睽睽之下扳過我的臉上。刺激，有趣，浪漫。

卻一點也不真實。彷彿在諷刺著我的無能為力，我的自取其辱，我的得不到你。

甚至不只一次在高速公路上，你突然出現在副駕駛座上，似笑非笑地用力抓住我的手，用親密的姿態與我十指緊扣，讓我急踩剎車造成連環車禍。而當我意識到這樣不對勁時，已經太遲了，我早已無可救藥地愛上了你。無可救藥，是字面上的意思，整整二十三年。

而在**那一天**之後，十八年過去了，當我來到這裡，我究竟是來尋求解脫，還是來尋求毀滅的呢？

「張小姐，」一名女子的叫喚讓我從沉思中驚醒。「不好意思讓您等這麼久，秦律師現在可以見您了。他的辦公室是前面那間，張小姐直接進去就好。」

「啊、謝謝妳，不好意思麻煩妳了。」我向她點點頭，而她也微笑著頷首回禮，凝視我的眼神裡卻毫無笑意。

我沒有心思去注意她的口不應心，逕自站起身朝你的辦公室走去，滿腦子轉著的不是我們即將闊別重逢，也不是該用什麼表情面對你，甚至不是想著**你**。而是一個天文學的基本常識：只有被星球的重力牽引時，流星才會真正殞墜。

高跟鞋踩在厚厚的地毯上微微下陷，我一步一步走向你所在的地方，有些堅定也有些身不由己，像是我在隱約之中被你的力量給一點一點地拉過去。自從**那一天**以後，我似乎一直走在這樣的軌道上，朝著你前進。如果不是因為你，我不會走上**這一步**。

你辦公室的門沒關，這不像你。我站定在你的辦公室門邊，靜靜地打量你這些年來的改變。你的鬢邊染了一些白星，你習慣性的皺眉在額間留下一道深深的刻痕，你看起來很不快樂。

瞧他們這些年都把你折磨成什麼樣了。我帶著些事不關己的心態笑了。瞧**他**這些年把你折磨成什麼樣了。

「秦國晉。」

你的動作很明顯地頓了一拍，然後才抬起頭。而我直視進你那對經年不改的堅毅眼眸毫不退縮，很奇怪的，面對這樣一個困擾了我數十年、令我魂牽夢縈的男人，我卻表現得意外平靜。

我看著你猛然站起身，按倒了一個相框，很明顯的震撼且欣喜的樣子，我應該要主動迎上前向你打招呼的，但我沒有。我只是站在原地，在你真正表態以前遲遲不敢移動我和你之間的位置關係，深怕我會再一次和十八年前的**那一天**一樣自作多情。而這一次，我做出了這種事，我已經沒有再失足的本錢了。

但即便我對自己說了多少次的不許動搖不許陷落，當你用帶著些期待與不可置信的顫抖嗓音喊出我的名字時，我才突然回想起我們第一天相識的情景，這些年來每天想起你的理由，以及那一天為何自作多情地失足。

當星球的重力牽引，流星又怎能不殞墜？

如今，幾乎每個人都知道地球是繞著太陽公轉；但卻不是每個人都知道，地球繞行太陽的軌道並非完美的圓形。

我看著你手足無措的模樣，不禁笑了起來。「怎麼，這麼久不見也不請我坐坐嗎？」逕自走向前站定在你面前，中間只隔著一張辦公桌的距離，跨出一大步便可忽視的距離，與**那一天**相同的距離。

像是現在才真正反應過來，你比了個手勢、連聲說道：「快坐、快坐。」我從善如流地拉開椅子坐下，而你也跟著坐回原位，定定地望著我，像是要再三確認我真的坐在你面前。良久你額邊細緻的皺紋突然舒展了開，眼角微微地瞇起，用這樣溫暖的目光、合著些不可置信的語氣，訥訥地道：「妳……妳怎麼來了？」

「哎呀、安琪沒有跟你說嗎？」我微微笑著，避重就輕地回答，把你想知道的硬是扭曲成另一個答案。「我大學時期就跟著我爸媽移民到新加坡去了，後來又到美國去讀書和工作，輾轉換了幾個地方才又回新加坡定居，前兩天才回台灣玩。奇怪了、她明明跟我說她會告訴大家的……」我不給你機會細想，逕自開了一個新話題。「啊對了、你知道嗎，安琪她現在竟然已經生了兩個小孩了！想當年她還一直嚷嚷著死也不要結婚生子的。」

「我記得，她那時候還說過想要單身一輩子，去當一個無牽無掛的太空人。」你附和我。

「可惜後來她還是放棄了那個夢想吶……不過，也許家庭幸福美滿也是另一種方式的美夢成真吧。我們也都已經活到了這個歲數呢。」我嘆息著說道，瞥了一眼你左手無名指間微微閃爍光澤的戒指，像是不經意般地丟出一個問題，一個刺傷自己的問題，一個我早已知道答案的問題。「對了，秦國晉……還跟小宇在一起嗎？」

你停頓了一下，卻又像是為了自己的退縮感到不理解似的，嘴角扯開一個有些僵硬的笑，向我點點頭。「啊，已經結婚了。今年應該有八年了。」

「真好。」我擱在膝上的右手緊緊地拉住左手的無名指，被用力握著的地方空落落地疼著，但我把表情掩藏得很好，只是對你笑了笑。「有小孩嗎？小宇那麼喜歡小孩的人、你們應該有考慮過領養吧？」

「兩個。」

我擺出一副好奇的樣子，明知故問地道。「兩個孩子？幾歲啦？你跟小宇都要工作，還領養了兩個孩子，很不容易吧？」

說到孩子的話題，你終年不改的嚴峻也不禁柔軟了幾分。「只有大兒子是領養的，十二歲了，今年要上國中。小兒子是未宇找代理孕母生的，明年就要滿五歲了。」

「真好啊，大家都各自結婚生子了。」我看得出來你接下來就要問我是否也一樣，於是不給你開口的機會，率先用輕鬆的語氣問道：「對了、軍義呢？他這幾年怎麼樣了？」

「他大學一畢業就結婚了，我聽未宇說，賴軍義跟他太太明年要生第五個小孩了。」

「他還真能生。」我掩著嘴笑，眼底卻毫無笑意。「欸，你還記得我們那時候去露營的時候，他烤肉烤到一半不知道為什麼就摔到溪裡的事嗎？」

「記得，」你說。「他還說他覺得這是靈異事件，但我只覺得是因為他太蠢了。」

我笑著嘆了口氣。「那時候真的玩得很開心呢，只可惜緊接著就是大考了，所以沒辦法再去一次。」

「是啊，真的很可惜呢。」你跟著舒了口氣，然後突然直勾勾地望進我的眼底，讓我建立起來的防備幾乎全數潰堤。「但是、一直都沒有來得及告訴妳，真的很感謝妳，在那一段時間有妳做我的左右手。如果沒有妳，我們從一開始不可能創立天文社、還有建立那麼多美好的回憶，真的，真的很謝謝妳。」

「我也總是很慶幸，擁有那一段美好的時光。」我避開你的眼神，微微垂下臉小聲地回應。「那時候我們總是支持著對方、陪在彼此身邊。一直、一直在一起……」

一直啊……在你看不見的地方，我偷偷勾起嘴角笑了，一直在一起談何容易？我要的從來不多，倘若一直二字真能套用在我們身上，我也不必走上**這一步**。

而你聽著我這麼說，沉默了一瞬，像是在緬懷我們共有過的那段記憶，也像是在弔唁著我們無緣一同擁有的那段曾經。過了很久，才嘆了口氣。「直到那一天……」

我抬起頭，直視你的眼睛。這一次，我賭上了所有的籌碼，我已經沒有退路了。「是啊，直到**那一天**。」

而你定定地望著我，小心翼翼地開口。「張云暘，妳當年，說了我若是放棄天文後，妳就要告訴我的那一句話，是什麼？妳又是為什麼要離開？」

是啊，我為什麼離開呢？離開不就是已經選擇了放棄嗎？在放棄了以後，我又是為了什麼再回到這裡呢？

我從來不做徒勞無功的困獸之鬥，但這樣的堅持總只一再地為你一人破例。似乎從開始到現在，你始終是我的軟肋。

感受著你灼熱的視線燙人，我卻遲遲沒有回答，只是偏過頭去看窗外斜射進來的向晚夕陽在你桌上的水晶城堡折射出細微光暈。我不禁分了神去想，這些陽光是走了多少路才能灑落到我們面前的呢？由於地球繞行太陽的軌道並非一個完美的圓，所以它們之間的距離會從一億四千七百萬公里到一億五千兩百萬公里不等，上下變動的程度大約是百分之三。[5]

失之毫釐，差之千里。

不過，不完美又何妨呢？我總之是一步一步地、走回了這條道路上，並且這一次，我不打算輕易偏離。

大約從八年前開始，有三年的時間，在每個星期六的下午，我都會踏著三點鐘的鐘聲走進心理醫生的辦公室裡，一個小時的預約療程。對她說些不著邊際的廢話、聽她對我說些早已聽過無數次的廢話，最後接過藥單去領藥。每次每次周而復始，卻也總不見改變。

最開始來接受治療的契機，是因為八年前我的幻想開始加重。第一次發生時，我才剛從台灣參加完一場婚禮，出了機場回到美國的街道上，我被你的幻影拉著、就要走進尚未轉成綠燈的道路上，我的衣服卻突然被人用力一扯，回頭一看就見一名女子對我皺起眉頭。「小心一點。」

一輛搖搖晃晃的大卡車在我身後呼嘯而過，我嚇壞了，連忙轉過頭去看站在我旁邊的你，卻只見你的身影漸漸地扭曲、模糊最後消失。我垂下臉，囁嚅著向那名陌生女子道謝，卻再也沒有忍住地哭了起來。我至今仍然不明白，我當下究竟是為了那場婚禮、我的驚嚇，抑或是我連你的幻影都得不到的悲哀而哭泣。

[5] 引述自摩爾、諾斯《仰望夜空》。

而她看著我，過了一會兒才像是了解了什麼似的，輕輕拍了拍我的肩膀，從包裡掏出一張紙遞給我。「我是克里斯蒂娜‧柏克醫生。」我瞥了一眼，是一張心理治療所的名片。她對我溫柔地笑著，說。「隨時歡迎妳過來。」

這一去就持續了三年，我一邊接受柏克醫生的心理治療，一邊繼續與我的幻覺拉扯。她花了三年的時間依然無法改變我的狀況，但我不怪她，是我自己不願意痊癒。

畢竟，所謂的**痊癒**又能帶給我什麼呢？不過是又一次地讓我用不同的方式失去你。所以我不願意放棄，即便代價是讓我一次又一次地飽受折磨，我也不肯放下這麼多年來的執著。

然而執迷千載終有悟時。延續了整整三年的治療，在大約五年前，當我走進柏克醫生的辦公室裡、與她打了招呼後坐下時，她的臉上卻沒有了以往的從容溫和，也沒有開口問我那千篇一律的問題（這個禮拜過得好嗎？），而是深深地皺著眉，雙手合十抵著下巴，深深地望著我一語不發。

我有些不自在地對她笑了笑。「怎麼了嗎？」

她嘆了口氣，闔起桌上的病例，抿著嘴像是要再三斟酌自己的用詞，最後才一字一句地向我說。「張小姐，恐怕我沒辦法再多給妳什麼協助了。」

我不明白。「什麼意思？」

「妳是個聰明人，我就直說了。」她的眼鏡在辦公室微黃的燈光下反射著小小的光點，眼神犀利彷彿能直視進我的心，穿過我建立起來的防備，看透我所有的矯揉造作。「這三年來，我在妳身上用盡了一切的療法，精神的、心理的、藥物的，但也如妳所見，全數以失敗告終。我一開始總以為是因為療效不佳，但現在，我把這個結果歸因於妳，妳的精神防線太過堅韌，如果連妳自己都不明白內心情緒的根源為何，連妳自己都不肯幫自己，那恐怕我也無法再給妳更多協助了。」

「所以說，我們的療程到此結束了嗎？」我並沒有太多的情緒反應，只是平靜地向她微笑。

「如果妳不願意改變的話，恐怕是的。」她強硬地說，對我的回應深深地皺起眉。「但是，還是歡迎妳隨時回來找我聊聊天。」

我向她點點頭，間接承認了我的確不願改變的事實。「我明白了，謝謝妳這段時間來的照顧。」我拿過包包站起身，卻又停頓了一下，終於還是問出一句。「所以，妳現在是克里斯蒂娜，而不是柏克醫生對嗎？」

克里斯蒂娜終於肯向我嶄露笑顏，這三年來她除了是我的醫生，更是我的心靈導師、我在美國這片土地上最能傾吐心事的朋友。所以我不必再顧慮，開口問。「我該怎麼做呢？」

她沉默了一瞬。「我可以以一個朋友的身分建議妳，但是這個建議如果弄得不好的話，極有可能讓妳的症狀加重，演變成更嚴重的精神疾病，甚至可能會讓妳完全崩潰。我這麼說，妳真的還願意冒這個險嗎？」

我毫不動搖。「是的，請告訴我。」

「去面對妳的恐懼吧。」她低下頭，不知道是為了她身為醫生卻給出這樣的建議而感到慚愧，抑或是身為朋友而為我的未來而感到擔憂。「無論妳認為妳今天的症狀是從何而起，去找到它的根源、然後去面對。恐怕現在除了這麼做之外別無他法。」

聽了這樣的建議，我頓時無法遏止地笑了出來。如果克里斯蒂娜這次一如既往地問我這個禮拜過得好嗎，我會告訴她：這個禮拜我接到了一通來自台灣的電話，是個昔日的友人打來問候，閒聊間我或有意或無意地問起你的近況，而她則八卦地告訴我，前些日子她有事去找你諮詢時，你的秘書大嘴巴地告訴她你近幾個月頻頻留宿事務所內，與小宇的婚姻似乎並不順遂。

得知你的婚姻出了問題、你與小宇的關係更是一直以來糾纏著我的痛苦根源，今天又從克里斯蒂娜這邊得到了這樣的建議，我的眼神不禁亮了起來。這是一個徵兆、是我的轉機，是這些年來令我所心心念念的唯一解法。

這是命運。

於是我謝別了克里斯蒂娜，回家收拾了簡單的行李，訂了最近的一張機票回台灣。

飛機抵達後，我走出機場，深深吸了一口氣，撥通了一個號碼，一個熟悉到連在夢中都能倒背如流的號碼，一個即將把我帶下地獄深淵的號碼。

「喂。」對方的聲音聽起來很不耐煩。當然了，**他**一向不喜歡接聽不認識的號碼來電。

「喂，小宇嗎？是我。」我沒頭沒尾地說著，但是我知道他一定認得出我的聲音。

電話那頭沉默了很久，久到我握著手機的掌心微微出了汗，久到我幾乎可以聽到電子通訊的細微雜音，久到足以讓我明白他一定知道了我是誰。果不其然，他笑了起來，那是一種勝利者的笑聲，就像在那一場婚禮上、那一場讓我的幻覺開始加重的婚禮上、那一場他與**你**的婚禮上、他站在你身邊遠遠地望著我時，所露出的笑容一樣。

「暘暘。」

你還在等我的答案，我卻不著急回答你，只是微微瞇起眼去看今日的陽光晴好。想著都已經是下午了還這麼亮倒是沒什麼，但夜晚的城市燈火也像這樣亮起來卻也不是開玩笑的，台灣的光害確實嚴重了點。大部分人解決光害的實際做法——縱然有些逃避心態——就是去偏遠一點的地方，躲到一個看不見城市燈光的地方，前往一個不受影響的地方。

那一天的我之所以離開，就是想要從你和小宇的身邊逃開，逃得遠遠的，逃到一個至少不會讓我心碎的地方去。但現在我回來了，所尋求的不為解脫不為痊癒，只是為了——

我轉向你，對你露出一個淺淺的微笑，刻意迴避了你的問題。「說起來你現在已經是一個很成功的律師了呢，秦國晉。」

像是被我突如其來的恭維給弄糊塗了，你有些尷尬地應了一聲。「啊。」

「那麼，如果有一天我出了什麼事，」我輕聲說道。「你會願意替我辯護嗎？」

「當然啊。」你不假思索地回答，像是要堅定些什麼一樣，又重複了一次。「當然。」

「那就好。」我笑開了，不給你反應的機會，站起身扭動脖子，向你做了個手勢。「今天天氣很好呢，我們出去走走敘舊吧，順便一起吃個晚飯？我知道一間很好吃的餐廳喔！」

如我意料之中，你答應了。

走出你辦公室時，我留意到你辦公室外的秘書和幾名站在走道上的年輕律師瞪圓了眼睛，也看到那名方才讓我進你辦公室的女子神情複雜地瞪著我們，而你卻像是毫不在乎，向她招呼了一聲。「陳珺，晚上我和老朋友吃個飯，我們改約下次吧。」你拍了拍她的肩，不待她回答便領著我逕自離開。我有些不好意思地向她笑笑，就見她瞪視你背影的眼神憤怒得像是恨不得要掐死你，而你卻對此渾然不覺。這不意外，你一向都是這樣遲鈍的人。

在你的車上我們幾乎沒什麼說話，我安靜地坐在副駕駛座上偶爾指路，不久後你似乎察覺到了什麼似的，微微轉頭問我。「我們要去哪裡？」

「不是說了嗎，去一家很好吃的餐廳。」我面不改色地說謊。「再一下下就到了。」

「說起來，我們家就住這附近呢。」你完全沒有起疑。「原來這邊有新開餐廳啊。」

「是啊。」我笑瞇瞇地一口應下，接著指使你停車。「啊、在這邊先停好了，前面那邊不好停車。」

當然還沒到，我只是想再與你多走一段路罷了。誰也不知道未來會是什麼光景，更何況我已經走上了**這一步**，也許十分鐘後我就失去了能與你並肩而行的權力。

就像往日時光一樣。你稍稍走在我左前方一小步，偶有談話，但多半時候還是沉默的。午後微涼的風撲在臉上，我瞇著眼抬臉看你，就見你料峭如松的背脊數十年如一日地挺拔堅毅，當年我所愛上的與當年我所失去的，似乎從來沒有改變過。

我一時竟濕潤了眼眶。我不後悔，不曾後悔，**不會**後悔。

很多人不知道，對付光害的另一個作法，是在望遠鏡上加一些濾鏡，除去不想要的光線，或是只讓自己想要的波長通過。

我雖然落後你一步，但還是慢慢地把你帶到了我想前往的地方。我拉著你在獨棟的透天房前停下腳步，就見院子裡零零星星地站著幾名警察，層層圍起的封鎖線鮮亮的顏色落進我眼底，毫不留情地烙得我心底發疼。

「張云暘，」身邊的你深深地皺起眉，看起來很不能理解，笨嘴拙舌地說。「這是我家。」不知道是在跟我確認還是向我詢問。但我卻只是淡淡地笑了，深吸一口氣，吞下所有的遲疑，向前邁步。

我向門口駐守的警察打了聲招呼。「他住這裡，是這家的屋主。」警察用憐憫的眼光瞄了你一眼便讓我們進屋。

只是就算在望遠鏡上加了濾鏡，往往也仍然事與願違。因為有太多東西的影響力，不是你想要忽略就能看不見的。

背叛吶……我勾起嘴角，按捺下心底的隱隱作痛，領著你走進屋內，卻終於還是在玄關處停下腳步，轉過頭向你輕輕地開口說了一聲。「記得你答應過的。」我所做的，**所做的**，即將被稱為背叛。

你抓住了我的手臂，像是要開口問我些什麼，而我也做好了一切的心理準備，願意回答你此時此刻的任何問題絕不閃避。

只是前方的客廳突然傳來一聲歇斯底里的怒喊，打斷了你未出口的問題。我深吸一口氣，知道這一刻終要來臨。「我告訴你不可能有別人！一定就是那個女人！就是張云暘那個女人殺了我兒子！」

致　張云暘

我其實一直以來都在避免想起妳。又或者說，我總在想方設法地避免讓我丈夫想起妳。每一次親吻、每一次共枕而眠、每一次他陪著我說話卻總是心不在焉，我都會想到妳，然後試著去扭轉我丈夫的心緒，盡我所有的努力來將他拉回我身邊。

秦國晉走進家裡的書房，伸長了手去拿架上的天文書籍時，我躲在外頭死命地扭著自己無名指上的婚戒，然後神色自然地敲門進去，問他想不想出去走走。秦國晉坐在我身邊，卻失神地眺望遠方時，我愣在原地死命地拽著自己無名指上的婚戒，然後若無其事地拍拍他的手，和他說些最近兒子們發生的趣事。秦國晉在辦公室裡，凝視著桌上那座**該死的**水晶城堡而非我與他的結婚照時，我靠在門後死命地扯著自己無名指上的婚戒，然後不動聲色地開口招呼，拉他和我一起去吃午飯。

當秦國晉寵溺地抱起我們大兒子、憐愛地凝視他稚氣未脫的清秀五官時，我站在一旁死命地擰著自己無名指上的婚戒，不知道是該讓他的思緒逐漸遠飄到妳的笑容上呢、抑或是該讓他的心留在我們的家、我們的兒子身上？

我知道妳是他心中最美好的一段記憶，是以我總是很害怕，也總是很警戒；我無時無刻都在試著將妳逐出秦國晉的心裡、逐出我的腦海，逐出我們表面上完美無缺的婚姻。

妳的形象在我們的世界裡步步相逼，而我則死守著我所有的一切步步為營。

可是，我並不是一直以來都這麼戰戰兢兢的。其實以前的我，從來都是很有自信的。

就像在**那一天**，我看到妳追著秦國晉來到美國時，我依然能自信滿溢地、當著妳的面吻上他的唇。

記得在六歲那年，我志得意滿地把獎座遞給母親，立刻得到了大力的讚揚。母親驕傲地揉揉我的頭髮，笑著說。「小宇得到鋼琴比賽的冠軍啊！太好了、不愧是我兒子！」

妳的母親用羨艷的眼光望著我，隨後捏了捏妳的肩頭。「可惜暘暘**又是**第二名，要是能像小宇一樣優秀就好了。」

大人們隨即陷入了一場互相奉承與自我誇耀的對談，我從中分了心去看妳，就見妳靜靜地望著被我母親順手放到桌上的獎座，臉上掛著一個沒有溫度的笑容。我無法分辨出其中的情緒，究竟是渴望得到與我一樣的成績、抑或是沉默地嘲笑我的勝利。

於是我十分刻意地走上前，使勁拿過那座在陽光下折射美好光芒的獎座，用理所當然的語氣向妳說：「這是我的。」而後很惡劣地笑了起來，看著妳眼底的平靜嘩啦啦碎了一地。

我們兩家住得很近，所以我們幾乎是從小就一起長大，也難免會被人拿來比較；我的家世比妳好，人望比妳高，成績比妳優秀，各方面的才藝比妳精通，也比妳更得長輩緣。妳的父母曾不只一次地當著我們的面，用毫不掩飾的語氣說。「如果小宇是我們家的孩子、那該有多好。」

每次他們那麼說，我都會得意洋洋地向你遞去勝利者的目光，假裝大度地走到妳身邊，拉起妳的手。「不會啊，暘暘**也**很優秀啊。」然後滿意地看著妳盡力去維持一成不變的笑容，眼底的平靜卻無聲無息地崩毀碎裂。

我是贏家，我一直都是。從小到大，妳總是第二名。我贏了鋼琴比賽、贏了學年第一名，也贏得了秦國晉；而妳能得到的，充其量就只是我施捨的安慰獎罷了。我一直都是贏家，也一直都是那樣有自信的一個人。

甚至可以說是我的過於自信造就了今日，我自信我擊敗了妳，我自信我擁有了秦國晉，我自信我不必去在意、我的婚姻極有可能分崩離析。

就比如那一場婚禮。我明知妳對秦國晉的感情，卻依然瞞著他、偷偷寄了喜帖給妳，我要讓妳看看，**那一天**妳不自量力地愛上了秦國晉，究竟是個多大又多可笑的錯誤。我要徹底斷了妳的念頭。

一直以來，我不遺餘力地斷送妳的希望的程度，連我自己都感到驚訝。妳是我的青梅竹馬，我最要好的朋友，用來襯托我有多麼成功的墊腳石，我不應該有毀掉妳的想法。

只是，縱使從來在各方面而言、我都是贏家。但其實我是知道的，妳並沒有盡全力去比賽。妳不是不想、不是不能，而是**不在乎**。所以我的獲獎其實是妳毫不在意之下的一種施捨，而每一天的妳看著我，如此雀躍如此自豪地捧著妳所不要的東西，是否正在嘲笑著我？

妳總是溫和散漫，對什麼都不在乎，不必付出什麼努力、就能得到比我差一點的成績。可是我呢？我要多麼努力多麼拚命、才能讓自己保有那一席贏家的地位？於是相較於妳的不在乎之下，我的獲勝成了一場笑話、一場只有我在乎的笑話。而我所認定的對手卻不曾將我們的競爭當成一回事。

所以我當然不滿，所以我恨，所以我要抓住每一次的機會，來攻擊妳的不在乎、強調妳的失敗、粉碎妳的平靜。當我終於將妳真正在乎的唯一給搶奪到手之時，我是有多麼開心多麼解氣，心中那樣的不平衡終能消弭。

我一直都是那樣有自信，自信我能守護我的一切、自信我能毀滅妳的希望。但最後我才發現，我拚了命守護的一切成為了妳的所有物，而我想方設法毀滅的希望、歸根究底竟是我自己的全部。

婚後隔年我升了副總，卻因為屢次升遷且爬得太高太快，我的個性又向來急躁跋扈，是以旁人對我總是頗有微詞，覺得我的成就全是仗著父親身為董事長的庇蔭，雖忌憚著我三分不至當面給我難看，可私底下流傳的風言風語也已經足夠難聽了，讓我在人事管理上總是綁手綁腳無法稱心如意。

我不只一次在茶水間外聽見員工們對我的性向指手畫腳議論譏諷——扭著屁股一路睡上這個位置的髒

東西、性生活淫亂的變態、有悖倫常的怪胎——我畢竟已經在社會上歷練打滾多年，自然不會輕易受這些話語影響，偶爾還能很輕鬆地想他們最近罵人的詞彙真是越來越貧乏了毫無新意。

這樣的日子延續了不短的一段時間，只要能把工作做好我倒也沒什麼意見，便這麼睜隻眼閉隻眼地過了下去。直到某次秦國晉來接我下班、卻因為主管會議遲遲不結束而先被櫃檯小姐請進了我辦公室等候。待我想去找他時，就見外頭的員工們全在尷尬地竊竊私語和譏諷地看著我辦公室的方向訕笑。

我不解地環顧四周，加快腳步向你所在的方向前行，走到了我的辦公室外幾步之遙的距離時，跟在我身後的秘書低低地倒抽了一口氣、快步上前似想擋住我的視線，可已經太遲了。我只感覺全身的血液幾要凍結，看著辦公室半掩的玻璃門上被人貼了A 3大小的紙張，用紅色的72號字大大地寫上「內有愛滋病患，不想得病者請慎入」的字眼，裡頭的秦國晉幾乎是背對著門側身坐著低頭看書，對那張字條、外邊的動靜與這個世界給予我們的羞辱渾然不知。

在那一瞬間我能聽見我的理智線啪地一聲繃斷，衝上前搶先我的秘書一步用力撕下那張不堪入目的歧視宣言，抖著手將其扯成碎片，死死拉住被驚動而出來查看我的秦國晉不讓放，而他深深地皺起眉，有些尷尬地拍撫我的肩背，放任我伏進他懷中激動得全身打顫。

這件事很快地鬧到了父親那裡去。父親大刀闊斧地以「無論今天是否是我的兒子，公司都不應有這樣歧視而飽含惡意攻擊他人性向的員工存在」為由裁撤了那名恐同者。

在其他董事七嘴八舌地多話勸告、甚至在沈董事說出「未宇就是太娘了又不男不女地嫁了個男人才無法統御下屬這種鬼話」時，我冷笑著撇開臉，而父親則是擰起眉沉聲怒喝。「沈兄！」待董事們一個個閉上嘴後，他才溫和地微笑道。「我們家未宇是比較貼心溫柔一些，和國晉結婚後等於也給我多添了個兒子，又給他母親省下了婆媳大戰的困擾，這不是很好嗎？何況，撇除他的性向為何、是不是我兒子，未宇的工作能力我想大家都是有目共睹的，就不必把這兩碼子事扯上一塊了吧。」

在會後我紅著眼向父親道謝，而父親則表示再這樣下去也不是辦法，他和母親都心疼並不願我備受冷眼，故授意讓我去參加一些公益慈善活動，藉此提升我的個人形象。

其實只要不將秦國晉拉下水，我就不怕、也不在乎流言蜚語。只有無能的人才會只盯著別人的身分、而看不見人家的努力，藉此來拉低他人的成功，以安慰自己的失敗與成全自己可悲的小小自尊心。可父親之命我到底無法違抗，只得心不甘情不願地遵從。

「麻煩死了！我工作都快忙死了，為什麼還要浪費時間去參加什麼慈善活動！」我一回到家就氣沖沖地向秦國晉抱怨。「他們看我不順眼是他們家的事！為什麼反而是我要去受苦！」

「這也是在做好事，你就配合一次吧。」他鬆了鬆領帶，淡淡地說。「而且，這也是為了你好不是嗎？你現在這樣在公司一定很辛苦吧。」

我自知沒有理由再辯下去，也暗自竊喜他話語中的心疼，於是一回身靠進他懷裡撒嬌。「那你陪我去、嗯？」

他微微皺起眉，過了一會才妥協地拍拍我的背，嘆了一口氣答允下來。

過了一個禮拜我們便前往一所基督教育幼院，參加了一個陪孩子們畫畫的活動，我被分配到的位子離秦國晉有些距離，所以沒什麼機會交談。我心不在焉地和搭檔到的小女孩閒聊，看著她紅撲撲的臉頰和紮成兩隻的小馬尾，不禁微笑想著小孩子真是很可愛。

活動結束後我掏出寫有七位數字的支票交給院長，面對事先就聯絡好的記者假裝驚訝又不願多談，擺出一副低調姿態說些「這是應該的，我們每個人都該為這個社會上比較辛苦的孩子盡點心力」的鬼話，被拍下幾張我與孩子們親切地擁抱道別、院長感激地與我握手致謝、我和秦國晉恩愛地牽手離開的照片，形象就這麼建立好了。

接下來幾個禮拜我辦了幾次部門聚餐，帶著秦國晉連袂出席來展現我們的甜蜜和愛情與一般人無異；

再適當地接受一兩家商業雜誌的專訪，談我的年輕與成就是幸運也是努力，談我有多麼熱衷於慈善活動，談我深愛我的丈夫；最後再假裝誠懇又謙虛地說幾句：我父親對我的事業的確有不容小覷的影響，但我不會為此感到自滿，我會繼續努力、讓大家看到我的成果絕非僥倖。

太簡單了，媒體和民眾是最容易操縱的。

一切都很完美，我的整體名聲明顯地提升了，而秦國晉看上去心情也很好。我們彼此都忙碌於工作中，以致於有數個月的周末都沒能一起好好過。

所以我疏忽了，沒有去關心這幾個月來他的行蹤；直到某一天睡前，他突然提出一個足以左右我們一生的要求。「未宇，過兩天我想帶你見一個人。」

「嗯？」我翻過一頁書，不以為意地應了一聲。

「之前去育幼院那次活動的時候，我和一個孩子很處得來，所以前一陣子我有空就會去看看他、帶他出去走走。他很懂事，是個很乖巧的孩子，我很……喜歡他。」秦國晉有些不自在地輕咳兩聲，然後鄭重地望向我，一字一句地道。「所以，我希望可以讓你們倆見個面，看看能不能相處得來。」

我皺起眉。「你的意思是要……？」

他點點頭。「如果一切順利，我會和院長談談，申請收養這個孩子的程序。」

「國晉……」我原本想出言勸阻的，卻只見他眼底閃爍著堅定的光芒。他甚至沒有問我的意見、只是告知了我他所做出的這個決定，我已經沒有能力阻止他了。但只要他愛我、愛那個孩子、愛這個家，那我也實在沒什麼可反對的。於是我揚起一個微笑，沒有再多說什麼，湊過去親吻他的臉頰。「我很期待。」

他像是放下心來，抽出一隻手輕輕地攬住我，而我則順勢靠上他的肩頭，止不住嘴角的笑意。

我們很幸福，我總這麼對自己說。而我就是拚死也要守護住這份我畢生所求的幸福。

很快地我們便約好了和那個孩子見面，得到院方的允許後，我們決定帶那個孩子去看電影。當天我因為公司的突發狀況所以耽擱了，便由秦國晉先帶那個孩子到處逛逛。

去和他們會合的路上我不禁開始想像，那會是個怎麼樣的孩子呢？為了不讓我預設立場，秦國晉不肯多談和這個孩子有關的細節，所以我甚至連這個孩子的性別都不知道。但我希望是個小女孩，有長頭髮和柔嫩臉頰、可以讓我幫她套上粉紅色洋裝的那種小女孩。因為這樣，我們這個家裡就具備了得以讓秦國晉深愛的、兩個性別的人。

事後回想起來，我連這樣近乎悲哀的細節上，都在想著該怎麼留住秦國晉，和我們這段表面上幸福美滿、實際上卻早已分崩離析的婚姻。

進到兒童餐廳裡，當我還在來回找尋秦國晉的身影時，突然聽到了一聲。「未宇。」我循聲望去，就見秦國晉牽著一個小男孩的手，直勾勾地走向我，臉上的表情很接近微笑。

我看向那個被秦國晉拉著手的孩子，是個年約五、六歲的小男生，長的倒也是白淨清秀，小小的臉蛋上掛著有些早熟的安靜微笑；頓時有一些說不清道不明的情緒狠狠敲在我心上，就像我的世界驟然陷入黑暗卻又立刻恢復光明，令我無從解釋起自己的不安，卻又擔憂著方才一閃而逝的恐懼感何時會再出現。

我原本想反對的，想告訴他不該一個人做決定，想告訴他我比較想要領養一個小女孩，想告訴他我一看到這個孩子就厭煩。

可是秦國晉看起來那麼的開心，我有多久沒見過他臉上流露出這樣幸福又滿足的神色了？又或者該說，他似乎從未在我面前流露出這樣幸福又滿足的神色。

於是我強壓下心中所有的不滿與反感，蹲下身與這個孩子平視。他的鼻子小巧而淘氣畫出偏圓弧度，對比我與秦國晉高挺的鼻樑顯得那樣突兀；他的髮質細軟如貓咪一般服貼在額上，相較我們粗硬的頭髮顯得那樣不同；他的眼睛是很澄澈的黑色，映著我心不甘情不願的虛假笑容顯得那樣諷刺。

他到底不是我想要的孩子、不是我們的孩子，我在心裡對自己說，他一輩子都不可能和我們一樣。可秦國晉看起來是那麼喜歡他。我一咬牙，扯了扯嘴角，擺出我最平易近人的笑容。我愛秦國晉，我愛秦國晉，我愛秦國晉。

「你好啊。」我直視進那雙平靜的眼睛，盡可能地柔語道：「我是未宇叔叔，很高興認識你。」

「未宇叔叔好。」他微微笑了起來，落落大方地向我開口：「我是小夏，很高興終於見到叔叔了。」

我想要一個會有點害羞地躲在秦國晉大腿後，探出一張小小的臉，扭捏半天才肯開口招呼，年紀最好再小一點、仍有些口齒不清的可愛小女孩，而不是面前這個落落大方地向我自我介紹、語調誠懇有禮咬字清晰標準，掛著一成不變的笑容的大男孩。

我強忍下不悅的情緒，站起身想用眼神示意秦國晉我們該討論一下這個決定是否正確。可當我望向他時，就見他用一種愛憐至極的目光瞧著這孩子，彷彿他已經下定決心要撫育這個孩子到大，彷彿他已經在心中描繪了一幅未來的全家福，彷彿他已經看到了一種「這就是我要的孩子，這孩子身上同時具有了我與我伴侶的特質，所以這就是我要的孩子，我們的孩子」般和諧的光景。

我愛秦國晉，我愛秦國晉，我愛秦國晉。

於是我向他們二人微笑。「先坐下吃飯吧，吃飽我們再帶小夏去看電影、好不好？」

「嗯！謝謝未宇叔叔！」小夏天真地笑了，而秦國晉則是寵溺地笑望這一切，帶領我們往座位的方向走。

說實話，當下的我是抱著敷衍了事的心態在面對這一切的。所以我十分驚訝，當小夏悄悄地牽起我的手時，我竟會感到一絲溫暖、和一種打從心底溢落出來的幸福感。

在很多年之後，我才明白了，這或許就是所謂的父愛。只是當我意會過來之時，我卻早已失去了擁有這份父愛的權力。

和小夏密切地接觸超過一年後，秦國晉和育幼院的院長提起收養一事，院長十分贊同，於是我們順利地向法院聲請收養。秦國晉在這之中來回奔波極力爭取，而我則抱著又抗拒又希望能成功的矛盾情感從旁協助。雖非正統的收養管道，但好在小夏的意願極高、社工亦認為這近兩年來的相處已讓我們彼此接納，且評估我們家各方面都符合收養的標準、也有足夠的經濟能力給予小夏一個好的環境，再加上我適時地操縱媒體的採訪營造出兩個男人也可以給孩子幸福的形象，故最後法院終是裁准，由秦國晉的名義出面收養小夏。

秦國晉將小夏改名為秦夏城，親自忙裡忙外地布置房間添購玩具，歷經這麼多時日後終於能把孩子帶回家令他欣喜若狂，而我便只是笑著附和他，不曾多說些什麼。

不要誤會我的意思，我的確挺喜歡小夏的，小夏是個好孩子，我們很幸福。只是我對他總還是抱持著一種莫名的恐懼感，像是害怕著這個令我們家光明起來的孩子，也會是有一天傷害我的幸福日子的元兇。

但秦國晉愛他，而我愛秦國晉，這就夠了。我總這麼對自己說。

我們倒也幸福美滿地生活了將近一年，我一邊懷抱著能擁有一個完整家庭的幸福感、一邊止不住地對小夏抱有抗拒及恐懼感。我不明白為什麼，只能一再告訴自己，我**是**愛小夏的，只是我還沒有習慣罷了。

直到五年前，**妳**悄無聲息地出現在我面前，在見到妳的那一刻、見到妳那令人生厭的一成不變笑容時，我才像是瞬間明白了什麼似的，不自禁地全身顫抖。

我終於明白為什麼縱然父慈子孝，我也無法全心去愛小夏的原因了。

從這一天開始，我所有的自信都崩塌了，感到無比的害怕和不安，看著自己曾那樣奮不顧身也想守護住的幸福，我只覺得這一切都無比諷刺，並且無法遏止地有想去破壞些什麼的衝動。

而我總想著，這是不是妳派來毀掉我人生的第一步？又或者，藉此來把我丈夫搶回妳身邊的第一步？

手機鈴聲響起，將我從回憶中拉回現實。我瞄了一眼螢幕上顯示著一串我不認得的號碼，不顧我正在高速駕駛中便不耐地單手掛斷電話。出來已經超過兩個小時了，我得快點回家。

與妳再次見面的這五年來，我們維持著一種奇妙的關係。我至今仍然不明白妳回來的原因，可我不問，妳不說，我們便維持著這種虛假又奇妙的關係。妳會時不時地與我聯絡，而我則會邀約妳到家裡小坐。我們會不著邊際地談天，假裝彼此青梅竹馬的情分還在，並心照不宣地未曾讓秦國晉知道過妳的出現。

我知道妳恨我。每次見面時妳總是盯著我的戒指看，而我也刻意將家中我與秦國晉的合照越掛越多，甚至刻意去反覆研究什麼能夠最有效地打擊妳——結婚戒指是一定不能少的經典選項，抱著天權去應門總能動搖妳嘴角的弧度，在頸間繫上秦國晉送的領帶雖也有好的成果，但穿上家居的羊毛衫擺出一副自宅主人的姿態卻更能刺激妳，偶一為之假作不經意地展現給妳看的吻痕更是深具其效——就這麼看著妳眼底的平靜一次又一次地碎裂，我心中長年埋著的恐懼感所造成的那口惡氣，似乎也就好受多了。

就讓妳恨吧，反正到底秦國晉是睡在我身邊，而妳至今都得不到妳所要的。我還是贏家，妳的畢生所求一直都握在我手上。我始終抱著這樣的心態在與妳往來，像是在折磨妳，更像是在折磨我自己。

我一直以為我很了解妳，了解妳的希望會被什麼給毀滅，了解妳到底想要什麼；直到我回到家，看見整條路上警車停了一大排，幾名員警將我家門口層層拉上封鎖線，我才突然發現，我並不了解妳，我從來不。

我下了車，使勁撥開攔阻我的警察，三步併作兩步地跑向客廳。我離開前孩子們就在那裡玩，而**妳**坐在沙發上和我招手道別，笑得雲淡風輕，要我快點回來。

而如今我回來了，看著一票警察烏泱泱地站滿了我精心裝潢過的奢華客廳，而中間地毯上躺著的、是我倒在血泊中的小兒子的屍體。

我沒有如所有人期望中的那樣放聲大哭，也沒有很戲劇化地放聲大笑，我甚至沒有任何反應，只是木然地望著一切，無法遏止那種深刻的恐懼感從心裡湧出、蔓延、纏繞，把我逼得幾乎要窒息。

妳是回來復仇的嗎？妳到底要什麼？到底要從我身邊奪走什麼？

婚姻大抵就像因應重大災害來臨的對策，明知將有悲劇發生，且不知道能夠有多少生還者，卻也永遠不能輕言放棄。簡而言之，抱最好的希望，做最壞的準備。

致　李未宇

隨著時間過去，星座會因為星星的移動而變形，新的排列也會變得明顯。就連星雲也會隨著它們的中心出現氣體與塵埃生成的星星而改變，不過這個過程需要幾百萬年的時間。

這裡是一個小提醒：一百萬年後再回來，天空會變得很不一樣。[6]

我愣愣地望著張云暘溫柔安靜的笑容，一句話也說不出口。你方才傳來的聲音像是讓空氣瞬間凝結了，我口乾舌燥，抓緊她的手臂。是她？她做了什麼？**她殺了我兒子**？那她憑什麼還要我替她辯護？怎麼還可以掛著這樣一副溫和的微笑站在我面前？我收緊了手，心中轉著的所有懷疑、惱怒、甚至是憎恨的情緒令我不自覺加大了手中的勁道，感覺著她的臂膀因疼痛和其他的理由而僵硬，看著她咬著牙硬是維持住唇邊的微小笑意，想問些什麼卻開不了口，只能默默地看著她。

卻聽她率先說道。「秦國晉，我沒有。」話甫出口她就紅了眼眶，方才所有的平靜和微笑全數煙消雲散，微微抬眼可憐兮兮地望著我，小小聲地說。「你要相信我。」

[6] 引述自摩爾、諾斯《仰望夜空》。

在那一瞬間我就後悔起自己方才曾有過懷疑她的念頭，我怎麼會忘記一直以來她都是多麼的堅強、倔強、卻又比誰都依賴我？她從來不肯示弱，永遠把別人的利益優先放在自己的考量之前，總是一個人默默地挑起所有的責任，只有在面對我時才會願意顯露出真正的自己、偶爾撒賴鬧些無傷大雅的小脾氣來逗我笑，小心翼翼地試著請我幫忙就像是害怕給我造成困擾。

我怎麼會忘記她是多麼的相信我？於是我改用雙手按住她的肩，聽她又急又快地說著。「但是如果你沒辦法接受我也完全可以理解我不會要求你幫我辯護所以你不……」

「張云暘，」我提高聲音打斷她。「我相信妳。」

她總是這麼溫柔、堅定、願意掏心掏肺地為旁人付出，卻也總是害怕去領受別人對她的好、每每都會露出有些困擾到近乎畏怯的神情，直到萬分確定並未給對方造成麻煩後，才會戰戰兢兢地接受下來。她一直以來都是這樣的人。

一向不敢輕易去麻煩別人的她，今天竟然對我提出了這樣的要求，現在的她一定是很害怕吧。我鼓勵性地捏了捏她的肩頭，重複了一次。「我相信妳。」見她的唇邊浮起一小抹淺淺的緊張微笑，我才轉身走向客廳，這一切一定是個誤會，我只要向你解釋清楚就好。我相信張云暘，她不可能殺了我兒子。

……我兒子，是我**哪一個**兒子？我後知後覺地明白到這幾個字的其中意味，頓時心頭一緊，大跨步向你走去，見你正向一名警察大發脾氣：「你們去把那個女的抓回來啊！還愣在這裡幹嘛啊！」

我連忙上前拉起你的手，感覺周遭的空氣像是被快速地抽光，我無法思考無法呼吸，只能艱難地擠出一聲。「未宇。」

你回首望向我，所有的氣燄被瞬間凝結起的淚水澆熄，望著我的眼神先從憤怒到空白最後終究潰堤。「秦國晉……」我心下不捨，抓緊了你的手，而你便順勢倒進我懷裡痛哭失聲。「國晉，天權、天權他……」

是小兒子。我瞬間很不應該地鬆了口氣。是天權，**不是**夏城。

但聽你在我懷中哭得那樣聲嘶力竭，我也不禁鼻酸，收緊了手臂回抱你，給予無濟於事的安慰，一邊極力卻無法遏止自己心中的那個小小聲音：還好、還好不是夏城。

懷中的你突然全身僵硬緊繃、而後用力地掙脫了我的手臂。我還以為我不小心將心底的話說了出口，想向你解釋又覺得無從解釋起——畢竟，那是實話不是嗎？——可實話歸實話，我到底還是不該這麼想，於是我愧歉地握住了你的肩頭。「未宇，你聽我說。」

但你甚至沒有費心多看我一眼，只是死死地瞪著我身後。那個眼神裡蘊藏的是多麼純粹的憎恨與恐懼，像是你因為憎恨到了極點而開始恐懼，又像是你因為恐懼到了極點而轉為憎恨。我面對著你這樣瘋狂的眼神，心也慢慢地冷了下，回首一瞧，毫不意外見到張云暘單薄的身子在你憤怒的視線下微微顫抖。

在我還來不及向你解釋些什麼之前，你便已經衝上前，一揚手就要打。而我望著張云暘站在原地不閃不避，她看起來是那麼委屈那麼無辜，我想也不想，大跨步介入你和她之間，將張云暘護在身後，代她受了你揮下的那一個耳光。

我能看見在那麼一瞬間你眼底有什麼東西緩緩地龜裂、倒塌而後粉碎。但我縱然再怎麼不捨也不會改變自己方才做出的選擇。這一次，我已經下定決心了。

初見你是在我們國二時，我和張云暘一起創立天文社的第二年，她向我提起她的青梅竹馬是另一所中學的天文社社長，建議我們可以來一場友好的兩社研討會。見面的當天你帶著你的社員們浩浩蕩蕩地進到我們社團辦公室裡，凝視著我笑的耀眼又自信，逕自走向我大方地自我介紹，彷彿眼中只有我一樣，甚至吝於給予我的社員們一瞥。

很快的，每月一次的研討會成了每二週一次、不久後又成了每週一次，再等到我意識過來時，你已經日日放學後出入我們的社團辦公室神態自然。

你是個自負又張狂的人，卻又足夠努力去成全自己的那份驕傲，是以我十分欣賞你，把你當成一個可敬的友人來看待；也因此在一年後，我和張云暘直升高中部、而你考進我們學校時，我會高興地邀請你和我們一同在高中部創立天文社。

和張云暘不同，她給予我的幫助是沉默的、不著痕跡的，而你所提供的幫助則是大張旗鼓又急於邀功的。但無可否認，你總是幫著我、陪著我，給了我很多我無以為報的付出。

然後不知道什麼時候開始，你愛上了我，而我卻對此渾然不知。你向我告白，我們相處了七天後正式交往，然後一路攜手走來到現在，也有十八年了；我們偶有爭執，但多數時候很幸福。我們很好，很幸福，很**相愛**。

但我想我們之間可能永遠都會有這個問題。據你所說，你認識了我多久，就愛了我多久。在我們開始交往前，就已經愛了我整整四年，所以我們之間隔著的，永遠是一個四年的、愛的差距。

又或者有可能，這個差距其實遠比四年要來得大。畢竟，當年即便我接受了你的告白、開始和你交往，所抱持著的初衷也從來、從來不是因為愛。

見我護住了張云暘，又代她挨下了那一巴掌，你的表情有一瞬間的空白，又像是心疼我方才被打的紅腫臉頰，但隨即又轉成歇斯底里的憤怒，顫抖著大吼我的名字。我緊緊地皺起眉。「未宇，不要這樣。」

你看起來像是氣得想再搧我一個耳光，倒退兩步，很戲劇化地瞪著我，旋即扭頭大快步走開。你一向是這麼情緒化的人，不去理你就好。我轉過身去看張云暘，見她白著一張臉苦笑。「小宇該恨死我了吧。」

我想反駁卻又覺得無從辯解起，想安慰她又不知能說些什麼，最終就也只能吐出一句。「沒事的。」

「我不這麼認為。」她向我虛弱地一笑，下巴微揚示意我的身後。

有些遲疑地回過頭，我嘆了一口氣，見你帶著兩名警察向我們走來。其中一名應該是負責現場的警官，向我們點了點頭，率先開口。「張小姐，麻煩妳和我們走一趟。」

她瑟縮了一下，而我則不著痕跡地向旁邊移了一小步，將她擋在我身後。「為什麼？」

警官顯然知道我的身分。「秦先生，就你……**丈夫**的說法，」他的嘴角很明顯地抽蓄了一下。「恐怕張小姐是我們最大的嫌疑人，所以我們有些話得問她。」

沒那麼容易。我哼了一聲。「通知書先拿出來。」

「我們不是以嫌疑犯的名義帶走她，只是想針對案情問她一些小問題而已，所以不需要通知書。」他狡猾地說，顯然有備而來。「當然了，通知書還是小意思，以張小姐長年旅居海外、在台並無固定居所、且所牽涉到的是殺人罪的情況看來，就算我們要申請到拘票也不是什麼難事。如果張小姐想等到那時再跟我們走，那場面就不會這麼好看了。到時候我們也會如實對媒體說明，張小姐有多麼不願配合。」

該死。我在心裡咒罵一聲，還想再爭下去，張云暘卻在這時輕輕拉了拉我的袖子，低聲說。「沒關係的、秦國晉，我想證明我的清白。」我還試著要阻止她，但最後看著她平靜堅毅的面孔，終究只得讓步。

警官見狀，便示意他身旁的部下上前，而我看到那名警察拿出手銬，不禁也動氣了，厲聲喝道。「不准上手銬！不是說了只是問話嗎？你們憑什麼給她上手銬！」身後的張云暘在瑟瑟發抖，仍然緊緊地抓著我的袖子，彷彿我是她唯一的依靠。我安撫地輕握她的指節，然後把那只手從我的袖子上移開。我能聽見你在後方又是鄙夷又是氣憤地哼了一聲。

我向窗外望去，就只見我們的院子外快速地聚集起了記者媒體和圍觀的群眾。該死。我皺起眉，脫下西裝外套罩在張云暘頭上，低聲叮囑她。「不要被拍到臉，不然之後會很麻煩。」她溫順地點了點頭，我瞄了身後的警察們一眼，又說。「在我到之前，一**句話**都不要說。」

從方才到現在，他的計畫一再被我阻撓，這下那名警官不高興了，臭著一張臉質問我。「你夠了沒啊你到底是她的誰？不要妨礙我們警方辦案！」

他的計畫很簡單，把上了手銬的張云暘拖拉上警車——護送她的員警要故意走得很快以造成腳步不穩跌跌撞撞的現象——故意讓媒體問出幾個尖刻的問題、捕捉她被押上警車的照片。在車上就開始不斷恐嚇利誘她，期望她說出對自己不利的證詞（承認的話就只要被關五年喔，之類的），大部分人都會被嚇到，並被這樣的氣氛逼得精神崩潰。運氣好的話，他今天就可以得到一張認罪的簽字了。

的確是個好計畫，只可惜他現在面對的是我。我冷冷地瞪著他，又看了一眼安靜地低著頭的張云暘，最後我望向你。就見你凝視著我淚流滿面，像是在譴責我竟然迴護她、又像是在乞求我不要如此狠心。你的眼底仍然殘留著最後一絲微小的火光，而我縱然知道你所有的希望都掌握在我手中，我也不得不親自將它熄滅。「我是張云暘的律師。」

你絕望地闔上眼，我知道我傷了你的心，但是未宇，對不起、對不起，但這一次我已經下定決心了。

和**那一天**不一樣，這一次，我不會背棄張云暘。

其實並不是我不喜歡天權，到底都是自己的孩子，怎麼可能不愛。只是我對這個孩子總感覺親近不起來，當他任性地耍小孩子脾氣時，我就是無法像你一樣露出寵溺的微笑，而是只有滿心的厭煩。

大抵是因為從一開始，我就從來沒有**想要**過這個孩子。

在收養了夏城之後，沒過多久我便和陳珺一起創立了事務所，初期的準備工作總是繁瑣又複雜，我們兩個方滿而立的年紀，要自己出來打點一切尋得案源實非易事，所幸有你我父親的人脈幫忙，讓我們少掉許多麻煩，但那時的我還是得每晚每晚地加班，而你身為副總又要操持家裡也絕不輕鬆；我們雙方的工作本就都忙，家中又多了一個孩子，生活壓力漸大難免略有摩擦。

那一段時間我們都很累，你會為了我的一再晚歸而大發脾氣，我也會為了你沒有給夏城應有的關心而感到不滿。但那時我只試著一再告訴自己，會好的，我們兩個，總是會好的。

某一天我才剛回到家，停好車後瞄了手錶一眼，指針剛過凌晨三點，我嘆了口氣，今天又晚回來了，你肯定不高興。

盡量輕手輕腳地開了鎖，才推開門就見你低著頭坐在玄關的台階上，四周一片黑暗連燈都沒開，唯一照在你身上的只有隨著我一同灑進來的月光。我看不清你的表情，只能從你低垂的肩膀來猜測你的喜怒。意外地，你看起來並不像在生氣，只是很頹喪的樣子，就像你原有的自信在今天全數崩塌了、而你即將失去你所有的一切。

我開了玄關的燈，把身後的門帶上，這才小心翼翼地喚了你一聲。「未宇，我回來了。」

你像是驚醒了一般，猛然抬頭望向我，眼神裡毫無生氣。當我正想再說些什麼時，你卻突然衝上前來吻我。

被你衝撞著後背抵上門板，我反射性地摟過你的腰回應，你的吻嚐起來有誘惑及絕望的味道，像是遍體鱗傷地在做困獸之鬥。我覺得不大對勁，輕輕地推開你，壓住你的肩膀想仔細瞧你，卻被你眼底帶淚的悲切模樣給嚇住了。「未宇？」

你沒有說話，只是把我拉上樓梯帶回主臥房。你一邊走一邊單手解開襯衫的扣子，到了房間後扯下衣服，又扳著我的脖子吻上。「秦國晉，抱我。」你一邊笑著一邊吻我。「說你只有我。」你整個人貼在我的懷中又哭又笑。「**我們**在一起，你還跟我在一起就好。」

情事後你躺在我身邊，突然沒頭沒腦地說了一句。「我們生一個孩子好不好？」

我皺起眉，不明白你為什麼提起這件事，想也不想便反對。

「我們去找一個代理孕母，然後生一個**我們的**孩子好不好？」你翻過身，趴在我的手臂上望著我，又急又快地說著。「我知道你工作忙，但錢不是問題我們可以請個傭人，你只要負責提供精子就好，剩下的我會打點，我會負責照顧家裡、會照顧好孩子們，不會讓你困擾的好不好？」

我不喜歡你語氣中強調「親生」的這個概念，夏城就不是我們親生的，我們不也很好？於是我疲憊地閉上眼睛，無意再延續這個話題。「……未宇，不要鬧了。」

你突然爆發了。「什麼叫我不要鬧了！」見你裹過浴袍便向我的書房衝，我連忙抓過一件衣服跟上，到了書房就見你抓起我桌上的那座水晶城堡，用力地往地上砸，像是要摔碎你所有的不安、恐懼，以及我們之間僅存的信任。

我撲上前接住，卻仍然不小心撞到了一小角，見著城堡的底座快速地龜裂出細小的碎痕，我有些生氣了，站直身子冷冷地瞪你。「李未宇，你鬧夠沒有？」

結婚數年來我難得的動氣，讓你又倔強又受傷地瞪著我，發出一聲細小的抽泣，倒退兩步衝回房間，重重地摔上門。

不去理你就好。我簡單地沖了個澡換件衣服，把水晶城堡帶回事務所安置在桌上，當天就在辦公室裡的沙發上將就睡一晚。

你整整一個禮拜都不跟我說話。直到七天後才帶著一紙文件回來，用無比理所當然的語氣對我說了第一句話。「**我要**生一個小孩。」你倨傲地瞪著我，用力把那張紙摜到我手上。

我瞄了一眼，是代理孕母相關的文件，我皺起眉，正想再次表達反對時，卻見你突然放軟了姿態，上前一步拉住我的手。「國晉，我們不要吵架了好不好？不要這樣好不好？這不是我想要的婚姻。」

一聽到這句話，結婚多年來沒能為你做到的、永遠付出得比你少的、以及那落差了四年又或者更多的愛的差距，一切所造成的愧疚感全數湧上。這不是你想要的婚姻，是因為你想要的我無法給你。

於是再多的不滿再多的不願都脫不了口，我妥協了似地環抱你，答允了你的主意。

你提供了精子，和代理孕母生下了小兒子。你將孩子命名為李天權，寵他簡直寵上了天，買最好的東西給他花最多的時間陪他。在他第一次氣喘發作那時，你一個禮拜都沒進公司，只是守在他的小床邊不厭其煩地念早已說過幾百次的故事給他聽，再讓他拿著小車子和積木貼在自己肉呼呼的小胖臉上這樣的無意義舉動給逗得哈哈大笑，又是親又是抱地和他玩在一塊，把他捧在手心裡彷彿他是你最珍愛的至寶。而我則總是抱著一些隔閡感，遠遠地看你們共享天倫之樂，無法遏止心底那種不在乎的感覺。

所以，也許這就是為什麼現在的我並不**那麼**難過了。我滿腦子所能轉著的，只有還好不是夏城的這個念頭。至於這個想法又是從何而來呢？很簡單，每個父母總會對內對外皆宣稱：每個孩子都是寶，在自己心中都一樣重要，偏袒獨厚一個孩子是十分過份且不配為人父母的一種做法，這種事情絕不會在自己家發生。

但是就跟**大多數**從父母口中說出的話語一樣，這個句子也是個十分顯而易見的謊言。無論把這句「不可能偏心」說得再如何冠冕堂皇，只要是家中有一個孩子以上的父母，都一定會有較為疼惜的一方。或許是因為孩子是個優等生，或是因為孩子嘴甜會撒嬌，又或者只是因為這個孩子的臉上比那個孩子多了一個酒窩——總是有理由的，總會有理由的。

還好不是夏城。

這是一個極其卑劣的想法，但是比起我身為人父卻抱持著這種念頭，更令我感到害怕的，其實是我有多麼**不努力**地去試著壓抑這種感情。

因為，未宇，對不起，但打從一開始，天權就不是我想要的孩子。

兩名警察扶著張云暘的手臂將她帶走，我連忙跟上，卻被你用力地拉住了手。你的淚已經停了，只剩下淌在臉上的淚痕訴說著我的薄倖、及你的痛不欲生。你狠狠地瞪著我。「你真的就要這樣走？」

而我掙開你的手，凝視著你絕望的表情。像是你已經不再希冀我留下了，因為你知道我不會，你只是用這樣哀戚的神色和那個問句，無聲地譴責我所做出的決定。我愣了一下，終於還是給你一個擁抱。「對不起，我不能放她一個人。」

你在我的懷中整個人站得筆直而僵硬，用力地推開我，甚至沒有費心多看我一眼便調頭離開。

我短暫地閉上眼又睜開，抓過你的車鑰匙——沒時間走回幾個街口外開我的車了——大跨步走向車庫。我開著車從後面離開躲避媒體，搖下車窗，深吸一口混雜著背負你失望背影的空氣。這個決定縱然痛苦，卻不難做。

那一天我和你在一起，留下張云暘一個人孤立無援地轉身離開，她的背影背負了過多的、我無能讀懂的感情，我花了十八年依然沒法擺脫那種罪惡感。我不能再背棄她一次，尤其是她現在需要我，我不能丟下她。

一路跟車到刑事警察局，我看著張云暘剛下警車便被蜂擁而上的媒體包圍，兩名警察似乎不怎麼費心阻擋記者的追殺，任他們擋在前方用一個個問題轟炸張云暘。從下車到警局短短數步的路程，硬是走了幾分鐘。

我默默地望著一切，而後轉回臉，看著你放在儀錶板邊的、我們二人的合照，我安靜了一瞬，然後掏出手機撥通了一個號碼。「陳珺，我想麻煩妳一件事情。」

電話那頭傳來她慣有的開朗嗓音。「還真稀奇啊，怎麼啦？」

「事務所現在讓受僱們辦的那幾個案子、雖然有將我掛名在上面掌控案件進度和內容，但我想移交給資深的受僱律師全權負責，另外我手上親自負責的有兩個案子，方便先轉介到妳手上嗎？我覺得轉給合夥律師會比較好對客戶交代。」

「可以啊，我手上的竊盜案剛結束，這兩天閒的要死，幫你接下來也好。」

「謝謝。」我閉上眼睛。

「不過你幹嘛要把案子丟出來？向來是個工作狂的你，突然這麼做，我應該可以大膽假設不是為了你家親愛的李未宇吧。」她打趣地說。

「……我剛接下了一個案子，我想要全心應付它，所以要麻煩妳了。」

「足以讓你放下手邊一切的事情？我應該可以再一次大膽假設這是個特別的客戶吧？」

「她的確很特別，我以前也跟妳提過。」

「你是在期待我記得你跟我提過的每一個名字嗎？」

「……妳剛剛才見過她。」

她冷冷地哼笑了一聲。「喔喔喔，原來是你的老同學、莫名其妙地丟下一句要你放棄天文的話就消失、讓我們家秦國晉偷偷愛了十八年的張云暘張小姐啊。」

我耐著性子跟她解釋。「……她只是一個老朋友而已，我只是想好好幫忙。」

「好好好，隨便你怎麼說，我才懶得管你的中年危機。」

「謝謝。」

「不過說起來，我是不在乎幫你一下啦，但是你敢保證李未宇也不在乎嗎？」她的聲音一點一點地冷了下來。

「我看不出來這跟未宇有什麼關係。」這是騙人的，我當然知道你有多痛苦。

「自己的另一半要跟久別重逢的故人相處接下來這麼長一段時間？就我所知，李未宇可從來不以大方出名啊。」

「我不認為這件事需要牽扯到未宇，何況我已經下定決心了，所以我不會放棄這個案子。」

她的聲音已經冷透了，像是看穿了我所有的心思。「那方便請問你究竟是下了什麼決心嗎？」

冬天的太陽下山得早，似乎是連同陽光裹身的她被帶進警局的那一刻起便一併消失了，天空一片灰濛濛的，似也在宣告著接下來的路途艱辛，以及我需得承擔那份令你**失望**的負罪和陰影。可我卻不為所動，一貫地挺直背脊，伸手把你放在儀錶板上的那張合照拿了下來，收進車子裡一個我看不見的角落，彷彿這樣，我就不用面對你加諸於我身上的愧疚感。我深吸一口氣，這個決定並不難做，只是很痛苦。「……就是我這一次，要站在張云暘這邊的決心。」

致　秦國晉

人們聽不到來自太陽的任何聲音。原因很簡單，因為人類聽覺所能聽見的聲音，無法穿越太陽系近乎完全真空的太空。

所以有些我心底的話，在十八年前的**那一天**，你沒有聽見，在十八年後的今天，你同樣無法得知。

一直以來你都是很好操控的人，又或者說，你是個很容易被猜透的人，尤其是在面對我時。

在警察問話的整個過程中，你都寸步不離地陪在我身邊，幫我擋下了很多棘手的問句。「妳是否會說自己憎恨死者的父親、李未宇先生？」不時低聲安撫我，怒目瞪視那名趾高氣昂的警官。「家裡的大兒子又是上哪兒去了？」

「我……我回到客廳時，天權已經倒在地上了，我沒有看到夏城，不知道他……」

「妳有沒有殺了他？」

「我……」

我其實並沒有放太多心思在回答問題上，只是隨著問句漫不經心地點頭或搖頭，遇到不知該怎麼回答時便可憐兮兮地望向你，你就會自動幫我攬下所有工作。偶爾用緊張顫抖的聲音說幾句話，就會被你打斷。「我們沒有必要回答這個問題。」你還是一樣容易理解。我微微笑了起來。和當年一模一樣。

只是差別在於，當年的我並不會像這樣操縱你。那時的我總是心甘情願地待在你身邊，比任何人都要早一步猜到你的心思，然後搶先一步引導所有人去完成你所期望的事情。而現在的我，早已走上了一條我們彼此都再也無法回頭的道路了。

我閉上眼睛，試著控制自己的情緒。我**不會**後悔。

在我還沉浸在自己的心思裡時，問話也差不多結束了，你抓起我的手臂，冷冷地說。「現在，我的當事人可以離開了吧？」

「別那麼急。」像是套好了招似的，警官離開了一下，回來時戲劇性地揮舞手中恰好送來的拘票，他洋洋得意又虛假地說了一聲。「哎呀，真巧。」

這是預料之中的結果，甚至還只是個開始呢。所以我心裡其實很平靜，卻還是擺出一副泫然欲泣又故作堅強的模樣望向你。而你疲憊地拿下眼鏡揉了揉眉心，再一次低聲安撫我。「會沒事的。」

可是你說得那樣沒有說服力，像是連你自己都不相信。

接下來移送地檢署、等待、開偵查庭，你還是沒有離開過，始終陪在我身邊，給予我太多我**不配得到**的溫柔。

眼見你從當年那個不擅言詞、只會講些天文大道理的大男孩，成長為今日這個與各式各樣的人交涉斡旋得以獨當一面的律師，我想起你竟是在**那一天**後沒多久就放棄了在國外修習天文、轉而返台報考法律系，在那個當下我就知道，你是**為了我**才這麼做的。

你看起來很累。在偵查庭被訊問的過程中我稍稍分了心去看你，你的細框眼鏡壓在鬢邊的白髮上，你仍然皺著眉造成一道深深的刻痕，你默默地凝視著我的方向看起來很不快樂。

我有些哀傷地笑了起來。小宇花了十八年的時間把你折磨成這副樣子，而我只用了不到十八個小時就能達到相同的效果。誰贏了誰呢。

雖然這一定是你平日做慣了的工作，但到底還是我讓你奔波勞累。我垂下眼瞼，什麼都不知道的你太溫柔了，而什麼都明白的我太狡猾了。

分心分著倒也熬過了偵查庭，這是件好事——因為偵訊像是永遠不會結束一樣——至少過了數個小時，我們才從房間裡離開。我望向明顯失落又不滿的你，聽你向我解釋，檢察官要向法院聲請羈押我。「這位吳檢座是我大學時的學長，他很固執、也很難搞，」你小小聲地向我說。「但我們還是有機會，我會盡我所能幫妳爭取交保。」

我向你微笑，點了點頭，低下頭拭去我眼角那滴不存在的淚水。而你像是很不捨的樣子，輕拍我的手，一再向我保證會想辦法保我出來。

法警走向我們，要把我帶去拘留室等待，我拉著你的手不肯放，裝出很害怕的模樣。而你輕輕掙開我的指節，抓住最後的時間深深地望著我，要我相信你。

我當然相信你。我隨著法警的指示進到拘留室裡，在狹小的空間中蜷縮著身子，像是希望能讓自己越縮越小、越縮越小，最好是能夠消失。我死死地盯著房間裡的角落，希望能看見你的幻影如過去十八年一般地出現，卻終是只能見到一片在眼底蔓延開來的血色，彷彿在今日下午，在我親手燒掉了那張驅使我走上**這一步**的根源的那一刻起，你的幻影也就隨之消失了。

用力地搓著起了雞皮疙瘩的手臂，我把頭靠上膝蓋，卻怎麼也暖不起那陣從心底湧上的寒冷。我**當然**相信你，只是也許你並不該相信我。

閉上眼，我讓自己陷入黑暗中，彷彿這樣就能忽略我所做出的一切、所造成的結果，以及所背叛的信任。但我卻終究無法克制眼角那滴虛假的淚水滑落。

我對不起天權，對不起小宇，更對不起你。

其實太空並非完全空無一物，所以聲波理論上是可以前進的，只是頻率非常低，要有頻率能夠相對應的接收方、很努力才能聽得見。

我只希望我的抱歉能被聽見。

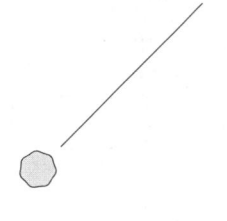

第二章
北極星

北極星是指最靠近北天極的恆星，是北半球能見到的極星，同時也是天際導航的重要指標。而由於歲差的關係，不同時期會擁有不同的北極星。

換句話說，找著了北極星，就找著了方向。

致　張云暘

經過法官的訊問、法院裁定交保下來、交付了保證金後，我才真正鬆了一口氣，偏過頭去看身邊的妳，鼓勵性地握住妳的手肘給予安慰。而妳沒有看我，只是低垂著臉，看起來十分疲憊。

不過妳也的確該感到困倦。從昨日傍晚被帶回警局算起，已經是次日的晚上了。

我細細打量妳，在法官訊問前妳換掉了昨日穿的那套淺色洋裝，換上了我買來的套裝，妳看起來整齊、乾淨、足以給人留下好的印象。卻過度蒼白。我忍著心中的煩躁感向妳微笑。「妳表現得很好。」

妳還是不肯開口，我也不強求，領著妳步出法院。天已經完全黑了下來，外頭等著的記者卻仍然沒有散去，我瞪著這些嗜血而樂於煽動仇恨的機器，不捨讓妳再次接受盤問，只能輕聲安慰妳，讓妳先去另一側的門等我，而自己單槍匹馬地去面對他們。

抬手調整一下領帶，拉了拉袖口，我做好心理準備後走上前。鎂光燈和排山倒海而來的問題頓時撲向我，我嘆了口氣，如果陳珺在就好了，她一向喜歡、也比我更擅長應付媒體。「我的當事人是清白的。」對於記者的提問我一概不予理會，只是自顧自地說。「我的當事人是個善良、並且無辜的人，我們強烈地希望司法制度能還她一個清白，並由衷希望受害的家庭能早日撫平傷痛，且懇請社會大眾不要將失去一條年輕生命的痛苦，加諸在另一個無辜的人身上。」我頓了一下，讓這個句子滲入人心。「我們會絕對配合一切司法程序，並真心希望能夠在法庭上證明她的清白。謝謝大家的關心。」

語畢我直接邁開步伐，不管記者們的追問，逕自上了車離開。為了避開他們跟車，我漫無目的地繞了好幾圈，確認後方無人追蹤後才駛回法院。

開車的過程中我想起我方才對媒體的聲明，突然發現我太常應付相同的情況，所以所說出來的話幾乎是本能反應，全是一個模子套出來的。**受害的家庭**說的不正是我們家嗎？我啞然失笑。難怪大家都說律師會下地獄，我們不是唯一一個需要摒棄良心的職業，但是是唯一一個需要摒棄良心才能**做得好**的職業。

但是這次不一樣。我將車停下，只見夜幕低垂中妳單薄的身子在晚風中瑟瑟發抖，我連忙下車去迎接妳，看著妳蒼白的面容，我心中有些煩躁，脫下西裝外套再次罩到妳肩上。見妳對我充滿信任地虛弱一笑，我瞬間認定了自己所做的，是一個正確的決定。

這一次我並非摒棄良心，而是秉持良心，才去做出這一次的選擇。我要保護妳。

這是太長的兩天。我們上了車後誰都沒有說話或是動作，我向後倒靠在椅背上，終於可以稍微放鬆下，將自己從妳的偵訊中抽離出來，這才記起了我慘死在家中的小兒子。我只覺得這一切都沒有真實感，怎麼會發生這種事？是誰會想要殺害一個年僅四歲的孩子？是不是我以前拒絕接下的那個殺人案的罪犯幹的？他是不是前陣子剛出獄？還是是我之前贏了的那場官司的被害者家屬想為此尋仇？我想不起來了，那是不是也是個年輕孩子死亡的案件？

我的腦海中轉過了無數個念頭，亂糟糟地纏繞著令我頭疼，直覺得這一切都是我的錯、是因為我和人結怨才招來這種結局，定是我的緣故才害得我們的寶貝兒子死得不明不白。這樣沉甸甸的自責和痛苦壓得我有些難受想吐，而我卻絲毫無意去試著緩解這些感受，而是迫使自己去想得更多痛得越重，彷彿這樣幾要令我窒息的負罪感，便足以彌補上我並不是**那麼**難過的罪孽。

還好不是夏城。

我深深舒了口氣，用夏城溫和的微笑填補上我除了愧疚感以外空空落落的心。他現在是和未宇在一起吧。他是個那麼安靜善良的孩子，想必是因著親眼所見自己弟弟的死而嚇壞了、才跑出門求救，不知道他現在是否有好一些？妳雖在訊問時說了不知道他上了哪去，可昨天下午未宇完全沒有提到他，而是只針對著天權的死而痛不欲生，表示至少我們還有一個孩子是安然無恙的。我現在只要趕緊回家、就能將他安穩地摟進懷中。

我短暫地閉上眼睛，嘆了口氣，才偏過頭去看身邊坐在副駕駛座上的妳。就見妳低垂著臉，讓我無法看清妳的神情，只能從妳毫無起伏的肩背和輕輕擱在膝前交疊著的雙手來猜測，妳大概還算平靜。

……妳的手。我皺起眉，這才後知後覺地察覺到妳不停來回輕撫著左手的食指尖，便拉過妳的手細細查看。「妳的手怎麼了？燙傷了？還好嗎？」

輕輕抽回手，妳搖了搖頭，聲音有些扭曲。「沒什麼，燙到起個小水泡而已。」

我沒有多說什麼，只是點點頭讓這個話題流逝，又過了一會才打破沉默。「我先送妳回去吧，妳家地址給我。」

妳吸了吸鼻子，很小聲地說。「我才剛回台灣而已，現在住飯店。」

「哪家飯店？」

妳頓了一下才回答我，像是很不願意似的。「圓山。」

我向妳點點頭，這才發動引擎。開車行駛在夜色中，四周的寂靜逼得我幾要窒息，我空出一隻手鬆了鬆領帶，瞄了妳一眼，就見妳默默地望向窗外表情漠然。我不忍見妳這樣毫無生氣的模樣，便試著找話題開口。「妳說妳剛回台灣，那妳都怎麼行動？搭車嗎？妳昨天好像是搭計程車來找我的？」

「……我有租車，但昨天下午去找你前送去保養了。」

「回來多久了？」

「兩天。」

「喔。」妳的回答簡短，感覺完全無意將對話繼續進行下去，而我則再一次清楚地意識到自己究竟是個多麼不擅長開話題的人。我拚了命地想，眼神在妳蒼白的側臉上轉了一圈，才落到了音響上，我先在心中和自己對話一次，才向妳開口。「說起來，我之前才買了一套古典音樂精選CD，音質還不錯，曲目選得也好，我很喜歡。妳呢？妳現在還是一樣會聽古典音樂嗎？」

等不到妳的回答，我也不為難妳，只是順手旋開了音響的開關，想播放我車上的那張ＣＤ，卻不小心調到了廣播電台。一個清脆的女聲順著我的動作流瀉至車內凝結的空氣中，語調裡帶了虛假的沉重和嗜血的興奮。「……午後，台北市一棟豪宅內發生一起慘絕人寰的血案，一名今年三十六歲的張姓女子涉嫌殘忍地殺害了年僅四歲的李小弟弟，有知情人士指出……」

我愣了一瞬，用力切掉音響的電源，接著快速轉動方向盤緊急煞車停至路邊。我才不管那個該死的知情人士是誰或是說了些什麼，我在乎的是**妳**。

我望向妳，就見妳整個人縮在我的外套裡，渾身打顫，放在膝上交握的手用力地攥緊到指尖發白。妳的五官被瀏海遮蓋下的陰影給淹沒，我突然發現我看不清妳。從前還可以的，但卻不知從什麼時候開始，我再也看不清妳了。

初見妳的情景像是刻印在心底而不是深埋在腦海裡，只要回憶起那段往日，心上那塊珍藏著妳笑容的角落，便總不禁與妳溫和含笑的眉眼一同柔軟了下。

我向來沒什麼朋友，倒也不是我人緣不好或是個性惡劣招人討厭，只是我不擅言辭，又一向比同年齡的孩子早熟，他們所喜歡的卡通漫畫或是偶像團體，我全都一竅不通也不怎麼感興趣。於是沒有了共通的話題，自然也就沒有了親近的理由。

每每課堂上分組，若是需要取得好成績的自然實驗課等，就會有同學主動提出要和我一組；但若是以玩樂為主的體育課那類課程，那我就只會默默地站在一邊，等到落單的人被不情不願地推過來。

同儕們總是崇拜我、敬重我、信賴我，但絕不會想和我閒聊天氣或是將我拉進他們的小圈子裡。說實話我也不是特別在乎，於是國小大部分的下課時間，當男孩子們都衝去操場打籃球或躲避球時，我總是一個人安靜地坐在位置上看書。

這樣的情況在上了國中後自然也不例外。已經開學一個月了，我仍然沒有能一起吃午餐的對象，我倒也樂得輕鬆不必浪費時間去和人交談，便一個人吃完飯、簡單地沖洗過餐具後，拿出一本天文科普書來，打算在午休時間開始前給自己一點消遣。

「嗨。」

我閱讀的光線突然被一道影子擋住，一個明亮的嗓音響起，我放下書抬頭看，就見妳站在我面前，對我瞇著眼笑。那時的我遲疑了一下，不知該怎麼應付這名突然前來搭話的女同學。「呃，妳好？」

妳拉過我前方座位的椅子坐下，看起來像是不打算在短時間內結束這段對話。「哈囉，班長。」妳笑著又向我打了一次招呼。

「張云暘……同學。」我不自在地輕咳一聲，希望妳能識趣地離開。「呃，有什麼事嗎？」

「沒什麼，只是想跟你聊聊而已。」妳的笑容像是永遠都不會被撤下，指指我桌上的書。「這本書很有趣呢，我前一陣子才剛看完，我覺得談星雲那章最好看。」

不禁被妳的話語吸引了興趣，我有些驚訝地問妳。「妳也喜歡天文學？」

妳點點頭，用手勢詢問我能否看看那本書，我便順勢遞給妳，看妳一邊翻書一邊回答我。「喜歡喔，大概是從小學第一次學到月亮盈虧的時候，就開始覺得有趣了。」

「這很難得。」我說。「我還沒碰過同年紀的人對天文有興趣的，妳是第一個。」

「是啊，很難得。」妳附和我。「所以，你是特別的。」妳的手支著下巴，向我偏著頭笑了笑，接著在我來不及回應前轉變了話題。「對了，你有最喜歡的星星或是天文現象嗎？或是星系之類的也可以。」

喜歡？我皺起眉，通常來說我並不會用這個詞彙來形容我所學的知識。但是面對妳殷切的表情，我也只能費力擠出一個答案。「……其實是沒有什麼特別喜歡的，但是真要選的話是變星[7]吧，我覺得它們的現象很迷人。」我頓了一下，反問道。「那妳呢？」

「咦？」妳像是很驚訝會從我這邊得到這個問句，手指抵著下巴考慮了一下，才說。「我倒是都滿喜歡的，硬要說比較特別的……應該是流星吧。」

「流星？」我有些詫異妳的答案竟是這麼普通。

「或許我還是有那種小女生的浪漫情懷吧。」妳有些不好意思地笑笑。「雖然是大家都耳熟能詳、好像也很普通的一種現象，但是我覺得很迷人呢。運行在無邊無際的宇宙裡的流星體，因為接近了一個星球、所以受到吸引，接著進入了大氣層，和它接觸摩擦後燃燒劃出光跡。」妳像是很嚮往地說著，然後對我微笑。「你不覺得很浪漫嗎？」

我還沒來得及回答妳，就聽見午休時間的鐘聲響起，我該去管秩序了。可我又不太想這麼快結束這段對話，內心逕自掙扎著，就見妳站起身子，把書遞還給我。「午休了，你該去和風紀一起管秩序了吧。我們下次再聊，嗯？」

妳有些期待地望著我，見我向妳點點頭後便即腳步輕快地離開，中午炙熱的暖陽透過窗簾的縫隙灑落在妳的髮梢，妳和幾名女同學閒聊了兩句，像是在滿足她們對於妳方才為何來向我攀談的好奇心。妳一邊說話一邊將其中一束垂落的髮絲撥攏至耳後，順著這樣的動作偏過頭，對上我的視線，向我輕輕地微笑。

我至今都沒有忘記過那一日，妳的話語、妳的神情、妳每一個溫柔的微笑，我是看得那樣清那樣明。以及在那一日，妳是如何明亮又璀璨地在我的世界裡畫下光跡。

[7] 變星　Variable star：是指亮度與電磁輻射不穩定的，經常變化並且伴隨著其他物理變化的恆星。

妳的手互相握得死緊，導致手背上被抓出了月牙般小小的指甲印子，我提高聲音喊妳。「張云暘。」就見妳的肩膀微微一震，像是這才回過神來，緩緩地轉臉望向我。

在那一次的交談後妳成為了我唯一真正意義上的朋友。妳是個人緣極佳的女生，但在那次之後妳總會推開旁人的邀約，逕自走到我的身旁對我微笑。課堂換教室、中午吃飯時，乃至於每一次的分組活動，妳總是神色自若地站到我身側，選擇了和我一起。

再後來我們一起創立了天文社。從前期的準備、與學校交涉斡旋，到打掃出廢棄許久的空教室充當社團辦公室，以及後期的招募社員制定課程，妳總是在那裡，默默地幫我扛起重擔，無比自然地待在我身邊，對著我溫柔地微笑。妳是我最好的幫手，唯一的朋友，無可取代的依靠。

以前的妳總是陪著我，如今我當然也不能背棄妳。

現在的妳一定很害怕吧。妳仍然在發抖，甚至不敢直視我，我嘆了口氣。怎麼能讓這樣的妳一個人孤零零地回飯店呢。我望著妳臉色慘白的模樣，心下不捨，終是開口道。「我帶妳回家吧。」

致　秦國晉

我一個人蜷縮在客廳裡，雙手抱膝側躺在地上，就在天權死去的那塊區域的旁邊。我的地毯被當成證物收走了，就是那塊你陪我一起去挑的純白色長羊毛地毯、那塊我們家第三條添購的地毯、那塊被我兒子的血暈染出暗紅色的地毯。

這麼做無疑是在折磨自己，我知道的，心理層面的凌遲姑且不論，躺在實木的地板上絕對會給脊椎帶來強烈的壓迫感。但我還是在這裡躺了很久很久，因為除了藉此來這麼緬懷我們的寶貝兒子，我又還能做些什麼呢？

凝視牆上掛著一張放大列印出然後裱框的照片，是我們一家四口的全家福。我看著天權，他年輕的幼小生命就這麼消失了。我看著你，你曾經在這個家裡的但如今卻不再如此。我看著我自己，我以前似乎是真的很快樂的。

我看了很久很久直到光刺激了我的眼睛，淚水落下，我卻仍然沒有閉上眼。我很認真地看著我曾經擁有過的一**切**，刻意去忽略一個再明顯不過的事實。

我是個失敗的父親。

像是躺了一世紀那樣久，我聽到鑰匙與鎖簧摩擦的聲音響起，只微微動了一下，卻不打算起身，決意繼續躺在這裡誘發你所剩不多的罪惡感。

「未宇？」你快步走向我，在我身邊蹲下來，輕拍我的背。「你怎麼了？先起來。」

你的聲音裡透了些溫柔的暖意，我仍然側著身不願看你，卻不禁紅了眼眶。或許你願意和我好好談談，或許你還是在乎這個家的，或許你有那樣微乎其微的機會仍然愛我。

於是我放棄了戲劇化的可憐扮相，任你把我拉起身，站定後我凝視著你，深吸一口氣。「我……」

然後我看見了你身後站著的那道人影，我連想都不用想，就知道是張云暘。她竟然可以掛著這樣平靜自然的笑容，站在我們的客廳裡、站在你的身後、站在天權死去的這個角落，對我擺出一副與其說是愧歉更像是耀武揚威的姿態。

更傷人的是你竟然允許了她這麼做。我瞪著你止不住地全身顫抖，而你遲疑地瞄了身後一眼，然後按住我的肩試著向我解釋。「未宇，你聽我說……」

連辯駁的機會都不願給你，我用力地推開你和你那些該死的解釋。結婚這麼多年來我所學到的其中一件事情就是：有些事情就因為你想說，不代表我就得聽。

我大跨步走上前，居高臨下地瞪著她一成不變的微笑，像是在無聲地嘲諷我的失敗，虛假地惋惜天權的死去，驕傲地炫耀**你選擇了她**的這個事實。

我心中生厭，一揚手就是五年前揮不下的那個耳光。

五年前我的婚姻堪稱完美無缺，雖然和你會偶有爭執，但是我們在說的可是婚姻啊，誰能避免呢。是以對我而言，我的幸福日子裡的唯一缺憾，就是那種對小夏所抱持的無以名狀的恐懼感。

但那時候的我是真的很幸福。在婚禮之後我再沒見過她，也幾乎沒再想起過她。直到那一日我接到一通電話打到我的私人手機上，這支手機通常只有你或是家裡會打來，其他的時候都是使用公務手機或是秘書轉接為主。所以當我在屏幕上看到一串不認識的號碼亮起時，你應該可以體會我有多麼驚訝。

我一邊處理手頭上的公務，一邊對門外的秘書大吼——不，我**不要**現在看那些審計報告——一邊漫不經心地接起電話，不耐煩地應了一聲。「喂。」

「喂，小宇嗎？是我。」

那個沒頭沒尾的句子竄進我的耳裡，隨著一陣顫慄傳下我的脊椎，我的手指微微地顫抖，然後無法遏止地笑了起來。我不知道我在想什麼，也不知道自己憑什麼笑得像個勝利者，我只是自顧自地笑著，用一如既往的虛假又親暱的態度喊出那個這些年來埋藏在我心底、我幾乎沒想起過也是不願想起的名字。「暘暘。」

她說她現在在我公司樓下等著，邀約我出去喝個咖啡，理由是青梅竹馬之間久違的友好聚會。我一口答應下來，讓她在樓下稍等片刻。抓過西裝外套、告訴秘書我今天不回來了，便即刻下樓。一切都來得太快，我無法思考，唯一想著的竟是在心中暗暗嘲諷她提出邀約的理由。

青梅竹馬的情份早就在長年的謊言堆砌以及彼此心照不宣的音訊全無之下，給消磨得半點也不剩。我明白，她更明白。

但是張云暘一點也沒變。我遠遠地看著她站在大樓前方的人行道上，心裡苦澀地想著。多少年過去了，她卻像是連髮尾的長度都未曾改變過。仍是那樣白淨清秀，笑顏美好；仍是那樣嬌怯怯地站在春日的午後微風中都像是要給吹散了似地惹人憐惜；仍是那樣從澄澈的眼眸中眨著的堅定與自信便可瞧出她並非表面看上去的柔弱易碎。

仍是那樣一副令你心心念念了十三年的可憎模樣。

我心中陡然跳出這個句子，只是一個想法便將我這些年來**自以為是**的美好婚姻給毫不留情地毀滅。如此出乎意料又是如此理所當然。從你把小夏收養回家那天就該知道，從你每晚每晚的夜不歸營心不在焉就該知道，從你在**那一天**魂不守舍地望著她的背影時就該知道。

從你放棄了天文的那一刻起就該知道。

看著張云暘就站在我面前不過十步之遙，我看著她的眉她的眼，她蒼白的嘴唇和一成不變的笑容。明明是與小夏不同的五官，卻又在極度如出一轍的溫暖微笑下給襯得如此相仿。

直到這一刻我才真正明白，這些年來懼怕小夏的理由、不願與小夏過分親近的理由，以及無法真心深愛小夏的理由。

而你呢？你是有意識地將他帶回家來嘲諷我們的婚姻，抑或是無意識地將他視如己出地疼愛來蠶食我們的愛情？眼前依稀浮現小夏靠在你身上，巧笑言兮地喊爸爸的場景。你又是用什麼樣的心態在看待這一切的呢？

這一切都噁心得令我想吐。

可我沒有。我努力直起腰板，摸了摸自己無名指上的戒指，語氣堅定地告訴自己：我，李未宇，才是你今生唯一的伴侶。而她張云暘只不過是一個十三年前的故人罷了。

她仍然站在原地笑著看我，而我有些不懷好意地綻出最燦爛的微笑，彷彿在為了自己方才的卻步感到羞愧似地，大跨步走上前，迎上她細薄唇畔抿著的柔軟弧度，忍下甩她一耳光的衝動，反而是傾下身把她拉進懷中。我的聲音溫暖又負有磁性，迴盪在我與她的世界裡不留餘地，乍聽之下像是在歡迎久別重逢的青梅竹馬，可我相信聰明如她一定能察覺其中宣戰的意味。「暘暘。」

只可惜再怎麼自信再怎麼驕傲，再怎麼試圖讓自己像是個勝利者，我擁抱著她，仍是止不住心裡轉著的那個念頭。其實一開始選擇擁抱而非握手的原因，說穿了也只不是我自己可悲的懦弱罷了。不願讓她看見我自負的笑意下，是所有的希望被那個念頭毀滅得不留痕跡的絕望。

也就是是我把你從她那裡偷走了的這個念頭。

至今我仍然記得那一日我是怎麼想的。是我把你偷走了，從她那裡，偷走了你十三年。

從**那一天**開始，交往，戀愛，大學畢業，開始工作，見雙方父母，結婚，領養小夏。這所有十三年的回憶、全是我偷來的。

和張云暘喝咖啡的過程我基本上沒有留下什麼印象，我甚至不記得自己是怎麼強顏歡笑地撐過一切才回到家的。我若無其事地陪著小夏吃了晚飯，打發了幫傭今天早點回去，壓抑著所有噁心感親吻小夏的額頭說晚安。

然後我趴在水槽邊吐了個一塌糊塗，吐到只能嘔出淡黃色的液體，吐得連眼淚都掉下來。

我刷了牙，用冷水隨便抹了把臉，然後拖著腳步走到玄關邊，坐下，把臉埋進手心裡，全身顫抖著，然後長長地舒了一口氣，一切歸於平靜。這才告訴自己：是啊，一切都是我偷來的。

但是偷來的又何妨呢？你總之是在我身邊，和我結了婚，共同養育了一個孩子。這些回憶縱然全是偷來的，可都這樣多年了，也總該有些真情了吧？

我一次又一次地安慰自己，等著你回家，親吻，擁抱，和你做愛。一次又一次地逼你說出，你只有我，你是愛我的，我們在一起、還在一起就好。希望藉著這樣悲哀又可笑的方式來試著證明，你還在我身邊。

情事後我趴在你身旁，望著你堅毅的下巴，心中突然萌生一簇微小的火光。我想要一個孩子，你的孩子，**我們的孩子**。這樣或許你就又多了一個理由，一個足以令你願意留下和我在一起的理由。

於是我向你提議，卻被你毫不留情地拒絕。我的情緒已經繃至極限，又被你那句「不要鬧了」一說，我再也無法忍受，抱著最後的籌碼孤注一擲。衝去你的書房想摔碎那座你與她之間的紀念物來證明些什麼，卻終也不得如願。

你選擇了她的水晶城堡。

明白你是被我偷來的之後，我的希望碎裂，但我故作無事地將其撿起，拼好。但是看著你選擇了那座死物而非我的時候，那些好不容易顫巍巍地拼湊起的一切再次碎裂，就再也無法挽回了。

從那一刻開始我就懂了，我們的婚姻是建立在她的消失、我的主動，以及你的遲鈍之下才得以卑微地苟延殘喘維繫至今的。

但我還是沒有放棄，我死守著那些粉碎的希望怎麼也不肯放手。拼不起來也無妨，無法修復也無妨，灰飛煙滅也無妨。希望還在就好，**你**還在就好。

已經十三年了。你衝出家門後，我裹著浴袍從窗戶看出去，漠然地望著你的車子在夜色中緩緩離去。一邊一再告訴自己，我從她那裡把你偷來了十三年，也許再十三年，再十三年，這麼偷著偷著，或許就可以是永遠。

在那之後我抱著這樣的想法，用力扯著指間的婚戒，一年又一年地數下去。十四、十五、十六、十七，到今年就是第十八年了，你還是在我身邊，我還不必把你還給她。

這樣堅持著的我，這樣折磨著自己的我，這樣死命著也要維護這段婚姻的我，是真的真的很愛你吧。

月球的軌道和地球的軌道並不在相同的平面上。

我看著張云暘站在我面前，一臉天真無辜地笑著，可眼神裡卻像是蘊藏了地獄的焰火。我頓時感到無比噁心，再也沒能忍住地狠狠甩了她一耳光。

但是隨後看著你心疼地推開我察看她時，我才無可遏止地感到絕望，彷彿那一個耳光是摑在我自己臉上。

你來回確認她沒事後，才回頭瞪向我，深深地皺著眉聲音繃的死緊。「未宇，不要這樣。」

「不要這樣。」我重複了一次，幾乎要笑起來。

「張云暘她沒有地方可以去，是我要帶她回來的，你不要這樣。」

「你帶了一個殺人犯回來，一個殺死**我們兒子**的殺人犯回來，回我們的家。」我不可置信地說。「然後你還要我，不要這樣？」

你提高了聲音反駁。「是嫌疑犯。你應該知道任何人在經過審判定罪以前都是無罪的，而且我相信張云暘。」

我撇過頭，狠狠啐了一聲。「對啊，你相信她。」

「未宇……」你遲疑了一下，然後上前一步來拉住我的手，同時不著痕跡地將張云暘擋在身後，像是怕我再傷害她一般。「我……我相信她沒有殺人，她現在沒有地方可以去，暫時在家裡住兩晚而已，你……你就忍耐一點，好不好？」

「你總是要我忍耐，」被你這麼好聲好氣地哄著我卻沒有一點動心，用力甩開你的手冷聲道。「容忍你每天每天的早出晚歸，容忍你的態度冷淡，容忍你的永遠沒有心情，容忍你對我總是這麼不公平！」

我深吸一口氣，再也沒能忍住，終是很低很輕地笑了，我的笑聲那樣悲哀連我自己也聽不清。「容忍你這十八年來永遠心都不在。」

也許就是因為我們二人的悲傷也不在同一個平面上，所以你才能夠容忍吧。瞥了一眼全家福上小夏溫和的笑容，我有些惡劣地想著，凝視你略帶歉疚的面容，決意要趁這個機會一次把你我之間的那道悲傷軌道拉在一起。是想挽回你，更是想折磨你。

我是個失敗的父親。

「好啊，那我告訴你，小夏失蹤了。」我滿意地看到你的眼睛在細框眼鏡後瞬間瞪大。「我在離開家之前，孩子們都還好好的，和她在一起。我回家後，天權死了，小夏則是不見了，他的鞋子一雙都沒有少，而且到現在都還沒有回來，已經整整消失一天一夜了，所以應該不是他自己跑出門了。」我的唇邊浮現一抹細微的冷笑，知道我的一字字都扎在你心上。「我想，小夏不是也被你家親愛的張云暘殺了、就是被她給綁架了吧。」你的眼神中流轉著不可置信的痛苦與激動，映著我波瀾不驚猶如死水的目光顯得那樣可笑而諷刺。而我竟仍有餘力去想，這倒也不能怪我，我**比較**喜歡的孩子都死了，我哪還有心思再去在乎**另一個**？「現在，告訴我你可以忍耐吧。」

致　李天權

爸爸有一次告訴過我，我們無法確定賽德娜[8]的表面是由什麼組成的。它看起來是太陽系中最紅的天體之一，已經自己公轉了幾十億年，可能是因為和其他行星——也許是我們尚未發現的行星——的交互作用而被拋到這麼遙遠的地方。隨著時間的過去，已經被太陽輻射分解甲烷和氮氣冰的混合物，創造出了深紅棕色的物質，被稱為「托林」。[9]

8　賽德娜　Sedna：為一顆外海王星天體，小行星編號為90377。

9　引述自摩爾、諾斯《仰望夜空》。

「托林」這個詞是在一九七九年由薩根[10]所創造的，用來形容無法辨識的分子，字源是希臘文的「泥濘」。這種物質滿像瀝青的，事實上，薩根差點就把它叫成「星星柏油」。

試著體會賽德娜的感受吧。它獨自生活了很長的一段時間，好不容易碰到了一個行星，以為彼此的交互作用能是永恆，卻在下一個瞬間被拋得遠遠的，到了一個黑暗且遙遠的地方，全身覆蓋骯髒泥濘。沒有人記得它，沒有人在乎它，也沒有人愛它。

其實我記得很多事情。記得你出生的那天，我跟在醫院裡，看著爹地驕傲又開心地抱著你來回搖晃。我好奇地踮起腳想去觸碰你皺巴巴的手指，但爹地卻不讓我碰你，猛然轉過身，把你抱得高高的讓我摸不到。爹地的眼角眉梢都是笑意，偶爾視線落到我身上又快速撇開，像是不希望我的存在毀了他的幸福時光。於是我安靜地倒退一步，努力讓自己保持微笑，一句話都沒有說。

爸爸似乎注意到了站在角落的我，正想走上前照看我時，卻突然被爹地叫住。「國晉，你過來，看看天權。」我看到爸爸的腳步頓了一下，然後順從地回過頭去，和爹地一起逗著你玩。

而我一個人站著，想走上前去參與卻不敢，想往後退逃離卻無法。只能默默地看著**你們**一家人，終究什麼都說不出口。

大人總以為我們不記得，但事實上，我們記憶所能容量的要比他們想像中的來得更多。比方說，我記得你出生的那天。比方說，我記得你第一次用嫌惡的眼神上下打量我而後用力踢我一腳的那天。比方說，我記得爹地某一次開始突然僵著臉擠出微笑，用一種紆尊降貴不得不為的方式喊我小夏的那天。

[10] 薩根　Carl Edward Sagan：美國天文學家、天體物理學家、宇宙學家、科幻作家，和非常成功的天文學、天體物理學等自然科學方面的科普作家。行星學會的成立者。

小夏。我痛苦地闔上眼，意識到自己記得了太多。

比方說，我也記得你死去的那天。

我記得你在我面前倒下，我記得你臉上凝固著最後的瀕死的驚愕，我記得你用力地喘著氣的嘴一張一合如離水金魚，我記得你的血濺到我臉上熱辣辣地疼，我記得你眼睛裡曾經流轉的活潑笑意緩緩地消逝。我記得你死去的瞬間。

我其實什麼都記得。因為如果不一次次地去回憶那些片段的話，我將無法解釋我現在的行為。

我為什麼會在這裡？

和賽德娜一樣，我被拋棄到了一個很遠很遠的地方，但我卻不知道，究竟是這一次的事件，還是在四年前、你出生的那天，我就被拋棄了。

致　秦國晉

給初學攝影的人一個小建議：只要使用景深這個效果，就能拍出乍看之下富含意境的照片，不但可以把想要呈現的東西給強調出來，而想要隱藏的東西，自然也可以被深埋在背景裡。

像是靈魂被抽離出來一般，我有些恍惚，依稀像是站得遠遠地看著你們二人爭執。小宇氣得面紅耳赤地對你大吼大叫，你則是一再提高音量試著打斷他，而我愣愣地躲在你身後低垂著臉，頰上還掛著一個巴掌印。這一切看上去都是場多麼荒唐可笑的鬧劇，可我無論身陷其中或冷眼旁觀都笑不出來。

我看著你料峭如松的背脊，看著你擋在我身前試著保護我，看著你一字一句為我辯解的話語都像是砸在小宇身上。「我相信張云暘。」你繃著臉說。而我只覺得這一切都是那樣諷刺。

我很想叫你停止。夠了，別再打擊小宇所剩無多的希望了。我能看見你所說的每一個字都在消磨他僅存的一切，而即便我所做的每一件事情也全是意欲毀滅他，可如今見著他如此狼狽的模樣我心中也並不好受，畢竟曾經，曾經小宇也是我努力的方向。

看著一個自己曾追隨腳步的人遍體鱗傷偉岸形象全無，我不禁覺得心底有什麼東西碎掉了，一直以來所憧憬敬仰的目標，也隨著他眼底的希望一併消失殆盡。

這些年來戴著「云暘阿姨」的面具與小宇和孩子們虛情假意地往來，久了之後我也能從中窺得一絲你們家的景況。比方說，你們家旁邊那條我每次停放車子的小巷裡沒有監視器。比方說，你幾乎不會回家吃晚飯；比方說，小宇最喜歡放給孩子們聽的曲目，是莫札特的《安魂曲》。

除了你之外，我們只有一個不談的話題，這是我們倆心照不宣的默契。青梅竹馬的情分竟體現在這種地方上，我每每想到都會不由自主地笑出聲。但有一回我們卻越了線，在翻看過往的相簿時提起了禁忌的話題，**那一天**。當下彼此先是尷尬了一瞬，而後我聳了聳肩，試著粉飾太平地轉移焦點：「要喝酒嗎？」小宇於是把多年收藏的紅酒全拖了出來，一瓶瓶打開，先是淺嚐即止，接著開始不停乾杯，最後兩個人都喝得有些過了，撐著下巴在餐桌上痴痴地傻笑。

氣氛在沉默之下仍是有些尷尬，而此刻虛應了事的話題都已用罄、又怕酒後吐真言的自己會說出更不堪的實話，我心下逕自盤算著，眼神轉了一圈落到一旁的音響上，便懶洋洋地開了新的話題。「怎麼突然喜歡上《安魂曲》了？」

而小宇深深地望著我，良久才很輕很慢地說。「看過《阿瑪迪斯》[11]嗎？講莫札特的那部電影？」見

[11] 《阿瑪迪斯》 《Amadeus》：是美國導演米洛斯・福曼於1984年所執導的電影，編劇是彼得・謝弗，及改編謝弗於1979年的舞台劇《Amadeus》。描述音樂神童沃爾夫岡・阿瑪迪斯・莫扎特傳奇的一生。

著我安靜地點了點頭，他便扯開一個惡劣的微笑，不懷好意地開口。「因為妳是薩列里[12]。」

我們沉默著對視了很久，直到小宇酒勁上來，支著手臂迷迷糊糊地睡倒在桌上，我才搖搖晃晃地站起身，居高臨下地瞪視他，要用盡僅剩的理智才能遏制住自己想撲上前掐死他的衝動。

薩列里。那個可悲的庸才，那個瘋瘋癲癲的可憐蟲，那個用盡心力也得不到上天眷顧的廢物，這就是我在小宇心中的形象。

還真是符合到有些悲哀呢。我笑了起來，環視了周圍一圈，看著你們的結婚照掛在客廳牆上無聲地諷刺著我，便撇開了眼神回去看向小宇。

莫札特先生。我們的天才，實至名歸的贏家，得到了**你的**眷顧的寵兒。我仍是笑著，卻痛苦地彎下腰，方才喝下的酒精在胃裡翻騰，我想吐卻吐不出來，只能任憑這樣的灼熱感提醒自己一個可悲的事實：即便我再如何憎恨小宇，我都不能沒有他。因為如果失去了他，我也將失去人生的指標。

從我有記憶以來，小宇都是我拼了命想去努力的方向。

就像北極星一樣。他始終那麼優秀，耀眼，充滿自信。並且擁有了你。我曾經崇拜他，後來又變得想要超越他，等到他得到了你之後我開始怨恨他。但是無可否認的事實，是我想要**成為**他。

而如今看著他竭盡全力地咒罵我，我才突然發現或許於某些程度上，我的想望已經成真了。他再也不

[12] 安東尼奧・薩列里 Antonio Salieri：作曲家安東尼奧・薩列里，在電影中是間接殺害莫札特的兇手。曾認為自己的才華和成功是因虔誠而獲上帝獎勵，直到比他更有才華的莫札特出現，莫札特的存在不經意但一而再地羞辱著薩列里，以致最後他終是起了殺機，設計要讓莫札特這位「上帝的寵兒」完成《安魂曲》後殺了他，並將作品奪為己用。但莫札特卻在完成《安魂曲》前就過世了，薩列里將這個結果視為上帝寧可殺死莫扎特這個天才，也不肯將榮耀分給他一份，並藉此貶謫他為「庸才的守護聖人」。

是那個永遠跑在我前方的小宇了。我硬生生地將他從高高在上的殿堂扯落，讓他委身於和我一樣的處境，現在誰都沒有贏了誰，我和他站在同一條起跑點上，想方設法用盡一切，也要將你奪回自己身邊。

「夠了，」我回過神來，只見小宇又一次打斷你徒勞無功的解釋，惡狠狠地哼聲道。「你閉嘴。」

「未宇。」你嘆了口氣，聲音聽起來很疲憊。

「你叫她給我滾出去，我不准她進我家！」他伸手指向你身後的我。「我告訴你秦國晉，如果今天你敢讓張云暘這個**婊子**睡我們家的床，我絕對不會與你善罷甘休。不是她走就是我走，你自己決定！」

你提高了聲音，我從斜後方也能看見你危險地瞇起眼睛。「你不用這樣講話，我會帶她去住飯店。」

幾乎在你說話的瞬間，我能看見小宇眼中最後的對你的乞求也破碎了，他的表情空白了一瞬，然後強自將所有崩毀的自尊集結起來，凝固成一個扭曲的笑容歪歪斜斜地掛在嘴角。「很好，你**帶**她去。」他短暫地閉上眼掩飾他的痛苦，等到再睜眼時他已經恢復了平靜，用一種像是在閒聊天氣的語氣開口，聲音冷得像冰幾乎沒有一絲起伏。「等一下你們一離開，我就會打一通電話給我的秘書，他會幫我連絡公司的公關經理，準備發一通聲明邀請給各大媒體、報社、雜誌社——我才不在乎，總之我們會確保所有人都看得到。然後明天正午十二點，我會準時在這裡開一場記者會，心痛欲絕地落淚控訴她殺了我年僅四歲的兒子。我不會鬧也不會大吼大叫——那只會讓人對我心生厭煩而已。我會擺出一副受害者的姿態委屈哭訴，最好提一下我和她青梅竹馬的情誼，揮舞天權的照片——最好是案發現場有見血的那種——最後請求社會大眾和司法制度還我們一個公道。然後我會花錢讓電視台做大量的專題報導，操縱他們的用字，**冷血**、**無情**、**蛇蠍心腸**等等的形容詞會一再被拋出，我會確保這些詞彙和她那張臉在電視上二十四小時播放。所有人都會看到。」

「而當我說所有人，我指的就是**所有人**。民眾、路人、檢察官。**法官**。」我能看見你的側臉僵硬了一瞬，而他洋洋得意地冷笑著，甩下一句話便轉身離開。「你就等著你家親愛的張云暘，被未審先宣判吧。」

如今，我失去了指標。

致　李未宇

你丟下一句話，含著淚惡狠狠地瞪了我最後一眼，像是趾高氣昂又像是落敗逃離地越過我們身邊，用足以踏破木板的力道一步步走上樓梯，用力地摔上主臥室的門，然後一切歸於平靜。

不去理你就好。我拿下眼鏡，按了按眉心，終於從你高分貝的怒吼中解脫出來，我這才有餘力去思考你方才的那句：小夏失蹤了。

失蹤了是什麼意思？去哪裡了？有人去找他嗎？他才十二歲而已，他怎麼可能有辦法跑得讓人找不到？我昨天出門前他還笑著向我道別、我們還約好了要教他下西洋棋的，你怎麼能告訴我就在這麼一夕間的功夫，他就這樣不見了？

而你又是為什麼在昨天下午除了天權的死以外，竟對夏城的消失隻字不提？

我無法思考，只能僵硬地回過身去面對張云暘。只見她臉色慘白，很努力地維持那抹破碎的微笑，在我沒來得及開口前逕自說道。「如果你想留下來陪小宇、或是想現在收手停止當我的律師，我完全可以理解。」

聽著她這麼說我不禁愣了一下，怔怔地望著她，想到了慘死的天權、消失的夏城，以及淚流滿面的你。想著這每一分**失望**，我都應該要留下的，應該要叫她離開的，應該要立刻上樓去擁抱你的。我的悲傷、焦慮和憂心不比你少，所以我真的應該這麼做的。

但我沒有。我的眼神落到了她故作堅強的笑容上，她單薄的肩背微微顫抖，卻仍然想擺出一副無所謂的姿態來令我放心。她現在一定很害怕吧。我又怎麼能拋下如此信任我的她？

我伸出手，輕輕地落到她肩上，而她退縮了一下才怯生生地抬頭看我，我勉強對她擠出一個微笑，故作輕鬆地開口。「走吧，今天妳還是得住飯店了。」

你只是在無理取鬧。我帶著張云暘出門，坐上車，發動引擎，盯著儀錶板上那張照片原本所在的位子，有些出神地想。你一向如此，發發脾氣鬧點小情緒，過兩天就沒事了。

但是張云暘不一樣。我偷偷用眼角餘光瞄了她一眼。她是個愛逞強的人，總是把自己的情緒藏著掖著不讓人知曉，我如果現在撇下她離開恐怕她就得一個人承受。

除了我，她只剩下自己了。於是我望了沐浴在月光下的、我們的家最後一眼，鐵了心踩下油門，頭也不回地離去。

不是背棄你，就是拋下她，我沒得選擇，我只能這麼選擇。

不知道我如今所做出的選擇和這句話有沒有關係，但我從來都不是個想要小孩的人。

應該這麼說，我從來都不是特別喜歡小孩的一個人。對於這種說也說不聽、教也教不會，還會到處亂跑尖叫流口水的小怪獸，我實在沒什麼好感，也從來沒想過要一個孩子——我都和你在一起了，難道還要期待傳宗接代子承膝下嗎？

直到為了陪你去育幼院作秀而遇見了夏城的那一日。其實我本來並不願隨行，只在你撒嬌求肯的眼神中敗下陣來，才不得不陪你一起去演這一齣戲。

我明白形象塑造的重要性，也在多年來受你和陳珺雙管齊下的洗腦式教育之下略能掌握其中一二，但或許是出自我骨子裡的硬脾氣使然，我還是沒法習慣這樣掌控媒體優勢和畫面影響去操縱他人意志的行為。

尤其是今天所要利用的竟然是這些生活背景已經比較多數人辛苦的孩子。我皺著眉看遠方的你談笑風生地和其他參與活動的成人聊天，一面不著痕跡地強調自己的愛心、一面假意低調卻坦然地表明自己的身分，藉此來讓這些人成為散佈你良好名聲的一個媒介，實在對這一切都感到不以為然。

而夏城就是在這時候出現的。當我眉頭深鎖地望著你的方向時，突然有個孩子拉了拉我的袖子，瞇著眼笑盈盈地向我打招呼，自我介紹說他叫做小夏，並友善地告訴我活動快要開始了，讓我和他一起到前方的桌椅那兒坐定。

我當時就對這個溫和大方白淨清秀的孩子有了好感，覺得他比同年齡的小朋友都要來得成熟穩重，在活動期間和他閒談時又覺得我們特別投緣，便在一時衝動下，答允了他我還會再回來看他。

幾個月的相處後，我對這孩子的情感漸漸從欣賞轉變成了憐惜，又從憐惜昇華成一種打從心裡想要愛他一輩子的親情。他溫柔、善良、堅定，臉上的笑容像是永遠不會被撤下來，卻又總在笑意滿盈的背後試著去隱藏那一份揮之不去的孤獨。我固然十分喜歡他的這份懂事堅強，但有更多的情緒是不捨，於是便下定決心要撫去他眼中那抹寂寞的意味，決定了要收養這個孩子。

在與你取得要收養小夏的共識後，有一個假日趁著你要加班，我便帶了小夏來我們家玩，看著他著迷地望著我書房裡排滿了整面牆的書籍，不禁微笑了起來，把他抱上我的椅子，打算挑幾本比較淺顯易懂的書給他帶回去讀。

他的注意力卻在這時被我桌上的水晶城堡給吸引了過去，有禮地先取得了我的首肯後，便好奇地伸出手小心翼翼地把底座上的開關扳開，笑著凝視它綻放出絢麗的光輝。七彩的光點打在他蒼白的笑容上顯得那樣寂寥，我一時心口一熱，突然被沖昏了頭，在毫無事先溝通來給他做好心理建設之下，便告知了他，我想收養他。

聽到這樣的話語，小夏卻意外冷靜，只是默默抬頭望向我，語氣平淡地問。「那末宇叔叔呢？」

「末宇的意思也和我一樣，我們都很喜歡你，很希望你能成為我們家的孩子。」我對自己的衝動感到有些懊惱，卻是已經覆水難收，只能走到椅子邊，在他面前蹲下，拉著他的手試著完整地表達自己的心意。「如果你也願意的話，我會找時間和你們院長談這件事，開始申請收養你的手續。」見著他沉默的模樣，我連忙補充了一句。「當然，是如果你願意的話。我們不會強求你答應，這是個不容易的選擇，我希望你可以好好思考，和老師和院長談一談都好，等真的決定了再回答我就好了。」

「我怎麼可能不願意呢？」他突然笑了起來。「我當然想成為叔叔的孩子。」

「小夏，」我按捺下心中欣喜的情緒，皺著眉喊了他一聲，只覺得有些殘酷的話即便我不願說，也不得不在事前先道出，避免未來小夏為此受到傷害。「我不知道你能不能明白，但我和你的未宇叔叔結婚了，意思就是我們要一輩子在一起，一輩子都是一家人，這表示如果你成為了我們家的孩子，你就會有兩個爸爸，而不會像其他的孩子一樣有一個媽媽了，這樣子，你是不是要再思考一下再……」

「我現在，我身邊的其他孩子們，」小夏突然打斷了我，臉上掛著寬和的笑容。「不也是沒有媽媽嗎？如果真的可以被叔叔收養，我就一下子多了兩個爸爸，我怎麼可能不願意呢？」

我愣愣地望著他超齡的成熟微笑，不禁再一次在心中確立了自己有多麼喜愛這個孩子的溫柔與善良，並且感謝上天能讓我遇見他。在他轉開臉時我站起身，看著他凝視著水晶城堡的側臉，只覺得自己想要一輩子珍惜這個畫面。

他卻突然在這時開了口，直視前方沒有看我，只用輕微打顫的聲音問道。「國晉叔叔，」他嚥了口口水。「你是真的想要收養我嗎？」

我怔了一下，在這時突然記起了即便再如何成熟懂事，他也不過是一個年僅七歲的孩子。於是我伸出手，萬分憐惜地揉了揉他的頭髮，希望能藉由這樣的溫度來將無法用言語訴說的情感給傳達出去。「當然了，」我的動作很輕很緩，像是在呵護著用水晶堆砌而成的易碎城堡。「你會是我的孩子，最珍貴的孩子，我要幫你取名叫夏城，秦夏城。」我笑著說。「無論最後情形如何，你都是我的孩子，夏城，千萬不要忘記了。」

好吧，或許我該重新組織一次這句話，我想也許我並不是個不想要孩子的人，像夏城就很好，他是我夢想中都希望自己能夠擁有的那個孩子，我比任何人都愛他。

所以，這句話或許該這麼說，我並不是個不想要小孩的人，我只是從來都沒有想要過天權這個孩子。

這世界的運轉總是很奇妙，有些人的時間停止了、有些人的希望毀滅了、有些人的心破碎了，但世界仍然會繼續向前運行。

我在離飯店數步遠的地方停下車，透過擋風玻璃望向富麗堂皇的建築物，實在不願讓她一個人進到這冰冷華美的大牢籠裡，卻也別無他法。我清清喉嚨。「妳自己上去可以嗎？」

「嗯。」她低垂著臉應了一聲。

「我的外套口袋裡有我的名片盒，妳有任何問題都可以立刻連絡我。」我不放心地又叮嚀了一句，她點了點頭，緩緩掏出一張我的名片，卻仍沒有說話，我思考了一下又向她要了她的手機號碼。儲存進手機連絡人的名單後，我一邊把車打進飯店的車道，一邊向她開口。「那我不送妳了，妳自己先上去吧。」她又安靜地點了點頭，飯店的迎賓員熱情地迎上前替她拉開車門，而她緩緩地解開安全帶，卻不動作，我只好帶著些誘哄意味地安慰她。「我明天會打給妳，再跟妳連絡之後的事情，好不好？」快速地瞥了我一眼，她轉身下車，把我的西裝疊好放在座椅上，在關上車門前傾身對我綻出一個哀傷的笑容。「謝謝你，秦國晉。」

在她離去後，我把車停在飯店附近，一個人伏在方向盤上沉思了很久很久。她脆弱的微笑裡充滿了信任，而就是為著她的這份信任，我也必須盡我所能地保護她。

夏城一定沒事的，我相信，我必須這麼相信。否則我將無法背負起這個過於沉重的選擇。

我對不起你，對不起夏城，對不起天權。

我壓下所有的心痛、愧歉，和令你失望了的那種罪惡感，試著用身為律師的理性角度去思考。你從來都擅長媒體公關，身邊也不乏許多深諳此道的資源可以使用。我明白媒體審判是多麼悲哀地有效，我不能輕忽這些影響，不能讓媒體高壓的逼迫將她蠶食，更不能把她的審判交由輕信「公正報導」的民眾凌遲。

你有你的資源和公關專家，而我，現在也只能求助於她了。

我戴上藍芽耳機，撥通了一個號碼，把車掉頭行駛進夜色中。「喂，是陳珺嗎？」

致　陳子幸

在數年前秦國晉曾向我提起過金星。那是在小天權出生的那個晚上，這傢伙不知道對李未宇編了什麼藉口溜出來，約我在事務所附近的酒吧碰面。他看起來很冷靜，完全沒有新得一子的喜悅與緊張感，真要我說的話，我甚至會將他的情緒解讀為漠然。

接著兩個小時後他喝得爛醉，趴在桌上側過臉看我，模糊地咕噥著。「欸、陳珺妳知道嗎？金星自轉的方向和其他行星都不一樣。」

「呃，真是個非常實用的資訊，謝謝你告訴我。」我一邊心不在焉地敷衍他，一邊思考著等會該怎麼把醉成這樣的他送回家。

「說實話，有時候我真不知道妳是怎麼辦到的。」他突然沒頭沒腦地告訴我。

「什麼？」我挑起一邊的眉毛。

「一個人扶養孩子。」他把臉埋進手臂裡，聲音即便被悶著也聽得出溢於言表的痛苦。

我沒有回答他，只是把杯中的不管是什麼一飲而盡。身為一個單親媽媽，一個**這樣的**單親媽媽，我早就忘了去問自己怎麼辦到，而是只能告訴自己一定要辦到。

「因為我是金星。」最後我說，帶著些自我解嘲的淡漠。「我和所有人都不一樣。」

至今我仍然能記得第一次擁妳在懷的瞬間。我用力地深呼吸，似乎還尖叫了起來，感覺自己被撕裂。**那個人**緊緊地握著我的手。「妳做得很好，寶貝。」

又是一陣收縮，我痛苦地喊了一聲，重重地喘著氣，突然感覺妳**離開**了我，誕生到這個世界上。這真是種奇怪的矛盾感；我能夠迎接妳的原因，正是因為妳急著從我身邊離開。

護理師把妳清理乾淨，送進我懷中。「恭喜妳，她好美！」

妳的確很美。我擁抱著妳，只覺得一輩子都不想放手。而**那個人**的手落到我身上，溫柔地環抱我的肩膀，我突然想起自己方才的失態——尖叫、咒罵、或許還踢了某個人——不禁脹紅了臉。

但那個人只是神態自然地親吻我汗濕的額頭，伸手去逗弄妳胖呼呼的小手，嘴裡胡亂哼唱著不成調的兒歌哄妳，我聽著不禁紅了眼眶，微笑起來，只覺得自己愛這個人入骨。

而後妳的手緩緩地收緊，一手抓住了**那個人**的手指，一手拉住我產袍的衣角，無比理所當然地，把我們這個家給串連在一起。

我站在電視前，跳動著的刺目色彩映得我眼底生疼。我把聲音關掉了——被妳聽到可不好——所以我只能仔細地凝視電視上閃爍惡意的字幕和跑馬燈。媒體總是嗜血又偏頗，看著這些報導，我幾乎能想像承辦此案的檢察官在電視前得意洋洋地大笑。我的胃抽痛了一下，那些多年來深藏著不願記起的痛苦、隱瞞，和**那個人**驀然翻湧著襲捲而上，嗜血得一如那些足以將人生吞活剝的媒體。

而觀眾總是一邊指責媒體不公正，一邊對媒體釋出的資訊感到深信不疑，並且還沾沾自喜地認為自己的見識是多麼不凡且判斷正確。這就是為什麼司法制度會這麼容易被輿論和民粹的力量操弄的原因。感謝上帝。

手機響起的聲音驀然將我拉回現實，我怒目瞪視屏幕上出現的那個名字，過了一會才心不甘情不願地接起，卻不應答，只聽另一方傳來他的聲音。「喂，是陳珺嗎？」

「怎樣？你的手機跟一般文明人不一樣不會顯示別人的電話是不是？是你打過來的你問個屁！你是不知道這是我的手機嗎？」我沒好氣地劈頭指責他。「幹嘛？」

「我現在……方便過去找妳嗎？」

他的聲音帶著強烈的疲倦感，而我拿著手機的手用力收緊直到指尖發疼。「好啊。」我說。「你過來。」

我切斷通話，重重地把手機扔進沙發，試著整理自己的心情，卻在回過身時才看見妳。我才方稍微平靜下的心緒再次翻騰著湧起，覺得自己的心跳漏了一拍，只好故作若無其事地摸過遙控器關掉電視，不知道妳究竟看到了多少，便勉強扯出一個笑容。「寶貝，快去睡覺了，明天還要上課。」

妳站在原地定定地望著我，沒有說話。有時候人們總會害怕望進自己孩子的眼中，因為從那汪澄澈的倒影裡，所能看見的，除了自己的不足和脆弱之外再無他物。

「媽咪？」妳輕輕地喊了一聲，像是想說些什麼。

「嗯？怎麼了？」

妳沒有回答，揪著衣角扭捏了半晌，才小小聲地丟下一句。「……沒什麼。」

我看著妳跑上樓的背影，頹喪地把自己摔進沙發裡，抬手覆上眼睛。如果妳看到了新聞的話，妳一定嚇壞了吧。

昨日傍晚被秦國晉放鴿子了的我還在事務所時，突然接到他的電話，聽他說著決心要站在張云暘那邊什麼的，我當時就心下不安。接著不久後我的助理有些魯莽地倉皇推開辦公室的門，要我快去看新聞，我狐疑地推開員工們走到電視前，就只見秦國晉一邊撥開記者一邊走進警局的畫面，以及聽到記者用一種看好戲的心態報導著。「……受害者的父親現在正陪同嫌疑犯進行警方的偵訊，這位秦先生是名知名的律師，據相關消息指出，秦先生似乎要擔任此位嫌疑人的律師，但他年僅四歲的小兒子才剛被殘忍地殺害，秦先生所做出的決定，似乎讓這起血案，更加撲朔迷離。記者ＳＮＧ連線報導。」

又看了幾則相關的新聞，我大概捕捉到了事件的樣貌，指揮站在電視邊的一人切斷電源，見身旁的律師和助理們有些擔憂地望著我，我擠出一個笑容，拍了拍手。「太好了，免費的廣告。大家回去工作吧，經過今天的報導我們明天客戶搞不好會變多。」

小天權死了，秦國晉和那個女人在一起，又下了一個該死的決心。這樣一切都說得通了。我咬著下唇，用最快的速度收拾好東西，警告事務所的員工不許接受任何採訪或是私下發言，接著不顧一切地在市區就飆到時速一百，衝去安親班隨便編了個藉口把妳接出來。

看妳背著雙肩書包出現在我面前，我心裡喧囂的噪音這才逐漸平息下來。我不顧櫃台老師還在看、不顧被一屋子小孩踩過的大廳地板有多髒、不顧我身上的亞曼尼套裝有多貴，我跪下用力地擁抱妳，感覺妳在我懷中疑惑地偏頭。「媽咪？」

「寶貝，沒事。」我愛憐地撥撥妳的頭髮，珍惜地凝視妳，強裝出一個笑容。「我們回家，嗯？」

我帶妳回家，順路買了妳喜歡的速食店兒童餐，隔天又幫妳跟學校請了假，一整天陪著妳，盡我所能地讓妳避開新聞。如果可以的話我多希望可以用氣泡紙把妳綑起來，不讓妳受到外界世間的一切傷害。說起來，又有哪個母親不是這樣想的呢？

但是我沒辦法，沒辦法不讓妳看到新聞，沒辦法不讓**那個人**離開，沒辦法不讓妳受傷害。我閉上眼，痛恨自己的無能為力。

對講機刺耳的鈴聲突然響起，打斷了我的思緒，算算時間秦國晉也差不多該到了，我接起對講機，聽警衛向我招呼。「陳小姐，秦先生到了。」

「讓他上來，謝謝。」我簡短地撇下一句，重重地掛上話筒，止不住雙手的顫抖。

琢磨著李未宇的心情，心疼小天權的早逝，更擔心妳的精神會因此受到影響。我氣不打一處來，一聽見門口傳來指節輕叩門板的聲音，便用力地拉開門，狠狠地揍了秦國晉一拳。

在我升大學二年級的那個夏天，系上關於新的轉學生的謠言就沒有停過。首先是從承辦系上轉學業務辦公室的秘書之間傳出來，後來幾個與秘書交好的學生知道了，再後來就全班都知道了。新來的學生在美國一所非常知名的大學讀了一年後肄業，他六月才回台灣但七月就立刻報考，並以幾乎滿分的成績考取了我們系上的轉學考試。

是以在大學二年級開學那天，他一走進必修課的教室就受到了強烈的注目禮。我也不能免俗，撐著下巴打量他，在一教室穿著鬆垮系服上衣和奇怪顏色Polo衫的男同學之間，穿著白色合身襯衫的他顯得那樣格格不入。

他環視教室一圈，走到我身旁的空位，輕咳一聲。「不好意思，請問這裡有人坐嗎？」

「啊，沒有。」我回答他，見他對我有禮卻冷漠地頷首，不禁覺得這個人十分有趣。

這就是我怎麼認識妳的國晉叔叔的。

那次之後我開始有意無意地觀察他。他總是坐在第三排中間偏右的位置，他從來不主動舉手發言，他每次被教授點到後都能說出正確答案，他永遠對身邊的人抱持著一種有禮而疏離的態度，他一直看起來很不快樂。

幾次下來我對他產生了興趣，趁一次下課後我叫住了坐在隔壁座位的他，和他閒聊了兩句，順口邀他去學生餐廳吃午餐，在吃飯的期間聊到了幾個比較深入的話題，他第一次在我面前笑了。我們的友誼就像手錶的機心，不必強求，不必偽裝，只是兩個契合的齒輪嵌在了一起，指針便自然而然地向前走了。

後來一點一點地、我們越來越親近。我會把不善交際的他拉進我的交友圈裡，而他也總是用一種沉默的溫柔在關照著我。我參與了他的婚禮、小夏城的歡迎晚餐，和小天權出生的時刻。當我為了那個人的離去而哭得死去活來時，他即便並不明白我為何而哭，也仍舊默默地陪在我身邊和我喝酒到天亮。我們一起創立了事務所，從一開始只有我們倆外加一個祕書、到現在成長為有二十來人規模的中小型事務所，一路走來都是他陪著我攜手打造這一切，才能有今日的成果。他是我的朋友、我的家人、我的心靈導師。如果沒有他，我就不可能成為今天的我。

所以我比任何人都希望他能走在筆直的康莊大道上，走在我的前頭引領我方向。

我早知道他這些年來的不快樂和心不在焉是為了誰，看著他用那種表情——溫柔地微笑、看著那座水晶城堡出神、有些失魂落魄地回憶往日——他只需要提起張云暘這個名字幾次，白癡都知道他的心意是什麼。除了他自己從不明白。

因此我對這位名為張云暘的故人總是充滿了敵意，多年前秦國晉去參加完他高中天文社的聚會後，我隨口問起他是否玩得開心，他卻愣了一下，過了一會才平淡地回答。「還好，無所謂開不開心的，以後應該也不會再和他們碰面了吧。」

我不知箇中原因，只是見著他那樣漠然的模樣便心頭火起，是不解他竟能如此輕易地放棄年少時的好友還一副無所謂的態度，更是氣惱地想著若今天是那個女生的話他肯定不會如此淡定而平靜地接受這個結果，便有些快言快語向他沒好氣地道。「好啦好啦我知道啦，只有那個叫張云暘的女生才是你國高中時期最好的朋友、所以其他一起和你共同成長奮鬥歡笑的同儕都不重要了，我懂啦。」

他深深地皺起眉，有些迷惘地看著我，像是不明白我的不悅從何而來。「不是啊，我沒有這樣說啊。」

「那是為什麼？」我為自己沒來由的壞脾氣而感到尷尬，卻又拉不下臉來道歉，只能嘴硬地繼續問道。

「因為我和未宇在一起，所以他們覺得我很噁心。」他聳了聳肩，靜靜地說。「就這樣，也沒什麼大不了的。」

而我愣愣地看著他沒什麼情緒反應的面容，一時間竟無言以對。他不是在逞強也並非是賭氣，而是很真切的這麼認為，就像他一點也不覺得那些恐同的爛人有錯、而是平靜地接受了這全是他自己的問題。他這樣的反應令我更為憤怒，氣沖沖地向他吼道。「你為什麼會這樣說啊！你為什麼連一丁點的怒氣都沒有啊！難道你是真的認為這全是你必須背負的指責嗎？你也認為自己如他們所說的一樣很噁心嗎？」

面對我幾乎要哭出來一樣的激動情緒，他有些嚇住了，小心翼翼地伸出手，抽過兩張衛生紙遞給我，然後用同樣令人心疼的迷惘眼神望向我。「可是，不是妳這麼教我的嗎？」

「我教你什麼了！」

「是妳說的啊，我對未宇有責任。」他緩緩地說，停頓了一下，像是為了強調、更像是為了要說服自己一般地又重複了一次。「我要對未宇負起責任。」

責任。

是啊，我當然清楚秦國晉的感情，他並不愛李未宇、對李未宇除了我長年來灌輸給他的責任二字外似乎也就什麼也不剩了，反倒是一廂情願地總惦記著張云暘。以前我總認為那不過是他對年少輕狂的美好時光的一種念想罷了，他把放棄了天文學、和過去所有日子的想望，都安放到了張云暘身上，用十數年的時光把她打造成最純粹美好不容褻瀆的心中聖域，間接導致了他和李未宇的婚姻永遠不幸福。

所以當我見到張云暘本人時，我會去勸秦國晉與她相見。當時的我深信只要讓他們見上一面，秦國晉心中那種幼稚的想念也會隨之煙消雲散，他會好好地看著李未宇這個**責任**，記起他們這些年來曾擁有的美好往日，而後終能幸福快樂地走下去。我真的這麼相信。

可事到如今，在張云暘面前，他似乎已經忘記了那一份當年即使是要對抗世界承受屈辱、也不惜要緊牽著李未宇的手的那份感情、那句責任、和那些走了十多年本應深刻的日子，他卻願意為了這一個空泛的念想而全數放棄。

說到底還是我不好，是我自以為是地想幫他，到頭來卻是害了他。在那個午後，我就是說什麼也不該逼著他去面對心中珍藏多年的張云暘，讓那些壓抑過的想望全數湧現成不可收拾的局面，進而毀了他的一切，也一併毀了我心中最偉岸、最重要的那個他。

如果不是自己這麼經歷過一次，我絕對不會知道，原來傷人的人，自己也會痛。

「妳做什……」他摀著鼻子向後倒退兩步，而我甩著似乎扭到了的手，冷冷地瞪著他，過了一會才把他拉進家裡。

我把他趕到沙發上去坐著，拿過一盒衛生紙丟到他身上，看他手忙腳亂地試著止住鼻血，我心中的那口氣這才出了一點。在他對面重重地坐下，我言簡意賅地丟出一個字。「說。」

他垂著臉沉默了一下，似乎在斟酌自己的用字，最後直直地望向我。「我知道妳從新聞上看到了什麼，也知道妳是怎麼想的，但是我相信張云暘。」

我氣到幾乎想再揍他一拳。「什麼叫你相信她？」

「妳不認識張云暘，但我了解她，她不可能這麼做。」他試著向我解釋，彷彿我是個笨蛋。「妳相信我，這一切都是個誤會。」

「那你相信她就好了，你來找我做什麼？」我嗤之以鼻。

「我需要妳幫我。」他直接了當地說。「這是近年來最大的媒體案子，妳一向擅長這方面的策略，我需要妳幫忙。」

我雙手環抱在胸前，絲毫不為所動。「那小天權怎麼辦？你覺得你這麼做對得起他嗎？」他沉默地望著我一語不發，而我心頭火起，繼續咬著牙質問他。「小夏城呢？我看新聞說他失蹤了，到底是怎麼回事？你甚至有去考慮過他在哪裡、考慮過怎麼找他、或是你該如何是好嗎？」小夏城是妳最好的朋友，這該會對妳造成多大的影響啊？「還有李未宇呢？你做出這樣的決定前，有哪怕一分一毫地去試著揣度過他的心情嗎？」他很明顯地被我的話語中所帶的三個名字給刺得退縮了一下，我則是慢條斯理地繼續說。「你不可能期望李未宇對你的決定舉雙手贊成吧？在未來的幾個月裡，你打算怎麼在他和案子之間取得平衡？你甚至有去體諒過李未宇失去孩子的感受嗎？」

他沒有回答，而我冷冷地瞪著他，突然想起數年前他在酒後對我說的那句話。「我真不知道妳是怎麼辦到的。一個人扶養孩子。」我原先以為他當時這麼說是因為李未宇那種不喜歡小夏城的態度，所以他總覺得自己是在一個人愛護孩子，這樣的日子令他痛苦到無法自拔。

但直到現在我才明白，他那時會這麼說全然是出自於愧疚感。畢竟多少年來，都是李未宇一個人在守著他們的家，秦國晉的心從來不在，其實是他的罪惡感令他崩潰。

這個突如其來的認知令我感到頭痛，我仰望了十數年的心靈導師是個混帳。**我們**曾有過那樣純粹美好的一切，而如今他擁有著我無比渴望卻無能留住的幸福，卻不懂得珍惜，反而將其任意丟棄彷若敝屣。我冷冷地瞪著他，總覺得無法原諒。

但是，這個人是秦國晉啊。是那個得知我懷孕後焦急地逼問我孩子的父親是誰，但一聽我說我不願談論這個話題，便真的不再過問、默默地陪在我身邊支持我的秦國晉。是那個在我懷孕期間三天兩頭往我家送補品，明明那時還在準備律師資格考的衝刺時期、也執意要接送我來往圖書館的秦國晉。是那個即便為人再冷情冷性，也真心把我當成夥伴、朋友，甚至是最親近的家人的秦國晉。

在這一瞬間我想到了很多，想到了該如何保全妳才能讓妳不受傷害，也想到了這些年來是為何想方設法地避開對上負責此案的檢察官，也想到了我們和**那個人**曾擁有過的一切。遲疑琢磨了半晌，我念著過去多年的情誼，終是捨不下他。我走到他身邊，抽過兩張衛生紙墊在他胸前。「拿著拿著，小心一點，不要滴到鼻血，我猜你今天八成是不回家了，明天你只能穿這套西裝去開記者會，千萬別滴到血，誰知道如果被拍到了又會生出多少事來。媒體最愛的就是看圖說故事。」

他感激地看了我一眼，而我避開他的視線，沉著臉背過身，閉上眼嘆口氣。「我會幫你。」

致　秦夏城

不管試過幾次，我仍然無法適應黑暗帶來的那種窒息感。

媽咪總愛笑我，說我在睡前有一整套自己的儀式：打開兩盞小燈，一個是暖黃色的、另一個則是接近聖誕燈裝飾的七彩色調，抱著我的小熊娃娃，躺平望著天花板上用螢光塗料畫上去的星星直到睡著。

所以現在的情形絕非我應有的舉動——一個人躺在黑暗的房間裡，連盞小燈都不開，蜷縮著身體抱緊自己的膝蓋，就像這是我現在唯一能抓住的。

我能聽見媽咪和國晉叔叔在樓下爭執的聲音，但我卻沒有太仔細去聽。倒不是因為我不在乎，而是因為我**太在乎了**，這樣的在乎造成了害怕，而這些害怕令我不敢去聽，深怕所得到的資訊會活生生將我四分五裂。

媽咪今天沒有去上班，這很少見，但我完全明白為什麼。我知道她擔心我會接收到相關的訊息，只可惜我已經看到了，而人生從來沒有一個回復按鈕可供選擇。

在我小時候，我總相信現實生活和電玩遊戲一樣，就算Game Over了也可以重新來過。是以在**那個人**離開之後，我撇下哭得聲嘶力竭的媽咪，繞著家裡到處找，希望能找到某個開關，將已發生的事實抹滅。

可人生從來沒有回頭路可以走，我早該知道，這一切都爛透了。我抱緊自己，在黑暗中止不住地顫抖。

如果有辦法回到過去的話，我多希望可以回到以前，忘掉那則新聞，忘掉**那個人**，忘掉那些無數次、我沒能幫助你的記憶。

就像我說過的，黑暗會令人窒息。更糟的是，黑暗會迫使人去面對自己。

已經記不得多少次，當我走進教室裡，就會看見你被一群小惡霸同學團團圍在中間。「現在是怎麼樣？不屑跟我們說話是不是？」

其中一人挑釁地推了你一把，使你踉蹌了一步，重新站直身子，低著頭沒有說話。

他們不斷地用言語奚落攻擊你，其中甚至夾雜了數句難聽的辱罵，而旁邊的同學竟無一人願意上前解圍，一個個事不關己地做自己的事，有些人甚至還抱著看好戲的笑容觀望一切。

我不忍地望向你，以為至少可以見到你緊攥拳頭的畫面，就像每個被欺負的弱者一樣，緊握著那麼一絲不甘、倔強，和無論如何揮不出手的懦弱。

但你沒有。我驚訝地看著你的手毫無生氣地垂靠在腿邊，用一種理所當然的態度接收了這一切，像是你已經失去了反抗的能力——或者更糟，失去了為自己奮鬥的意念。

一干人裡為首的是蔡俊杰，見你都不回話他似乎也不高興了，手一揮把你的鉛筆盒翻倒在桌上，從裡頭挑出一支鋼筆，口吻裡早沒有了這個年紀該有的單純挖苦，而是噁心到近乎憎恨一般地啐道。「怎麼樣？用貴的筆了不起是不是？我告訴你啦，你家再有錢你的**爸爸們**都還是變態啦！」

他把筆重重地摔到地上，腳一踏便將那支鋼筆踩破。他的小跟班們全在哈哈大笑，而當他朝那支鋼筆的殘骸上吐口水時，我能看見你的瞳孔放大了一瞬。

我看不下去了，刻意將語調放輕鬆地上前為你緩頰。「好了啦你們不要這樣，快上課了老師快來了。」

見自己的好戲被打斷，蔡俊杰不滿地瞪向我，我瑟縮了一下，又盡快擺出一副無所謂的表情。沒事的，沒事的。我對自己說。他看到的不是**另一個**變態，而是一個平時兇悍卻也和他關係不錯的班長。

無論如何，當他看著我時，看到的絕不是另一個**你**。我平定了心神，拍了拍蔡俊杰的肩，向他們說。「好了啦你們不要找他麻煩，等一下被老師知道你們又要被罵了，趕快去抄作業啦等一下上課要檢查欸！」

像是終於被我說服了，他不耐煩地嘖了一聲，才惡聲惡氣地哼了一句。「好啦。」臨走前還不忘再用力推你一把，見你站不穩地往後坐倒，他們一干人才哈哈大笑著滿意離去。

直到確認了他們離開教室後，我才敢蹲下身察看你。「你還好嗎？」

你白著一張臉向我微笑。「嗯，謝謝。」

見你有些心不在焉，我順著你的視線看去，才發現你逕自望著那堆鋼筆的殘骸出神。我連忙向隔壁座位的女同學要了兩張衛生紙，小心地把那些碎片包起遞給你，小小聲地問。「這是未宇叔叔送你的生日禮物對不對？沒關係嗎？」

不知道是聽到了我話語中的什麼關鍵字，你的表情空白了一瞬，而後對我露出一個不帶感情的微笑。「沒關係，」你說。「都不重要了。」

子幸是幸福的孩子。媽咪總會這麼對我說。而相較之下你的人生就沒有那麼順遂了。

在你的領養文件正式確認下來之前，媽咪就帶我去和你們家吃過好幾次飯了，幾次下來，年紀相仿的我們自然便也熟悉了起來。我記得那時候的你很愛笑，也總是很活潑地和我玩在一起，在童年的回憶裡，我總認為你是我最好的朋友。

直到某一天你突然就沒那麼快樂了。

我看得出來，你變得很緊繃，也不那麼愛笑了，當我試著探問究竟時，你只是對我露出一個完美的疏離微笑，說。「沒什麼啊。」我從來沒能明白你的轉變是為了什麼。

接著你弟弟就出生了。在他出生的那一天，媽咪帶我去醫院看你們，而我遠遠地就看見你的背影。你站得離你的家人有些距離，手緊緊地握著攥成拳頭，我覺得不大對勁，提高嗓門喊了你一聲。「秦夏城？」卻見你一回首就是完美的微笑，只是眼神裡毫無笑意。

那時候的你縱然也不會真的為自己的處境做些什麼，但至少你仍然有著反抗的意志。可不知道從什麼時候開始，你就失去了為自己挺身而出的勇氣了、那怕只是一個想法也好，你卻都已經放棄了。

直到去年，我們在五年級開始同班，我才終於目睹了你的處境。開學第一天你走進教室時。我坐在座位上興奮地想向你打招呼，卻被你用眼神制止，微小地搖了搖頭後逕自忽略我。我正覺得疑惑，卻見你被一個男生從後方用力地推了一把，你們像是早就相識，他露出了一個高傲鄙夷的微笑，又重重地推了你一下。「又同班了啊，死娘炮。」

比起你被如此對待，更令我驚訝的是你逆來順受的反應。你一語不發地低垂著臉，站定在原處任他羞辱你，你的手貼垂在身側，甚至沒有一絲不悅的跡象，像是這一切是你**應得**的一樣。

後來我慢慢了解了，蔡俊杰那夥人之所以樂於欺負你，是因為你的家庭背景。未宇叔叔總愛帶著國晉叔叔高調地出席各大場合，包括學校的家長日，是以全校都知道你有兩個父親，而不知道是哪些多事的家長告訴自己的孩子：他們是變態、這才造就了蔡俊杰這一類人的出現。這些人真是懂得怎麼教育自己的孩子。

每天每天，你的不幸我都看在眼裡，所以我會盡量去和蔡俊杰他們拉好交情，就為了在必要時能幫你一把。但大家充其量當我是個仗義執言的同學，沒有人知道我和你之間的關係。

「不要讓他們知道。」在一次媽咪和國晉叔叔的事務所辦的晚宴上，你突然沒頭沒腦地對我說。

「知道什麼？」我被果汁嗆了一下，皺著眉望向你。

「知道我們早就認識。」你穿著小號的西裝，緊張地拉拉領結，帶著恐懼向我重複一次。「不要讓他們知道。」

我攥緊手中的果汁杯。「為什麼？」我問，但我其實早已知道答案。

你看著前方一名實習律師搖開了香檳，笑容蒼白而空洞，眼神裡毫無生氣，在旁人的歡呼聲中我要很努力才能聽得清。「我不希望妳變得像我一樣。」

但其實我們是一樣的，只是沒有人知道罷了，包括你也一樣一無所知。而你身在其中竟然仍想著要保護我。

我用力地把臉埋進枕頭裡，痛恨起自己的卑劣。

我的手機突然響起，在四周過分的安靜下顯得分外大聲，刺耳得像是能一路鑽進我心底。我遲疑地望了在黑暗中發亮的屏幕一眼，是個未顯示號碼的來電，我擔心如果媽咪聽見鈴聲，會上來查看我的情況，便只好接起電話，有些不確定地將手機湊至耳邊。「喂？」

「哈囉。」一個我最沒有預期到會出現的聲音驀然竄進我耳中，我的手劇烈地發抖，聽著你緊張而乾澀的嗓音艱難地擠出一句。「是我。」

我全身顫抖，止不住地想哭，接著沒頭沒尾地，一句以前從來沒能對你說的話衝口而出。「……對不起。」

致　張云暘

《阿瑪迪斯》是我最喜歡的一部電影。

我仍然記得在我第一次看這部電影時，我便立刻將裡頭的人物與妳我給聯想到了一處去。比方說，很明顯的，我是莫札特，是天才，是所有人——包括妳——欽羨景仰的目標。而妳就是那卑鄙、無才，卻仍然妄想擁有上天眷顧的薩列里。而秦國晉，自然就是妳我欲爭奪的上帝了。

這是多麼完美的一個比喻啊。在我意識到小夏與妳是多麼令人厭憎地相像、並在天權出生後，我便像要奠定這個基礎一般，時常放《安魂曲》給天權聽，並稱之為「勝利者的曲子」。我要讓天權，同時也讓小夏知道，**我們**才是贏家，才是能留在秦國晉身邊的那個被眷顧的寵兒。

而**妳們**，除了怨恨與後悔之外，什麼都不要想得到。

連夜聯絡好一切記者會的運行流程時已是早上了，我一邊斜靠在沙發上閉目養神，一邊聽我的秘書叨叨絮絮地報告事項。「各大媒體都已經確認會出席，有些比較小的報社也聯絡好了，時間確認為今日正午十二點，新聞稿已經擬好了正在做最後的校對，稍後會再拿來請副總過目。我們預計依您的意思在自宅門口辦記者會，但若是您想換到大一點的地方的話，我們也有預備好另一個場地，就在……」

「不要借外面的場地，」我閉著眼打斷他。「在我家門口辦一場看起來臨時一點的就好，我不想讓觀眾覺得太刻意。」他連忙在記事本上寫寫畫畫，而我瞥了壁鐘一眼，九點二十分了。「順便請問一下，你請來的公關專家人在哪裡？」我用諷刺的口吻問了一句。

「在這裡。」一個冷淡的聲音壓過了祕書虛弱的解釋，一名綁著馬尾穿著套裝的女子出現在我的客廳裡，向我的秘書下達指示。「喂、你，去外面找我的助理，他會告訴你有哪些事要做。」見他愣在原地的傻樣，漢娜很不耐煩地哼了一聲。「走開啊。」

我壓下嘴角的微笑。「漢娜。」

她向我隨便點了個頭權當招呼。「副總。」接著將手中拿著的紙袋塞進我手中，用命令的語氣說。「我找了很久才找到這麼早開的男裝店，我買了一套新的西裝，換上。」

我皺起眉，看了一眼那套不知道從哪家沒品味的成衣店買來的現成西裝，嫌惡地說。「這不是我的西裝。」

「廢話。」她雙手抱胸，面無表情地凝視我。「你的西裝看起來都太貴了，我不想讓你給人的第一印象太有錢。財富是仇恨的根源，我不希望觀眾對你的同情轉變成對有錢人的憎恨還有幸災樂禍。」

和這麼多自稱是公關專家的人合作過，也只有漢娜會這樣說實話，請她來真是請對了。我微笑起來，換上西裝，任她指揮化妝師替我上妝。「臉畫白一點，**不要**那種帶紅潤色調的粉底！妳以為這是什麼？紅毯典禮嗎？我要的是蒼白，病態的蒼白。對、對這個顏色不錯。」

站定在我面前端詳了一下，她又下達命令。「畫一點陰影在眼睛下面，畫出黑眼圈的感覺，不用太重，只要透過螢幕也能看清楚就好。挑防水的材質，然後定妝做好，如果等一下讓我看到李副總哭到脫妝，那我會非常失望的。」她一邊恐嚇人，一邊皺著眉看化妝師動作。「動作快一點！然後嘴唇也打白一點，不用太明顯，看起來帶一點病容就好。」

漢娜是個控制狂，喜歡經由逼迫身邊所有人來掌控一切微小的細節，而我也樂得輕鬆讓她來打點。

「喂，」我對我的祕書招招手。「新聞稿擬好就拿來給我看。」

「不要動！」只聽漢娜對我怒吼，搿過我的下巴，用力地搶過化妝師手上的粉餅，重重地往我臉上撲了幾下，才滿意地倒退一步。「完美。」接著見我的可憐蟲秘書一邊講電話一邊拿著一張紙向我走來，她劈手奪過，瞥了一眼便將那張新聞稿撕成兩半，重重地拍在那個倒楣鬼的胸膛上。「把這個**垃圾**拿走！」

我再也沒有忍住地打趣她。「妳一定要這樣恐嚇妳身邊的每一個人嗎？」

「對，其中也包括你。」她伶牙俐齒地回嘴，從包包裡拿出一張紙塞進我手中，簡單扼要地說。「背起來，這是你等一下要講的大綱，你可以即興演出，但**不要**一開始就掉眼淚，最好是講到一半時，在你希望給人印象最深刻的那句話再哽咽、然後撇過頭去哭，這樣看起來會更真情流露。然後不要拿手帕拭淚，一來看起來很做作，二來我怕你的妝被擦掉，三來讓眼淚淌在那裏的效果比什麼都好。」

她說完話便撇下我去玄關指揮她的助手。「把那幅看起來就很貴的畫撤掉！把客廳那幅全家福拿來這裡掛上，**當然**是大幅的你是白癡嗎！我要讓記者拍到他出門的那一刻背景照是全家福，而不是什麼有錢人附庸風雅的鬼畫。」

我瞄過一眼講稿的大綱，上頭是漢娜剛勁有力的字跡分點列下的講稿重點，條理分明地訴說我和妳之間青梅竹馬的情份，我身為同志在這個社會上曾受過多少冷眼與惡意、但我還是堅強地為這個家遮風避雨並給孩子最好的，我無意於透過媒體用太情緒化的言詞來審判妳、只願等待司法正義和盡力尋得小夏平安返家。

滿意地哼了聲，我順手摸過遙控器打開音響，任憑上一次未播放完的《安魂曲》充斥整個客廳，突然想起我說過的，這是勝利者的曲子。不禁就很輕地微笑了起來。這一切都很完美，我們做得到的。

身邊每個人都在焦慮地跑來跑去，不同的手機鈴聲大響，有人在大吼大叫，一切宛如世界末日。而我一個人，身處於混亂的中心，平靜地闔上眼，想起了許多造成末日的源由。想著妳曾經用那樣親暱又做作的聲調喊我小宇，想著妳令人生厭的那張笑容，想著妳過去十多年來的幻影於我的婚姻中作祟。

想著這些年來，我是如何從原先開朗地叫秦國晉的名字，漸漸轉變成瞇著眼溫柔地笑喊他。想著我曾經是如此驕縱任性愛鬧脾氣，可也終是慢慢讓自己變得溫順謙和，總是微笑著站到秦國晉身側給他依靠。想著即便這十八年來我都是多麼憎恨著妳，卻也不得不一步步走得再痛苦也要讓自己變得像妳。

因為他愛妳。所以無論如何都忘不了妳。

然後我才突然痛苦地意識到，這十八年來，妳都是我不得不依循的方向。

在我們大學畢業那年，我和秦國晉在一年一度的高中天文社聚會上當眾出櫃、並承認了我們在交往後，我們與那些同窗好友基本上可以說算是決裂了。雖說這麼多年過去大家都長大了長成了，也會偶爾在社群網站上給彼此留下淺薄又敷衍的隻言片語，可某些在年少的往日裡曾受過的傷害到底沒那麼容易痊癒。

在那次聚會約莫半年後，我獨自一人在路上巧遇了其中幾人，當時的我繃直肩背驕傲而不肯示弱地向他們遞過一眼，冷冷地勾起嘴角微微頷首。就見其中一名比較友善的學弟向我點頭微笑，而另外幾人則報以嘲諷而猥褻的笑容，大抵是仗著秦國晉不在便聚攏向前，言語輕挑地笑著辱罵我，**娘砲**、**噁心**、**得愛滋的垃圾**、**喜歡被男人上的蕩婦**、**不男不女的狐狸精**等等字眼砸得我頭暈。

當時到底還年輕，只覺得他們一字字都扎在我心上鮮血迸流，我沉著臉一句反駁的話語都說不出口，只能攥緊拳頭告訴自己，沒關係的，沒關係的。我對自己說。轉身離開就好，趁他們這些惡毒的侮辱還不足以刺傷我以前離開就好，在我還能懷抱著秦國晉是愛我的驕傲昂首轉身離開就好。

倒退兩步，我短暫地闔上眼深呼吸，努力地撐起一個淡漠而自負的微笑，在正欲無視他們離開之前，卻突然被一句輕飄飄的惋惜打碎了我所有佯裝出來的堅強。「如果當年社長是和云暘在一起就好了，怎麼看社長都和她比較相配啊，那才叫郎才女貌的一對璧人呢。」

一聽到這樣的話語，我所有粉飾太平的冷靜全數宣告崩潰，一把扯下了漸漸瓦解下的驕傲面具，顫抖著聲音怒吼要他們去死，瘋魔一般地揮動手臂排開這些人，隨手招攔一台計程車便躲進去，用最快的速度直奔回家，窩進秦國晉的懷中痛哭失聲。

我想和他在一起，一輩子在一起，只要能如此我今生便再別無所求，無論是要遭受什麼樣的惡意什麼樣的責難我都能夠也願意握著他的手一同面對。

可是他呢？

當時的秦國晉皺著眉輕輕地拍撫我的背脊，不擅言詞的他翻來覆去就是那幾句安慰的話語，而我整個人蜷在他懷裡，摟著他的脖子止不住地全身顫抖。如果他不願意的話怎麼辦？如果他選擇不去面對的話怎麼辦？如果最終社會的壓力、旁人的目光、和終有一日所要遭受的家人的指責對他而言太過沉重、進而迫使他逃回所謂**正常的**道路上又該怎麼辦？

如果他逃回了一直暗戀著他的**妳**身邊，我又該如何是好？

北極星是天際導航的重要指標，可應用於野外活動和航海活動中。在未有指南針之前，古代的人常透過觀察北極星來導航，是以對多數迷失方向的人而言，它就是人生的方向。

「很好。」不知道過了多久，一個聲音突然擾亂了我的思緒，我睜眼一看，是漢娜。「這就是我要的表情。」

她把我拉至玄關的鏡子前，我望著自己的倒影穿著不合身的西裝、慘白憔悴的病容妝，和我臉上憎恨中帶著絕望的泫然欲泣模樣，突然有些認不清自己了。

如此輕易就能將一個人變成一個不一樣的人。

漢娜稍微整理了下我的衣領，拍拍我的背。「十二點了，出去吧。」她問。「稿子背熟了嗎？」我沒有看她，只是哼了一聲，而她突然遲疑了一下，聲音中帶上了微乎其微的憐憫。「你確定要這麼做？」

我不為所動。她的問句與其說是不捨，但其中擔心我搞砸的成分恐怕更多。我幾乎能聽到她心裡的聲音暴躁地說著。「如果你不確定的話，你只會毀了我精心策畫的一切，所以拜託你喔，如果你不想這麼做，就**不要**這麼做。」

所幸我非常確定。在昨晚我趴在窗邊看著妳和我丈夫揚長離去的那一刻起，我心中的某些東西就已經不見了。包括我自己。「當然。」我拉了拉領帶，面無表情地對她說。

漢娜向我點點頭，拉開門，讓外頭預備已久的鎂光燈隨著空氣一同撲向我，我幾乎睜不開眼睛，索性便闔上了眼，反正我本就也無意去看任何東西。

恨可以腐蝕一切，包括人心。

「可是……」我捏住喉頭，哽咽了一瞬，將頭往斜下方偏過去後停頓了一下，才流下淚來，用眼角的餘光感受到鎂光燈大閃，我才滿意地繼續說。「可是，我一直把暘暘、把張云暘小姐，當成我最好的朋友的。」

我低下頭，假裝出泣不成聲的模樣，事實上則是在沒有人能看見的角度，再也無法遏止地露出了勝利者的微笑。

妳曾是我的方向，但我會親手毀掉妳。

婚姻大抵就像冰塊，無論最初有多麼想維護白身的堅持遺世獨立，但終是只能敗在生活瑣碎的折磨之下，漸漸成了不再具有吸引力的涼水。最後不是輸了初心、順應著時光的腳步去與每個歷經的容器契合，就是維持了尊嚴、而一路被排放到沒有人需要的廢水溝去。

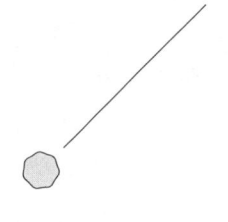

第三章
暗能量

暗能量是一種充溢空間的、增加宇宙膨脹速度的、難以察覺的能量形式。

在宇宙標準模型中，暗能量佔據宇宙68.3%的質能。

致　李未宇

很多人都有這個疑惑：律師究竟是正義或是魔鬼的代言人？大多數人都認為是後者，可只有我們自己知道，我們所代表的是正義。只不過這個正義的評量標準從來都只在我們心中的那一把尺罷了。

昨晚我和陳珺討論策略到很晚，我不讓她忙整理客房，便堅持著在沙發上合衣睡了，大約是因為不舒適的環境和煩悶的思緒，我睡得並不安穩，翻來覆去許久才終於在清晨時分模糊地睡下。感覺像是才過了一分鐘，一個枕頭便重重地砸到我臉上。「喂。」陳珺說，一邊把我的毯子抽走。「起床了。」

我瞇著眼瞄了一眼時鐘，才六點半。「不要發呆了趕快給我起來！」她穿著家居服赤著腳，短髮蓬鬆地翹著，明明比我還要早起，她卻一副精神百倍的模樣。「先去洗個澡，你看起來精神太差了。」她一邊把毯子摺好一邊叮囑我。「浴室的櫃子裡有新的毛巾，你記得放哪裡吧？我把你之前丟在我這的備用換洗衣物拿出來了，你等一下把你的外衣放到浴室外的架子上，我等等幫你燙一下。」

「謝謝。」我抹了把臉，摸過眼鏡戴上，往浴室的方向走時向子幸打了招呼。「早。」

「……國晉叔叔早。」她的臉色很蒼白，像是在勉強自己一樣，望了我一眼。「叔叔，你的鼻子好像瘀青了。」

「對啊，這得歸功於妳媽。」我在心裡接了一句，揉了揉鼻子，向她微笑。「沒什麼。」

「化妝就可以蓋過了，又不是什麼大不了的事。」陳珺在廚房裡對我們喊。「寶貝來廚房幫媽咪，秦國晉現在給我去洗澡！」

我進了浴室，依言把襯衫和西裝褲摺好放到架上，拿過一條毛巾，進了淋浴間，將水溫轉到最低的刻度，任憑冰冷細小的水柱噴灑在身上，一陣寒顫隨著水滴滾下背脊，我將臉埋進掌心裡，這才突然想起你。

昨晚的你又是怎麼熬過來的呢？就這麼離開你，我真的做對了嗎？我這一次站在的，究竟是正義抑或是魔鬼那一方？

感覺著那些自我懷疑和令你失望了的愧疚感快要把我淹沒，突然張云暘安靜蒼白的笑容在這一瞬間躍入我腦海中，我這才記起她的每一分孤單和寂寞，那些矛盾地想要依靠我、卻又硬撐著不願麻煩我的心情我全都明瞭。也是在這一刻我才突然想起了最初決定了要站在她那一邊的心意，是因為你是個很堅強的人，但她卻總是在逞強。

所以我告訴自己。我所做的，是正確的選擇。

穿著陳珺為我燙好的衣服走進餐廳，我舒了口氣，陳珺簡直是**天使**。在我淋浴梳洗的短短二十分鐘內，她幫我把襯衫和西裝都整齊地熨出了邊線，做出了一桌早餐，甚至連衣服都換好了。

她瞄了我一眼，臉色不善地招呼我坐下吃早餐。我沒有胃口，只端起咖啡數口喝完，便站起身向她點頭。「我先出門了，等會事務所見。」

「你要去哪？」她有些不滿地皺起眉。「等一下一起出門啊。」

「妳們慢慢吃早餐，我先去……」我不自在地拉拉領帶。「去接張云暘。」

「不准去！」她突然提高音量罵我，接著緊張地瞥了看不出情緒的子幸一眼，才站起身逼向我，像是恨不得抓住我領子來回搖晃一般地嘶聲道。「不准去。被媒體拍到你接著她離開飯店的樣子？你乾脆當著記者的面跟她下跪求婚算了。現在案子已經夠複雜了，你不要再給我找麻煩，閉嘴坐下吃你的早餐！」

不得不承認，陳珺說的是對的。我乖乖坐下陪她們吃完早餐，由她開車載我們出門，把子幸放到學校。陳珺像是很捨不得，愛憐地親親子幸的臉頰，深深地擁抱她有如這是最後一面。當她重新坐回駕駛座時，我能看見她眼底閃爍晶瑩淚光。「妳還好嗎？」

她深吸一口氣，拍拍自己的臉頰，又瞪了我一眼，沒有說話，只是逕自從包包裡掏出手機打給她的助理。「喂，小林，你現在到圓山飯店去接一名張小姐，聯絡方式等一下秦律師會傳給你，小心不要被記者跟拍，接到人就直接回事務所，讓她從後門進來。嗯，對，謝謝。」她把手機丟下，像是很疲憊地嘆了口氣，這才向我開口。「你跟張小姐聯絡吧，我派小林去接她了，還有記得把聯絡方式給小林。」

「謝謝妳。」我誠摯地說。

「不必了。」她短暫地闔上眼，踩下油門前行。

從昨晚開始她心情就不好，為了避免再激怒她，我將張云暘的手機號碼發給小林後，只簡短地向張云暘交代了幾句、給了她小林的聯絡方式就掛了電話。一路上我們二人都沒有說話，陳珺冷著一張臉，像是對我感到無比失望。

到達事務所前她的電話響起，她接起後虛應了幾聲，便把車在離事務所大門外一段距離外停下，看著前方聚集著的一小群記者，她抿著唇，又急又快地對我說。「小林已經讓張小姐從後門進去了，我不想讓記者覺得你有什麼好躲躲藏藏的，所以你等一下直接從正門進去，一句話都不要說連**謝謝大家**也不要。我會幫你應付媒體，你直接帶張小姐上樓等著，我發表完簡短的聲明就上去和你會合。」她又強調了一次。「一句話都不要說。」

我望著她疲倦的神情、對我明顯不滿的態度，卻又無比堅定地決心了要幫我的眼神，我自知虧欠於她，卻又不知該如何補償，最終也只能對她深深地低下頭。「陳珺，」我說。「謝謝妳。」

她沒有看我，重重地撇過臉不願回應。

略過了媒體的追問，我逕自走進大樓，向保全頷首打了招呼，便大跨步趕至後門去找張云暘。只見她穿著合身的黑色套裝，脂粉未施，側著身子望向外面。而我看著她蒼白的側臉，不禁擰起眉，喊了她一聲。「張云暘。」

她轉過頭，對我綻出一個完美的微笑。「啊，早安。」她的眉眼彎彎，笑顏美好，但一切看上去卻都是那樣破碎。「對不起吶，這幾天一直麻煩你。」

「不要這樣說。」我立刻接口，一邊領著她上樓一邊對她說。「我昨晚送妳回去之後去見了我的合夥人，我們針對妳的情況做了分析，她答應會幫忙妳的案子，等等妳就會見到她。」見著她盯著電梯門上方跳著樓層變化的燈號，抿著唇像是有些緊張的模樣，我連忙安撫道。「不要擔心。」我說。「我們都相信妳。」

我帶著張云暘到我的辦公室坐下，請秘書倒咖啡來並再三叮囑她要謝絕今天所有的訪客，接過杯子後我往裡頭丟了兩顆奶球和一包糖，這才回到辦公室裡，把咖啡杯遞給張云暘。「兩顆奶一包糖，對吧？」

「……你還記得。」她微笑起來。

「我一直都覺得妳喝太甜了。」她的笑容緩緩染上了我的唇，我坐到她身邊，想了想又問道。「吃早餐了嗎？」

「不想吃。」她搖了搖頭，細小的聲線帶著鼻音。

「空腹不要喝咖啡。」我皺起眉，把她手中的杯子抽走，撐著膝蓋站起身。「等一下，我去換一杯熱牛奶給妳。」

「欸、不要啦。」她試著制止我時，身後的門突然被重重地推開，我們同時看過去，就見陳珺風風火火地衝進我的辦公室，用力地把門甩上。

我連忙把身邊的張云暘拉起，試圖給她一個好的印象。「啊，陳珺，這是張云暘。」我替她們二人介紹。「張云暘，這是……」

陳珺冷聲打斷我。「不必了。」她大跨步走到我們面前逼向張云暘，幾乎是近到連呼吸都要噴在對方臉上的距離，又急又快地逼問道。「我只問妳這一次，是妳做的嗎？你對那兩個孩子做了什麼？人是不是妳殺的？妳有沒有殺了小天權！」

「陳珺！」見著張云暘被嚇住的模樣，我用力地皺起眉，沉聲喝道。「妳不要這樣！」

「你閉嘴！」她對我怒吼，又轉回臉去。「這是一個非常簡單的問題，是還不是？難道妳連這個都沒辦法回答嗎？還是妳根本連回答的資格都沒有？」

「陳珺！」我威脅地又喊了一聲，怒目瞪視她，但這次她連看都不看我一眼。

就這樣和她僵持了一會，我才突然聽到一個細小卻堅定的聲音響起。「不是。」

我驚訝地望向張云暘，就見她面容慘白，顫抖的唇連一點血色也沒有，但她卻意外平靜，毫不退縮地直視進陳珺眼中，一字一頓地說。「不是我做的，請你們相信我。」

過了像是有一世紀那樣久，陳珺才倒退一步還給雙方個人的空間。「我不相信妳。」她高聲宣布。「為了我們之後能好好合作，我醜話先說在前頭了，我不相信妳。」

她會有這樣的反應並不令我感到驚訝，更讓我意外的其實是張云暘，只見她安靜地點點頭，努力揚起一個微笑。「我能理解。」

陳珺面無表情地瞪著她，再轉回來冷眼向我投以死亡視線，如此眼神來回了幾次後，良久才勾起嘴角，諷刺意味十足地向我開口。「我個人是建議你最好去搜一下這個女人的房間或其他藏身處，只要在那裡找到了小夏城就不用費這麼多事了。」

「我不認為有這個必要。」我有些僵硬地回嘴。

「隨便你，看來你是真的很不在乎自己孩子的死活。」她笑容可掬地譏諷道。「我會發布一道新聞，懸賞獎金給任何能幫助我們找到小夏的人，藉此表明出我方的立場是張小姐和孩子的父親的確是**在乎**的，且不惜一切也要證實自己的清白。」

「聽起來是很合理的作法。」我無視掉她幾乎要將我瞪穿一個洞的眼神，乾巴巴地回答。

而陳珺面無表情地在另一張沙發坐下，冷冷地命令我們。「坐。」她摸過一本黃色的橫格拍紙簿，望向張云暘。「說。我要知道一切的細節，從妳那天是幾點到他們家、到妳和李未宇聊了什麼我都要知道，越詳細越好。」

我不希望讓盛怒之下的她來審問張云暘，更不希望再一次揭開張云暘心底對那一日的恐懼，於是我冷冷地接話。「沒必要吧，」我說。「妳**不相信**她不是嗎？案情的部分我已經掌握了，由我來向妳說明就好。」

「沒錯，我**是**不相信她。但所幸**我們**跟某些有良心的律師不一樣，」她諷刺意味十足地對我說。「我不需要相信我的客戶是清白的也能替他們辯護，所以對張小姐也是一樣，我的確不相信她說的是事實，我只是要知道**她的版本**的故事。」

只有先知道了客戶原先的版本，我們才能制定出自己這方的版本，也才能藉此來對抗檢方的版本。辯護法的第一條規則：只有被法官**認定**的事實才是唯一重要的事實。

於是我撇開臉，點了點頭，示意張云暘開始說。而她有些緊張地微笑，開始鉅細靡遺地描述一切，陳珺則是一邊作筆記一邊認真地聽，偶爾會插嘴發問，然後又低下頭寫字。

這個過程進行了很久，陳珺問得很詳細，連張云暘大學後移民的生活也都清楚地記下。我在一旁靜靜聽著，也就一點一滴釐清了她離開了我身邊後的人生。她現在是個小有名氣的攝影師，她擁有心因性的疾病固定會看心理醫生，她旅居海外至今也有十多年了難怪我這些年來一直找不到她，她至今尚未結婚，她和你私下裡往來已經有五年的時間。

你是知道的，知道我當年傷害了她的愧疚，知道我這些年來一直試著重新與她取得聯繫，知道我一直想為了自己的「不知道為什麼傷害了她」道歉。但五年的時間，你卻一個字都不曾告訴我。

這說明了什麼？

有人在外頭輕扣門板的聲音將我拉回現實，我強迫自己要鎮定，清了清喉嚨。「進來。」

「秦律師。」小林探頭進來，向我微微頷首，接著轉向陳珺。「陳律師，記者會要開始了。」

我撇了手錶一眼，差三分鐘十二點，瞬間明白了為什麼我們需要被通知這場記者會的必要。

「好，這邊就先這樣，走吧。」陳珺抓著拍紙簿站起身。「張小姐妳來不來都無所謂，秦國晉跟我一起來。」

我隨著陳珺走出辦公室，回頭瞄了一眼。很好，她沒有跟來。我無視身旁的員工們打量我的眼光，暗自鬆了口氣。我最不希望的就是她再次受傷害，不論再怎麼諷刺的是，她才是那個被指責為傷害他人的罪魁禍首。

就在下一刻我的呼吸突然被偷走，我無心再去思考是誰傷害了誰，只是屏氣看著電視上的你推開了家裡的門走出來，鎂光燈此起彼落地閃在你臉上，映得你像是將赴沙場的戰士般堅毅的臉模糊不清。

你開始條理分明地訴說你的悲痛及所認為事情是如何發生的過程，表明了你與張云暘從小一起長大的關係，當你說到天權的名字時極其輕微卻又無比明顯的哽咽了一瞬，我也跟著全身一窒，只覺得有一種反胃的燒灼感一路傳上心口，熱辣辣的罪惡感令我幾乎想要立時排開身邊所有人回去用力擁你入懷，好止住自己心裡這份驅趕不開的痛楚與顫抖。

但是我不行。我瞥了辦公室半掩著的門一眼，想起張云暘蒼白的破碎笑容，和她是如何壓抑著情緒痛苦而堅定地告訴我，不是她做的。我得保護她，我**要**保護她。

是不能、也是不敢再聽下去，我便分了心去看你身後站著的保鑣群中混著一名紮著馬尾的精幹女子，過了一會才突然意識到我認得她。我在幾年前和她有過一面之緣，也聽你提起過幾次，那是你最信賴的公關專家。

你竟然連公關專家都請來了。意思是你今天所說的每一句話、每一個細微的動作、以及每一滴落下的淚，都是經過精心設計的。

我看著你轉過臉去，在人前哭得那樣自然那樣完美那樣毫無破綻，不禁對你的「悲傷」感到整個人都冷了下來。

「多虧了你家李未宇好大喜功又愛出風頭的個性，我們這下先得知了他們那方的整體策略，幫我省了不少時間。」記者會結束後，陳珺繃著一張臉看你走進家門的畫面，又切換頻道多看了幾則相關報導，低聲請小林去把相關的影片資料全整理一份起來，這才切斷電視，擺出勉強的笑容命令其他人回去工作，偏過臉來冷笑著這麼對我說。

我瞄了她一眼，沒有說話，只是隨著她走回辦公室，在垂著臉的張云暘身邊坐下，這才開口。「我明白情況現在對我們不利，在剛剛的記者會中未宇他幫所有人都先貼上了標籤，而我們這次的案子已經受到了太多社會關注，民眾最容易受到透過媒體播放的訊息給影響，但這對我們來說倒也不是沒有好處，我們現在可以不必費神去猜，只要專心制定好自己的策略回擊便是了。」

透過媒體和觀眾互動的第一步，就是給觀眾在潛意識裡貼上對任何事物的標籤，讓他們在第一時間隨著這些關鍵字起舞，深深地替他們植下對這件事的看法。

觀眾有多好被操縱，媒體的影響力就有多大。

所謂兩秒鐘就足以讓一個人判定對另一個人的第一印象，如今你率先在民眾心中貼上了第一步的標籤，是以現在對我們而言，將要付出加倍的努力，也不一定能扭轉你給所有人留下的形象。

「我們現在得盡快。」陳珺說。「李未宇的記者會辦得完美無瑕，真誠、不戲劇化、沒有一絲會引起民眾反感的元素在裡頭，我們已經輸了兩步，再繼續讓新聞這麼播下去，只會讓張小姐的形象在他們心中根深蒂固，我們得在最短的時間內開記者會反擊，沒有時間耽擱了。」

「兩步？」張云暘突然怯生生地開口，見我們同時向她望去，她頓了一下才小聲地說。「不好意思，妳剛剛說我們輸了兩步，一步是被小宇他們搶先開了記者會的話，那另一步呢？是我做錯了什麼嗎？」

「我很不想承認，但妳倒是沒做錯什麼，**表面上**。」陳珺冷冷地說。「不幸的是，我旁邊的這位秦國晉先生昨天讓妳被警方帶走時的策略完全錯誤。當然了，我完全可以明白他想保護妳的心態，」她翻了個白眼。「但用外套罩頭？只會讓妳看起來更像個罪犯罷了。外套罩頭，」她轉過臉來罵我。「我真不知道你是怎麼想的。」

「我那時候以為她只是被當成關係人帶回去詢問，為了避免露面的麻煩所以才這麼做，並沒有想到她會正式被起訴。」我無意多辯解些什麼，只是淡淡地回了一句。

「對，因為你相信她。」陳珺嘲諷地斜起一邊的嘴角。「多虧了你，我完全知道該怎麼設定張云暘的形象。無辜、清白、惹人憐愛，之類的。反正就是能哄得像你這樣的人去買單她的無罪。」

我的臉冷了下來，聽陳珺繼續譏諷我。「她從小就把李未宇當成最好的朋友，被指稱為兇手令她心力交瘁，她只希望一切能盡快平息，並且你們一家人的哀傷能早日弭平。」她一邊說一邊笑著，但眼神裡卻毫無笑意。「如何？用**謊言**來塑造一個人的形象很容易吧？」

「陳珺，」我不滿地加重嗓音。「夠了。」

「沒錯，是夠了，因為再來是你。」她一派輕鬆地接口。「別忘了你也是事件關係人，李未宇算是有對你手下留情了，好歹在記者會中沒有把你一起拉下水，但觀眾的看法就不一定了，社會大眾向來對你這種拋家棄子的男人沒什麼好感。所以我們必須七句真三句假地把你的偉岸形象搶救回來，大量地拋出這些關鍵字：正義，梗直，」她意味深長地瞥了我一眼。「**深愛家庭**。你並非站在殺人犯那方，而是相信張云暘的清白，且願意用司法程序來證明這一切。」

「聽起來很恰當。」我面無表情地說。

「你覺得可以就好。」她的聲音涼涼的，諷刺地向我冷笑，拋出一句話重重地砸在我心上。「那李未宇呢？容我提醒你一下秦大律師，他現在除了是我們的對手方，同時也是你的丈夫。」

面對著陳珺句句帶刺的話語，我不悅地撇下嘴角，回想起昨夜你是如何殘忍地放話要打你最擅長的媒體戰來讓張云暘被未審先宣判、這五年來明知我對她於心有愧卻仍欺瞞著我你們二人有所往來一事，以及你在記者會上竟請了你的公關專家來精心設計出這一場好戲、甚至利用我們的兒子做為操弄媒體的道具，我不禁心生不滿，冷聲道。「我是覺得我們該提一下未宇操縱媒體這件事，讓民眾知道……」

「知道個鬼啦你是白癡嗎！」話才說一半就突然被她打斷，我愣愣地望向陳珺，只能聽她向我破口大罵：「你以為你這樣說了民眾就會覺得哇真的欸他買新聞欸他好壞壞喔所以那個女人一定也是無辜的呢都是被人陷害都是那個死有錢人的錯？怎麼可能！你現在的形象已經夠對不起李未宇了，我敢跟你打賭你只要膽敢說一句李未宇的不是，隔天的頭條就一定全是『為了保全小三誣衊原配』這樣的標題！我們現在唯一能說的就只是一再告知媒體民眾這個女的是無辜的，而李未宇只是個急欲為這件事找到一個可以歸責的出口的悲傷父親，所以才不分對錯地將指控安到張云暘頭上。說實話連這樣講都已經夠危險的了、我們要很小心地斟酌用字，所以拜託你不要再給我找麻煩了讓我來處理！」她看起來有種恨鐵不成鋼的意味，而我則暗暗嘆了口氣。既然都想好了又何必問我呢？但為了避免再觸怒她的風險，我只能乖乖地閉上嘴挨罵。「而且說實在的，要怪李未宇還不如怪到檢方頭上，說他們急欲破案而不擇手段操縱媒體煽動情緒，去列舉他們曾大動作地起訴過多少人、讓人家被媒體和社會大眾的二十四小時放大檢視和輿論壓力給逼得身敗名裂，之後卻雷聲大雨點小地用一句輕飄飄的罪證不足來單方面結束這場鬧劇，就足可以見他們是怎麼樣一群好大喜功又只顧自己名聲而枉顧他人清白和司法正義，完全不負責任的一群死王八蛋了。」

她連氣都不用換一口就能話聲清脆地將我罵得狗血淋頭，我習慣了她這幾天的壞脾氣，倒也不是太在意，只是疑惑著她何時對檢調單位如此充滿敵意，就見她有些尷尬地停頓了一下，像是為了隱藏些什麼一般，抓過拍紙簿輕咳一聲，逕自結束了這個話題。「總之就是這樣，那麼關於我方的故事版本你有什麼意見嗎？小天權的死不可能是自殺，也不像是意外，你們屋內的財物也絲毫未損，所以我們也不能推稱是入室強盜殺人，這樣就只能說是他人所為了？」

見她沒那麼生氣了，我這才鬆了口氣，瞄了身邊平靜地笑著的張云暘一眼。「是啊，張云暘說了她那時候離開客廳、在廚房待了好一陣子，在回去時就發現孩子們成了這樣，應是有人在那段時間闖進來殺害了天權並擄走夏城，屋裡的東西既沒有少、也沒有人透過任何管道要求支付贖金，所以我想動機應該是尋仇，我們就咬死了這點不放。」

可她卻沒那麼輕易放過我。「好啦，其實我個人是建議你乾脆勸她認罪算了，我們還可以依此爭取到減刑，大家既不必費那麼多工夫、你也可以回家去做你的好丈夫，誰都不辜負，豈非皆大歡喜？」

我向前坐了一些，幾乎將張云暘整個人擋在身後不讓陳珺嘲諷意味十足的話語傷害她，深深嘆了口氣。「陳珺，拜託妳了好不好。」

「好。」她倒是輕鬆爽快地轉換了話題。「另外，我們也得想想檢方的故事才能做出應對，秦律師有什麼想法嗎？」

「從昨天晚上未宇的態度和今天的記者會上的操作看來，未宇對張云暘充滿了敵意。」我有些抱歉地看向張云暘，而她則報以一個微弱的笑容。「所以我猜檢方會稱是他們二人早有不合，所以在口角之下張云暘趁未宇出門後殺了他的孩子以此洩憤。」

「**他的**孩子。」陳珺嗤笑一聲。「我倒覺得他們打情殺的可能性要來得更高一些。」

「……怎麼可能。」我很不耐煩地應道。

「怎麼不可能？」冷笑著橫了我一眼，陳珺不懷好意地瞪視我們二人，句句帶著譏諷。「她喜歡你，因此而憎恨李未宇，所以才殺了你的孩子以此洩憤，藉此毀了你和李未宇的婚姻以及你們的人生，不覺得聽起來是個合理又足以取信於人的聳動好故事嗎？」

這都什麼時候了，她卻只還想著這種無聊的粉紅泡泡來曲解我和張云暘之間的關係？

我和她怒目瞪視彼此了好一會，她才微微斜起嘴角，撇開臉開始在拍紙簿上書寫，聲音平板聽不出情緒，沒有再多刁難我。我知道這是她又一次地對我妥協。「我們現在得盡快辦一場記者會，臨時一點的就好，依我們現在的立場我不希望讓這場記者會看起來太刻意太有攻擊性，我先來擬新聞稿，你去找小林，叫他買一套白色的套裝回來給張小姐，還有聯絡我列出來的這幾家記者。」她撕下一頁紙塞到我手中，像是看到我露出疑惑的蠢樣，她頓了一頓，很不耐煩地向我解釋。「黑色看起來太幹練了，我不想讓觀眾覺得她太能幹，白色會讓她看起來無辜又天真，像個女人一樣，就心理學的角度來看，社會大眾通常比較相信男人會是兇手，因為女人全是軟綿綿的白色小公主。」她毫無氣質可言地翻了個白眼。

世界上最不像個無助小公主的人就是陳珺了。我看著她飛快地在紙上列出新聞稿的大綱，只覺得有她在便很安心。我依言起身去找了小林，交代完陳珺說的事項後、又把鑰匙交給他去把我那天停在路口的車開回來，正想回辦公室，卻在外頭打住了腳步，聽著張云暘怯生生地說。「陳律師，沒關係嗎？」

陳珺的筆尖頓了一下，頭也不抬地反問。「什麼東西沒關係？」

「我知道妳不相信我，但妳卻想要盡妳所能地保護秦國晉，所以才即便再不滿也仍然坐在這裡替我籌畫記者會，我很感激妳，或許我沒有資格這樣說，但我也很謝謝妳這麼照顧秦國晉。」站在門外的我只能斜斜地看見張云暘的側臉，她慘白的面頰上掛著一個虛弱的笑容，但眉間卻深深地皺著，像是在擔心著她所說出的一切。「但是秦國晉、他和他的家庭、他和小宇，還有妳自身的堅持，真的都沒關係嗎？」

方才一直低著頭的陳珺卻突然笑了，不急不緩地抬起臉來直視張云暘。她的笑容裡合上了自嘲和悲哀的意味，過了一會才一字一頓地開口。「沒關係的。」她說。「歡迎來到律師的世界。」

「……我由衷地希望小宇、李未宇先生，以及被害的家屬能夠早日走出傷痛，並希望司法單位能盡快找到真兇，以慰孩子的在天之靈。」我看著身旁的她微微發抖著，卻能平穩地說出自己的台詞，並且語調懇切真情流露，我滿意地點點頭，示意她說出最後一句話。「我相信自己的清白終能得到證實，謝謝大家的關心。」

在記者來得及提問前，我微微傾身向前，平順地接手過來。「我明白這個案子會引起很多人的猜測和討論，但我還是那一句話：我相信我的當事人的清白，並且我也相信我們的司法制度能還她一個公道。她不是無罪，而是無辜。」我停頓一下，讓這個句子聽起來更有力。「我也並不是站在壞人那一方，而是站在公理正義這一方。」

感受著鎂光燈刺目的跳動閃進我眼底，我正想說出最後一句台詞時，卻聽見記者群中有人大喊。「你不會覺得對不起你丈夫嗎？」

我僵硬了一瞬，極力保持臉上的微笑，略過那個問題。「謝謝大家的關心，也請各位留給我的家人和我的當事人一個呼吸的空間，謝謝大家。」

不是你，就是她，我沒得選擇。

匆匆拉著張云暘進到大樓裡，我平定了一下心緒，拍了拍她的背，鼓舞地向她微笑。「妳做得很好。」

她白著臉點點頭，沒有說話。當我正想再安慰她時，卻聽陳珺的聲音響起。「秦國晉。」

我回頭一看，就見她大步向我走來並伸出手，我愣了一下，有些詫異地回握。我們已經有數年不曾這樣疏離地握過手了。「恭喜你，」她嘲諷地對我咧出一個微笑。「我果然沒有看錯人，你的確是個非常出色的律師。」

致　秦國晉

整體來說，內太陽系因為比較輕的氣體會外移，剩下的物質比較少，所以內行星也比較小。一開始的物質可能是由岩石所形成的，漸漸成為較大的尺寸，直到相對少量的大型物體開始佔有主導地位為止。這些比較大的物體會結合在一起，形成我們所知的行星，大部分都成為地球和金星的一部分，而火星和水星這些比較小的行星，就是由「剩下的東西」組成的。

我應該有和你提過，小時候的我和張云暘其實是很要好的。我們二人都是獨生子女，於是我總把她當成妹妹一般地疼愛。記得那時的她總愛跌跌撞撞地跟在我身後，哭哭鬧鬧地要我陪她玩，摟著我的脖子開心地又叫又跳。

但卻不知道從什麼時候開始，我開始在意起自己的成就能否贏過她，她開始總掛著那一成不變的微笑來嘲諷我的成功，我們開始表面上維持若無其事的親暱但心卻漸行漸遠。

不知道從什麼時候開始，我和她都愛上了你。

從明白了這個事實的那一刻起，我心裡那份青梅竹馬的柔軟情分就死去了。對她所剩下的，就也只是那些為了維護住我們的關係而急欲毀滅她的想法。

但在某些時刻，我還是會不經意地記起以前的日子。我和她手拉著手走在向晚的街道上，一人拿著一隻霜淇淋看夕陽。她的頭髮被鬆鬆地紮成一隻辮子垂落在胸前，臉頰被晚霞映得紅撲撲的，嘴角髒兮兮地沾上了巧克力色，轉過臉來瞧我，對我充滿信任又傻呼呼地咧開一個大大的笑容。

只是無論再怎麼美好、再怎麼懷念、再怎麼想試著去珍惜，那都是一段我們無法回溯的往日了。我冷笑起來，看著你被一個問題堵得語塞了一瞬的模樣，摸過遙控器切斷了電視。

你們的記者會辨得還不錯，簡單、直切重點，看起來真誠而不矯情。陳珺果然有兩把刷子。

但還是沒有用的。我這邊搶到了第一時間的發言權，且用大陣仗又戲劇化的作法給每個人留下了深刻的印象，再加上我是受害者的可憐身分，這一切都讓我方的策略天衣無縫。

今晚九點第一隻專題報導張云暘身家的節目就會播出了，首先就從她父親經商有道家境中上這樣容易拉抬仇恨值、帶動收視率的這一點，努力往死裡踩吧。我瞄了手錶一眼，輕巧地抿了一口茶。記著過去的我太軟弱了，現在的我沒有時間搞這種婦人之仁，我會毀掉她，親手將她的名聲、我們的曾經，和你與她之間的一切一起埋葬。

「李先生您好，敝姓吳，吳品瑞，是負責本案的檢察官。」檢察官在傍晚時分來訪，我將他請進了客廳，聽他向我語調平穩地說著，狀似誠懇但我能聽出他言後千篇一律的不耐感。「對於發生在令郎身上的悲劇我感到很遺憾，請您相信我們會盡力為您討回公道。」

「謝謝。」我敷衍地虛應一聲，招手讓幫傭上茶。

「基於各式理由，李先生的丈夫將成為被告的辯護律師，我想事先為李先生做好心理準備，將來很長一段時間，您和您先生的關係可能會有些緊繃，我希望這不會影響到李先生的心理狀態，依然能夠平靜做好開庭與作證的準備。」

「各式理由。」我諷刺地笑了。「吳檢座大可不必說得這樣隱晦，何不和我談談為什麼秦國晉身為我的丈夫還能為另一方辯護呢？」

檢察官挑起眉，然後聳了聳肩，很惡劣地笑了起來。「簡單來說，恕我直言，但李先生與秦先生並無**實質上**的法律關係。且據我所知，被害的小弟弟是您的孩子而非秦先生的，二人並無親屬關係。所以這一切僅在**道德上**構成瑕疵，但是程序上一點問題也沒有，畢竟，」他冷冷地說。「律師這種人，本來就不必避嫌，也能為自己**想要**捍衛的對象辯護。」

「當然了，我明白目前的情況比較特殊，尤其是我丈夫的……決定，會讓一切變得無比複雜，但我想這也是您能利用的優勢之一，所以一切要麻煩吳檢座多費心了。」我咬著牙說。

「李先生是個明白人，那我也就直說了，」他的眼底閃過了一瞬微乎其微的噁心情緒，像是在瞧不起我用如此商業的角度來分析我兒子的死，隨即堆回滿臉虛偽的笑意。「您今天中午辦的那場記者會很成功，有鑑於這次的案子已經引起的高度社會關注，將我們設定後的張云暘小姐的名聲和形象盡量灌輸給觀眾將是十分關鍵的一環，我們這方要大量地打不著痕跡的感情牌，意思是……」

「是我們要一面假裝理性地看證據說話，一面在字裡行間帶上狗血而煽動人心的泣訴，這樣一來可以達到打感情牌的效果，二來也不會讓人反感我們只會煽情地扮可憐。」我無比自然地順口接話。「是的，我完全明白。」見檢察官愣了一下，我不禁勾起嘴角。「我已經打點好了，今晚開始就會有一系列的專題報導播出，我交代過他們要挖出一切張云暘的底細來播放，我會潑盡髒水，不用一個禮拜她就會成為人人喊打的過街老鼠。」

檢察官微笑了起來。「很好，但麻煩您確保內部人士不會出來爆料，若是讓人知道是您在背後操弄這一切，只怕會前功盡棄。」

輕鬆地抿了一口茶，我豎起五根手指。「這你可以不用擔心，我的公關專家在今天的記者會後就去和她大學同學見面吃飯，閒聊的過程中會一再不經意地提及本案的細節和張云暘的人品，然後假裝無心地開玩笑說『電視台如果做一系列類似的節目內容一定會大賣』——不能說新聞台做專題報導，那樣太明顯了——那位大學同學的男朋友是新聞台的行政人員，於是想當然爾男朋友知道了這個消息就會去和他的主管報告這段內容，而他的主管想採訪我卻也只能接觸到我的秘書，我的秘書會一再推辭聲稱不願多談，但在新聞台主管開出某些誘人的條件後才低調神祕地釋出一些重點訊息和可供利用的採訪名單。這離我已經過了五道程序，所以並不會追查回我身上。」我聳了聳肩。「再為了避嫌，我會去上明晚的專訪節目，若被問起有關張云暘的一切評價，我只會低調地不表示意見來默認，並一再強調我上節目只是為了要傳達希望能盡快找到我失蹤的大兒子的訊息，而不是上來炒作散播仇恨。」

但事實是，我表現得越可憐越低調越不願多談，能操弄到為我義憤填膺的民眾就越多。他們越覺得我是個可憐的父親、而張云暘和你是一對沒有廉恥的狗男女，就有越多人會站在我這一方。我越把自己的形象包裝成是一般的平民老百姓而你們則是**見錢眼開**的律師和**身價不斐**的知名攝影師的組合，就能煽動到越多仇視有錢人的市井小民的恨意。

民粹主義。學習操作媒體的第一堂課。

「我明白，那我補充一下，關於您失蹤了的大兒子，請相信我們檢警單位會盡全力去找回他，但在此同時這也是能讓我們拿來運用的優勢之一，我說得直白了些，李先生別見怪。」檢察官笑容可掬地向我說，語氣裡連一絲抱歉的意味都沒有。

「不會。」我咬著牙笑道。

「因為我們目前並無直接證據能將大兒子的失蹤與張小姐連接上，故無法依此起訴她，按理在庭審時我們是不能提及此事的，但我還是會故意提一下來讓法官和旁聽的民眾留下深刻的印象、讓他們能更好地將此二者聯想在一起。」

「我了解，多謝吳檢座費心了。我這邊會安排一系列專題採訪和報導，大動作地釋出我有多想念我大兒子的訊息，甚至懇求張小姐把我的孩子還給我，能看到小夏平安返家就是我現下唯一所求。」說著這樣的謊話我眼也不眨一下。你和天權，我生命中最在乎也最重要的兩個人都分別以最痛苦、最難堪也是最羞辱人的方式離開我了，我是又何必還費心思去在乎那個我本就不喜歡的孩子呢？這些想找回你的漂亮話其實說穿了，也不過就是被完美地包裝過的、對張云暘的恨意罷了。「再來，我會透過讓我的公關專家轉手拋出一些流言讓人深信她是個冷血而蛇蠍心腸的女人，不僅背叛並勾引了好友的丈夫、只因為得不到自己心愛的男人就殺小孩子來洩憤的瘋子。」

「很好，看來對張云暘小姐那方的形象設定您已經有個完善的想法了。」他說，笑容裡突然帶上了些不懷好意的意味。「那現在我們該來談談您丈夫的形象了。」我端著茶杯的手輕顫了一下，盡量擺出一副無所謂的模樣望向他。「就如您所說的，現在情況特殊，不只張小姐的形象我們需要好好琢磨，秦先生那邊的形象也得設定出來，請問您有什麼想法嗎？」

我抿著嘴，沒有回答。而檢察官也不逼我，只是神態自然地轉移話題。「他們的記者會並未釋出太多訊息，這樣的手法很危險，但也很聰明。我們無法從中得知他們的策略走向，只能用猜測的。」

稍稍平定下了心緒，我想起你昨夜百般維護她的堅定，以及擁抱我時那種愧疚又勉為其難的力度，不禁冷笑了起來。「不會啊，他那邊的策略很好分析的。因為他堅信張云暘的清白、也堅信他們之間只是友情，並且一意孤行地認定我恨張云暘，所以他大抵會猜測我們這邊的故事版本是我與張云暘口角後她在盛怒之下殺了孩子復仇。」我咬了咬下唇，繼續說。「所以我方的策略應為在一開始的媒體操作上不要打出情殺這個選項，僅要強調我和她青梅竹馬的情誼對我而言是多麼珍貴，藉此來營造出她是個背叛舊友的瘋婆娘的形象。我會控制一些小道消息來釋出她可能愛著我丈夫的訊息，但若是有人採訪我相關的問題，我就只淡淡地表示是有聽過這樣的傳聞，可我丈夫畢竟是喜歡男人的，所以相信張小姐也不會真如此一**廂情願**。這麼一來，不但可以在民眾心中深植她是個糾纏我丈夫的神經病的形象外、也能讓對方律師不起疑心。一旦他們認定我們了會用激憤殺人來辯論，屆時我們就可以用情殺這條路打他個措手不及。」

畢竟你並不明白她愛你，而是執意堅信她只是個久別重逢的老友。你從來都是這麼遲鈍的人。可我能怪誰呢？到底也就是因著這樣的遲鈍，才讓我自那一天起得以霸佔了你十八年。

又或者該說，是從張云暘那裡偷來的十八年。

我愛你，我喜歡你，我想要一輩子和你在一起。

這些話你從來不曾對我說過。

然後我想起了那一日，我同樣感到如此心灰意冷的那一日，我本來要放棄了的那一日。

你第一次說了愛我的那一日。

那一日是我們高中天文社一年一度的同學會，這一年恰逢我們這一屆大學畢業，是以慶祝會辦得格外盛大。我和你一同出席，笑看所有人即便長大了長成了，也還是像當年的高中生一般，一切都像是未曾改變過，除了**她**沒有出現這點以外。我心情大好，連喝了好幾杯酒，卻被你皺著眉攔下。「別喝那麼多。」你一邊試著和我搶杯子，一邊低聲說。

「不要。」我興致很高，唇抵著杯口，笑瞇了眼看你。「你不要像個老人一樣，一起喝一杯嘛！」

「如果我也喝醉了誰載你回家？」你嘆了口氣，眼底的情緒與其說是寵溺更接近是困擾。

自從你返台讀大學後，我們便決定了要同居。母親寵我，一聽到我要開始外宿便直接在學校附近買下一套兩房一廳的小公寓供我住宿，我也樂得布置裝潢，三天兩頭拉著你去逛家具賣場，私心裡想著要把這裡打造成我們的家。

但面對著我的興致勃勃你卻像是壓根不在乎，當我拿著兩盞完全不同造型的檯燈向你詢問意見時，你總是掛著同一副與其說是縱容更接近是不耐的敷衍微笑，淡淡地甩一句。「你喜歡就好，我沒有意見。」

你並不在乎。

我微微撇下嘴，抓過酒杯往你唇邊湊。「好啦，就喝一杯嘛。」我笑著誘哄你，語氣裡透著不容拒絕的意味。「車子就停在這裡又不是麼大事，搭計程車回去就好了，喝嘛！」

定定地瞪著那杯酒，你過了一會才像是妥協了一般，終是嘆了口氣接過杯子。我心情更好，滿意地撐著下巴笑看你堅毅的側臉。

卻不知道是哪一個好事又八卦的人在這時多嘴地問了一句。「社長，你現在是和……呃，李未宇在一起吧？」

一個輕巧的問句快速地成了耳語在一干人間穿梭，不用數秒鐘的時間所有人都抬起臉來，直勾勾地瞪著我們瞧。我的臉瞬間慘白了下，看著在場所有人登時窸窸窣窣地交頭接耳，有人投以不屑的眼神，也有人報以噁心的神色，更有人回以嗤地一聲笑、彷彿我們之間的關係於他們而言像是一場鬧劇。

「原來這就是我們副社長的實力啊。」有人吹了個口哨，猥褻的眼神在我身上轉了一圈。

「聽說他追社長追到美國去欸，應該就是在那時候爬上社長的床吧。」有人不屑地哼笑了一聲。

「社長這下也真是出人頭地了啊，李未宇家超有錢的好不好！跟個男生在一起可以少奮鬥二十年，白癡才不要。」有人向你遞去輕視的一眼。

「就算在一起又怎樣啦？他們在一起這樣也很好啊！」有人好心地幫我們打圓場，但我全身僵硬連尷尬地笑都做不到。

「社長怎麼可能會這樣！一定是李未宇那個不要臉的勾引他！」有人狠狠地瞪著我，啐了一聲痛罵我，是那個一向敬你如師長的小學妹。

每一句話都很小聲，但落在我耳中就像是雷般響。我止不住地全身顫抖，緊抓桌沿到指尖泛白生疼，很努力地想要昂首擺出一貫的驕傲，卻在你的面無表情下給全數毀掉。

也許我真的該放棄了反正你並不在乎，也許我真的該離開了反正你並不在乎，也許我真的該選擇分手了反正你並不在乎。

你並不在乎。光是讓這幾個字在我心口盤旋就足以令我想哭。

但就當我已經決定了要放棄時，我的手背上突然傳來一陣溫熱感，刺得我連心裡都疼。有那麼一瞬間我以為是我哭了所以眼淚滑落燙在手上，於是我焦急地抬手想往臉上抹，我的自尊心不允許我在人前顯露脆弱。

但我的動作卻被壓制住，我低頭一看，只見一隻骨節分明的大手覆在我手上，似乎是把我方才的動作誤會為掙脫，那只手加大了勁道，更加用力地捉住了我的指節，以一種笨拙又不協調的方式把我們綁在了一起。

我愣愣地抬臉，就見你深深地皺著眉，額頭上不知是被時光抑或是我和你的關係給重重地烙下刻痕。你看起來很木然、很疲憊、又像是很堅定，十年如一日地挺直背脊，緊緊地握著我的手直到我的指甲刺入你的掌心。

你甚至沒有費心看我一眼，只是再一次用力抓緊我的手，直視前方所有的昔日好友，繃著聲線一字一句地說。「沒錯啊，我們是在一起。」

「我愛未宇，」你說。「所以我們在一起。」

和檢察官再討論了一下策略的制定，他將筆記本收回西裝內側的口袋內，站起身說。「時間不早了，那我今天就先告辭，改日再來拜訪。」

我也無意留他，跟著起身送他到門口。「辛苦了。」我和他握手。

「請您節哀。」他試著真摯地向我頷首，卻藏不住神色裡的鄙夷。

我沉默了一瞬，見他欲轉身離開，才開口喊住他。「吳檢座。」他回頭望向我，而我用力咬著下唇，聲音乾澀沙啞。「您方才提到的、關於我丈夫的形象，我已經想好了。他是個正直的人，死板到有些食古不化，一時糊塗心軟於是輕易地相信了那個女人的謊言，是個悲傷的父親。」

我愛未宇，所以我們在一起。我短暫地閉上眼。「但他只是被一時迷惑，他仍然愛家。」你仍然愛我，我在心中小小聲地補了一句，然後像是要堅定這樣的念頭似的，再一次覆誦道。「他仍然愛家。」

檢察官愣了一瞬，然後嘲諷地綻出微笑，向我戲劇化地點頭。「如果您認為這是最好的選擇，那麼一切依您的意思去辦。」

他轉身離開後，我重重地摔上門，背抵著門板滑坐下來，怔怔地看著那幅被漢娜換到玄關來的全家福。又一次深刻地感知到，即便結了婚、成了家、有了孩子，在他人看來，我們也依然是令人鄙夷的變態。

就連本來應該要站在我這邊，同情我、幫助我、替我討回公道的檢察官都是這樣瞧不起我。我支起手臂擋在眼前，依稀能從他那樣鄙夷又諷刺的笑意中看見當年同學會上的譏笑辱罵，每一張面孔、每一句話語，和每一次不懷好意地揚起嘴角，都狠狠地扎在我眼中，逼出我逞強著不願滑落的淚水。

但我同時也看見了你當年拉著我的手時，那份溫柔又疲憊的堅定。

你是愛我的，還是愛我的，我要這麼相信，我必須這麼相信。我在心中一次一次地對自己說

空蕩蕩的房子死寂得可怕，我凝視著照片上我們全家人，突然氣不打一處來，用力地抓過櫃子上的花瓶就往掛在玄關的那幅全家福上扔。

照片瞬間被水給浸濕，白色的鳶尾花和花瓶碎片落了一地，我盯著一切的混亂，和**看似**完好無缺的那張照片，再也沒有忍住地將臉埋進膝前，重重地搥地直到拳側被花瓶的碎片扎破。

我們的家庭四分五裂，而我卻只能自己守著一切的殘骸孤立無援，似乎這十八年來總是如此。

說到底也是我自己活該吧，這畢竟是從張云暘那裏偷來的十八年。

我沉沉地睡去，在夢裡看見了月蝕，突然記起月蝕只在滿月時出現，只因為在那個時候，地球、太陽、月亮會排成一直線。

無論我再怎麼努力、再怎麼美好，似乎也只能被她投射出的影子給漸漸地蠶食。

當她出現時，我再怎麼美好，你也看不見。

我醒來時發現自己躺在沙發上，閉著眼只感覺到頭痛欲裂，甚至不記得自己是怎麼從玄關移動到客廳的。我有多久沒有好好睡一覺了？我暗自思忖，決定等等去吞兩顆阿斯匹靈。

接著我睜開眼，突然就看到你抓著一條毯子站在我身邊，似是欲試著輕手輕腳地替我蓋上、卻不小心吵醒了我。你的臉上帶著尷尬的表情，而我在模模糊糊之間，習慣性地對你綻出一個迷糊的微笑。

習慣是很恐怖的一個人類行為，它會讓人在不知不覺間做出違背己願的動作，也會讓人迷失自我，更會讓人在一瞬間放棄掉曾下定決心要改變的堅持。

有多少個早晨都是我比你早起，眷戀地翻身去瞧你熟睡的側臉，直到你眉心微動、快醒來的前一刻，我才會閉上眼假裝沉睡，讓你傾身過來輕喊我起床，然後在我睜開眼後輕輕印一個頰吻。每天每天，我都是掛著這麼幸福的微笑睜開眼，對上你溫柔地凝視我的眼神。

我愛未宇，所以我們在一起。

你回家了。我坐起身，向你微笑，正想說些什麼，眼神卻落到了你身旁放著的那個半身高的行李箱。我的笑容定是瞬間垮了下，你順著我的眼神望去，像是不知該從何解釋起一般，支吾著向我解釋。「未宇，近來風聲不太好，為了避免外頭過度的解讀和案子著想，我這陣子會先去住陳珺那裡。」

你甚至沒有費心詢問我的意見，而只像是在告知我這個事實。我怔怔地望著你。見你對我深深地皺起眉，露出困擾的神情，我才突然發現自己哭了。

「未宇……」你嘆口氣，蹲下身與我平視。

看著你真摯而痛苦的眼神，我以為你要安慰我，心裡便不爭氣地又浮現了那句話：**我愛未宇，所以我們在一起**。

於是我想，很悲哀地。隨便你要不要幫她辯護，隨便你要不要站在我這一邊，隨便你要不要留下來。你愛我就好，還愛我就好。

所以，只要你說愛我就可以了。我巴巴地盯著你平直的唇線，期望你說出的慰語會帶上我渴求的那三個字。我把自己高人一等的自尊心拉下踩在腳底，用一種最可悲最破碎的方式，放任你一切傷害我的舉動，只為卑微地乞求你一句愛語。

這樣的我，是真的很愛你吧。

「未宇，」卻聽你有些不自在地說。「我是把你的車開回來的，陳珺還在外面等著接我……」

我不敢置信地笑了起來，感覺著方才所有的期盼瞬間碎了一地，和我破滅的自尊心混雜在一起，無聲地嘲笑著我的自作多情。

大概是習慣了心碎的滋味，現下倒是一點感覺也沒有。我站起身，送你到門口，甚至沒有費心挽留你。夜晚的風吹得我頭疼，我抿著嘴沒有說話，只是定定地凝視你。只見你遲疑了一下，終於還是傾下身輕輕地拉我入懷，而我卻只僵硬地站著不為所動。「對不起，」你擁著我說。「她現在只有我可以幫忙了，我必須這麼做……」

果然還是這句話。我絕望地闔上眼，用力將你推開，當著你的面重重地摔上門。

婚姻大抵就像橡皮擦，隨著時間過去它只會緩慢地消磨掉任何曾記下的愛的痕跡。而至於它本身呢？它其實並不會消失，只會轉變成細碎的橡皮屑，漸漸地從掌心流逝。除非委曲求全地俯身去將那些碎屑蒐集起來，不然最後也就只能眼睜睜地看著自己兩頭空。

致 陳珺

我討厭同性戀。

沒錯，完全沒必要去粉飾太平地說些「我有很多同志朋友，所以我只是不太贊同貿然去更改現有的婚姻法，但我還是祝福他們每一個人」這一類偽善的鬼話。我就是討厭這些有悖倫常的變態。

尤其是我面前的這個男人，我最討厭的就是像他這種類型。一個大男人生得唇紅齒白的，身上還有香水的味道，穿著白襯衫看起來像女人一樣單薄。竟然還有臉在我面前大言不慚地說些什麼「他仍然愛家」。

聽著都叫人覺得噁心透頂。

像他們這種人所謂的「愛」，不是一種病態的心理、不正常的情感，就是些年少輕狂一時盲目的錯覺罷了，這樣的關係不可能長久，終有一天是要回歸正常的生活的。像秦國晉不就醒悟了嗎？

事實上，我甚至很驚訝他一開始竟會和李未宇這種人搞在一起。我是秦國晉大學時的學長，和他有過幾面之緣，起先我對這個學弟充滿好感，認為他認真、端正、負責，是個有為的好青年，殊不知骨子裡竟是這種變態。如此看來，他們兩個人倒也相配得很。

不過李未宇先生終歸是幸運的，畢竟無論我對他再有不滿，我也不會冒著讓自己顏面受損的風險去對這場訴訟敷衍了事。像這種吸引大量媒體關注的案子，不只是注重利益名聲的律師愛，我們檢方也愛。這是能讓我們宣揚檢調單位的威望和名聲最好的方式。平時怎麼胡鬧鬆懈都無妨，只要成功地打贏了一場受民眾矚目的媒體大案，就能夠壓下數十件失敗的小案件所破壞的形象。

而又有誰不愛這種清廉公正的美好名望呢。我微微笑了起來，有些誇張地向李未宇頷首，在轉身離開時聽見了後方的門被重重摔上，我再也沒有忍住地哼笑出聲。活該。

喔，別誤會我的意思，我並非沒有同理心的冷酷之人，對於**真正**值得我可憐的人，我是很富有同情心的。像小孩當然是無辜又可憐的，我衷心地希望失蹤的那名孩子可以盡快被找到，也一定會盡我所能地將張云晹那個殺小孩的瘋女人送進監獄。至於像李未宇和秦國晉這種**自稱**是心碎欲絕的受害者，我只覺得他們是咎由自取。

不要結這種根本沒有法律效力的婚不就好了嗎？不要找代理孕母生小孩不就好了嗎？**不要**當個同性戀不就好了嗎？

我哼了一聲，回到車上輕鬆地扭開了廣播，突然就聽到了妳的聲音。

啊，應該是今天早上妳在妳們公司大樓前被攔下時的那場採訪吧。今早我僅有瞥到一眼直播的新聞採訪，只來得及抓到淺顯的重點，卻沒能看清妳的神情。我將聲音調大一些，試著聽清楚妳的聲音。

妳聽起來專業又富有情感，語調溫柔地訴說你們那方的立場和處境，但我卻能從細微的語調轉折中清楚聽出妳的不甘願。沒錯，我仍然了解妳，但卻沒什麼好同情的。有些事情，如果不去做，就不會受傷。

我哼笑一聲，重重地踩下油門離去。**妳**是最該明白的那個人。

致　陳子幸

現代人多數聞訴訟色變，認為這是一件吃力不討好的事，只是某些無聊的人生出的事端，是他們為了錢而興風作浪。但事實是，不道德的絕不是一件訴訟本身，而是牽涉其中的人。而律師就首當其衝脫不了干係。

我自嘲地笑了起來，遠遠地看著他們家的大門被重重摔上，而秦國晉站在原處愣了一會兒才灰頭土臉地提著行李箱回到車邊，將他逃離這個家所需的一切放進後車廂裡，這才拉開副駕駛座的門坐進來。

不，不是一**切**。我對自己想。至少他的良心不在這兒，而是早就被丟到了只有上帝才知道是哪兒的陰暗角落去了。我瞥了他一眼，終是吞下了那一句嘲諷。「你是把李未宇的車開回來的，那你的車呢？」

「下午我請小林幫我開回事務所了。」他摘下眼鏡揉了揉眉心。

「好。」我搖動排檔桿。「那我們回去吧。」回。我對自己揚起嘴角。像是我是秦國晉人生失敗的避風港。

「好。」他應了一聲，然後突然喊住我。「陳珺？」

「嗯？」

「謝謝妳。」他說，看起來很疲憊的樣子。

而我用力地別開臉，彷彿只要我不接受他的謝意，就能抹滅我和他一樣沒良心的事實。

從愛上一個人到懷孕生子的過程就像是一場九十分鐘的俗套浪漫愛情喜劇。第一階段是花十五分鐘相識和相愛，接著第二階段便用五分鐘像精力過盛的青少年一般撕扯著彼此滾到床上，然後第三階段是三十分鐘的親吻、玫瑰、和甜膩的相視而笑，再來是第四階段的突發狀況引起另外三十分鐘的大聲爭執和演技拙劣的淚水，最後的第五階段再用短短十分鐘輕易地和好，勾勒出在世界的中心相擁、親吻，而後從此過著幸福快樂的日子的假象。

當我在驗孕時，就處在第四階段。

和大部分會用可愛筆記本來記錄的女孩子不一樣，我從來不太在乎月經的週期。我總是抱著得過且過的心態在面對這一個月一次的麻煩事，等到某天晚上突然感到莫名的心情低落和腰酸背疼才去翻箱倒櫃地找出一片衛生棉墊上，隔天早上脫下內褲如自己所料地查看到那一片紅漬時，再得意洋洋地對自己說：喔耶，救援成功。

於是那時的我後知後覺地在過了一個多月後才發現，自己的月經遲來了。

歷經了為時大約三秒鐘的自我厭惡和抱頭否認，我很乾脆地站起身接受了事實，走上十五分鐘的路去藥局買驗孕棒，回到家對著那根白色的棒子小便，拿起來，洗手，等待三分鐘。

過程中我始終十分冷靜，甚至還有心力自我解嘲。永遠不對早晚都得面對的事情討價還價，我果然是個當律師的料。

但當我把驗孕棒湊至眼前時，我所有的冷靜頓時灰飛煙滅，直到這時我才突然發現，我還沒有準備好。試紙上緩緩浮現了第二條線，和原本的那條藍線平行而立，就像我從今往後的人生，此刻將與我原有的計劃再無交集。

十八歲，考上法律系。二十二歲，順利畢業。二十三歲，考取律師執照。二十七歲，結婚。二十九歲，懷孕。

我才只有二十二歲，我怎麼能為另一個人的人生負責？我怎麼能為被我自己毀滅掉的人生負責？

我重重地將驗孕棒摔進垃圾桶裡，把臉埋進膝蓋間，無聲地啜泣起來。

就像我說過的，愛情喜劇的第四個階段。只是差別在於，現實生活中即便我的淚水再怎麼情真意切，也並沒有能夠喊卡的機會。

和秦國晉一起回到家時，已經過了午夜。我領著他到客房去，指揮他把行李放下。「你拿了衣服先去洗澡吧，我來整理一下房間。」

「不必了，」他試著阻止我。「我自己來就好了，妳去休息吧。」

「講得好像你知道床單和棉被放哪裡一樣。」我取笑他。「去洗澡啦。」

他爭不過我，便依言抱了換洗的衣物離開，而我拉開櫃子抱出藍白格子花紋的床單和薄被，鋪好床攤開被子把枕頭拍鬆後，突然在床墊和牆壁的縫隙中發現了一個相框。我狐疑地拿起，用袖子擦去上頭的灰塵，**那個人**的笑容就在驟不及防間對我綻放。

那三張面孔像是刺在我心上連呼吸都疼，那時的我髮長及胸，抱著仍在襁褓中的妳笑得連眼睛都瞇起。而**那個人**站在我身旁，溫柔地摟著我的肩膀，笑得真誠燦爛，彷彿我們就是其畢生所求。

我怔怔地撫摸平滑透明的玻璃，突然想起了過去的我們是多麼快樂，卻在**那個人**消失之後再也無法回溯。

是不是**那個人**離開之後，就順帶連我快樂的能力也永遠一起帶走了？是不是因為**那個人**再也不會回來，所以我靈魂中所遺失的那一部分也就永遠的不見了？是不是如果**那個人**一日不在，我破碎的心就永遠無法復原？

「媽咪？」

聽見妳帶著睏意的嗓音突然響起，我一時失手弄掉了相框，見著它清脆地在我腳邊碎裂，我突然覺得自己生命中的一部分也隨之崩毀。我盡力地堆起笑容，回過身去瞧妳。「寶貝。」我強顏歡笑地上前擁住妳，用力地收緊手臂來確認妳在我懷中，確認妳還好好的，確認妳就在我身旁哪兒也不去。

我的心在這裡。我喟嘆了一聲。我的心在**這裡**。

「快去睡覺了，」我親親妳的臉頰，愛憐地說。「就算明天是星期六也不可以太晚睡喔！」

「嗯。」妳低垂著臉應了一聲，我沒能看清妳的神情，良久才聽妳小聲開口。「媽咪晚安。」

「寶貝晚安。」我目送妳出了客房，用力地拍拍自己的臉頰，努力想振作起精神。

得在秦國晉洗好澡回來前處理好一切。我對自己說，被他看到照片可不好。我伸手去撿那張承載了過多回憶的相紙，卻一不留神被玻璃碎片劃傷了手指，在痛楚傳至心底的那一刻，我突然想起了妳咿咿啊啊的笑聲，**那個人**帶笑的神情，和我在那時是多麼的幸福。

原來回憶也會傷人。我拾起照片，感覺眼角有一滴淚水滑落。

不，親愛的，傷人的從不是回憶。我幾乎能聽見**那個人**溫柔沉穩的嗓音在我腦海中這麼說著。傷人的從來都是那些相愛的細節仍然歷歷在目。

我的手緊握成拳捏住了照片，任憑那些我曾用生命去守護的往日在手中扭曲，變形，而後皺成一團我再也無能、也是不願去回首的曾經。

「陳珺？」

又一次的，在我沉溺在回憶裡時，有人從身後小心翼翼地喊了我一聲。是秦國晉。我迅速地抹去眼淚，將那張揉皺了的相紙藏進口袋裡，回首向他擠出一個分毫不差的微笑。「對不起，我打破了東西，等我一下喔我來清。」

「沒關係的，我等會自己整理就好。」他說，有些狐疑地檢視我。「妳還好吧？」

「當然，」我別開臉。「怎麼會不好呢。」

他應了一聲，上下打量了我一會，嘆了口氣，拉我在床邊坐下。「妳過來妳過來。」他逕自抽了兩張衛生紙壓在我受傷的食指上，語氣中帶有一絲無可奈何的意味。「妳在流血。」

見著他眉心深深蹙起的刻痕，我眼角一熱，咬了咬下唇輕巧地轉移了話題。「我們下午的討論還沒完，所以呢？我方的故事版本是什麼？我個人是建議採用情殺的激憤殺人去打，再加上她有精神疾病，可以主張她在犯案當下無行為能力，這樣的勝算很大，只判個三五年應該不是問題。」他倔強地看著我不肯說話，而我心知固執如他是不可能聽進我的勸，於是有些半放棄地聳了聳肩。「無所謂，你開心的話就用外人尋仇吧，如果是這樣的話我們的說詞和現場重建最好要足夠完美，你派人去找我們自己的鑑識人員來勘驗檢方給的照片和資料，可以的話帶他們重返現場仔細檢查，自己重建一次事發經過的可能性，死也要找出可以用來翻案的內容，找不到就用掰的，總之就是要證明除了她以外、還有其他人所為的可能性。」

「好，我明天會著手開始處理。」他微微掀開手中的衛生紙查看我的傷口，輕輕地應了一聲。

我繼續道。「這個就交給你了，我現在首要的工作就是將張云暘訓練到可以上台作證的地步，從明天就開始，我們必須把她打造成一個無辜清白的形象，讓她站上證人席時要是令人一眼看去就覺得無罪、而不是急著想將這個殺小孩的瘋女人送進監獄裡。」

他的嘴角微微抽動了一下，像是對我感到不滿又不敢說出口，而我瞄了他一眼，嘆了口氣，終於還是放他一馬。「還有，我已經吩咐下去，小林明天會召集一批隨機的民眾來，我會先分別放兩方的記者會影片給這些人看，分析出目前雙方的處境來加以調整我們的媒體策略走向。再來我會直接將張云暘丟上去，我會問她問題來看她在**未被訓練前**的反應。」這樣我才能看出她在**還不那麼會說謊前**的反應。「我也會開放讓這些民眾問問題。多虧了李未宇的名聲和你所做出的這種決定，這是近年來最大的媒體案件，我必須提前得知民眾究竟會想知道什麼資訊和可能會有的反應，來隨時調整我們的策略走向。」我頓了下，又補充道。「除了第一場記者會外，我們不能主動釋出太多聲明，那樣會顯得太刻意也太具攻擊性，所以我已經盡量把所有我方所要表達的、想給觀眾留下深刻印象貼上標籤的訊息，全在今天下午丟出了，之後頂多只能靠小道消息和上網帶風向作為挽救的手段。關於網路平台的部分，我會大量地拋出張云暘是個良善的女人這種資訊，並指責檢方掌控了大部分的媒體平台不給人一個公平審判的機會。」我望向他。「有什麼想補充的嗎？」

「……沒有。」

「很好，那早點休息吧，我們明天還是早點去事務所。面對這種媒體高度關注的案子，檢方和法院的行動總會特別快，我們能早一日準備是一日。」我打了個呵欠，正想起身去拿掃把來清理碎片時，卻見他微微垂著臉，看起來有些頹喪的模樣。「嘿，」我輕聲喊他。「怎麼啦？」

他沉默了一會，良久才低聲開口，就像連他自己也害怕聽見一般。「妳還是不相信張云暘嗎？」

聽著這個問題我也不禁愣了一下。不，停頓的原因自然不是為了她，我當然不相信張云暘，我只是在這時想起了那些甘願放棄自身堅持也要幫助秦國晉的初衷。我看著他仍然覆在我傷口上的手，突然就笑了起來。

「不。」我說，微笑著望向他。「但是我相信你。」

在發現自己懷孕、哭了整整一個晚上，又歷經了兩次幾乎撕裂我靈魂的談話後，我下定決心要一**個人**把孩子生下來。這是我的寶貝。我輕撫著仍然平坦的小腹想。我不會讓任何人傷害我的孩子。

我知道秦國晉是支持墮胎的，所以如果讓他知道我在大學剛畢業沒多久就懷孕，甚至還得一個人扶養孩子，他一定會試著提出要我思考墮胎的建議。我不願聽到這樣的選項。我怕我會真的去**考慮**這麼做的可能性。

於是我打算能拖一天是一天，等到真的瞞不下去了、大概也就沒辦法終止懷孕了，到時候再和秦國晉坦白。準備律師考試的壓力讓發胖成了一個合理的藉口，我樂觀地想。

但這個計劃卻被孕吐給破壞了。在某一次我們吃完午飯回圖書館的路上，我聞到路旁的小攤販飄來的油膩味道，一時噁心，**又**一**次**地趴在路邊的花圃吐了出來。

已經不知道是第幾次了。我暈眩地攀著秦國晉，彷彿他是我唯一的浮木。

他駕輕就熟地扶著我坐下，掏出手帕給我擦嘴，又拿出水瓶讓我漱口，等我喝完水，他從我手中接過水瓶，稍微沖洗了下被我的嘔吐物給侵襲的花圃，這才坐到我身邊，輕輕拍我的背。「妳沒事吧？妳最近一直在吐。」

大約是瞞不下去了。我嘆了口氣，轉向他正色道。「我懷孕了。」

他的嘴巴有些愚蠢地張開，我能看出他有一瞬間幾乎想問我這是不是什麼拙劣的惡作劇，接著才像是接受了現實一般，用故作鎮靜的語氣開口。「孩子的父親是誰？」

果然馬上就是這個問題。我撇開臉。「你不認識。」這是個謊話。

「妳還是可以告訴我。」他不依不饒地接口。

「有什麼意義呢？」我冷冷地回嘴。

「陳珺！」他提高嗓音威脅地低吼了一聲，像是真的生氣了。

「聽著，他不打算對我，對**我們**負責。」我噤下鼻酸的感覺，直視進他的眼底。「所以我不想談這個問題，好嗎？」

他怔怔地望著我，而我也堅強地和他互相瞪視。我的孩子只有我了，我至少必須看起來很堅強。過了一會他才像是妥協了般，輕輕嘆了口氣，說。「好。」

在那之後他真的不再過問，只是每天每天地接送我往來圖書館，幫身體不適而無法全心專注的我畫重點做筆記，三天兩頭就帶難吃得要命的補品給我吃。他很照顧我，即便嘴巴上不說，我也知道他是把我當成最親近的朋友的，在那一段時間裡，他是除了**那個人**之外，我唯一的依靠。

生下妳的那晚，我把**那個人**支開後，才讓秦國晉進來探望我。他走向床邊，輕輕地捏了下我的肩頭。

「恭喜。」

「這個傢伙是妳的國晉叔叔喔，是媽咪最好的兄弟。」我笑著說，將妳微微舉起，向他的方向湊。

「抱抱看？」

他有些笨拙又不自在地小心抱起妳，而我看著他手足無措卻仍然試著唱歌哄妳的樣子，突然就笑了起來。「秦國晉，」我輕輕喊他，而他只是抱著你隨口應了一聲，沒有看我。「謝謝你。」我低聲說，幾乎要忍不住眼角的淚。

「謝什麼。」卻聽他無比自然地回道，抱著妳來回輕輕地搖晃。

在媒體的光環全盤罩在秦國晉、李未宇和張云暘三人之間纏綿悱惻的三角關係和小天權慘死的嗜血報導下，警方似乎已經半放棄了繼續找尋小夏城的念頭，宣稱他們調閱了事發當日住宅附近幾個街口的監視器，皆沒有找到那孩子的蹤跡，是以一口咬死了他是也被張云暘殺害了後帶走棄屍，並公布了秦國晉家門口的監視器拍到張云暘離開的畫面來佐證他們的說詞，我不得不連夜調整案件的策略走向來應對他們的故事版本。

而事務所又並非只有這一位客戶要伺候著，其他原有的案件我也不能就此撒手不管，而秦國晉這個王八蛋又什麼都不顧了、成天只上趕著繞在張云暘身邊打轉，是以工作上其他大大小小的事情便全都落到了我頭上。除此之外我還得要發新聞稿釋出小道消息、和媒體交涉斡旋、準備案卷書狀、和模擬民眾互動、開準備程序庭、一再一再地和張云暘練習被傳證時可能的問題和如何應答，兩個月很快就過去了。我幾乎每天只睡四個小時，往來事務所和家裡，又得盡好一個母親的責任來顧及妳的情緒和生活起居，一切的壓力逼得我精神緊繃至極限。

指導張云暘作證是其中最令我心力交瘁的一個環節。先是要遏止下看到她那張平靜的笑容直想罵她是個神經病的衝動就已經足夠困難，秦國晉那副永遠迴護著她連句重話都捨不得說的態度也是在幫倒忙，李未宇的媒體戰成功地將她的形象設定傳遞了出去，是以記者愛透了代表著點閱率保證的她、所有的媒體閱聽民眾則恨死了她，面對這樣的精神轟炸她卻仍然能每天掛著同一副溫和的笑意沒事人一般地在我面前晃，這一切都讓我感到無比噁心。

「請問張云暘小姐，妳有沒有殺人？」我在會議室裡來回踱步，冷冷瞪視坐在我面前的張云暘。

「我……我沒有……」她瑟縮了一下，唯唯諾諾地道。

我凝視著她泫然欲泣的可憐模樣，一時只覺得耐心被耗罄，用力地拍桌對她吼。「我說過回答的時候不要結巴！我**再**問妳最後一次，妳有沒有殺人？」

「沒有。」這一次她學乖了，態度平穩口齒清晰地回答我。

「很好，給我記清楚了不要畏畏縮縮的，用緊張、難過、甚至是回想起當日的情景而感到害怕的表情都行，就是不要擺出一副心虛內疚的樣子。」我叮嚀她。「檢方問什麼妳答什麼就是了，他沒有問的就不要自作聰明亂答一通，我們這邊希望能傳遞出去的訊息沒有被問到也不要急，等到我方反詰問的時候再來發揮就好了。妳不要因為想表現就自顧自地說一些蠢話來給我惹麻煩。」她輕輕地點頭，向我微笑表示聽到了，而我則冷冷地橫了她一眼。「還有，不要說謊。如果這點對妳來說太困難的話，就至少把妳的謊話給我前後理順一次不要有不一致的地方。」我用眼角的餘光瞥見秦國晉不贊同地擰起眉，卻又像是敢怒而不敢言，我完全懶得鳥他，逕自向張云暘開口。「再一次，妳有沒有殺人？」

「沒有。」

「很好，現在我要妳回答完沒有之後，看向審判長的方向，不是瞥一眼那種心虛的方式，是直視他的雙眼，堅定、溫和，最好帶一點遺憾地覆述：我沒有殺人。」我說。「這樣顯得更真誠一點。」

「沒有，」她試著說了一次。「我沒有殺人。」

「**堅定**一**點**！妳聽起來像是個說謊的殺人犯！」

「好了，陳珺。」秦國晉的手突然落到我肩上。「我們先休息一下。」

「沒有時間休息了！」我用力揮開他的手。「下禮拜就要開庭了難道你不知道嗎？我現在已經夠忙了你不要再給我添麻煩！」

我火氣很大地衝著他吼，隨即為自己的壞脾氣漲紅了臉，正想向他道歉卻被打斷。「沒關係的，妳只是想贏而已。」他向我點點頭，手重新落到我的肩上。「妳把自己逼太緊了，我們還是先休息五分鐘吧，我去準備咖啡。」

他輕輕地捏了捏我的肩頭以示鼓勵或感謝或二者都是，向張云暘微微一笑，走出會議室去。而我瞥了方才還那樣倉皇失措楚楚可憐、現在卻已經能慘白著臉安靜地微笑的張云暘一眼，有些疲憊地把臉埋進掌心裡，挫敗地舒了口氣。

一開始我答應接下此案的原因只是想為了秦國晉**好**。可現在我卻越來越看不清，究竟是贏還是輸才能維持我的初衷。

開庭的前一晚我和秦國晉在事務所討論對策到深夜，直到兩人都呵欠連連了才打道回府，可我卻怎麼都翻來覆去地睡不著，於是輕手輕腳地溜進廚房，從冷凍庫的深處挖出了我的緊急存糧——一桶巧克力冰淇淋，抱著它直接用湯匙挖來吃，一邊躲在關著燈的客廳裡看深夜重播的卡通。這是**那個人**以前睡不著時常有的習慣。

我看著三名有著巨大眼睛的小女孩再一次使用超能力拯救了城市，不禁笑了起來，在孩子的世界裡要成為救世主實在是太容易了，可在現實世界裡，連要拯救一個人都是那樣窒礙難行。

我甚至不知道自己真正想拯救的究竟是誰。

「媽咪？」電視邊突然出現了一個小小的人影，我嚇了一跳，差點失手弄掉了冰淇淋。

是妳。我愣了一下，看著電視螢幕上閃爍的光投射在妳臉上落下詭異的暗影。這兩個月來妳瘦了，看起來也總是悶悶不樂的樣子，人也憔悴了不少。我放下冰淇淋，有些心疼地向妳招招手。「寶貝，怎麼還沒睡？來媽咪這裡。」

妳緩緩地挪動腳步走到我身旁，爬上沙發靠著我，沉默地凝視這個小城鎮又再一次被怪獸侵襲。過了一會，妳深吸一口氣，才終於開口。「媽咪，」我偏過頭去瞧妳，就見妳深深地蹙著眉，像是下定了什麼決心一般。「秦夏城他人在……」

「噓，別說了，沒事的。」一聽到小夏城的名字，我反射性地想讓妳避開這個話題，用力地抱緊妳，低聲安慰道。「一切都會很好的。」我頓了一下，補充道。「**我保證**。」

但我的聲音聽起來是那樣虛假又沒有說服力，就連我自己聽著也不相信。

致　李天權

人們普遍都知道有關阿姆斯壯[13]的事蹟，他踏上月球的那一小步是全體人類的一大步，這樣的形象深植人心，連小孩子都能天真地嚷著長大後想成為像他一樣偉大的太空人，但卻很少人知道加蓋林[14]是誰：他是第一個進入太空的人。

他當時所前往的，是一個完全未知的地域。其他接著加蓋林腳步探索宇宙的人，至少都還對自己即將面對什麼有些粗淺的了解，但他在出發的時候，所面對的，卻是一片空白。

從來沒有人問過我對未來的想望是什麼。以前在孤兒院的日子裡，我們唯一的希望就是能有一對好心的夫妻收養我們，每個人都是這麼想的，大家的聖誕願望、生日願望、新年願望，所有院童對於未來唯一抱持的期待，就是能脫離這種**沒人要**的處境。

於是當我被爸爸收養的那一天起，我多年來的心願終於成真了，我不必再活在這個孤單的惡夢中。我有家了，我有雙親了，我可以有夢想了。我開始幻想起自己未來可以做什麼，可以完成什麼事，可以成為

13 尼爾．阿姆斯壯　Neil Alden Armstrong：阿姆斯壯，美國太空人、試飛員、海軍飛行員以及大學教授。在執行太空任務阿波羅11號時，成為了第一個踏上月球的太空人

14 加蓋林　Юрий Алексеевич Гагарин：蘇聯太空人，蘇聯紅軍上校飛行員，是第一個進入太空的人類。

一個什麼樣的人。我要成為太空人、探險家、醫生、詩人、和爸爸一樣偉大的律師。那時的我每天換一種想法，反正我現在不必怕了，我現在**有人要**了，我現在可以有未來了。

但直到爹地突然開始疏遠我，直到你出生的那天之後，直到我漸漸地明白、原來我仍然是個沒人要的孩子，我才真正了解自己內心最深沉的渴望、才真正明白自己究竟是想成為一個什麼樣的人。

我想要回到爹地還愛我的時候、你還沒出生的時候、我還是有人要的時候。

爹地常說，能擁有我們兩個孩子是他這輩子最大的幸福，我知道這是個謊言，至少這份幸福其中並不包含我。你的出生是爹地這輩子最大的幸福，然而很諷刺的是，你的出生卻是我這輩子最大的災難。

我不想被送回去、不想再沒有人愛、不想讓自己的存在也成為爹地這輩子最大的災難。

我想要成為一個沒有弟弟的人。

我為什麼會在這裡？

我裹著被子縮在電視前，看著媒體大肆地報導明天即將開始的審判。我在新聞上看到了爹地哭著祈求我能早點回家，看到了爸爸口口聲聲說他還愛家，看到了云暘阿姨面不改色地表示她並沒有傷害我們家。看到了**每個人**都是那樣神態自若地說謊。

記得在你死去的那天，我離開家裡時，所面對的和加蓋林一樣，是一片空白的未來。而如今我所身處的，仍然是一點希望也不存在的地方。

我用力地把被子拉緊一點，空洞地凝視一切有關的報導，止不住地全身顫抖，卻無法將眼神從那些謊言上移開。

要開始了。

第四章
黑洞

黑洞是宇宙之中不可見卻又真實的存在，它的質量是如此之大，產生的重力場是如此之強，以致於任何物質和輻射都無法逃逸，是連速度最上限的光亦無法逃脫的深淵。

而在黑洞的周圍，是一個無法偵測的事件視界，標誌著無法返回的臨界點。

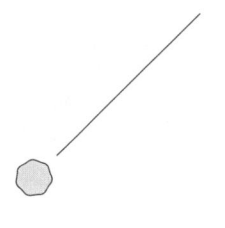

致　張云暘

要開始了。

開庭前一晚我和陳珺在事務所的會議室裡待到深夜商量對策和明日的答辯內容，我在翻看證據時焦慮地轉筆，卻又一再失手弄掉發出聲響，引來情緒緊繃著查找資料的她怒目相向。她看起來很疲倦，眼下暗影的深度完全與她近日來的熬夜時數與日漸增長的壞脾氣成正比，為了幫助我來保護妳，她的確是付出了太多。我心中有愧，揉著後頸站起身來，打算去便利商店買兩杯咖啡回來。

我的手機卻在這時不識時務地響起，在這樣過於靜謐的夜裡顯得分外擾人。陳珺燃著怒火的目光立刻不耐煩地掃了過來，我則有些手忙腳亂地拾起手機，卻在看到來電顯示的那一瞬凝滯了住，有些僵硬地將手機緩緩放下，冒著激怒她的風險任憑鈴聲繼續不屈不撓地喧囂，硬著頭皮迎上陳珺的死亡視線，寧可這樣尷尬地被她用眼神活生生瞪穿一個洞也不願接起電話。

像是過了一世紀那麼久，我的手機才終於肯大發慈悲地安靜下來放我一馬，我立刻關閉了電源，有些手足無措地垂下臉，感覺著陳珺嚴厲的目光仍然沒有移開，我嘆了口氣，決定還是在她發飆前先坦白從寬。「呃，我在躲我爸。」我沉默了一會，才又囁嚅著補充了一句。「他應該對我很失望。」

我等著挨罵，困窘地別開臉不敢看她，卻又遲遲等不到她的回應，過了一陣才抬眼看向她，卻只見她意外地看上去很平靜的樣子，唇邊甚至抿著一抹看不大出情緒的微笑，直到對上我探詢的眼神她才皺起眉，沒好氣地開口。「幹嘛？」

「我以為妳會罵我。」我不知道是哪根筋不對，竟笨嘴拙舌地這樣回答。

「你把我當什麼了？暴君嗎？」她橫了我一眼，卻不像是在生氣的樣子，反倒是有些自嘲地笑了起來。「像我這種未婚懷孕被趕出家門的不孝女，是又有什麼資格來罵你不接你爸電話啊？」聽她提起了對她而言無比痛苦的往事，我不敢搭腔就怕再讓她傷心，卻見她兀自笑著向我說。「欸你記得嗎？我被趕出來然後生下子幸之後，我想要再回家一趟求我爸媽原諒，你堅持要陪我一起回去，結果我爸竟然質問你是不是你把我肚子給搞大的。」

「記得啊，妳爸那時還拿棍子出來要打人。」自從被我拜託了參與妳的這個案子後，她已經有很久沒有笑得這麼開心了。我看著她的笑容，不禁也輕輕地揚起嘴角。「我當時還說陳珺才剛生完孩子，身體弱打不得，結果妳爸看起來氣壞了，拿著棍子追我一路追到馬路上，還說：『要你說！本來要打的就是你這個小兔崽子、還用你說啊！』」

憶及往日她的眼神也柔和了下，又是埋怨又是好笑地道。「誰叫你那時候要逞英雄說那種話？我爸本來就以為你是子幸她爹了，你硬是要陪我一起回家、又在我爸面前那樣袒護我，他不打你打誰？」

我聳了聳肩，並不認為這有什麼大不了的。「本來就不能讓妳一個人面對這種狀況，陪妳是應該的，我被打兩下是沒什麼，只要沒有打到妳就好。」

她看著我的目光突然深沉了下，轉開臉像是想掩飾些什麼情緒，良久才淡淡地說。「都是陳年往事了，不提也罷。說起來，現在的我倒寧可當時有被打，至少還能留下個念想的疤痕，而不是像現在這樣音訊全無地生活了十多年，連個可供緬懷的依靠都沒有。」

「妳會後悔嗎？」我看著她黯淡下來的面容，小心翼翼地問。

「是滿後悔那時候怎麼就沒讓你被打重一點的。」她裝出一本正經的模樣說，然後又笑了起來。「不可能後悔的啦，生下子幸這孩子是我這輩子最美好的奇蹟，所以怎麼樣都不會是後悔這種情緒。真要說的話，應該比較接近是負疚感吧？自己為了守護更重要的人、而離開了一直以來深愛自己的家人，只要你還算是個人，怎麼樣都一定會有罪惡感的吧。」

聽著這樣的話語我不禁愣了住，就只見陳珺也像是意會到這句話和我現如今的處境是多麼諷刺的相似，兩個人便都沉默了下來，直到我輕輕地開口。「這樣的罪惡感，」我嚥了口口水問道：「會有消失的一天嗎？」

而她深深地凝視我，嘴角緩緩地泛起一個苦澀的弧度。「當然不會。」她說。「你有多愛你的家人、這樣的罪惡感就會有多重，而無論你是為了什麼才決定了要背棄這一切，那些你愛他們的初衷也從來不會改變。」

初衷是嗎？我僵硬地撇開視線看向自己指間的婚戒，心中不自覺地順應過去多年來的習慣浮現出莫忘初衷四字。我總是一再用這樣的話語來提醒自己，要對未宇負責，要做一個好丈夫，要讓這段關係幸福。這些年來我總這麼對自己說，彷彿這樣我就能忽略掉一切的困難、障礙，以及許許多多的觀念不同，來繼續維持我和未宇之間的婚姻。

所以，我是突然很好奇，我曾經這麼努力也要死守住的這份初衷，究竟是上了哪兒去？

高中畢業後，我有幸申請到美國去升學，在排除萬難、好不容易說服了父母後，終於能夠成行。畢竟就天文領域而言，台灣的環境並不理想。

一開始我過得並不好，有太多事情要重新適應，課業與社交生活把我壓得喘不過氣來，美國人的過份熱情也總讓我吃不消。我與台灣之間的連繫除了家人間的報平安外，就只剩下李未宇時常打來的電話、以及妳偶爾用通訊軟體傳來的笑語宴宴。

有一段時間妳有數週都不曾連繫我，我有點擔心，稍微斟酌了一下情況，決定主動打電話連絡妳。平時我與家人連絡都是使用網路的通訊軟體，但母親為防萬一還是幫我的手機辦了國際漫遊的費率。我想盡快連絡上妳，於是我掏出手機，按下連絡人的頭像便將手機湊至耳邊。

在一陣單調的電子鳴音後，電話被接通了，但另一頭傳來的並不是妳溫柔帶笑的嗓音，而是一個男生的聲線，有些不耐煩地應了一聲。「喂？」

是李未宇。我皺起眉，微微將手機拉開查看，瞄了一眼屏幕上顯示的名字。我一定是不小心錯按成李未宇的電話了。

「喂？你誰啊你講話啊！」他很不滿地說了一聲，聽起來像是在電話那端翻了個白眼。

「呃，是我。我是秦國晉。」我回過神，連忙應了一句。

「秦國晉？」他的聲音陡然明亮起來，字裡行間都帶上了毫不掩飾的笑意。「怎麼突然打給我？」

我本來該說實話的，卻又覺得有些對不起他如此興奮的情緒，他一定是把我當成重要的友人，所以才有這樣的反應吧。於是我略微遲疑了一下，還是沒有說出真相，只避重就輕地問他。「沒什麼，你最近還好嗎？」

他聽起來像是很高興，又像是很委屈，絮絮叨叨地向我抱怨了一堆有關大學課業和系上人際的問題。我便只是默默地聽著倒也沒什麼回應，偶爾才會給他幾句建議。

在電話的最後他很開心地向我道別，而我只是想著，如果一個錯誤能讓另一個人的心情好轉的話，那也不是什麼壞事。結束與李未宇的通話後，因為時差的問題讓我錯過了與妳通話的最佳時機，且之後又被繁重的課業和接踵而來的慶祝節日給絆住了，一直沒能空出時間聯絡妳。但這沒什麼，我總這麼對自己說，我總之還是有機會能打給妳的。

然後某一天，李未宇突然一通電話打來：「秦國晉，我現在人在你宿舍門口，下來幫我開門。」

他從來都是這樣任意妄為地叫人頭痛。我還來不及反應過來，只能嘆口氣，抓過一件外套便快步出門。

下樓時卻只見他雙頰通紅，頭上肩上全是細碎的雪花，第一次看起來沒有了以往的自負而是滿滿的緊張，他身後放了一個有半身高的行李箱，手裡滿滿地抱著幾個紙袋，一看見我便不由分說地把手中的東西一個個塞進我懷裡：「這是絕版的天文圖鑑，好不容易才買到的。」又一個紙袋。「這是你慣用的那款筆記本、我想在美國應該買不到所以才帶來。」又一個薄薄的信封袋。「這是社員們一起寫的祝福卡片。」又一個小小的袋子。「茶葉，是你愛喝的金萱。」又一個精緻的提袋。「這是新的皮夾，你現在用的那個醜到讓人難以直視。」

我完全摸不著頭緒，抱著滿懷的東西，像個呆子一樣愣愣地看他，而他咬著下唇，過了很久才彆扭地開口：「我知道你覺得我像個白癡，我也知道我自己就是個白癡，但是、五年時間了你都沒有懂過……所以我還是想這麼試一次，我還是想為自己努力一次……」他的聲音漸漸弱下，又自顧自地嘟囔了幾句語焉不詳的話，才抬頭對上我的眼，一字一頓地說：「秦國晉，我喜歡你。」

喜歡。我微微皺起眉，搜腸刮肚也找不出一句適宜的話語回答，注意力卻在這時被他微微打顫的肩背吸引走，這個白癡在幾乎是零下的天氣竟然只穿了一件薄外套。我把手裡的所有東西放下，脫下外套罩在他身上，一手拿起他送的禮物，另一手提起他的行李箱。「先上樓再說。」

我投降，我們開始交往的契機看起來一切都很浪漫，我找不出任何問題。雖然我們並沒有在未宇向我告白完後就立刻在一起，而是在相處了七天後才真正確認關係，但還是一樣浪漫。

常常有人問起我們是怎麼在一起的，未宇總會拉住我的手，笑著代替我們兩人回答：「我追他追到美國去，很浪漫吧。」

是啊，浪漫的告白，浪漫的交往，浪漫的結婚。

當然我們偶爾會吵架，但總是很快就和好，我們盡量不把爭執帶過夜，就算我出門留宿陳珺那兒想讓彼此冷靜一下、也不會真捨得離開家太久，過不了兩天就還是會回家親吻你的臉頰，無論一開始爭執的理由是什麼都向你妥協，然後日子照原樣運行。一切都很好，很浪漫，**很幸福**。

但總說著幸福的我，到底是想要強調給別人知道，還是想要說服我自己？

我把李未宇帶進房間，把行李箱安置在牆角，把禮物整齊地放在桌上，泡了一杯熱茶遞給他，這才在他對面坐下。「你怎麼來了？」

他雙手捧著杯子，小小聲地說。「……來見你的。」

接著我們相對無言，過了一陣子我才有些艱難地開口：「李未宇，你剛剛說的那……」

「我喜歡你。」他突然打斷我。「秦國晉，我喜歡你。」他頓了一下，才小心翼翼地問道：「那你呢？」

說實話，我根本不懂喜歡是什麼樣的感覺。我當然看過很多書，也看過很多電影，但是我從來無法把那些甜膩的劇情套在我自己身上。愛、喜歡、想要一輩子和一個人在一起，我認為我的年紀還不容許我下這樣一個決定，所以我總是或有心或無意地不去思考這個問題。

所以我看著眼前的人，看著他的臉頰被凍成艷紅色，看著他帶著些期待也帶著些害怕的情緒回望我，看著他是怎麼千里迢迢地趕來美國、就只為了對我說一聲喜歡。他值得我說實話。「李未宇，我不是很清楚喜歡一個人到底是什麼樣的感覺，也覺得我還不夠成熟去處理一段關係。」他失望的神色毫不掩飾地顯露出來，我看著卻也無能為力，只能繼續說道：「所以……謝謝你的心意，但我恐怕無法回應，對不起。」

也許這就是問題所在了。一直說著莫忘初衷的我，似乎忘記了，我對未宇的初衷，似乎從來與所謂幸福快樂的結局沾不上邊。

空氣像是隨著我的道歉在一瞬間凝結了，我正坐在李未宇面前，看他很用力地抓著茶杯連指尖都泛白。他沒有看我，反而像是突然對房內地毯上的汙漬產生了極大的興趣。我傾身向前把他手中緊握著的杯子抽走，很努力地開口：「……那個……李未宇、我真的很，呃……」

當我還在支支吾吾時，李未宇突然抬頭看我，又一次打斷我，聲音又急又快：「你拒絕我是因為我是男生嗎？是因為我們都是男生嗎？」

「不是。」我看他一副快哭了的樣子，連忙想也不想地反駁。卻在下一秒鐘立刻有些後悔了，既然李未宇值得我對他說實話的話，那他是不是也值得我真心誠意地思考過這個問題——且無論最後是好是壞——再下定論呢？

是以我開始很認真地思考。如果今天有一個女生向我告白，我會接受嗎？如果今天李未宇是以一個女生的身分向我告白，我會接受嗎？如果今天**妳**向我告白，我會接受嗎？

我搖搖頭，甩開這種驀然躍入腦海中的失禮想法。如我所料，我仍然不夠成熟來面對這種問題，我無法想像與任何人有過度親密的相處關係，無論男女都一樣，我——雖然這麼承認真的有些丟臉——完全不懂喜歡到底是一種什麼樣的感情。

我知道李未宇在害怕什麼，男生喜歡男生好噁心，這樣的想法在同年紀的男孩子裡很容易出現，事實上，這種想法在**大多數人**面前都會出現。人們都是如此，首先是找出別人的不同點，再來就是評估擁有這樣不同特質的人有多少，接著便是將少數者隔離開來，下一步是想方設法找出他們的過錯以正名自己的行為，最後把那些少數人踩在腳下、好讓自己顯得高人一等。人們總是如此，猶太人大屠殺，十字軍東征，文化大革命。

但我不是。所幸——這麼說可能有些往自己臉上貼金——但真的所幸李未宇告白的對象是我。不然他將面臨的是什麼樣的眼光什麼樣的壓力，我連想像都不敢想像，何況是現在正背負著的他？現在正擔憂著該如何是好的他？現在正害怕著會不會就此被貼上「變態」標籤的他？

於是我再一次重複道：「不是的，」這一次我的語氣較緩，一字一句懇切地向他解釋。「李未宇，不是這樣的，我從沒有考慮過、喜歡啦和人交往什麼的，這種事情我實在不懂。我從來沒有想過會有人對我告白，我真的很感謝你的心意，但是這真的無關你我的性別，請你相信我。」

我望向沉默已久的李未宇，試著用我的眼神來讓他感受我的誠意，可只見他回看我的目光裡眨著一些不甘、眨著一些倔強，更眨著一些說不清道不明的情緒，我讀不懂其中意味。他只是這樣看著我，過了很久才慢慢地說：「所以，你不是不喜歡我，你只是不知道什麼是喜歡？」

「是。」我點頭。

「那有沒有可能你是喜歡我的、只是你自己不知道？」

「……我不知道。」

「那、我們做個實驗好不好？」他的聲線被緊張的情緒給影響，變得有些沙啞而乾澀，略帶些急切地道：「七日戀人。」

「那是什麼？」我微微皺起眉。

他露出一個小小的微笑。「你大概不知道，這是之前在國高中生之間很流行的遊戲。遊戲規則是在七天之內，無論如何都不能提前結束，要用情人的方式稱呼對方，並且日常相處起來要像真正的情侶。直到七天之後，如果雙方都同意就再延續七天，不同意的話就打回原形，不可以繼續糾纏對方。」

「……這樣有什麼意義？」

「七天裡面，你會知道所謂的情侶到底是什麼樣子的，如果你並不覺得反感、甚至對這樣的相處有那麼一點點的喜歡，那也許我們就可以繼續走下去。」他向我解釋，「我們賭大一點，不要玩什麼再延續七天。如果七天後你不同意，我馬上收拾行李走人，絕對不會讓你為難。但如果你同意了……我們就真的交往，好好的在一起，好嗎？」

說實話，我不認為這是個好主意。現在的青少年怎麼會喜歡這樣的活動？這是一種實驗心態的體驗，還是害怕沉淪的退縮？玩這樣如同過家家酒的遊戲，真的就可以讓我明白什麼是愛情嗎？真的就可以讓我給予李未宇所想要的那種關係嗎？

當我正要拒絕前，李未宇率先開了口，在這個晚上第三次打斷我，臉上帶著像是豁出去了的笑意。「欸、我說，只有七天而已，你就答應吧，當作是給我的施捨之類的。」他自嘲地說。「我可是從台灣追你追到美國來，就給我一點面子嘛。」

他很努力地撐著臉上的笑容，但我仍然可以看出他偽裝起來的堅強正一點一點地垮下，他的嘴角微微顫抖，眼神裡毫無笑意而是近乎絕望。對著我，一字一頓地道：「拜託你了，秦國晉，不要讓我失望好不好。」

「……好。」

不要讓別人失望。我對自己說。不要讓別人失望。

從我有記憶以來，我就一直被灌輸一個相同的觀念，父母、師長甚至同儕，都曾或有心或無意地拍拍我的肩，用期待的眼神看著我，用不容拒絕的語氣開口，用擅自寄予厚望的心情向我說：「**不要讓我失望**。」

所以即便我沒有特別有興趣，我還是在父母的期望下從小學習書法，並獲得全國書法大賽國中組的冠軍。即便我實在不喜歡寫那樣制式八股的文章，我還是在師長的期望下去參加了作文比賽，並獲得當屆台北市高中組的冠軍。即便我再不怎麼願意在人前出風頭，我還是在同儕的期望下當了一年又一年的班長，並獲得無數次班級整潔及秩序比賽的冠軍。

我永遠是長輩眼中最懂事有禮的晚輩，我每一門科目總成績都是九十分以上，我懂的課外知識比同年紀的學生多上一倍，我成熟、穩重、從不傻裡傻氣地高聲談笑，我一直以來都完美地達成每個人的對我的期望。

但是，我也不曾感到快樂。

記得小時候，我總是幻想著，長大以後我要成為探險家、要成為醫生、要成為詩人，我曾有過那樣多天馬行空的幻想，卻被父親放在面前我的一疊法律叢書給全部粉碎。父親拍拍我的肩膀，把其中一本《教孩子認識法律》推到我面前，用望子成龍的語氣說著：「國晉以後要像爸爸一樣當上法官喔，不要讓爸爸失望。」

於是我把世界地圖重新捲好收起來，我把小小醫生玩具組送給表妹玩，我把詩集放回高高的書架上再也不曾取下。我要成為法官，和父親一樣，不能讓他失望。

但我總還是偷偷地對未來有著微乎其微的想望。自從在小學裡第一次接觸到天文開始，我就認為這是我想要終身學習的事物。我總自己一人抱有小小的幻想，也許長大以後，父親的期望會改變，到時候，也許、也許我就可以成為一個天文學家。

於是我在依循父親的期望之下，持續學習法律的同時，我會趁父親不注意時偷偷學習天文知識、我會趁在學校的空檔時抓緊機會閱讀大部頭的天文書籍，我會趁夜深人靜時一個人觀察星辰移動。父親始終沒有發覺，並且堅定地相信我以後一定會成為法官；而我則始終沒有放棄，雖不堅定但依然隱隱期盼著，我以後、也許可以在不讓父親失望的前提之下，成為一個天文學家。

在高中畢業前夕，我以滿分的成績成功申請上第一志願的法律系，讓父親高興得四處炫耀，彷彿已經可以預見我當上法官的未來。但在另一方面，我卻自己偷偷申請了前往美國讀書的獎學金，我的在學成績及簡歷足夠漂亮，讓我順利脫穎而出得到全額獎學金。妳知道後用力地拍我的肩膀：「太好了，秦國晉！」妳說，「這樣你父母一定會同意讓你去留學的。」

妳**什麼**都不懂。我嘆口氣，捏著那張通知單，回家向父母表明心跡，向他們表示我一直以來的夢想、都是學習天文而非法律。而我永遠不會忘記父親當時的反應，他冷冷地瞪著我，把那張薄薄的紙片推回我面前彷彿那是汙穢之物，對這件足以令任何父母感到驕傲的事情他自始至終卻只說過一句話，「你讓我失望了。」自此之後他不再對我出國留學的事情發表過任何意見。

我人生中第一次讓別人失望、第一次讓父親失望，就是放棄就讀法律系，而選擇了出國學習天文。我永遠忘不了自那刻起父親看我的眼神，從用輕蔑的姿態簽了同意書到我離開的那天都不曾改變過，彷彿我是一條骯髒的野狗。

所以事隔多年，有時候我想起當年去美國時的事情，我甚至會開始懷疑起，當時我在一時衝動下接受未宇的提議、與他玩七日戀人的遊戲，究竟是如未宇事後所說的：我其實早在自己也不知道的情況下就愛上了他，還是因為我太害怕再讓別人失望、太害怕再被別人看成一條骯髒的野狗？

在那七天裡，我和李未宇很努力地扮演好彼此男朋友的角色。他會在我出門上課時幫我把已經十分整齊的房間打掃得一塵不染，我會在回家時帶一盒巧克力給他，傍晚時手牽著手上街逛逛，白天沒課時陪他去堆雪人，夜裡則共枕而眠。我們表現得很好，很幸福，很像一對真正的情侶。

然後很快地，時間到了。那天我們並肩走在學校裡，李未宇從早上開始就安靜得很不自然，牽著我的手來回地晃，突然扯著我讓彼此的腳步停下，好不容易才迸出一句。「那個，呃，秦國晉，今天就是第七天了。」

「嗯。」我應了一聲。

「所以呢？七天了，你覺得怎麼樣？」

「……啊。」我的聲音平板，不知道能說些什麼。

「啊是一種什麼樣的情緒啦！」他帶著些撒嬌意味地笑了起來。

「就是……啊。」又應了一聲，我直視前方，和他肩並肩站著，誰也不去面對誰。

他沉默了一下，然後偏過頭看我，像是鼓起了最大的勇氣一般開口。「你想繼續下去嗎？」

我如實回答。「我不知道。」

「那這樣講好了，」他屏住氣息。「你喜歡我嗎？」。

我吞了口口水，回答出我心中的答案。「……不。」我能看到他的臉上瞬間出現萬念俱灰的神情，他垂下臉，緩緩鬆開我們交握的手。我看著那份失望的情緒，過了很久才找到自己的聲音。

「……我不是很確定，所謂的喜歡一個人到底是種什麼樣的心情。」我趕在他完全放開手前迅速地握住他的手，緩緩地補充。

他的臉亮了起來。「那你跟我在一起的時候開心嗎？」

「滿開心的吧。」

「會討厭這樣跟我牽手嗎？」他晃了晃我們兩個交握的手。

「不討厭啊。」

「喜歡和我聊天嗎？」他微微露出了一個緊張的笑容。

「滿喜歡的吧。」畢竟我們有共通的語言，聊起天文方面的事情總是很開心。

「會希望看到我受傷嗎？」

「當然不會。」我皺起眉。這是什麼問題。

瞇起眼睛，他燦爛地笑開了。「你在乎我嗎？」

我不自在地咳了一聲「……應該算吧。」。

「我喜歡你，非常非常喜歡你，然後剛剛那些問題，如果換成是你問我，我所有的答案都和你一樣，所以我想這應該就是一種喜歡一個人的感覺了。」他小心翼翼地說，望向我。「那麼，最後一個問題，我想跟你在一起，一直在一起，那你呢？」

這是喜歡嗎？我喜歡李未宇嗎？我真的要跟他在一起嗎？「我不知道確切來說，喜歡是一種什麼樣的情緒。我從來沒有過這種經驗，也不知道交往什麼的、到底確切是要做什麼，所以……」是不是該拒絕比較好呢？就這樣答應下來未免也太魯莽了吧？就這樣接受了他的告白我會不會終有一天要為自己的決定感到後悔呢？「所以，如果你不介意的話，那我們就在一起吧。」不要讓別人失望。我對自己說。不要讓別人失望。

就這樣，我和未宇正式開始交往，確立關係後他踮起腳親了我，那是我們的初吻。

然後呢？然後，接下來就是為什麼那一天，會成為**那一天**。

見我如此失魂落魄地在自己的思緒中迷惘著，陳珺也不惱，只是靜靜地等待，在我們的目光交會之時，她才淡淡地補充了一句。「當然了，這其實也要看你願意為之拋棄一切的原因，你究竟認為值不值得。」

她並沒有為難我，也沒有如近日來的習慣信口捻來一句諷刺或責罵砸向我，就只是這樣話中有話地拋下一個問句，沒有多說什麼。而我則努力繃直肩背面無表情地回視她。

至今我仍然能記得**那一天**的每一個細節，包括妳冰涼的手心，包括妳帶著纖薄顫抖的平靜嗓音，也包括那時在妳轉身離開之後，天空突然緩緩飄起了細微的雨絲，我把視線從妳的背影移至灰濛的天空，只覺得口乾舌燥，一句話說不出口。

當時未宇向我靠近了一點，晃了晃我們交握的手。「怎麼了？」

而我只是搖搖頭，抓緊了他的手，試著藉此排遣心裡那種空落落的感覺，淡淡地說。「下雨了。」

只是那時候的我沒有想到的是，這場雨會連下十八年，直到再見妳的那一刻，才終於放晴。

致　秦國晉

要開始了。

「你的西裝、搭配的襯衫和褲子我都已經燙好了，就掛在你的衣櫃外，你不准給我再燙一次，我特地留了一些皺褶在上面，這會讓你看起來更憔悴。」我靠在客廳的沙發上，有些心不在焉地聽漢娜冷冷地警告我。「我建議你今天晚上能熬夜多晚就到多晚，或是乾脆不要睡了也行，明天早上我會來接你去法院，但是因為明天不比記者會、你得要近距離出現在民眾和法官面前，為了避開被看出來的風險我不能幫你化妝，所以你就晚點睡、讓自己精神看起來越差越脆弱越好。」

「嗯，知道了。」我淡淡地應了一聲。

「照我們之前演練過的，你明天就是死瞪著他們倆看，看秦國晉的時候露出眷戀不捨但又痛苦的樣子，看向張云暘的時候也不要太激動，主要把握好幾個原則：憤怒、恐懼、憎恨著她但又緬懷你們的友情這樣的矛盾，自己大概去排列組合一下。」她面無表情地說。「然後，你之前在各場記者會和上節目時已經哭夠了，明天沒事不要給我哭，表現出那種強自壓抑下想哭泣的情緒的痛苦，這樣的效果會遠比你直接哭出來要來得更好。」

雖然語氣淡漠，可她字裡行間流露出的威脅意味實在太過明顯，我不禁斜起嘴角，哼聲道。「謹遵您的教誨。」

而面對我這樣諷刺的態度，她深深地皺起眉，語氣不善地恐嚇道。「很好笑嗎？你還有心情開玩笑？明天是很關鍵的一場戲，如果你有時間在這邊耍小聰明的話還不如來練習明天的臨場反應。我的時間很寶貴，都已經努力了這幾個月，你如果不想贏就直說，不要在明天才功虧一簣來浪費我時間。」

我一揚眉就想反唇相譏，可現下實在是沒有心情和她進行無謂的口舌之爭，便只能耐住性子反覆和這個控制狂練習明日的策略，待她終於挑不出一點毛病來滿意地點了點頭時，已經是過了午夜的事了。我千恩萬謝、好不容易才把漢娜這尊大佛送走，卻只覺得沒有力氣上樓再去面對你我空蕩蕩的臥房，便只能拖著疲憊的身軀回到客廳，沉默著凝視我們的全家福，轉而選擇面對少了兩個孩子的現實。

你和孩子們帶笑的面容在相紙上綻放，我安靜地看著這三個以不同方式離開我的人，情緒卻意外平靜，倚著沙發坐倒在地板上，過了一會又像是為了要折磨自己似地躺下，一如你把交保後的她帶回家的那晚，只不過差別在於這一次，你不會再回來溫柔地將我拉起，而那些曾能被我誘發的罪惡感、也早已蕩然無存。

我側過身去看照片上的你溫柔含笑的模樣，一時間只覺得頭疼欲裂，用力地搖晃腦袋試圖想將你的影子甩開，卻徒勞無功的發覺自己是多麼悲哀地記得你的一切。包括你無奈時額角上擰起細紋的弧度，包括你每一次擁我入懷時那種堅定深沉的力道，包括你和我初見那日的每一個細節。

那是一個陰雨綿綿的午後，我應張云暘的邀請，帶著我的社員們前往你們學校，準備進行一場友善的小型研討會——雖然我們全體社員都對你們社團奪走了第十五屆學生天文期刊的國中組冠軍感到十分不滿，因為過去的十四屆幾乎都是由我們學校包辦的——但是我們基本上還是抱持著一種有禮的心態前來拜訪的。

好吧，說是有理的挑釁或者要來得更恰當些。我命令我的社員們：「讓他們這次知道能得冠軍只是因為他們運氣好！」帶著他們邊走邊背誦艱深天文知識，到達你們社團辦公室前，我只隨意敲了下門，不待回應便用力推開老舊的木板門。瞬間映入眼簾的是一個狹窄破爛的小房間，一旁顫巍巍的書架上層層疊疊了十幾本大部頭的天文書籍。窗戶透著灰色調，看上去並不是天候影響而像是一層經年累月的灰塵。整個房間流露出一種長年的破舊感，即便看得出來被精心打掃過也抹不去那股時光剝落的意味。

什麼破爛地方。我撇下嘴哼了一聲，心裡暗暗嘲笑你們的經費短缺。

可是下一個瞬間我看到了你。

你站在一個小白板前，用快沒水的筆畫著衛星的行星運行圖，清冷而嚴肅的嗓音是沉寂的時光裡唯一的背景音。「……是環繞一顆行星按閉合軌道做週期運行的……」你的手上抱著一本大概有兩公斤重的百科全書，被我們的到來打斷了授課，深色的眼睛藏在細框眼鏡後面直勾勾地望向我，挺直的鼻樑到細薄的唇間畫出一道完美的弧度，比同年齡的中學生更修長的身形被單薄的淺藍襯衫包裹，半敞的窗戶吹來午後涼風掀動衣角隱隱飄揚出夏天的意味。

何謂一見鍾情。

早就懷疑過自己的性向異於常人，從小到大我都不曾對異性動過心，即便是親近如張云暘，也不能勾起我一絲一毫的興趣，反倒是對同性有著難以啟齒的好奇心。直到那天對你動了心，我才能真正地確定自己絕不喜歡女生。

之後幾次下來的相處後，我只覺得自己越來越喜歡你，卻也加倍地明白到自己的機會渺茫，喜歡上同性本就是沒什麼希望實現的戀情，更何況今天我愛上的是如此正經嚴肅的你。我實在無法確定，只能從你的字裡行間捕捉偶一為之的溫柔。

那幾年我總是步步試探，百般暗示，甚至放棄自己直升的機會、就只為了報考你們學校和你朝夕相處。做了多少瘋狂的事用盡各種手段，卻始終因為你的淡漠而不得如願。

後來你去了美國，讓我意識到我們之間的距離更加遙遠，你向來是個冷情的人，如果我不主動連絡你那你就絕對不會想到要打給我，所以我們之間的關係，就只憑藉著我時常撥去的電話才得以忽明忽滅地維繫著。那時的我太累了，剛升大學的學業壓力與同學間的人際互動總讓我覺得疲憊，所以那時候我總想著，也許是時候該放棄你了。

直到那一次你突然打來問候我，我心裡不禁燃起了細小的微弱火光，或許希望並非那樣渺茫。你是關心我的、竟然還特地打越洋電話回來關照我的近況。我也許有機會。

於是當時的我頭腦一熱，用增廣見聞及拜訪好友的名義央求了父母同意讓我在寒假時可以自行前往美國。母親寵我，加上認為我已經是個能夠獨當一面的成年人了，便答允了我的要求，出錢幫我辦了簽證買了機票，笑著送我上機，前去追求自己一生一次的夢想。

就這樣，我提著簡便的行李，昏昏沉沉地坐了十幾個小時的飛機，前往你所在的城市，然後抱著忐忑不安的心情，撥出了那通電話。

那一年我只有十八歲，但至今十多年過去了，我都沒有後悔過自己的年少輕狂。甚至在那之後的每一天我都心懷感激，慶幸自己在那樣年輕的歲月、就能有勇氣這麼衝動一回。

畢竟就是因為那樣，才讓我早了一步得到你。

你答應了我的提議、其實更接近是乞求，和我一起進行七日戀人的實驗。我心底細微的火光仍然搖曳著，只憑藉著你那一字勉強吐出的答應才忽明忽滅地維繫著。

但我不擔心。我對自己說，我有足夠的自信能讓你愛上我。

在那七日裡，我努力做到男朋友的身分所能做到的一切，而你也很配合，會問我希望你能做到些什麼（「帶花回來給我就好了。」我笑著說。「或是巧克力也很好。」），然後如約完成。

我真的很幸福。你嚴肅卻溫柔的浪漫、死板又確實的體貼，一日一日過去都在堅定我對你的喜歡絕不是一時迷惑，而是希望能用一輩子去守護的真心。我是真的很喜歡你，很想和你成為一對真正的情侶。

七日後，你答允了我的告白，正式開始交往。我欣喜若狂，牽著你的手轉身面向你，幾乎不敢相信自己方才聽到的回答，一時只覺得這輩子再別無所求。

我凝視著你，就見你的眼神裡似乎合上了點溫柔，我不禁笑了起來。今天，今天開始我們在一起。

然後呢？然後，接下來就是為什麼那一天，會成為**那一天**。

其實我知道我很衝動，只憑著一通電話的問候就下定決心要告白，不顧一切地過去見你，軟硬兼施地逼著你陪我玩七日戀人的遊戲。

但十八年過去了，我至今仍然沒有後悔過當初的這個一時衝動。就因為在我的一念之間，才讓我早一步得到你。

確切地說，早了張云暘一步，得到了你。

我看到了張云暘。

如此出乎意料又是如此理所當然，她跨越了一整個太平洋的距離出現在我面前、出現在你所在的這個城市裡，擺明了就是來見你的。

意外的是，我只驚訝了一瞬便覺得一切再自然不過。從那一次她聽我脫口而出自己喜歡的人是你時那種不自然的反應就該知道，從她永遠安靜地待在你的身側微笑時就該知道，從每次每次她用複雜的眼神凝視我時就該知道。

她喜歡你。這是多麼顯而易見的事實。

但不代表她就能得到你。我驕傲地笑了起來。從以前開始，我就得到了所有大大小小的比賽冠軍，我得到了全部人的讚賞崇拜，現在也只該是由我來得到和你並肩而行的資格。

她從來不在乎那些我拚了命才爭奪到手的勝利，可瞧瞧如今被我緊攥在手中的獎品，竟是她今生唯一所求的你。這該是多麼美好的一種復仇。

感謝一切未知的力量，讓我們三人現在的位置呈現這樣的處境：她站得離我們有些距離，我與你面對面相視而笑，你背對著她渾然不覺，而我正面對著她、占據了目睹她絕望的最佳位置。她還沒有發現我已經知道了她的存在，只是站在原地愣愣地看著我們。我微微勾起嘴角，環上你的脖子，確定她有在看。

你是我的，她休想得到你。我要再一次毀滅她眼底那樣令人生厭的平靜。

於是我踮起腳，主動吻上你的唇。而她遠遠地望著我們相擁親吻，並沒有注意到我用勝利者的目光望向她。但我可以對天發誓，即便隔了並不近的距離，我仍然能看見她眼底所有的希望嘩啦啦碎了一地。

致　李未宇

要開始了。

去問每個攝影師，他們都會說，他們有一個夢想。這個夢想或者是跋山涉水去拍攝高岳山峰，或者是深入戰區去拍攝戰地情景，或者是潛進海底去拍攝海洋珍奇，無論如何、無論是什麼，他們總之都會有一個夢想，一個偉大的夢想，一個我未曾有過的夢想。

就像早在十八年前，**那一天**，我的夢想就在你與他相吻的唇畔間全數燃燒殆盡。

手機的訊息提示音突然響起，我放下了手中整理到一半的照片，拿起手機查看，就見是秦國晉傳來的關心話語：「今天早點睡，一切都會很好的，不要想太多。晚安。」現在不過才九點，這已經是他今天晚上傳來的第十六則訊息了，看來開庭前一晚的壓力和焦慮是真的把他給逼得情緒緊繃，連帶著讓他以為我一定也遭受著同樣的不安侵蝕，才會不停傳來這樣溫柔的字句想讓我放寬心。

我不禁微笑了起來，簡單地回覆了句謝謝外加一個笑臉符號，營造出故作堅強的姿態來誘發他對我的心疼和保護欲。這才丟下手機，聽著空氣中飄浮著微弱的新聞播報聲，我心情很好地回去繼續哼著歌將自己以前拍攝過的照片分類歸檔。我拾起一張你的照片，看著你在面對我時總透著那樣鄙夷而自命不凡的微笑在相紙上無聲地嘲諷著我，而我在這一次卻仍能維持住嘴角的笑意，心知我所做的一**切**，就是讓我們之間過去的輸贏全數一筆勾銷，再次站在平等的起跑點來爭搶我們的畢生所求，用秦國晉的真心來證明誰才是最後的贏家。

而這麼說或許很突然，但其實我早就知道你喜歡他。

記得約莫是高二那年的事情。在那一個下午你和秦國晉為了社團的事情有些觀念不合，在社團辦公室大吵一架——其實是你單方面地大吼大叫，而他冷著一張臉連話都不肯說——最後以你氣沖沖地奪門而出當方面收場，而我上前兩步，試著勸他。「小宇也是為了大家好。」

「我知道。」他嘆了口氣，揉了揉眉心。「只是李未宇有時候的……」跋扈。我在心裡幫他接話。

「呃，氣勢凌人，讓我不太會應付他。」

「小宇一向是這樣的人，他沒有惡意，你不要放在心上。」我拍拍他的背，對他微笑。「放心吧，我會幫你勸他。」

而秦國晉望著我，突然微微勾起嘴角，眼神裡帶有微不可見的溫柔。「如果他能多像妳一點就好了。」我不知道該說什麼，只能感覺心裡暖暖的，聽他再囑咐一句。「麻煩妳了，幫我勸勸他。」

當時的我答應了下來，卻沒想到這個機會來的這樣快。我回到家時，母親告訴我你來了，現在正在我房間裡等，我一進門，就見你滿臉通紅、大剌剌地盤腿坐在我床上，一看到我便揮舞著手上的酒瓶抱怨。「妳太慢了！」

很明顯的，與他吵完架後的你心情很差，偷了一瓶你父親珍藏的紅酒便直奔我家，在我面前一邊喝酒一邊大肆抱怨秦國晉的不是。「那個頑固又不知變通的傢伙。」你用力地哼了一聲。

我應付著你，給些無濟於事的安慰，偶爾從旁勸上幾句，一邊還要注意你手上搖搖晃晃的酒瓶會不會灑出來。而你說著說著，漸漸就安靜了下來凝視著我，當我覺著不對正想探問時，就聽你一句話突然衝口而出。「我喜歡秦國晉。」

我愣了一下，有些不自在地拉開一個笑容，咳了兩聲確認自己的聲調一如既往，才對你笑了笑說。「是嗎，那很好啊。」我不知道你有沒有查覺到我的口不應心，你只是靜靜地望著我，像是在沉默地譴責我的虛偽，然後咯噔一聲醉倒在我床上。

還好。我鬆了口氣，拉過一條薄被替你蓋上，向母親表示了情由。「小宇今天心情不太好，在學校也累壞了，我讓他睡我房間，我今天先睡客房。」打了電話和你家裡招呼一聲，便抱著枕頭和一條毯子去客房。

躺在客房狹窄的小床上，我瞪著眼望向天花板上被窗外打進來的細小光點。你喜歡秦國晉。我反覆咀嚼這幾個字，然後無法遏止地笑了起來。

一直以來你都是贏家，而且是一個致力於打敗我的贏家。其實我都知道的，你總是以貶低我為樂。我雖然並不是那麼在乎輸贏、也從來沒有付出過過多的努力想去爭取名次；但一再一再地被你超越，一再一再地被你給比下，一再一再地被你投向志得意滿的微笑，我難免還是會有不甘心的感覺。

我一向無法對沒興趣的事情付出太多時間精力，所以面對從小到大那些比試，我總是意思意思地付出五十分的努力，然後得到第二名——當然，第一名總是你。可有時候我只是在想，要是我連一分努力都沒有付出過就好了，那麼或許我就不會感到那麼不平衡。

就像買樂透一樣。如果我壓根沒有下注，在面對得主時我絕對不會有難受的心態，頂多是羨豔忌妒、卻絕不會是不滿或失落。但是今天我意思意思買了十張，卻發現得主不是我、而贏家洋洋得意地在我面前耀武揚威，我心中不禁起了一口出不了的氣，並且不能自制地覺得，那本來有可能是我的。

是你搶了我的。

但現在一切都不一樣了。我支起一隻手擋在眼前，無法控制地綻放出最燦爛的微笑。

你喜歡秦國晉，但是他並不喜歡你，甚至覺得處理你的情緒是件很棘手的事、覺得如果你能更像我一點就好了。人生中第一次，當旁人拿我們二人來比較時，我竟會是占上風的那個。所以我不會輸，至少這一次我不會輸，終於有一回，我可以贏你了，並且獎品是我今生唯一所求、是我們都喜歡上了的那個他。

這是最美好的復仇。

至今我都還是能記得那天晚上那種勝利又自滿地微笑著的感覺。只可惜到頭來你還是搶了我的，你還是贏家，你還是**你**。而我注定守著失敗者的位子形單影隻。

所以有時候我總會想，是不是如果當時的我從未有過那樣的癡心妄想，不切實際地認為自己可以超越你的話，現在的我就不會這麼恨、這麼不甘心，這麼義無反顧地走上**這一步**？

所謂沒有期待，沒有傷害。一個小建議，永遠不要對還不確定的事情抱有過高的期望，不然事後那種不如預期的失望和自信心破滅的感覺，將足以將一個人生吞活剝。

在秦國晉赴美三個月後，我再也克制不住想念他的心情，一週一次的通訊軟體聯絡已經不足以填補我思念的心意。於是我兼了好幾份家教，好不容易湊足了機票錢，申請了簽證，這中間的過程繁瑣且消磨人心，我有數週都沒能騰出時間連繫他。但最終，在徵得父母同意後，我一個人在寒假時捏著護照，重新買了一座精巧的水晶城堡小心地抱著，坐了十幾個小時的飛機頭昏腦脹地下地，踏上了他所在的這個城市，一步一步朝著他的方向前行。

走在他就讀的學校裡，我一邊平復自己緊張的心情，一邊不由自主地幻想起他見到我時，會是用什麼樣的表情什麼樣的反應來迎接我呢？他是會驚訝地擰起眉，還是會溫柔地對我微笑？當他看到我帶來送他的那座水晶城堡時，會不會也開始緬懷起當年我與他共有的美好時光？

父親早年至新加坡經商，長期往來兩國之間，早有打算要將全家接至新加坡安置，也希望可以將我送至國外讀書。但我卻不肯，執意要留下來，只想著要死守秦國晉與我在台灣共有的一切，當年曾經只有我與他的一切，那樣美好值得我付出全部的一切。

只要是為了他，什麼都是值得的，而他一定也是懷抱著相同的心情來看待我們的那些過往吧。我不禁傻笑起來，拍拍自己的臉頰，打算再多繞幾圈，讓自己冷靜下來再聯繫他。

而這時的我竟仍有餘力想著你。對不起呢，小宇。我竊喜地想著。這一次，終於該是我贏了。

但是下一個瞬間我就什麼都無法思考了。我看著你們在前方的路旁，離我大約有數十公尺遠。你怎麼會在這裡？我愣愣地看著你，就見你和秦國晉手拉手面對面站著，從我的角度看過去只能看到秦國晉的背影，和你雀躍地笑著的欣喜神情。

我完全無法反應，只能默默地看著你手握我渴望得到的一切，我妄想得到的一切，我**畢生所求**的一切。和過去的無數次一模一樣。

你看起來似乎並沒有發現我的存在，只是逕自耀眼地笑著，雙手環上秦國晉的項頸，擁抱，親吻。我止不住地全身打顫，手中的禮物袋掉到了地上，我能聽見那座一路上被我小心揣著的水晶城堡墜落後，隨著所有的一切嘩啦啦碎了一地。

然後呢？然後，接下來就是為什麼那一天，會成為**那一天**。

這麼多年來，我一直以為當年我買了放在社團辦公室的那座水晶城堡早就被打碎了。說起來還是你這麼告訴我的呢。

高三期末掃除那日我因高燒無法出席，傍晚你前來探望我時，我假作不經意地向你問起。「小宇，你們今天打掃完之後，那座放在書櫃上的水晶城堡是怎麼處理的？被誰拿走了嗎？」

你沒有回答我的問題，反倒是追問起那座水晶城堡的來由。聽我說那是我買了放在社團裡的紀念物後，你愣了一下，像是在思考，然後不帶感情地告訴我，有一個笨拙的小學弟在撢灰塵時，不小心把它碰倒在地，然後就碎掉了。

當時的我勉強笑了笑。「是嗎，學弟真是不小心，沒有人受傷吧？」故作沒事的背後，其實我覺得十分可惜，感覺心裡空落落的。我一直把它當成我與秦國晉之間一項重要的紀念物。

所以這就是為什麼，在**那一天**我赴美去見他時，會想方設法地買到一座一模一樣的水晶城堡。我希望可以讓他回想起我們當年一起努力、一起打拼、一起創立天文社的時候。

只是很可惜的是，那份心意到底也碎掉了，所有的一切都是，粉碎了。

所以試著想像我有多麼驚訝吧，當我坐在秦國晉的辦公室裡，看到了那座**你**說早已碎裂的水晶城堡，即便事隔十八年我依然能準確地辨認出，那就是我當初買了和秦國晉一起放在社團辦公室裡的那座。

我不由得出神地想著，當年的我就像這座水晶城堡一樣，單純、完美、虛幻，並且一樣易碎。只是匆匆數年時光荏苒，當年和現在到底也不一樣了。我早已不是同一個人了。如果是過去的我，絕對不會做出**這種事**來。

我抬起臉看向漆黑的電視螢幕，幾乎可以看見十八年前的我的倒影正回望著自己，不禁緩緩地微笑了起來。只是可惜了，有很多東西，早已在當年，**那一天**，就已經破碎得不留痕跡了。

看著你們二人慢慢地湊近，親吻，而後綻放出幸福的笑容，我突然覺得全身一冷，像是我的世界裡的陽光也一齊被你給奪走了。我止不住地全身顫抖，抬手遮蓋住眼睛，像是努力不讓自己的笑容垮下，也是努力不讓自己的淚水落下，更是努力不讓自己看著你們親密的模樣倒下。

沒關係的，沒關係的。我對自己說，轉身離開就好，趁你們還沒有發現時離開就好，在我還沒有那麼喜歡秦國晉以前離開就好。

倒退兩步，我閉著眼深呼吸，試著讓自己振作起來，卻又在下一個瞬間被破壞殆盡。

「張云暘？」我聽到前方傳來你驚訝的叫喚，睜開眼望去，就見你們已經結束了那個吻，而你拉著秦國晉的手向我走來，臉上掛著揚揚得意的笑容。「暘暘，妳怎麼會在這裡？」

我來不及逃走，只覺得口乾舌燥，欲語無能。沒有心思去搭理你的招呼，甚至無意去粉飾自己臉上破碎不堪的笑容，只能望著秦國晉。望著他堅毅的眼眸如今只容得下你一人，望著他平直抿著的唇瓣如今會被你一次次深吻，望著他明明是我的畢生所求、可如今卻成為了你的所有物。我再也沒能忍住地紅了眼眶，小小聲地問他。「你和小宇……在一起？」

他愣了一下，似乎沒想到我會這樣問，微微皺起眉，然後點了點頭。我不依不饒，又再問了一句。「多久了？」

你在一旁笑的自信又甜蜜，而他瞥了你一眼，才緩緩地回答我。「今天是第七天了。」我心裡懷抱著最後一絲希望也瞬間歸於塵土，一句話都說不出口，彎身撿起方才落地的提袋，不願留在這裡自取其辱，調頭就走。

明明是我先遇見他的、是我先陪著他的、是我先愛上他的。這些理由說著都扎在人心上，是我不好，是我沒用，是我太無能。我用了五年的時間都沒能得到他，可你卻已經能成功地和他相愛七天。

「張云暘。」才走沒幾步我的手就被拉住，回首只見他追上前來，眉心緊緊地皺著。「妳怎麼了？為什麼妳會在這裡？妳要去哪裡？」

面對他一連串的問題我只覺得無力得想哭，而你站在他身後數步那種胸有成竹的自信笑容也令我絕望。等到我意識過來時，我已經把心裡的那份不平和不甘都說了出來。「難道我還表現得不夠明顯嗎？我不敢相信欸秦國晉，我橫跨了一整個太平洋站在你面前就為了見你一面！你到底是真的不懂還是只是想羞辱我？你現在是想怎樣？逼著我親口說出來？親口承認自己有多麼可笑嗎？」我無法克制自己，一股腦地把所有想質問你那個笑容的問句都砸在他身上。

他看起來像是真的很疑惑，面對我所有的指控他連眼睛都不眨一下，只是靜靜地望著我，等到我罵完了他才開口。「張云暘，我是真的不懂，請妳告訴我。」

聽到這句話也無法撫平我所有的失望，我悲哀又尖刻地笑了起來。「有用嗎？五年時間了你都沒有懂過，我現在說了也無濟於事吧？」

而他仍然深深地凝視著我，絲毫不為了我諷刺的語氣感到不滿，抓緊了我的手臂，心平氣和地說。「如果我以前沒有懂過，那這一次我會努力理解，請妳告訴我。」

他沉穩而溫柔的話語緩緩滲進我心裡，我這才注意到他現在拉著我的、是他方才與你交握的那隻手，他一定是甩開了你的手來挽留我吧。我咬著下唇望向他，或許我還是有希望的，或許七天的交往並不足夠深厚，或許他仍然記得當年、只有我和他的那段往日。我嚥了口口水，對他露出一個小小的微笑，見他的表情也隨著柔軟下來，我抱著破釜沉舟的心情低聲地向他開口。「秦國晉，我……」

「暘暘啊。」你突然走上前來，打斷了我，掛著虛假的笑容熱情地招呼我，但眼神裡卻無半分暖意。「你們在聊什麼？嗯？」你親暱地向秦國晉問道，而他向你笑了一下，放開我的臂膀，你便順勢再次牽起他的手。我能看見他的手指僵硬了一瞬，然後緩緩地回握。

看著你們倆十指緊扣的情景，我不禁悲哀地笑了，一瞬間只覺得心裡有什麼東西正一點一點地死去。我望向他，不帶憤怒不帶委屈不帶難過，只是很平靜地開口，彷彿我已經不再對這件事抱有任何情緒。「秦國晉，我今天來找你，本來是有一句話想告訴你的。但是現在……」我停頓了一下，瞄了一眼他與你交握的手，一字一句地說。「等你哪一天放棄天文了，請你再來找我吧，到時候，我會再把這句話告訴你。」

語畢我立刻轉身離開，不再可悲地留在原地乞求你施捨的溫柔。背對著你們我走得很堅定，背脊挺得筆直，肩膀沒有一絲顫抖。甚至不曾掉下一滴眼淚。

但是在你們沒能看見的地方呢？其實也沒什麼，又還能是什麼？

我心碎了。

其實說真的，我在那一天說的那句話，並不是真的希望秦國晉放棄天文。我想我只是不甘心罷了。不甘心像這樣輸給了你，不甘心什麼都還沒來得及讓他知道，不甘心他就這麼無聲無息地被你奪走。

天文是你們兩個相識的媒介，如果不是因為天文你根本不會遇見他。如果哪一天他願意放棄這個你們二人之間的起點，那麼也許，也許到時候，我就有機會了吧。

我只是在用著這樣悲哀又極端的方式，試著去毀滅你們之間的開始、和撿回自己破碎的自尊罷了。只是我似乎忘記了，當年若是沒有我如此多此一舉地介紹兩方的社長認識，或許一切都不會走到今天這一步。你還是我最親愛的青梅竹馬，而他也還會待在我身邊。

所以或許到頭來，我想毀滅的到底還是我自己，而我想撿回的，大抵是在**那一天**前、你們還沒相識前，我所擁有的那一段美好又純粹，而如今破碎得四分五裂的幸福時光。

我不願再見任何人。返台後溫順地接受了父母的安排，辦了休學舉家移民。我自以為可以藉此逃離一切，卻在踏上新加坡國土的第一步，見到了他的幻影，神色自然地將我的行李箱從機場的行李輸送帶上提起。

到了那一刻我才突然發現，或許我已經成功地毀滅了我自己，撿起了一切破碎的回憶、並用一種笨拙又悲哀的虛幻方式地拼湊起，並且從這一刻開始，我哪裡也逃不了。

這些年來我總是在想，那一天的一切就像是不斷地在把我吸進去，每天每天我都無法從這個深淵中逃脫。它像是一個無法偵測的事件視界[15]，在不知不覺中我們三人都早已深陷其中。

如果不是因為**那一天**，我們今天都不會落得如此境地。尤其是我，我做出了這麼不可饒恕的事來，又何嘗不是把我們推到了另一種悲哀的境地呢。

[15] 事件視界　Event horizon：是一種時空中的曲隔界線。視界中任何的事件皆無法對視界外的觀察者產生影響，在黑洞周圍的便是事件視界。

庭審當天早上秦國晉萬分抱歉地傳來訊息，表示他並不方便來飯店接我，讓我自己前往法院與他們會合。我依言搭上計程車，請司機讓我在法院的側門處下車，微微瞇起眼，只感覺揉合著快意與痛苦等各種各樣複雜的心緒壓得我有些頭昏，搖搖晃晃地走進側門，就見早已在那裏等候的你又是擔憂又是鬆了一口氣地迎上前來，輕輕地握住了我的手肘，保護我的意味溢於言表。不知道是過於明亮的燈光抑或是什麼刺激了我的眼睛，驀然情不自禁地喧囂著湧起淚水，再也沒能忍住地紅了眼眶。

或者，無論當年抑或是現在，都是我們三人之間無法返回的臨界點。

終於。我向他抱以一個溫和而虛弱的微笑，任憑他心疼地收緊我的臂膀，身為終於能擊倒了你的贏家，我仔細地品味著歷時了十八年才到手的勝利所帶來的甜美滋味，再也沒有忍住地笑了起來。**要開始了。**

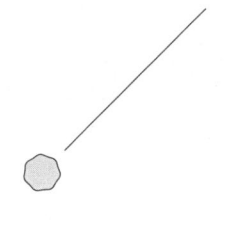

第五章
三合星

三合星是指由三顆恆星所組成的聚星系統，這三顆恆星以引力互相維繫，很多時候它們之間的光度相差很大。

現時物理學上還未有準確方法能去計算三合星體系之間的引力關係。

致 陳珺

記得以前考取了司法官資格、完成受訓後，我在選擇志願上遇到了困擾，不知該優先選擇成為法官或是檢察官。那時有某個學長告訴我。「如果你喜歡往外跑、喜歡上電視、喜歡懲奸除惡的話，那檢察官會比較適合這種想出名和有冒險犯難精神的人。」

於是我聽從了學長的建議，在分發上去填選單位時選擇了檢察官職務，成功被分發為台北地檢署的檢察官，成為了維持國家社會正義的中堅骨幹。

但是又有誰說過，法律的目的從不是在於維持正義，而是為了維持秩序。

而我想維持的，大抵也就是自己好大喜功的面子罷了。

首次開庭的這天天氣晴朗，我下了車，享受微風拂面的感覺，接著大跨步走上前，排開所有堵在我面前的媒體，直到走到法院的大門口前才停下腳步，轉身向記者們開口。「我們今天在這裡，是為了追求社會的正義。」我擺出一副沉痛的模樣說著。「李小弟弟的死對我們所有人來說都是一場災難，我不會放任該為這場殘酷暴行負責的人逍遙法外。今天，我相信，」我停頓了一下，冠冕堂皇地說出連我自己聽了都想笑的鬼話。「司法制度將能還給我們正義。」

語畢，我向瘋狂閃爍的鎂光燈點頭微笑，這才走進法院裡，找到了相應的法庭，閉上眼深吸一口氣，再睜眼時微微揚起嘴角，時間剛好。

秦國晉帶著明顯剛被媒體追殺過、仍有些驚魂未定的被告張小姐向我走來，身後還跟著一個纖細的人影。我不懷好意地拉大了笑容，瞥了身旁明顯來旁聽的民眾和記者一眼，我調整了一下神情，拉開一個專業而友好的微笑，迎上前向他打招呼。「學弟啊，」我伸出手。「好久不見，上次見面是什麼時候了？是那件詐騙案那次嗎？。」

「吳檢座。」他像是明白我作秀的本意，也跟著伸出手和我交握，中規中矩地招呼。「好久不見。」

「怎麼這麼生疏了？」我故意逗他。「我記得你以前是叫我學長的。」

「我認為公私分明是個比較恰當的選擇。」他不為所動，一板一眼地回答。

「是啊，」我瞥了一眼張云暘，向他意味深長地勾起嘴角。「我能看得出來，**天權爸爸**你的確十分公私分明。」

我的目的達成了。他的表情僵了一下，然後勉強對我扯開一個微笑，鬆開手，向我又急又快地頷首。「失陪了。」

他匆匆地帶著張云暘進了法庭，而他身後的人影深吸了一口氣，像是做好了心理準備一般，這才走上前。我再也無法自制地笑了起來，逕自向**妳**伸出手，用只有我們二人能聽得到的音量親暱地說。「**親愛的**，」我滿意地看著妳的肩微不可見地緊繃了一瞬。「別來無恙啊。」

妳低垂著臉，整個人都在輕微地打顫，過了一會才抬起頭，臉上掛著堅毅平和的笑容，輕輕地笑瞇了眼，和我專業而不失親切地握手。「**吳檢座**，」妳強調，聲音裡帶上了纖薄的顫抖。「別來無恙。」

每當下起雨我就會想起初見妳的場景。那是在學校的圖書館前，我才剛讀完書，打算到籃球場舒展一下筋骨，但甫出圖書館就見外頭大雨傾盆。

我不滿地翻了個白眼，從書包裡拿出折疊傘，正打算要直接回宿舍，卻突然見到了妳。

妳抱著一疊書，揹著一個只有兩個手掌大的斜背包，明顯的沒有任何空間容納雨傘。妳有些尷尬而狼狽地站在屋簷下，長髮鬆散地披垂在肩上，臉上掛著無奈的表情，一手捧著書一手從口袋裡掏出手機，按了幾個鍵後湊至耳邊。「喂？喂？你可以來圖書館接我嗎？我等了半個小時雨都還沒有停……啊、那沒關係，沒關係你和李未宇去吃飯吧，我自己想辦法回宿舍就好。嗯，拜拜。」掛上電話後，妳試著把手機放回口袋裡，卻一個不平衡將書灑了一地。我連忙上前幫忙，聽妳向我一疊連聲地道謝，不禁微笑了起來。

「妳沒帶傘？」我問了一句，見妳尷尬地向我點頭，我又問了一聲。「妳是要回寢室嗎？」

「對。」妳抱好所有的書，向我不好意思地笑笑。

「那我送妳吧。」我撐開傘，向妳靠近了一步。

「欸、可以嗎？會不會不方便？」

「不會。」雖然女宿和男宿完全是反方向。我在心裡說，對妳笑了笑。「走吧。」

我們並肩走在雨中，聊天的途中我得知了妳是大二的學生，和就讀研究所二年級的我差四歲，我們都是法律系的。於是妳語帶親暱卻禮貌地喊我學長，讓我更順理成章地和妳聊了許多系上相關的話題。快到宿舍時妳順口問了一句我要去哪裡，而我沒有多想地直接回答。「我要回宿舍。」

妳驚訝地喊了一聲。「你住宿舍？這樣真的很麻煩你欸對不起對不起！」

「不會啦。」我忍住嘴角的笑意，把妳送到宿舍門口。「到了，下次要記得帶傘喔，學妹。」

「好的，謝謝你。」妳脹紅了臉，對我微笑，聲音柔弱得像要在雨中被淹沒。「謝謝學長。」

我當時就對妳動了心。

再見妳時已過了幾日，我越來越後悔沒有向妳要聯絡方式，卻又再次在圖書館外，一個下雨天遇到了妳。我看妳撐起傘正要離開，便故意將雨傘收進書包裡，小跑步上前輕拍妳的肩。「學妹，我送妳回去吧。」

「欸？學長？」妳先是嚇了一跳，接著偏過頭來向我微笑。「我今天有帶傘啦，不用麻煩學長了。」

「但是我沒帶傘啊。」我理直氣壯地說，覺得自己像個無賴。「而且我剛好要往宿舍的方向走，所以也還算是我送妳。」

雖然這樣不要臉的話我也說得臉不紅氣不喘，但其實我還是很緊張的，見妳愣在那兒像有一世紀那樣久，我的呼吸也像是要停止。正當我覺得沒希望了時，卻見妳猛然嗤地一笑，將傘遞到我手上。「那就麻煩學長了。」

這次我們聊了更多，我聽著妳溫柔帶笑的嗓音說著一些細碎的瑣事，以及對未來的想望，不禁堅定了下自己想好好認識妳的心情。「學妹，」我向妳開口。「其實今天和上次一樣，我是打算回宿舍的。」

「欸？」妳驚呼一聲，有些慌張地望著我。「那你怎麼辦？還是你送我到宿舍之後我的傘借你撐回去好了，然後你下次有空再還給我……」

「而且，」我打斷了妳的提議。「我其實有帶傘。」

妳的臉緩慢而確實地紅了起來，眼神裡也像是逐漸明瞭一般地柔和下來。「那你為什麼還要送我回來……」

我擺出我自認最具魅力的笑容。「因為這樣我才有藉口能邀妳吃飯。」接著滿意地見妳如花一般綻放羞怯的粲然笑靨。

我們有共通的話題，又彼此互相吸引，再加上梅雨季擾人卻浪漫的安排，於是我們迅速地相愛。至今我仍然能記得妳每一次紅著臉對我淺淺地微笑時，那種足以令我為妳瘋狂的感覺。

那時的我真心地認為我會一直和妳走下去，卻直到那年夏天，妳告訴我妳懷孕了時，我才終於發現原來我們之間的愛情如此脆弱。

妳變了。我上下打量妳。變得更堅強了。以前那個柔弱溫婉、需要由我來保護的長髮女子，我已經無法從眼前這個面對我故意的挑釁卻依然能面不改色地微笑、堅毅而堅定地和我握手招呼的短髮女子身上看到一絲過去的影子。

但我完全明白該如何去挑動妳心底最脆弱易碎的那一個角落。「聽說妳後來還是把孩子生下來了啊。」我不懷好意地微笑。

「是啊，托您的福。」妳笑意滿盈地回應我，暗自使勁想將手抽回。

「一個人扶養孩子很辛苦吧。」我不讓妳離開，一面假意地關懷一面加重握手的力道。

「是啊，很辛苦。」很快地妳就放棄了掙扎，略帶不滿地瞪著我，一字一句幾乎是從咬緊的牙關中迸出來的。「但是也總比和一個**不負責任**的人一同扶養要來的得輕鬆。」

「但妳畢竟也不是一**個人**不是嗎？」我沒有被妳給激怒，反而輕飄飄地丟出一句話，滿意地見到妳臉色慘白。「說起來，」我藉著握手的姿態，微微傾身向前，用只有妳我能聽到的音量惡意地低語。「聽說我曾經愛過的女人後來竟然和一個**女的**在一起，我還真不得不說，在噁心的同時，我也算是大開眼界了。」

語畢我立刻與妳拉出距離，瞥了旁邊來往的人群一眼，擺出最專業又陽光的笑容，鬆開了妳的手，拍拍妳的肩。「祝好運，陳律師。」

我轉過身去，留妳一人在原地瑟瑟發抖如秋風中的落葉，卻又努力地找回自己原有而在方才被我打碎的自尊心。我推開法庭的門，冷下臉來，想起當年**那個女人**在妳生下孩子後打了電話來告知我，妳們會過得很好，妳們會共同養育我的孩子，妳們會一起活在沒有我的世界裡幸福快樂。

「陳珺現在很好，**我們**很幸福。」那個女人語氣強硬地說。「所以請你離她遠一點。」

我直接掛上電話，依言遠離，再不涉足妳的世界，甚至不常想起妳和那段曾經。

直到今天再次相遇，那種長年來心底暗湧著的厭惡和矛盾感才重新向我襲來。

我曾經愛過的女人，和一個**女人**在一起。我冷哼一聲。這一切都噁心得令我想毀掉妳擁有、而我所丟失了的幸福。

我向來喜歡陳述起訴意旨這個環節，甚至勝過結辯。大部分的檢察官或律師都傾向後者而非前者，因為結辯的過程能給他們最後一次說明自己主張的機會。但在我看來，那都不過是一種悲哀的困獸之鬥罷了。

只要在一開始的舞台**表演**得當，就用不著事後的亡羊補牢。和大部分在這個階段只會淡淡地甩一句：「如起訴書所載。」的其他檢察官不同，身為一個浮誇、好大喜功、現下又以打擊妳為樂的人，我更傾向於把這樣的表演做到盡善盡美。我微笑起來，站起身，拉了拉袍子，環視了三名法官一圈，友善地請一名庭務員關燈，示意我的助理開啟電腦裡的檔案，任憑投影片的第一張畫面——李天權小朋友抓著一個泡芙吃得滿臉奶油，對鏡頭瞇起眼，笑得像個天使——跳出，靜靜地綻放在毫無生氣的螢幕上，頓時讓整個法庭裡的人都不約而同地沉默下來。我用眼角一瞥，就只見李末宇顫抖著嘴角努力挺直背脊。

「李天權曾有一個夢想，他在**長大**後想成為一個警察，一個太空人，一個法官，或是任何一個他期望自己所能成為的人。」我停頓一下，用緩慢而哀傷的語氣堅定卻輕柔地說。「但他卻再也不能了。」

「在二零一七年四月十二日，大約是下午的三點，一場殘忍的兇殺案就在這裡發生。」我讓關鍵字搭配著李天權的照片被說出，然後才按下遙控鈕，跳至下一張投影片：李末宇和秦國晉家的照片，門口種著被精心打點過的盆栽，背景的天空則是一望無際的藍，最純粹、乾淨、令人安心的色調。「這是被害人李天權的家，他短短的、不到五年的人生都與他的父親、父親的同性伴侶，以及一名無血緣關係的哥哥住在這裡。對許多人來說，這個家庭的組合或許並不那麼常見，但能確定的，便是他們十分幸福。」我噙下一絲嘲諷的笑意。「對李天權小弟弟來說，這裡是他的城堡、他的遊樂場、他的探險樂園、他的避風港，他的**家**。只可惜在二零一七年四月十二日當天，他在這個本該保護他平安成長的地方，被殘忍地殺害了。」

我滿意地看到我的策略奏效。幾名旁聽的民眾在拭淚，記者則是瘋狂地抄寫每一個字，而李末宇，依然坐得筆直扮演一名堅強卻哀傷的父親。「檢方稍後將會呈現出證據顯示，在那日午後，這名女子，」我微微側身向張云暘的方向看去。「張云暘小姐是如何用一個金屬相框擊向李天權的頭部，」我用力地做出一個由上往下揮擊的動作示意，接著叫出下一張投影片——李天權倒臥在血泊中，左額上有一個碟般大的傷口，眼神空洞僵硬——如意料中地使法庭內響起細微的耳語聲。「用十七下擊打，奪走了他的生命、夢想、以及本該擁有的未來所有的可能性。」

我將投影片跳轉回第一張，讓李天權的笑容再次出現在投影幕上。我默數了十秒來讓這個畫面滲入每一個人心中。「庭上，各位女士先生，我方將會提出證據來證明一個事實——在二零一七年四月十二日，一個陽光普照的午後，被告張云暘小姐冷血地殘殺了被害人李天權小弟弟，結束了他年僅四歲的年輕生命。我方相信諸位在審判結束時，一定會明白被告是如何殺害了李小弟弟，並基於證據，請求諸位判定被告張云暘，如起訴書上所指控的，有罪。」

我向著妳們的方向望去。「李天權曾有一個夢想，」我用嘆息似的語調說。「他**曾經**有過。」

就像表演一樣。我在旁聽民眾和法官席看不到的角度，滿意地向著妳露出微笑。真是太容易了。

致 張云暘

天空是黑的，就是宇宙並非永遠不變的第一個證據。有些光點的位置，是遠到還來不及到達我們這裡的。

同理，有些事情，就因為看不到，不代表就不存在。

告別了吳檢座和他的冷嘲熱諷，我匆匆地拉著妳走進法庭內，就怕妳受到影響。但卻在尚未來得及平定心神前，迎面撞上了未宇的背影。

已經有一個多月不曾當面見到他了。就連在天權的葬禮上，他也只是遠遠地瞥我一眼，便派人將我攆走。「秦律師，不好意思，」他的秘書有些尷尬地上前勸我。「副總的意思是不希望你在這裡。」我無意令他人為難，只能依言離開，卻不想在那次的遙遙一見後，我就再也沒有親自見過他了。

他瘦了，單薄的肩低垂著再也撐不起以往的那種意氣風發，看上去整個人都憔悴了不少。我默默地打量著他，就見他埋在不合身的過大西裝裡，背對著門口的方向坐在旁聽席上，努力地挺直背脊，兩隻擱在膝前的手相互使勁地扭轉著，像是極為焦慮的樣子。我不禁心疼了一瞬，正欲上前喚他，眼神卻不小心落到了身旁的妳上頭。

只見妳面無血色，卻仍然堅毅地微笑著，視線碰觸到了我的目光，便淺淺一笑，用口型示意我上前去找未宇。妳把哀傷的情緒掩飾得分毫不差，只從眼底流露出一絲孤寂的意味，像是擔心會被我給拋下，卻又不願麻煩我留下來給予陪伴。

不能就這樣丟下妳。我試著對妳微笑，搖了搖頭，便逕自略過了未宇帶妳走向被告席。陪著妳坐定後，我才轉頭去瞧，就見未宇已經注意到了我們，定定地瞪著我們的方向，先是愣了一瞬，隨即臉上閃過一絲歇斯底里的狂怒，用力地咬著下唇，顫抖著逼迫自己扯出一個扭曲的笑容，僵硬地向我點頭致意。

一旁的旁聽民眾們開始竊竊私語，眼神也如打網球一般在我與他之間來回。我嚥了口口水，完全明白他作秀的本意，於是只能丟下妳站起身，拉了拉律師袍，上前走到他身邊。而他也配合地起身，率先咬牙切齒地向我招呼。「國晉。」

就算我看起來再怎麼冷清淡漠，但我心裡其實並不好受。看著未宇即便為了營造出沒那麼富裕的形象而穿著廉價的西服，卻仍然在頸間繫上了我第一次送他的結婚紀念日禮物——那條要價上萬元的領帶。他是想藉此來試著緬懷些什麼，還是想無聲地控訴些什麼？我讀不出其中意味。

他的眼下染上了淺淺的暗影，勉強地對我微笑，那笑意卻沒能傳到他眼底。我突然有些痛苦地發現，他方才手中所扯著的，是無名指上的婚戒。他用著如此無意識的動作，在懲罰著他自己，以及我與他似乎走至盡頭的婚姻。

我不忍地別開眼神，輕輕地喊了一聲。「未宇。」

像是被我的喚聲激發了什麼說不清道不明的情緒，他眼神空洞，用力地扭轉手指連關節都紅腫起來，我有些心疼地想上前拉住他的手，卻又突然退卻，凝視著他泫然欲泣的面容，有些艱難地抬起手，輕輕拍了拍他的肩，終究一句話也沒能說出口。

不知就這樣和未宇僵持了多久，陳珺才有些搖搖晃晃地走進來。她慘白著臉，微微愣了一下，便即走上前來，擺出一部專業又親切的模樣，笑著和未宇握手。「李先生，好久不見了。」她笑著說，然後對我使了個眼色。

我意會過來，向未宇頷首，便和陳珺一同坐回被告席上，不敢再往他那兒看去。陳珺沒有多說什麼，只是沉默著翻閱資料，突然瞥了我一眼，深深地皺起眉，將一本資料夾推到我面前，在我傾身去看時向我湊來。「保持微笑。」她嘶聲道。

而我並沒有立時做出反應，只是望著我身邊的妳，見妳始終如一地維持著無瑕的笑容，遵照陳珺事前的指示，淺淺地笑著，微微側身坐著翻看文件，長髮被仔細地梳攏垂在胸前。和未宇總是張揚又直接地表達出自己的想法不同，妳總是把自己的情緒藏得太深，如果我不仔細去看我就會錯過，和十八年前的**那一天**一樣。

可正是這些看不清卻又確實存在的感情，才分外令人受傷。我如陳珺吩咐般地微笑了起來，悄悄地探出手，不著痕跡地在桌下覆住了妳冰冷的手。

在國一的某一次體育課上，在分組練習時閒聊的過程中，妳突然提起了創立天文社的這個想法。「你不覺得這是個好主意嗎？我們可以讓有興趣的學生多學習到一些天文知識，而且我有一個朋友讀別的學校，他就是天文社的，他說社員一起相互激勵可以學到很多東西。」

「是嗎？」我不在意地應了一聲，掏出手帕來擦汗，以為這是個玩笑，卻見妳眼底閃著精光。「我的天啊。」我嘆口氣，知道再也無法阻止妳。「妳是認真的。」

「我喜歡你這條手帕，墨綠色跟你的眼睛很搭。」妳望著我，突然這麼說。在我還來不及會意過來妳為何會突然將話題岔開到我的手帕上時，妳才笑瞇瞇地補充了一句。「然後，是的，我非常認真。」

既然決定了要做就要盡力去做到最好，這是我們共同的想法。於是接下來的一個多月我們不斷地蒐集資料、寫企劃書、和學校單位交涉斡旋，以前從沒有過一年級生要自創社團的先例，於是我們只能一關一關盲無指標地去闖，我們所有用盡心血的努力一再被學校一句輕飄飄的「沒有這種先例」給全數駁回。在多少次幾乎想放棄了的奮鬥爭取後才終能如願。

接著我們把學校分派下來的破舊社辦打掃乾淨，妳把水晶城堡塞進我手中，讓我把它放到社辦裡的最顯眼處。妳拉著我後退仰望，然後輕輕地告訴我，妳喜歡城堡。

「你總有一天會明白，秦國晉。」那時的妳拉著我的袖子說，可我卻始終沒能明白。

後來某一次我責罵了一名社員，一時口氣較重地把她罵哭了，便被其他社員一同指責為不近人情。我本不是會把其他人的議論放在心上的人，但這次卻真的有些挫折，總覺得這個和妳一同建立起來的地方對我而言意義深重，希望能好好地守護住這一切。

事後我頹喪地坐在漆黑的社辦裡，看著那座水晶城堡對我綻放七彩光芒，我深吸一口氣，告訴自己，**莫忘初衷**。不知道過了多久後妳悄無聲息地進來，硬是擠到我身邊坐下，陪我靜靜地坐了一會兒，才開口喊我。「吶，秦國晉。」

「我知道你是個什麼樣的人，我完全了解你，你絕不像你所表現出來的那樣冷酷無情。總有一天，大家也都會懂的，你只是需要再給他們一些時間而已。」我偏過臉去望向妳，就見妳在黑暗中笑得眉眼彎彎，輕輕地覆上我的手，對我溫柔地笑語。「因為真正重要的東西，只用眼睛是看不見的。」

過去的我始終沒能明白，一直將那座水晶城堡視作我的一個精神支柱，卻直到多少年後的今天，我才終於意識到，或者我心靈上的依托，一直都是妳。

檢察官只用了短短幾分鐘來做開審陳述，便成功地將整個法庭的情緒牽著走，只見他環視一圈，露出一個與其說是自信更接近是自傲的笑容，回到位子上關掉了投影片，將我兒子的容顏從這個空間中、也是從我生命中又一次奪走。

感謝上帝。

待庭務員開了燈後，審判長看向我們，用聽不出情緒的聲音告知了張云暘她具犯罪嫌疑及所犯普通殺人罪名，她得保持緘默及選任辯護人，並得請求調查有利於她的證據。平淡地陳述完後詢問張云暘的意見，而她向我身後縮了一些，顫著聲音有些結巴地說。「請……請我的辯護人代為回答。」

我嘆了口氣，這才放開張云暘的手，站起身拉了拉袍子，緩緩地開口。「庭上，檢座，各位女士先生，早安。我們今天在這裡的唯一理由，是因為在二零一七年四月十二日那一天，一場悲劇發生了。但這起案件事實上非常簡單，在兇殺發生的當下，我方當事人張云暘其實並不在場。在李天權在自家客廳被擊打致死的當下，她人並不在那裡，而是在隔了一個玄關和起居室的距離外的廚房裡服藥。我們將提出證據來證明張云暘的病徵和需服用的藥物，以及醫師的診斷證明來表明，她若在那個當下不服藥，將會有極大的危險，於是她離開了客廳，卻在再回到現場時，發現了李天權的屍體。」

「很明顯的，這是一場典型的指認錯誤的案件。檢方說，他們將會證明是張云暘用一個相框擊向被害男童的頭部，才導致他的死亡，但事實上證據卻並非如此，最顯而易見的證明便是，凶器上最後印有的指紋並非張云暘所有的。我方將提出證明，張云暘無需為這場兇殺案負責，她只不過是被無辜捲入此案件中的，另一個受害人罷了。」

我停頓了一下，望向主審的法官，一字一句說得堅定而懇切。「當天究竟發生了什麼事？說實話，我不知道，但你們同樣也不知道，不能僅憑臆測和薄弱的指控便將這樁命案歸咎於我的當事人。在本案最後接近尾聲時，你們將會高度懷疑：當事件發生時，張云暘是否真的在現場？又，除了她之外，是否有其他的嫌疑人可能犯案？如果你們對此有絲毫懷疑的話，這個疑慮疑就會被我方所舉出的證據說服，該為本案負責的，其實另有他人。」

「因此我方請求，在諸位深思熟慮並謹慎衡量過所有本案中提出的證據後，將做出唯一可能的裁決，也就是被告張云暘無罪的判決。」我對著前方的法官微微躬身，彎下的背脊所承載的是我即便要拋棄一切也依然用盡心力的懇求。「謝謝各位。」

致　陳子幸

我從沒告訴過妳有關妳父親的事情，像是我在那些年和他用生命在瘋狂地相愛，像是妳笑起來眼尾下垂的樣子總帶有他的影子，像是他並不想對我們負責的事實。

妳卻也總是很懂事，從來不曾問過為什麼我們家和別人家不一樣，為什麼妳沒有父親，為什麼妳有**兩個母親**。妳從來沒有問過，就像是妳明白我想保護妳的心意。

但是，我總是很怕對自己承認，我從不告訴妳有關妳父親的事情，其中擔心知道後會使妳受傷似乎並非主因，而是因為我太害怕了。於是這些年來我總是躲著他，若有客戶的案子是由他負責的便直接拒絕接下，真推不開的就塞給秦國晉或其他資深的受僱律師，就是為了不要再一次揭開那些年少的往日在生命中所留下的痛苦創口。我害怕情況將會和今天再見到他時一樣，去想起他，去看到他，去再一次地喚回那些曾經愛過而如今卻煙消雲散的回憶，將會再一次把我的心給撕裂。

好吧，**已經**撕裂了。

檢方首先播放了一段監視器的影像。畫面上顯示的是從秦國晉家大門往外照的景象，畫質不算清晰，但也能看見從外頭的柵欄鐵門到住宅的正門前蜿蜒地鋪著碎石子的小道。

「這是案發住宅的大門監視器，我們可以看到……」吳品瑞將畫面前進了一些，右下角的白色數字顯示出12:26，抱著一株盆栽、背了個肩背包和提著兩個紙袋的張云暘按下門鈴後進到院子內，不多久李未宇便開了正門迎接她。「在中午十二點二十六分時，張小姐來到李先生家拜訪，並且在此時我們可以確認，被害男童仍然活著。」畫面上的李天權蹦蹦跳跳地跑到李未宇身邊，接下來被李未宇一把抱起，和張云暘並肩往左側的庭院移動；走出了畫面外，不一會兒又步回正門進到屋內，消失在黑白的畫面上。

「再來，如筆錄上所記，這家的幫傭劉女士和李未宇先生在下午相繼出門，」又將影片前進了一點，讓所有人看到一名矮胖的中年婦人離開家門的樣子後，吳品瑞用八倍速度快轉影片，足以讓人用肉眼確認這段時間內皆無人靠近大門，直到右下角的數字顯示為15:25時，他將畫面暫停，一字一頓都帶著勝利的笑意。「接下來我們可以看到被告張云暘走出了大門，向庭院的方向拐去離開畫面，過了約莫十分鐘左右才又回到了正門處並離開了宅院。」

早已在準備程序庭時就看過了這段幾乎足以直接將她定罪的影片，是以我沒什麼個情緒反應，只是面無表情地瞪視吳品瑞一個人得意洋洋地自說自話。就見他微笑著再度將影片快轉至16:19處，慢悠悠地接了口。「我們可以看到，在這一段時間內，除了男童的父親、家中的幫傭以外，並無他人進出住宅。」

他親切地請庭務員停止播放影片，又提出了鑑識報告指出現場遺留的凶器上留有張云暘的指紋，和其他得以證明她於案發當日在場的調查結果。我看著他得意洋洋地炫耀些在準備庭上就提出過的證據，不禁冷哼了聲，不動聲色陪他走過了檢方和辯方確認證據調查之範圍、次序及方法的這段戲碼，在心裡暗罵他是個喜歡在媒體和民眾面前出風頭的王八蛋。

咬著牙維持表面上的平靜，其實在心中我早翻了無數個白眼，冷冷地看他傳喚了檢方傳喚的第一名證人。是負責現場搜查辦案的警官，據秦國晉悄悄推來的紙條上所述，也就是在逮捕上贏了我方一籌的那名警官。在法官依形式問過了警官的姓名、出生日期、身分證字號和住居所，再進行具結後，吳品瑞那個王八蛋得意洋洋地起身，拉平袍子上的皺褶後才開口問道。「鄭警官，請問您是負責事發現場的警官嗎？」

「是。」

「請問是您接獲報案的嗎？」

「是的。」

「請問您當天接獲報案的情況為何？」吳品瑞拋出了一個問題，意圖帶領眾人隨著他的情緒起舞。

「那時候大概是四點多，是一名中年女子報的案，聲音聽起來很驚慌，她告訴我她返家後，看到男童倒臥在客廳中，地上有一大灘血跡，男童對於她的呼喊沒有反應，也沒有呼吸的跡象。」

「您當下是怎麼處理這個情況的？」

「我請她先冷靜下來，問明了地址後說我們會立刻趕到，掛電話後我讓別人幫忙聯絡救護車，便和小隊員一同前往現場。」

吳品瑞溫和地笑著點頭，擺出一副嘉獎警方的欣慰模樣。「那您到現場後看到的情形如何？」

「到達住宅後，報案的女子在門口等我們，我請她待在外頭的院子裡，帶著我的隊員們進屋，在玄關處向左轉，便看到客廳中的景況。」鄭警官戲劇化地嘆了口氣。「現場簡直是**地獄**，尚未乾涸的血跡在純白色的地毯上暈染出大面積的暗紅色，一名目測年約四、五歲的男童倒在地上，額頭上有一個傷口，血已經不流了。但他也沒有任何反應，就只是躺在那裡。」

為了讓這樣的畫面能完好地被想像出來，吳品瑞停頓了一下，才語氣輕柔地說。「接下來您是怎麼處理的？」

「我畢竟不是醫療人員，所以沒辦法去很專業地判斷男童的情況，但我記得當時那孩子仍是有很微弱的脈搏的，所以我指揮隊員們開始蒐證和拍照，並同時開始進行CPR，等到救護車到達後，我幫著把男童送上車，才返回現場。」

「那您知道後來那名男童的情況如何嗎？」吳品瑞明知故問地說。

「根據之後的筆錄資料顯示，男童在救護車到場前就沒有了呼吸心跳，就算緊急送醫搶救後也仍然回天乏術。」鄭警官神色哀傷地說，微微垂下臉來。「我很後悔沒有早點到現場，或是我的心肺復甦術有沒有什麼步驟出了錯，這樣或許李小弟弟還會活著，我至今都無法忘記那種一條幼小的生命從掌心流逝的感受。」

這或者是真情流露，又或者是演技優秀，但無論是哪一種，效果都十分顯著。我瞥了一眼旁聽席上明顯受感動的民眾，壓下一聲冷笑，聽吳品瑞虛情假意地安慰道。「鄭警官請不要自責，您已經盡力了。」他得意洋洋地揚起嘴角，繼續問道。「您接下來有詢問現場第一發現人的口供嗎？」

「有的，方才報案的那名女子是這家人的幫傭劉女士，她表示約莫在中午十二點多，主人李先生的客人到訪一起用午餐，飯後李先生帶著孩子在客廳和客人聊天，但大約在兩點的時候，李先生說公司有急事要處理，於是就出門了，將客人留下說是很快就回來。劉女士則是在下午兩點半左右出門買菜，在大概四點半回到家時發現了被害男童的屍體，這才打電話報警。劉女士也在筆錄中提及，在她出門前，是有人和被害男童、以及男童的哥哥單獨在一起的。」

「請問那個人現在有在法庭內嗎？」吳品瑞站起身，朝著我們的方向看過來。

「有。」

「請問您能認出那個人嗎？」他刻意又再問了一次。

「可以。」像是事前排演過，鄭警官十分配合地偏過身來指向張云暘。我不動聲色地繼續微笑，感覺到身旁的秦國晉微微向前坐了一點，典型地意圖將張云暘護在身後的肢體語言。「就是被告席上那名穿白色套裝的張云暘小姐。」

其實何必多此一舉呢。我嘆了口氣。全世界都知道就是她。

吳品瑞滿意地微笑起來，他每次只要志得意滿地笑著時，右邊的嘴角總會比左邊的要先上揚。比方說現在，比方說他成功應屆考取司法官特考時，比方說他告訴我，他不願為**我們**負責的那天。他話鋒一轉，問道。「請問您方才有提到家中還有男童的哥哥？」

「是的。」

「那男童的哥哥人呢？」

「根據警方研判，死者的哥哥疑似是被被告殺害後再……」

「異議。」秦國晉站了起來。「這與本案無關，失蹤男童的部分也未出現在起訴狀上，檢方不應在此提及不相干的事件。」

「異議有效。」聽到法官發了話，吳品瑞聳了聳肩，像是早料到了會有這樣的狀況，繼續問道：「鄭警官，請問警方當時有試著和男童的父親聯絡嗎？」

「有，我到場後便立刻向劉女士要了電話，連打數通，但男童的父親都沒有接。」

「後來呢？」

「後來在我們警方到場約十分鐘後，男童的父親就回家了。」

「您能認出他嗎？」又一次地，吳品瑞要求證人指認出他話語中的關係人。

「可以，是旁聽席上穿西裝的那名先生。」鄭警官回過身去指向旁聽席上的李未宇。「那是死者的父親，也是我剛才提過的李未宇先生。」

「請問李未宇先生到家後發生了什麼事？」當然了，經典的描述被害家屬崩潰狀況的問題。

「李先生在救護車抵達前就返家了，他在門口時不顧員警的阻攔，硬是突破封鎖線闖進了客廳，看見了他的兒子，李天權倒在地上。」他停頓了一下，任憑所有人用同情的目光憐憫地向李未宇望去。「我怕他會破壞現場蒐證，一邊做CPR一邊想讓隊員上前阻止他再往前時，卻發現他動也不動，只是站在原地，沒有哭也沒有說話，就只是……看著。」

「接下來呢？」吳品瑞的聲音很輕柔。

「我請小隊員先將李先生帶開，但李先生不肯走，也不肯跟任何人說話，所以我只好派人守在他身邊避免他情緒失控後可能會需要幫忙。再過沒多久救護車就來了，當救護人員將男童放上擔架時，李先生才開始有反應，他試著阻止我們的動作，所以我請隊員架住他不讓他衝過來。我在幫忙把男童送上救護車時，就算在門外也能聽見他的喊叫聲。」

「他在喊什麼？」

鄭警官停頓了一瞬，接著一字一句說得那樣緩慢而語調鏗鏘。「**不要帶走我兒子**。」

「接下來呢？」

「我讓隊員們繼續進行現場蒐證，而我去向李先生詢問口供，李先生的情緒十分激動，一直向我強調嫌犯一定就是張云暘小姐。」

「請問張小姐是警方調查之下所鎖定的唯一嫌犯嗎？」

「是的，一來是有二名人證、幫傭劉女士和男童的父親都證實在男童死前，張小姐人確實是和他在一起的，二來是現場留有張小姐的指紋、頭髮和咖啡杯上殘留的唾液和口紅印，且作為凶器的金屬相框上也留有她的指紋。三來是再明顯不過的、監視器畫面所顯示出，在案發當日現場無其他人出入的跡象，她是唯一可能在那裡殺害了被害男童的嫌疑人。」

「鄭警官，那最後請您以一句話來形容警方鎖定嫌犯的過程。」

「種種證據都指出張小姐是最後與男童單獨相處的人，這就是主因。但真正令我堅信此人就是嫌犯的原因，說起來有點尷尬，其實是出自於一種身為警察的直覺，在李先生一再強調一句話下，我就認定了，這個人一定就是我們要找的嫌犯。」

「請問您能覆述那句話嗎？」吳品瑞拉大了笑容，就像一切都在他掌控之中。

「李先生對我說：我告訴你不可能有別人！一定就是那個女人！就是張云暘那個女人殺了我兒子！」

妳應該也沒有聽說過我是怎麼認識**那個人**的。就和妳父親的事情一樣，妳從來不曾多問過，可這一次，卻不是我不願告訴妳，而是我來不及告訴妳。

那一天我發現自己懷孕了後，經過了為時三天的自我否定和痛哭失聲，我看著床頭上與吳品瑞的合照，輕輕撫摸仍然平坦的肚子，終於告訴自己，一切都會好的，我要把孩子生下來，**我們**一起。

即使我才大學剛畢業，即使我還在準備律師執照考試，即使這個孩子來得再怎麼不是時候，我也要好好地把孩子生下來。因為我愛吳品瑞。我告訴自己，我要和他一起把孩子生下來。

於是我和他相約在街角的星巴克碰面，約定的那天突然下起了暴雨，我一個人坐在咖啡廳內等著他，在他吻過我側臉接著坐下後，才向他羞澀而雀躍地宣布我懷孕的消息。

妳父親卻沒有太大的反應，只是端著咖啡的手僵硬了一下，而後放下杯子，望向我。聽到這樣足以改變我們人生的重大消息，他自始至終卻只問過我一個問題。「是我的嗎？」

「當然。」我的笑容凝固了，不明白他怎麼會問出這樣的問題。

「那麼，拿掉吧。」他的語氣輕鬆得像是在談論咖啡豆的優劣，端起白瓷的杯子抿了一口，聲調冰冷沒有一絲溫度。「我現在惹不起這個**麻煩**。」

「麻煩。」我無法思考，只能愣愣地重複了一次，突然好奇起那個方才在我頰上偷一個吻的大男孩跑去哪裡了。

「我好不容易才考過特考，現在在司法官的培訓期中，不只是實務和筆試成績會算在內，連操行成績也會納入評比。」他耐著性子解釋，就像我是在無理取鬧的小孩一樣。「現在的我惹不起這個麻煩，」他又強調了一次。「拿掉吧，手術和補品的錢我會再給妳。」

如此乾脆明確地下了判決，連後續的配套措施也都想好了，我從來沒有這麼想過，但說不定在培訓後，他可以成為一名優秀的法官呢。我愣愣地望著他，卻見他上唇微動突顯不耐之色，我才發現自己原來哭了。

「我要先回去了，明天還要考試，我現在沒有時間……」微微擺了下手，他沒有將後面的字句子說出來，但是十之八九是沒有時間來處理我的情緒吧。我苦笑著，見他將咖啡一飲而盡，站起身來淡淡地說。「妳把……處理好再跟我聯絡。」

見我沒有任何反應，他似乎也有些內疚，於是上前來單手按住我的肩，遲疑著說。「我們以後會再有孩子的，嗯？」

我撇開臉不願回應他，他也就識趣地離開了，說是鬆了一口氣或者更恰當些，畢竟即便多麼好聲好氣地哄誘我，他其實也從來不想聽到我的回答。而我，也不知該怎麼回答他。他連**這一個**都不想要了，我怎麼能奢望他會想要另外一個？

我一個人坐在原處止不住地落淚，怔怔地望著一切未曾改變、卻在我眼裡看上去那樣破碎的世界。過了不知道多久，一杯熱飲突然被湊到我手邊，被突如其來的溫度給嚇著了，我不禁愣了一下，抬臉只見一名打扮俐落簡單的都會女子對著我微笑。「孕婦不要喝咖啡比較好對吧？這是熱可可。」她微笑著說，不待我反應過來就又推了一疊紙巾過來給我。「加油喔。」

她又笑了笑，逕自轉身離開，只留下足以溫暖一個人剛被拋棄的的關懷，和一杯散發巧克力香氣的熱飲。

這就是我怎麼遇見**那個人**的。

在吳品瑞和鄭警官如同唱雙簧般地結束了主詰問後，法庭內瀰漫著一股揉合著同情與憎恨的微妙情緒。當然了，他們同情的是李未宇，而憎恨的則是坐在被告席上的我們。

身為一個辯護律師不只是在賺錢，而是在磨練自己的心智。我常這麼對秦國晉開玩笑。一旦一個人能夠背負上「替殺人鬼辯護的無良律師」「為了錢可以玩弄法律的人渣」「在地獄擁有保留席的混帳」等等罵名，相信我，只要三場案子打下來，一個新手辯護律師的臉皮將會厚到足以在國慶典禮上跳脫衣舞也不會紅一下。法官面無表情地望向我們，卻語帶輕蔑地詢問了張云暘有無意見、並告知被告得提出有利己方之證據後，秦國晉才泰然自若地在眾人鄙夷的目光中起身，拉了拉袍子，很輕鬆地向證人開口。「鄭警官，您方才說張小姐曾和被害男童、以及男童的哥哥單獨相處，是嗎？」

「是的。」

「但請問您能確定，在男童被害前，她是**唯**一一名在場的可能嫌疑人嗎？」

「是的，就像方才監視器畫面上顯示的，在案發當日的那個時段，僅有張小姐一人進出住宅大門，且如同我之前說過的，現場沒有任何侵入痕跡。外頭的柵欄鐵門及住宅的正門皆無被外力破壞的跡象，且門把上的指紋皆十分清晰，不像是被人用布或是手套隔著握過旋轉的樣子，上頭也只有這家人、幫傭太太和張小姐的指紋。至於案發現場的客廳那裡只有大面的落地窗，和落地窗上面被短簾擋住的一排氣窗，大小只夠一名孩童出入，故也排除掉這個可能性。」警官突然微笑起來，不懷好意地說。「不過我想這些房屋上的細節，秦律師恐怕比我更清楚吧？現場並無外人侵入的痕跡。」

「是嗎。」沒有被鄭警官的挑釁給激怒，秦國晉反而淺淺地揚起一個看不出情緒的微笑，偏頭示意讓我過去。我如排演過的把圖表架起，上前替他做演示。「鄭警官，請問您能認出這是哪裡嗎？」他指著一張他們家外面的照片問道。

「是案件發生的住宅。」

「請問您知道此棟住宅的圍牆高度多少嗎？」

「大約一兩公尺吧。」

「正確的數字是一百九十公分，一個成年男子稍微使勁就可以攀著翻進去的高度。」我把圖片往後翻了一頁，秀出以小林為主角拍攝的分解翻牆照片。「這是我們事務所的助理實際翻過一次的示範，他的身高僅有一百七十公分，也可以靠著踩住粗糙的牆面輕鬆翻過去，所以這也代表著一種可能的侵入路徑，不是嗎？」

「也許吧。」

「鄭警官您方才是否也說了如同監視影帶上所示，那個時段中除了我的當事人以外，並沒有其他人進出的跡象？」

「是的，如果你有眼睛的話應該自己也可以看得出來。」

「但請問您知道起居室是與外面的院子相連的、且那扇玻璃門鎖是最陽春的月牙鎖嗎？」秦國晉完全不理會他的冷嘲熱諷，只是平靜地繼續說下去，而我則幫著將圖片翻了一頁，露出由起居室往外照的一張景象。

「我不……」

「想必鄭警官也並不了解這家人的習慣，是幫傭早上會將起居室的門打開通風，約到中午時才會再將門拉起，而且多半也不會鎖，就算記得要鎖也只是稍微撥一下而已，是吧？」

「是。」

「請問鄭警官您知道如果月牙鎖沒有確實扣到底的話，只要稍微把門抬起，再花幾秒鐘搖晃門，就可以輕易解開嗎？」我又把圖片翻了一頁，展示出輕易破解這種鎖的分解圖。

「大概知道。」

鄭警官已經開始流汗，而我向秦國晉微微頷首示意嘉許，盡力避開吳品瑞皺起眉望著我瞧的眼神，再將圖片翻了一頁。「鄭警官，請問您能認出這是哪裡嗎？」

「住宅餐廳旁的陽台吧。」

「沒錯。」秦國晉彎起唇。「請問您知道連接餐廳與小陽台的門是沒有上鎖的嗎？」

「我……」

「最後，請問您知道從地下室可以直接通到車庫、而車庫鐵捲門的內側就有一個手動的按鈕可以開門，所以就算沒有車庫的遙控器也可以從裡面出去嗎？」我配合著他的問話，將鐵捲門按鈕的照片展示出來。

「……不。」

「我這樣隨便一列，就舉出了兩個不經過大門的可能出入路徑、外加一個可供逃逸的選擇，看來您方才所說的，『無他人出入的跡象』，這一點倒顯得有些不盡不實了，不是嗎？」

「……是，但是……」

計畫奏效了。鄭警官方才滿滿的自信和遊刃有餘的從容全被秦國晉一連串的問題給擊碎，而秦國晉也不給他反駁的機會，趁勝追擊地問。「請問鄭警官，我的職業是？」

像在擔心這是個陷阱題似的，鄭警官遲疑了一瞬才不甘願地回答。「律師。」

「意思是被害人、他們的家屬、甚至是我輸了案子的客戶，全部都和我結怨。您知道的，律師的日常業務除了招攬客戶之外，更重要的一部分是招攬仇恨。」秦國晉自嘲地笑笑，而我觀察到其中一名最年輕的法官被這句話牽動了嘴角。「那請問您知道男童的父親、李未宇先生的職業嗎？」

「證券公司的高階主管……之類的。」

「意思也是他的屬下、破產的客戶、曾有往來的解僱員工，和競爭對手，怕也是有不少人和他結仇。」我能看見李未宇挺直背脊，面無表情地凝視秦國晉。「所以鄭警官，我想請問您，您真的能確定在二零一七年四月十二日的午後，張云暘是唯一的嫌疑犯，而不可能是有其他人和李天權的雙親結怨、侵入住宅，而趁張云暘離開時殺了那名男童嗎？」

秦國晉在說出小天權的名字時，話聲中染上了纖薄的顫抖，但他仍然面不改色地盯著面前的證人，直到鄭警官有些挫敗地說。「……不，我不能確定。」

我其實並不願回想起這一段往事，這一段我心都碎了的日子，這一段我被吳品瑞給拋棄的過去，這一段我曾有一瞬間想終止妳幼小生命的曾經。

那時的我太年輕了，天真地以為只要有愛就能克服一切，幼稚地想著只要有愛就可以和現實對抗，自顧自地相信只要有吳品瑞的愛，我們就可以一起扶養孩子長大。只可惜年輕時我總將世界看得太美好，即便面臨的是毫無希望的未來也不懂得迷途知返，是以就算撞得遍體磷傷頭破血流也怪不得誰，終究只能怨自己的年少輕狂，給青春的往事刻上了一道觸目驚心的疤。

再一次和吳品瑞相約在街角的星巴克，這一次見面時他不再繞過桌子來給我一個頰吻，只是面無表情地端著咖啡在我對面坐下，我遲疑了一瞬，試著說服自己他的壞脾氣是來自於疲憊的受訓而不是我。我告訴他，我想把孩子生下來。

「妳要一個人生下來？」他嗤之以鼻，斜著嘴角冷冷地喝了一口咖啡，語氣淡漠彷彿我和他已無任何關係。

「我……」我停頓了一下，才探過去覆上他的手，望進他的眼底，試圖喚起我們相愛過的曾經，輕輕地開口。「我希望和你一起把孩子生下來。」

他愣了一下，眼底也染上了一絲溫情，反手緊緊地抓住我的掌心，在我以為他回心轉意了時，他卻向我拉開一個嘲諷的微笑。「可是，」他說，一字一句都道得那樣溫柔。「親愛的，我怎麼知道孩子是我的？」

在那麼一瞬間我能感覺到自己的血液幾乎凍結。「你說什麼？」

「妳和那個叫秦國晉的學弟幾乎是形影不離對吧？」他甩開了我的手，端起咖啡一派輕鬆地向後靠。「雖然妳說他是同性戀，但誰知道這種變態在想什麼，恐怕我不在的時候妳和他夜夜笙歌也說不定，不是嗎？再說我們交往的事情也從來沒有公開過，誰知道妳是不是和別的男人有染？反正檯面上妳還是單身啊。如果真是這樣的話，搞不好妳只是想找個長期飯票罷了，我又為什麼要為了一個可能根本不是我的孩子負責？」

因為秦國晉不是變態而是我最好的朋友。因為我們之所以不公開關係，是怕你曾身為我刑法課上的助教這件事會被人拿來說閒話。因為我根本不想找什麼長期飯票何況這種事只要驗個DNA就知道。

因為**我愛他**。我不敢置信地瞪著他，感覺有某一部分的自己都隨著這份愛一起死去。「不勞你費心了，」我強硬地說。「我會自己把孩子生下來。」

他的表情從輕蔑到一瞬間的尷尬再到揚起了諷刺的笑意。「很好。」他從公事包中掏出一紙信封袋推給我。「本來要給妳墮胎錢的，但現在念在我們交往一場，這些就給妳拿去買奶粉吧。」戲劇化地站起身，他向我誇張地點頭，右邊的嘴角比左邊的先上揚，對我露出一個志得意滿的笑容。「小媽媽。」接著轉身離開。

這一次我沒有哭，即便我心都碎了也一樣。事實上，多年後的今天我甚至有些感謝他，如果不是曾經以為他值得我依靠，我或許早就將妳拿掉了。如果不是他譏諷我，我或許沒法變得如此堅強。如果不是因為和他在此碰面，我或許一輩子都不會遇見**那個人**。

事情有點不太對勁。

在秦國晉方才屠殺了鄭警官的證詞後，我原先預計吳品瑞臉上會出現的神情是焦慮、蔑視、甚至是憤怒，但我卻沒有看到任何類似的情緒反應在他的臉上，更奇怪的是他竟然在笑。

不是那種試圖想出解決辦法的尷尬笑容，也不是那種皮笑肉不笑的制式化微笑，而是我之前所提過的——右邊的嘴角比左邊要來的先上揚——那種志得意滿的微笑。

一定有什麼事不對勁。我在桌下用力地踢了正和張云暘眉來眼去的秦國晉一腳，向著吳品瑞的方向揚了揚下巴，示意他注意一點。就只見吳品瑞站起身來。「鄭警官，」他的語氣輕和卻堅定，像是在示意他的主力證人振作一些。「請問您，案發現場的那個客廳格局如何？」

「格局？」鄭警官愣了一瞬，才有些困惑地回答。「大約有二十坪大吧？滿豪華的客廳，從正門一進玄關向左轉就是客廳了。」

「從玄關進來向左轉？」吳品瑞快速地接話，擺出有些困惑的樣子。「請問還有別的方法能進到客廳嗎？」

「沒有，客廳是一個完整的空間，且只有一大面落地窗和上排的小氣窗，所以一般可以通行的出入口就只有靠近玄關那一個。」

「所以您的意思是，要進到客廳的話一定要先經過玄關，正確嗎？」

「是的。」鄭警官看起來仍然一頭霧水，而我則是越看越覺得不對勁。

從文件夾裡拿出一張光碟，吳品瑞微笑著將它亮給證人看。「鄭警官，這張光碟上有寫一個日期，麻煩您唸出來。」

「二零一七年四月十二日。」

「您對這個日期有任何印象嗎？」

「是本案事件發生的當天。」

「沒錯。」吳品瑞嘉許式地對他點點頭，將光碟遞給庭務員官，在關燈後開始播放。只見畫面上出現了秦國晉家裡從玄關往門口拍的景象，我的心陡然一跳，感覺到身旁的秦國晉全身僵硬。「這是案發住宅的玄關，和方才住宅外監視器的影像相同，我們可以看到……張小姐在中午左右來訪。」吳品瑞將影片了一些，直到畫面上出現身著休閒服的李未宇前往門口迎接張云暘。

「接下來如鄭警官所說的，在下午兩點零三分左右，李未宇先生回到樓上換穿西裝，走至玄關拿取鑰匙和皮鞋，往地下室的車庫走去，開車離開家裡。」吳品瑞快轉了一下，讓時間跳到14:03，李未宇出現在畫面中抓過鑰匙和鞋子又往地下室的方向離開。我愣愣地望著他在螢幕上粗糙而看不清神情的面容，不禁好奇起當下的他究竟知不知道，他這一離開，就是親手將自己幸福平穩的日子給葬送。

「再來，和方才的影片所示的相同，幫傭劉女士也在下午兩點二十四分離開家門。」又將影片前進了一點，讓所有人看到劉嫂背著購物袋出門的模樣後，吳品瑞用足以讓人確認這段時間內皆無人靠近玄關的速度快轉影片，直到右下角的數字顯示為14:58時，他將播放速度調回正常，用像在唱歌一般的聲音輕柔地說。「接下來發生了什麼事，請各位自己看看。」

14:58，張云暘突然倉皇地從客廳中跑出來，向廚房的方向衝去。

15:17，張云暘似乎冷靜了下來，垂著臉從廚房走回客廳。

15:25，張云暘拿著來時所揹的那個側背包走回去玄關處，才又繞回來套上高跟鞋，離開住宅。

「鄭警官，」吳品瑞的聲音驀然響起，他再次將影片快轉到16:19劉嫂回家時，以證實中間並無人進入。「在方才看到的畫面中，從中午十二點二十七分李天權小弟弟還活著時，到四點十九分劉女士回家發現屍體並報警，這段時間內除了這家人的李先生和劉女士曾進入客廳裡，請問您有看見任何可能的嫌疑人嗎？」

「有的。」鄭警官似乎終於反應了過來，微笑著應和檢察官。「我只看見一名嫌疑人，就如我之前所說的，張云暘小姐。」

旁聽席上很配合地響起一陣細碎的耳語聲，我看向法官的方向，就見他們每一個人臉上都顯露出強制壓抑住的不滿和輕視。沒有轉機了。我挫敗地別過臉，只見秦國晉驚愕地往旁聽席的方向望去，而他視線落點處的李未宇則揚起了一個扭曲的微笑，而張云暘卻仍能面不改色，依然維持著同一個平靜的笑容直視前方。

而妳父親轉過身，朝著我的方向看來，對我露出了一個洋洋得意的笑容。他從來沒有改變過，和當年一樣，他總是擅長毀滅其他人的希望。

致 張云暘

這個世界當然已經注意到了接近地球的天體可能帶來的威脅，現在天空也已經受到監視了，卻可能要等到發現相當嚴重的威脅時，才會真的採取重大的行動，執行當我們發現有天體會撞上地球時的計畫。

妳絕對不會明白我有多後悔沒能早一點防範這一天的到來。

當年為了能反覆研究如何才能最有效地毀滅妳眼底那令人生厭的平靜，而一時衝動瞞著秦國晉在玄關裝上隱藏在畫框後的監視攝影機，真是裝對了。

記起自己這些年來是如何每次每次地在妳踏出家門後便將自己反鎖進書房裡，顫抖著手點開監視器的影像，叫出妳踏進家門的畫面，仔細地觀察妳的每個小動作和笑容的弧度、放大停格找出妳視線的落點，記錄下我這次改變了什麼——照片、領帶、吻痕——藉此來一次又一次地將自己調整成最佳狀態，找出最能攻擊妳的方式，讓自己又一次成功地霸佔住能最清晰而大快人心地眼見妳那抹笑容被我狠狠扯下的頭等席。我不禁微微勾起嘴角。

一切都進行得再順利不過了。在吳檢座徹底殲滅了妳們的「犯人另有他人」一說後，妳們那方的士氣明顯地低落了下來，連陳珺都沒有辦法維持專業的笑容，而是挫敗地低著頭翻閱文件，似乎在試著做最後的困獸之鬥。我滿意的望向妳，預期會見到妳慘白著臉，失魂落魄地扮出可憐相來博取我丈夫的同情，或是如同過去的無數次，當我奪走了妳僅有的一切時，妳眼底的希望嘩啦啦破碎了一地的那種大快人心的場面。

可妳卻沒有。我有些驚訝地見到妳仍然掛著那樣一成不變的笑容，接著像是注意到了我的視線，妳偏過臉來迎上我的目光，對著我揚起了一個令人生厭的平靜微笑。我頓時有些呼吸困難，用力地揪緊膝前的布料，費力地挺直背脊，努力偽裝自己的情緒不讓旁人知曉。

所幸我的脆弱也是一種武器。我調整了一下面部的表情，收斂起厭惡而換上悲傷的面具。事實上，我越脆弱反而越好，只要我不要撒潑胡鬧大哭大叫，把情緒包裝成矜持而克制的痛苦，看在旁人眼中就越像個正在逞強的可憐家屬。試著想像這個畫面：一個是拿著手帕輕掩嘴角的啜泣女子，另一個是在地上大嚷大叫哭鬧不休的潑婦，哪一個在旁人眼中看上去更令人心疼些呢？

對受害者的可憐情結，只要操縱得當就會是最大的武器。

吳檢座傳證的第二名證人是負責現場的鑑識人員，賴技正。說實話，他在這裡的用處並不大，畢竟嫌疑人只可能是妳這一點已經證實了，現在只差表演出妳的手段來使法官和民眾得以確認妳是個多麼血腥殘忍的兇手。幸運的話，他們在今天結束之前心裡就會有個底了。

「賴技正，請問您身為負責現場的鑑識人員，能不能告訴我們，被害男童的死因為何？」吳檢座也不費心去客套，開門見山地直接詢問道。

「死者李天權的死因為頭部受重擊而引發的嚴重氣喘，發作後導致休克死亡。」

「凶器是否為一個金屬相框？」

「是的，從相框所受到的撞擊力度和經傷口比對後，我很確定這個空相框就是凶器。」

「空相框？那在行兇的當下裡面是有相片的嗎？」他們事前的演練做得很成功，吳檢座輕巧地抓住了賴技正拋出的關鍵字藉機發問。

「按照血跡噴濺沾染上相框內側的痕跡有明顯的中斷這一點來看，我能肯定在行兇的當下這裡頭是有相片的狀態，是在殺害了李天權後才被人抽出來的。」

「您知道那是張什麼樣的照片嗎？」

「是，鄭警官詢問死者家屬李先生時我有聽到，似乎是男童的另一位父親，秦國晉律師的照片。」不只如此，那是一張他的個人獨照、是我最喜歡的一張照片、是討厭拍照的他少數時候拗不過我的撒嬌、才讓我拍下的寶貴記憶。

「請問凶器上頭是否有嫌疑人張云暘小姐的指紋？」

「是的，如鑑識報告上所示，您可以看見張云暘的指紋和掌紋皆十分清晰地印在這個拿來用做凶器的相框上。」

「請問現場是否有侵入、逃逸或者其他類似的痕跡？」

「有，在客廳的氣窗上頭採集到幾枚被擦拭過而毀損的指紋，院子外的圍牆上也有摩擦的痕跡，經調查比對上頭有失蹤的男童，秦夏城的皮屑、指紋和衣服纖維殘留。」

「請問除了這些，現場是否有留下其他痕跡足以證明張小姐當天人是在現場的？」

「如方才鄭警官所言，現場多處皆留有張云暘的指紋，也有採集到她的頭髮和皮屑，客廳茶几桌上的咖啡杯上也殘留有她的口紅印和唾液，足以說明當日她的確在場。」

「謝謝，那最後請問關於鑑識報告上的其他調查結果，賴技正您有什麼想補充的嗎？」

「是的，如報告上所示，兇手使用此相框做為凶器，總共擊打了十七下，讓李天權頭上的傷口深得幾可見骨，相框上的玻璃也因撞擊而碎裂，連金屬相框的邊角也都凹陷了下去，真要我說的話，我得說這是要具有十分堅定而強大的執念，甚至是深刻的恨意，才能造成的。」

「謝謝您。」沒必要多費唇舌囉嗦，吳檢座只和他簡單問答了幾句，便直接請專家證人播放模擬影片。我冷冷地望著畫面上出現的人偶，和站立在一旁、拿著相框用力揮下擊打人偶的一名陌生女子，突然想起那日吳檢座他們是怎麼徵召了我的客廳來拍攝這段影片，毫不留情地勾起我心底的傷痛，慘無人道地揭開我記憶中的創口，無法遏止地讓我再一次體會到我兒子是怎麼死在妳手中的。

過了一會我才突然感受到大半個法庭的目光都集中在我身上，其中也包括妳那虛假而平靜的惺惺作態，我這才回過神來發現影片已經播放完了。控制著自己微微顫抖肩背和低低地倒抽一口氣，我想得倒是很輕鬆。完蛋了，這樣漢娜一定會生氣，但顧不了這麼多了。便控制自己顫抖著唇落下淚來，凝視著螢幕畫面上大片的血色，我試著讓自己表現出痛不欲生卻仍強忍淚水的模樣，可心中卻不能自已地狂笑起來。

影片越駭人越好，越殘忍越好，越血腥越好。一如妳這些年來掛著那副平靜到足以逼瘋我的溫和微笑，將我和我的婚姻給擠兌得沒有退路一般，如今，我也不會給你任何活路。

我向來喜歡蒐集照片，所以即便在這個數位化的時代裡，我仍然會將照片洗出來，分類歸檔到一本本厚重的硬殼精裝相本裡。不知道有多少個夜晚，當我和秦國晉再一次起了爭執時、當我和妳又一次虛偽地友好相見後、當我第無數次地對小夏感到無法自制的厭惡和排拒之下，我都會將自己一個人反鎖在我的書房裡，把那些我與他曾相愛的、這個家曾幸福的、妳曾不存在於我們的世界裡的往日一一攤在眼前，然後一次又一次地告訴我自己，我在這裡，至少是我在這裡，至少我還在這裡。

在事情發生的那個午後，我一時心血來潮，抱出了一本收藏高中天文社照片的相簿出來，和妳一同翻閱。妳笑得很開心，一頁頁地看過去和我一同回憶那些過往，那個學妹那時候失戀了、那一次烤肉我們有看到流星、那一張照片是大家在慶生時被砸滿奶油的模樣。我和妳一起笑著，小夏坐在我的腳邊安靜地讀繪本，天權抓著一台玩具飛機滿屋子跑，一切都是那樣平和美好，我幾乎能將妳重新視為我最珍惜的青梅竹馬，而不是我花了大半輩子試著去毀滅憎恨的對象。

可那時的我或許就該特別留心，妳在翻頁時手指突然停留在一張照片上，表情空白了一瞬，然後才若無其事地往下一頁看去。

也許那時的妳心情就如今日的我看到影片時是一樣的，或許妳也被勾起了心底的傷痛，或許妳也被揭開了記憶中的創口，或許妳也被迫去再一次地體會，當秦國晉被我搶走時，那種強烈到幾乎足以殺了妳的感受。

模擬的影片播放完後，吳檢座結束了主詰問，照程序來說該是被告進行反詰問了，但被告席上的人卻遲遲沒有動作。

其實也的確沒什麼好問的了。我看向妳們的方向，只見秦國晉和陳珺交頭接耳了一陣子，才站起身問道。「請問賴技正，您在日常生活中有曾經失手弄掉過東西嗎？」

「有啊，怎樣？」賴技正有些困惑但有更多的是不耐地應道。

「有弄掉過保溫杯嗎？」

「多少有過吧。」

「那麼金屬材質的保溫杯是否有因撞擊而凹陷？」

「……有。」

「那我想，依您方才的說法看來，您對於您家裡的地板也抱持有十分堅定而強大的執念，甚至可稱之為恨意也不為過，是吧？」真會說話。我暗暗嗤笑一聲，這肯定要歸功於陳珺，秦國晉才想不出這樣的論點來擊破檢方煽情而與鑑識結果毫無相關的證詞。

吳檢座懶洋洋地開口。「現在是怎樣？我的證人的日常生活要淪為你們拿來為那個兇手開罪的論點是不是？」

秦國晉一派輕鬆地回嘴道。「是賴技正方才在作證時自己將金屬物體的凹陷程度和持有者的情緒狀態做出連結，我不過是在順應他的論點罷了，還是說吳檢座您想推翻自己證人的說詞？我們也是沒有意見。」

而吳品瑞愣了一下，也譏諷地笑著回敬道。「這倒不是，我不過是訝異於原來在秦律師心中，竟可以將自己慘死的兒子和地板做出類比只為替被告開罪，這臉皮厚起來的功夫可真是讓人佩服得五體投地啊。」

兩個大男人怒目瞪視彼此，我冷眼旁觀看著這一切，抿起一個涼薄的笑意，聽其中一名法官清了下喉嚨道。「秦律師，請繼續，但也請注意你的問話。」

秦國晉微微頷首，才又向賴技正開口。「您方才提到的，凶器上留有張小姐的指紋，是否正確？」

「是啊。」

「那請問她的指紋是凶器上所留有**最後的**指紋嗎？」

「不是。」

「那麼最後的指紋是誰的？」

「根據比對死者家中的其他物件上的指紋，我們可以肯定是家中長子，秦夏城的指紋。」

「了解，那麼另外請教您，您的模擬影片中犯人用女人來示範，這是因為犯人**只有可能**是女人，還是因為今天的被告是個女人呢？」

「秦律師，你可以不用這樣拐彎抹角，我明白你的意思。」賴技正翻了個白眼，很不耐煩地說。「模擬影片中會用女人來做示範，的確是根據被告的性別來選擇的。」

「那請問依您所見，擊打被害男童致死的力道可能為何人？」

「從傷口的情形來看，力道並不大，所以首先當然可能是女人，再來也可能是體型較輕的男子或是青少年。」

「所以您的意思是，單看就殺人力道的情形而言，張小姐並不是唯一的可能性囉？」

「是的，她的**性別**不是。」

「謝謝。」秦國晉微笑著結束了問話，但我想我們都心知肚明這些對話無法造成任何轉圜的餘地。沒有用的，親愛的。我在心裡笑著說。在看過那段血腥的模擬影片後，他們就差不多決定要將妳定罪了。

妳會去坐牢，秦國晉會回到我身邊，我會再一次用我的雙手，親手將妳從他身邊推開。

記得那張照片是在我們升高三前卸任幹部時拍的大合照，那時的妳習慣性地站到秦國晉身邊去，卻被我不著痕跡地一把推開。「欸秦國晉！社長和副社長站中間啦！過來這邊我們一起站在中間照。」

我得意洋洋地霸住了他身邊的位置，見妳的表情空白了一瞬，然後裝作若無其事地退到團體合照的最角落去，眼神中似乎有什麼東西消失了。我無法遏止，對著鏡頭勝利地笑了起來。

其實當時的我並不知道妳也愛上了秦國晉，我只是依循著過去十多年的習慣來掠奪妳身邊的一切，一直以來我想要的東西我都一定會得到，無論是年級的第一名，或是新發售的玩具車，或是秦國晉。

或是將妳送進監獄裡，而妳已經沒有希望了。

屬於我的，我會親自奪到手，並且不顧一切地將所有擋在前方阻撓我的障礙都用力推開。

所謂亡羊補牢，時猶未晚，即便我生命中所在乎的一切早已破碎成我無力挽回的曾經，我仍然要奪回我的**碎片**。我遠遠地、居高臨下地望著被告席上的妳，再也抑制不下嘴角的那一絲冰涼笑意。而妳，連渣滓都不要想得到。

婚姻大抵就像戰場，唯有盡力掠奪才能保住自己固有的一切。但世事難料，往往到了最後，結局是自己費心侵略強取了一輩子，可所有的卻都不是自己想要的；而自己曾傾盡心力去維護周全的呢？不是被自己長年的征戰在外給傷得千瘡百孔，就是成為了他人的所有物。

致　秦國晉

很多人不知道這件事，但事實上，我們如今所見的、所觸摸的、所品嚐的一切，皆是從大爆炸而來的。

你問完了話，向賴技正有禮地頷首道謝，所有的自信卻在回到位子上後全數垮了台，有些頹喪的低垂著臉，向陳珺微微搖了下頭，頓時被告席上陷入了一片愁雲慘霧之中。

好吧，除了我。早知道會有這樣的結果，我仍然心情很好地笑著，打量著身旁情緒低落的你們，不禁笑了起來，直想摸摸你們的腦袋說好孩子，好孩子，你們已經盡力了。反正我也從沒期望過這場案子你們真能替我打贏。

檢察官似乎對這樣的情況很滿意，居高臨下地向我們的方向笑睨了一眼，才站起身向三名法官致意。「檢方沒有問題了。」審判長便即表示暫時休庭二十分鐘。我在你轉過身來看我前先換上了一副楚楚可憐的模樣，卻在來得及表現給你看前，先一步被陳珺給打斷。

她猛然站起身，用力地拽過我的手臂。「跟我來。」她嘶聲說，一面盡力維持笑容不讓來往的民眾看見她的怒火，一面把我扯到了女廁裡，稍微查看了一下確認隔間中皆無人使用後，她氣沖沖地把我摜到了牆上，幾乎是用吼的來質問我。「請問一下張云暘小姐，能不能請您告訴我那個監視器是搞什麼鬼？我們整個案子的主軸都賭在另有他人這一說還有妳的一**面之詞**上！現在可不可以請妳好好告訴我到底是出了什麼事！就算是妳做的也拜託妳告訴我實話！再過十八分鐘妳就要上證人席了，我可冒不起這個讓妳上去**說謊**的風險！」

裝可憐這一套從來就對女人沒有用，更不用提是像陳珺這種從一開始就對我抱有敵意的人。於是我面不改色，只是平靜地望進她的眼中，盡量隱藏起自己的情緒，懇切地向她說。「陳律師，我不知道發生了什麼事。」

陳珺冷冷地瞪著我，明顯的不買帳，這倒也無妨。我一派輕鬆地想。我本來就也不抱期望她會相信我的謊言。就這樣和她這麼僵持了一會，你才終於趕來，見陳珺揪著我領子將我按在牆上的模樣，你深深地皺起眉，上前拉開她，溫聲勸道。「陳珺，妳不要這樣。」

「你閉嘴！我等一下再跟你算帳！」像是被你的話給激怒了，她怒不可遏地向你大吼，接著又轉過來逼向我。「妳說啊！妳到底做了什麼我要知道實話！」

「陳珺，妳冷靜一點我們先談……」你試著勸道，卻又被她打斷。

「好啊談啊！我們就先來談談你為什麼不知道有監視器這件事情！」陳珺轉向你破口大罵。「吳品瑞他媽的一定是叫李未宇在最後一刻再呈交證據所以我們才沒有事前看到，我不知道也就罷了但你呢？你是怎麼回事連自己家裡有監視器都不知道？」

「一定是未宇擅自裝的，我不清楚。」你語塞了一瞬，才有些尷尬地解釋。

「對，你不清楚，因為一直以來就是這樣，你對你們家所發生的一切事情全都他媽的不清楚因為你根本不在乎！那現在可不可以讓**真正在乎**的人來做事，你閉嘴閃一邊涼快去！」她哼笑著諷刺你後，又調頭來向我怒吼。「說啊！人是不是妳殺的？」

「陳珺，妳夠了！」

「什麼叫夠了？我的天啊秦國晉！難道你一點也不生氣或是至少有一點好奇嗎？我不敢相信欸有人殺了你兒子、是你兒子欸秦國晉！監視器這樣鐵證如山的畫面都出現了，難道你連一點懷疑都沒有嗎？」她很激動地衝著你尖叫，連聲音中都帶上了微不可聞的哭腔。「死的人是你兒子欸！」

「我當然有懷疑。」你冷冷地回嘴。

「那就讓我問清楚！」

「有什麼意義嗎？」你也加大了聲音。「反正妳從一開始就不相信張云暘，那她究竟是有罪還是清白的又關妳什麼事？反正妳根本不在乎不是嗎？」

這句話大約是真的刺傷她了，陳珺愣了一下，臉倏然刷白，接著像是用盡全身的力氣向你回吼。

「**對！我不在乎！**」她的眼底閃動淚光，用力地推了你一下。「你以為我這些天來不眠不休想盡辦法也要替她脫罪真的是為了她嗎？**不是！**我根本不在乎她死活！甚至打從一開始我就覺得是她做的了所以我當然他媽的不在乎！你自己去問！我不管了！」

語畢她頭也不回地衝出了廁所，你微微動了一下，卻終究沒有追上去，只是回頭拉過我的手將我帶到走廊上，我卻在你來得及開口前先說了一句。「秦國晉，我覺得你欠陳律師一個道歉。」

「……什麼？」你像是完全聽不懂我的意思，這並不意外，你一向都是這麼遲鈍。

「陳律師的意思很明顯啊，」我嘆了口氣。「她當然不在乎我，甚至非常討厭我，但她為什麼要幫我？當然是因為你啊。」看著他愣在原地的模樣，我不禁輕輕地笑了起來。「她一定是把你當成非常重要的朋友呢，秦國晉，去跟她道歉吧。」

「……張云暘。」你沉默了一瞬，然後輕輕喊出我的名字，我無法判斷出這究竟是只是一聲喟嘆抑或是一個問題的開端。

於是我率先打斷了你。「秦國晉，」我調整了一下面部的表情，讓一個哀戚的神色緩緩浮現在臉上。「我不知道發生了什麼事情，也不知道這究竟是怎麼一回事。」這是個謊話。「但我可以很確定的告訴你，我絕對、絕對沒有做出任何傷害你或是對不起你的事情，我絕對**不會**這麼做。」這算是實話。「請你……請你相信我。」我垂下臉，再也忍不住奪眶的淚水，在我臉頰上劃出二道我不配擁有的痕跡。

而過了像是一個世紀那樣久，你的手輕輕地落到了我的肩上，對我揚起一個溫柔的微笑。「張云暘，」你說。「我相信妳。」

就如同每一個攝影師都會有一個夢想，同樣的，每一個攝影師都會有一樣不拍的題材。或許是身為藝術家那樣自命清高不屑與之同流合污的作派，或許是源自於內心深刻的恐懼是以不願輕易觸碰，也或許是商業包裝考量之下的做作形象。但無論如何，每個攝影師都會有一項不碰的題材。

我也不能例外。從美國的藝術學院畢業後，我先在一家雜誌社實習，之後慢慢熬成了一名攝影師，至今近十年來，我從來未曾拍攝過的題材，就是天文。

因為天文也好、你也好，都早已是小宇的所有物了，都被他給奪了去。

這給我我留下了什麼？只能透過鏡頭來留下不屬於自己的虛幻光影？不了，我還沒有那麼可悲。又或者該說，我都已經這麼可悲了，或許就不需要再多一項證據來核實我身為輸家的處境了吧。

這些年來我一直都認為天文社是你與我共有的一片天地，是我最珍惜的一切，是我生命中為數不多不必與小宇爭搶的事物。試著稍微體諒一下我的心情吧，我從有記憶以來便不斷地被他掠奪走我想要的一切，直到上了國中、與他讀了不同的學校，遇見了你，我才明白或者我畢生所求的，也不過就是你，我們，和我們共同擁有的這座城堡。而這些是無論小宇再如何神通廣大也沒法奪走的。

直到我與你直升高中，在高一開學的那日，我在校門口遇見了考進我們學校的小宇，親密地搭著你的肩，透著力道的笑容中包含著一貫自負張狂的意味，向我走來。「暘暘啊，」他一副居高臨下的樣子對我說。「我剛剛跟秦國晉說了，在高中部**我們**也要一起創立一個天文社。」

「是嗎，」當時的我瞥了面無表情的你一眼，笑得尷尬。「那很好啊。」

是該一起創立天文社的沒錯，這是**我們**的夢想，我與你一起的**我們**，又不是他口中他與你的**我們**。我只覺得心中有一口氣堵得慌，卻又不知能說些什麼，只能暗自希望以後我和你還能和從前一樣，不會因著小宇的介入而生出什麼變化來。

只可惜向來事與願違，到了真的和學校交涉成功後，在申請單上填正副社長的名字時，小宇無比自然地抓過了單子去。「社長一樣是秦國晉嘛，至於副社長……」他停頓了一下，偏過頭來對我粲然一笑。「暘暘啊，以前我也是做社長的嘛，所以我對這種社團的行政流程會熟一點，那副社長這裡我就填我的名字了喔，妳沒意見吧？」他刻意問了我一句，把我堵得下不了台。

我可以看見過去的自己與你一同精心堆砌起的水晶城堡頓時崩塌。

「當然了。」我很僵硬地笑著，卻無法遏止心中那種緩緩燃起的恨意。

他再一次搶了我的恍若理所當然，而這卻是我第一次在你的事情上對小宇做出退讓。殊不知當日一退就是永遠，我將你身旁的位子讓出了、我知道了他也愛上了你、我在拍社團最後一張合照時被他從你身邊硬生生推走。

我親眼目睹了他在**那一天**是怎麼將我**畢生所求**的一切給奪走。

但是這一切都不會再發生了，我不會容許。我隨著你走回法庭內，遠遠地迎上小宇透著憎恨、悲哀與絕望的視線，我輕輕抓住了你的衣角，向疑惑地回過臉來查看的你報以一個楚楚可憐的微小笑意，讓你皺起眉反手拉過我進到法庭。我滿意地見到小宇憤怒到有些扭曲的眼睛瞬間瞪大，不禁有些涼薄地笑了起來。

這一次，你身邊的位置是我的，我絕對不會再次將我心心念念了十八年的一切拱手讓人。

「張云暘小姐，請問您在二零一七年四月十二日那天，是否有去拜訪過李未宇先生？」

「是的。」

「那麻煩您說一下您那天一整天的行程。」

「呃，我在前一日才回台灣，所以當天我還在調時差，直接睡到快十點多才起床。」我擺出一副從容的笑臉回答，卻適時地在嗓音裡加上了一絲細微的顫音。「我起床，梳洗了一下後就從飯店離開，隨便在外面吃點小東西充當早餐，然後買了些伴手禮後就去找小宇，呃，我是指，李未宇先生。」說到他的小名時，我假意有些緊張地瞥了檢察官一眼，才覆述出他的名字。

「請問您是開車前往嗎？」

「是的，為了代步方便，我每次回國都會在飯店附近的租車行租用代步車。」

「那到了李家後，您把車子停在哪裡？」

「停在旁邊的巷子裡，就在李先生家的圍牆外。」

「那車子現在在哪裡？」

「我不確定呢。」我露出了有些困擾的微笑。「我把車子送去保養後、好像就被警方扣留著當作證物，調查完就直接還給租車行了。」

「您是在事發當天離開李家後、就直接把車開去保養場嗎？」

「是的。」

「是不是為了湮滅證據呢？」

「異議！」你皺著眉喊道。「誘導證人。」

「收回問題。」不待審判長開口，檢察官便立刻切換話題。「那請問方才在監視器上我們看到，您在前去拜訪十，在進到李家的鐵門後，卻並未直接進到住宅內、而是由李先生領著妳先到了後頭的院子去，然後才進屋，這是為了什麼？」

「我帶了禮物要給小宇呀。」我笑瞇了眼道。「小宇最喜歡蘭花了，所以我帶了一盆給他做禮物，所以就在剛到時先放到了院子裡去。」

「了解，那接下來呢？」

「我們一起吃了午飯，然後去客廳喝茶，聊了一下天，看了幾本相簿後，李先生接到一通電話，說是公司臨時有急事。他稍早有留我下來吃晚飯，我也答應了，所以他要我等他一會，他處理完公事就回來，所以我就在客廳陪孩子們玩。」

「接下來呢？」

「接下來劉太太說得趕去買菜，說是今天晚上秦先生不回家吃飯，所以李先生要我留下來吃晚飯，她得去買些宴客的菜，就拜託我照看一下孩子們，她買完菜就回家。」

「所以您就是從那一刻開始，正式的和孩子們單獨相處的是嗎？」檢察官特地示意我暫停後發問道，像是要標記出這一刻的重要性。

「是的。」

「請繼續說。」

「接下來我突然有些呼吸困難，頭暈想吐，所以我從包包裡拿出藥，先衝到廚房去吃藥、洗個臉後才回客廳。」

「我先打斷您一下，」檢察官突然說。「請問您說您去廚房吃藥，那是什麼樣的藥物？您所得的又是什麼樣的疾病？能和我說說嗎？像是您的症狀、或是出現的一些病徵等等？」

我遲疑了一下，求救地向你望了一眼，你便立刻站起身。「我當事人的病況和她是否於此案中有罪無關。」

檢察官不慌不忙地接口。「但是是被告方自己提出了張小姐的病情嚴重到在當下若不服藥將有危險，所以我想進一步了解相關的情況、以便判斷她當時是否有離開現場的可能性，這對你們來說也不是壞事吧？」

見你還想爭辯，我不捨讓你再被檢察官為難，於是逕自接口過來。「我患有的比較接近是心因性的疾病，有些時候我會因為心理上的原因而影響到生理上的不適，所以要藉由藥物來控制。」

「您是從什麼時候開始求助於心理醫生的？」

「八年前。」我微笑起來。

「那時候您就已經為相同的情況所苦了嗎？」

「是的，那時我的症狀加重，開始影響我的日常生活，所以我才開始看醫生。」

「**加重**？」他輕易地抓住了我所拋出的重點。「所以在八年前，您就已經有相同的困擾了嗎？」

「是的。」

「是從什麼時候開始的事？」

從小宇搶走了你、奪走我畢生所求的一切、順帶毀了我的心的**那一天**開始。我對自己微笑，淡淡地回答。「十八年前。」

檢察官滿意地微笑起來。「**十八年**啊……」他將話題拉回。「為什麼會突然不舒服？」

「因為看到了一樣能夠引發我焦慮情緒的物件。」我微笑著回答。

「請問那是什麼呢？」

「一張照片。」

「是誰的照片？」

「秦國晉的，就是我的律師。」我偏過頭往被告席上看去，就見你和陳珺露出了驚愕的表情。當然了，這是你們第一次聽到實話，會有詫異的情緒是是正常的。

「請問那是作為凶器使用的相框中的、那張消失了的照片嗎？」

「我不記得了呢，大概是吧，我想那就是為什麼相框上會留有我的指紋了。」我面不改色地撒謊。

「那麻煩您繼續說，在您吃完藥回到客廳後，發生了什麼事？」

我控制了一下自己的表情，擺出一副不願回首的姿態，咬著下唇說。「我回到客廳後，發現天權倒在地上，到處都是血，已經沒有了呼吸，而夏城則是不見了。」我微微顫抖起來。「我嚇壞了，又剛吃了藥所以有些昏沉，擔心我會不會也有危險，所以我就離開了。」

「喔，所以妳的意思是，妳和孩子們單獨相處了一段時間，只離開了一下去吃藥，回來時就發現李天權死了、另一個孩子則是不見了。還真是神奇呢。」檢察官用非常諷刺的語氣覆誦了一次我的話，語氣也不再如方才那般有禮恭敬。「即使根據了我們方才看到的監視器畫面所顯示的無他人進出客廳，妳也還是堅稱妳的供詞嗎？」

「是的。」我平靜地回答。「因為我說的是事實。」

「可又有誰會相信妳呢。」檢察官淡淡地笑了起來。「那在妳回到客廳後，除了發現男童的屍體外，還有覺得有那裡不尋常的嗎？」

「嗯，窗邊好像多了一張椅子？我不確定呢。」我擺出一副困擾地回想的模樣。「我記得那種高椅背的大扶手椅原先都是擺在靠牆那一側，不知道為什麼被拉了一張過去。」

「那在妳離開時，如監視器上所示，妳還先繞去了院子一趟，是為什麼？」

「那盆蘭花呀。」我用天真無邪的語氣說著。「蘭花不能日曬雨淋，我看天氣不太穩定，就先把花抱進屋簷內側靠牆處，以免有什麼變化。您是不知道，蘭花是很嬌貴的呢，就和小宇一樣。」我掩著嘴說笑，能感受旁聽席上小宇的目光恨恨地扎在我後頸上，無辜地笑了起來。「可惜秦國晉不喜歡蘭花。」

「所以搬完花後妳就離開了？」

「是的，我走去巷子那裡開我的車。」

「根據警方調閱沿路上的監視器和車行提供的ＧＰＳ定位紀錄顯示，妳在離開後有把車子開到河濱公園去，並在那裡停留了近二十分鐘，是嗎？」

「是的，我覺得有些頭暈，所以把車停在河堤邊休息了一下，順便買了杯咖啡提神。」

「所以妳自然是不會承認警方所認定的、是妳站在椅子上把秦夏城的屍體拋出窗外、再到院子去把屍體丟出圍牆，利用了巷子中沒有監視器這點，將屍體裝上車，然後載至河邊棄屍，是吧？」

「異議。」你僵著臉開口。「先前就已提出過，這與本案無關。」

「沒關係的，」我向你輕輕遞過一笑，逕自回答。「因為根本沒有什麼所謂承認不承認的呀，這些都不是事實，又何來承認一說呢？」

「那我們就先都假設妳的謊言為真好了，」檢察官聳了聳肩。「接下來妳離開後，去了哪裡？」

「我先回了飯店一趟，然後去見了秦國晉，也就是我的律師。」

「為什麼去見他呢？」他的聲音很輕，透著些不懷好意的溫柔。

「因為他是我唯一認識的律師。」

「請問妳們是怎麼認識的？」

「我們是國中同學，是在國一同班時就認識了。」想起我們初識的情形，我不禁有些甜蜜地笑了起來。

「所以從妳們是十三歲那年認識，到今年也有快……二十三年了吧？是很長的一段時間呢。」檢察官虛偽地驚呼了一聲，又繼續問道。「那妳和李未宇呢？」

「我和小宇是青梅竹馬，從小一起長大的。」

「那麼就我所知，」他突然話鋒一轉。「在**十八年前**妳曾親自目擊李未宇和秦國晉交往的場景，是嗎？」

「異議！這和本案無關！」你站了起來。

「是的。」我不理你，逕自回答。

「然後妳就離開了，有了心因性的病況，然後就這麼消失了，**十八年**，直到現在？」

「**異議**！糾纏證人！」

「是的。」我平靜地說。「在十八年前我離開後，我就沒再見過他們二人，直到五年前和小宇重新連絡上，而秦國晉則是在這次事件發生後才又見他。」

「請問是什麼原因讓妳離開又避不見面呢？」

「**異議**！」連陳珺都喊了一聲，她衝著我說。「妳不用再回答了！」

「當**八年前**妳知道了他們結婚，妳是怎麼想的？為什麼去求助心理醫生？」檢察官提高了聲音。

「**異議**！**庭上**！」

「在這麼多年後，妳看著妳的青梅竹馬搶了妳最愛的人，妳恨是不恨？是不是想破壞他們的家庭才能洩憤？妳是不是殺了他們的孩子？」

「**異議**！」

「檢察官。」法官終於插了話。「請注意你的問話。」

檢察官卻誰也不理，逕自衝著我問。「妳是不是喜歡秦國晉？」

我看著你瞪大了眼，愣愣地望著我。在那一瞬間我突然想起初識的那日與你相談甚歡的每一個細節，想起每一次你望著我時總會揚起的信任微笑，想起我是怎麼在不知不覺中無法自拔地愛上了你，想起這些年來所糾纏我的幻影是多麼令人心力交瘁可因為是你所以我甘之如飴，想起這些年後你仍然將那座水晶城堡珍而重之地收在桌上。

「**異議**！」陳珺拍案站起，氣得面紅耳赤。

想起了每一個愛你的理由。

而我的所有，我心心念念了十八年的一切，我為何走上這一步，都源自於**那一天**，那一句說不出口的話語所帶來的毀滅。

於是我提高音量打斷了每一個人。「是的。」我如陳珺事前所教導的：在回答重要的問題時，一定要直視最重要的人。是以我堅定地看向你，一字一頓都帶著平靜的微笑和義無反顧的意味。

「我喜歡秦國晉。」

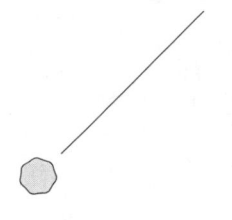

第六章
恆星黑洞

恆星黑洞是一種大質量恆星在引力坍塌後所形成的黑洞。

當恆星壽終正寢時，即所有能量耗盡後，引力坍塌是無可避免的事態。

致　陳子幸

許多人都視律師為滿嘴謊言的混蛋，但他們錯了，律師從不說謊。倒不是我們有任何良心問題或什麼的，而是因為那極有可能令我們吃上官司。而任何律師都該學習的第一堂課，就是去坐牢的永遠都是客戶，不可能是我們。

所以同樣的，我現在也不是在說謊。

一切都毀了。

我第一次有這種萬念俱灰的挫敗感，反而不是在發現我懷了妳時，也不是被吳品瑞毫不留情地甩掉時，更不是在被父母發現我未婚懷孕進而趕出家門時。而是在我愛上妳媽咪，**那個人**，的那一晚。

那一日在咖啡廳內被吳品瑞狠狠地羞辱了一頓後，我愣愣地坐在原處望著他的背影，一句話也說不出來，只能眼睜睜地望著我曾用生命愛過的這個男人漸漸走出我的世界。

卻突然有一個人出現在我面前，提高音量喊住了他。「喂。」那個聲音說。「你給我等一下。」

我抬臉只見吳品瑞一回首，頓時被一名妙齡女子潑了滿身滿面的咖啡。「王八蛋。」她說，冷冷地瞪視狼狽的吳品瑞。是上次安慰我的**那個人**。我愣了一下，正不知該怎麼面對這場鬧劇時，她卻一把拉過我的手，越過眼神幾乎可以殺人的吳品瑞，帶著我頭也不回地離開。

「我說這個男人真的很垃圾欸！到底誰他媽的要誰用你的分手費啊！世界上怎麼會有這種王八蛋啊！」她一邊拉著我走一邊忿忿不平地說，然後突然尷尬地停下腳步，慌亂地放開我的手，有些不知所措地向我致歉。「啊、對不起。還有妳男朋友，呃應該是前男友，呃可是妳有可能會想和他復合所以……啊、還有那個錢，我……如果妳想要拿的話……對不起，」她紅了臉。「剛剛我太衝動了，造成妳的困擾，對不起。」

看方才還那樣意氣風發義憤填膺的女子在我面前像做錯事的孩子一般低著頭，我不禁笑了起來，開口打斷了她喋喋不休的道歉。「謝謝妳，」我說。「幫了我兩次。」我向她微笑，伸出手自我介紹。「我叫陳珺。」

她的眼神緩緩地亮了起來，伸出手來和我交握。「我是周曉涵。」她笑起來的時候，右邊臉頰上會露出一個淺淺的酒窩。「很高興我有幫上忙。」

接下來的事就很簡單了，我們交換了聯絡方式，成為了朋友，每一兩個禮拜會約出來一起吃頓飯。

這段時間我過得很痛苦。先是發現自己未婚懷孕，再來是被交往了四年的男朋友當成垃圾丟棄，緊接著當我回南部老家告知父母我懷孕了，便立刻被傳統的父親痛罵一頓趕出家門。

「我們陳家沒有妳這種不要臉的女兒！」父親一邊對我大吼，一邊把我的行李扔出家門，我的眼淚像是哭盡了一般，只是面無表情地提起行李，向怒不可遏的父親和泣不成聲的母親深深鞠躬，轉身離開了我曾以為應當是我避風港的家人。

在那一天我的世界崩潰了。我沒有錢，是個全職考生，還要再過好幾個月我才能考試，若真有幸考取律師執照，還得先經過幾個月的實習期和律訓，等到這些都結束正式成為律師後，會不會有事務所願意錄用一個單親媽媽也是個問題，就算我真能克服這種種的困難，等到我真正能成為一個獨當一面的律師時，至少也是一年後的事情了。

我用身上僅剩的錢買了一張車票回台北，抵達時我撥了通電話給周曉涵，極力壓抑下自己即將潰堤的情緒。「喂？曉涵，妳可以來台北車站接我嗎？」

她一口答應了下來，原本二十分鐘的車程她硬是只用了十分鐘就開到，慌張地衝下車來查看蹲在路邊提著一包行李的我。「妳沒事吧？」

「我可不可以……先和妳住一段時間？」我低垂著臉說，向一個只認識了幾個月的人提出這樣的要求，我實在也是走投無路了。原先在台北的租屋處是父親幫我承租的，於是他一通電話過去，房東也只能收下了押金終止合約，這一兩天我就得去把東西搬走。我沒有其他過於親近的朋友，何況他們多半仍是和家人同住或是情侶同居，我不便過去打擾。我也不能去找秦國晉，即便我知道他一定會竭盡所能地幫我，但我還沒有準備好讓他知道我懷孕的事實，況且他住在李未宇家買的房子裡，他都是李未宇的附屬品了，如果我去了又算是什麼？附屬品的附屬品嗎？我苦笑起來。

所以我只能恬不知恥地投靠她了。我微微抬起臉，就見她對我溫柔地微笑，摸摸我的頭。「當然可以。」她說，臉頰上淺淺地笑出了一個酒窩。「跟我回家吧。」

那段時間她總是很照顧我，生活的重心全放在我和工作上，每天下班便直接回家等我從圖書館回來，幫我打點好生活起居。她始終陪著我，對我關懷備至的程度遠遠超乎了朋友應有的分際。

人非草木，說實話，曉涵的心意我不是不知道，在幾次的暗示未果之下，她似乎也放棄了再給我壓力逼我表態，只是一直陪著我默默付出，而我便也樂得維持現狀不去多想。

我沒有本錢再淪陷一次了。我對自己說，但事實上，我的真心話是，我沒有勇氣再被旁人鄙視一次了。

這樣不清不楚的關係也就維持了好一陣子，直到律師執照二試的放榜那日，我看著成功考上了的消息，高興得淚流滿面。媽咪辦到了。那時的我摸著肚子對妳說。媽咪成功了。

就在這時一陣劇痛貫穿了我，從下腹一路傳到心口，我彎下身摀著肚子，感覺自己腿間一片濕熱。是要生了嗎？我問自己。不對啊，預產期是一個月後啊！我低頭一瞧，就見自己的褲子被染出艷紅的血色。

我不能流產，我不能失去妳，我不能面對這種可能性。我急得幾乎要哭起來，一時只覺得世界崩潰了，而我曾死死抓在掌心中僅剩的一切也即將流逝。

不，我不能失去這一切。我振作起來，淚流滿面地摸過手機打給秦國晉，他卻沒接電話，八成是在和李未宇一起慶祝放榜。我咬著牙在心裡咒罵他一句，才轉而打給曉涵。「喂？」在單調的電子嗚音後是她帶笑的嗓音。「小珺，怎麼了？」

一聽到她的聲音，我再也沒有忍住，抓著話筒放聲大哭。「救我……」

後來的事情我記不太清楚，只記得曉涵滿頭大汗地翹班跑回家，焦急地扶起我，半扛半抱地把我帶到車上，一路狂飆到醫院。一路上她都緊緊拉著我的手不肯放，直到檢查完，聽了醫生說是因為我情緒起伏太大、所以才造成的出血，不用太緊張。她才終於安心下來，代替我向醫生再三道謝後，小心翼翼地扶著我走回停車場，這才放開我的手。「來，上車小心一點。」

我抬臉望她，就見她關心的神色溢於言表，溫柔地凝視我，我不禁眼眶一熱，探手過去拉住了她的指節，卻一句話都說不出口。

而她的眼神從驚訝到不解再到了然，輕輕地反握住我的手，一字一句都說得那樣真摯而懇切。「小珺，我……我想照顧妳，照顧**妳們**，我會一直對妳好，我會很愛妳，我會……」

我傾身向前，用一個吻打斷了她笨拙的告白，那一日我終於不再逃避，愛上了妳的曉涵媽咪。

該死該死該死。在張云暘說完了那句爆炸性的告白後，整個法庭頓時陷入了一片騷動中，唯一例外的只有早知事情會發展至此、得意洋洋地笑著坐回檢察官席上的吳品瑞，和造成這個結果的罪魁禍首、笑得一臉雲淡風輕置身事外的張云暘。

我的思緒混亂，無法思考，只感覺方才連喊的那幾聲抗議讓我的喉嚨堵得像火燒一般，灼熱的刺痛感一路傳到心口。我瞄了身邊僵硬地正坐著、仍未從這個震撼中回過神來的秦國晉一眼，這才平定下心神。審判還沒結束。我對自己說。

不能指望秦國晉。我努力堆出笑臉，站起身向張云暘問道。「張小姐，您和李未宇先生一家人都認識了很久，是不是？」

「是的。」

「和我們說說那兩個孩子吧，您平常是怎麼和他們相處的？」

「他們倆兄弟都很可愛乖巧，哥哥夏城比較安靜、是個很善良又早熟的孩子，他喜歡看書，所以我會陪他一起讀繪本、也有買過很多小說給他。」張云暘頓了一下，想了想才繼續說。「弟弟是天權，他就比較活潑開朗，喜歡玩機器人車子那一類小男生喜歡的東西，有時候我也會陪他一起拿樂高拼房子或汽車玩。」

「您和兩個孩子都很親近嗎？」

「是的，尤其是天權出生後，我幾乎每一兩個月就會回台灣一次，去和小宇還有孩子們一起吃飯。」

她的唇邊抿起了一個淺淺的笑意，我看了卻只感到無比的噁心。

「這麼說，您是不是也把兩個孩子都當成自己的孩子一樣疼愛呢？」

「是的。」

「那請問，您是否也把李未宇先生當成一個朋友，甚至是家人一樣的在喜歡、在愛呢？」

「當然。」她面不改色地說。「小宇是……我最好的朋友，我是真的很在乎他。」

很好，我能救得回來的。我在心裡幫自己打氣，盡量在只有她一個人能看到的角度，偷偷地對她使了個眼色。「那麼，請問張云暘小姐，是否能說您方才所言、對秦國晉的愛也是一種對朋友、對家人一樣的在乎和喜歡呢？」雖然成效有限，但是只要能稍微扳回這一城，後面也許就還有活路可以走。只要張云暘給出肯定的答案，說一聲是，甚至只要點個頭，我就可以挽救這個局面。

但是她沒有，她只是掛著那張平靜的笑容，靜靜地凝視著我，笑而不答。

我在心中把她祖宗十八代都拖出來罵了一遍，但又怕方才好不容易建立起的氛圍會被這一片沉默給破壞殆盡，我只能自己接口。「啊、不好意思，我想換個問法，請問您是否愛秦國晉這個**朋友**、愛他的家、並且絕對不會做任何事情去傷害他們？」

我面前的張云暘沉默了像是有一個世紀那樣久，才肯大發慈悲地開口。「是的。」她笑著說。「我絕對不會傷害秦國晉。」

有一句話，我希望妳能越早明白越好：妳人生中所發生的任何事情，都是源自於妳在先前的每一步中做出的每一個選擇所造成的結果。

許多人終其一生都無法真正明白這句話，所以才會活到了四五十歲仍浪費時間在怨天尤人上，把身邊的所有人乃至於政府都檢討了一輪，就是不肯去反省自身的問題。

我比較幸運，在還算年輕的時期就明白了這個道理，是以縱使多麼憎恨妳父親，我也不曾想過要把這個悲慘的結局怪到他頭上。是我自己要和他交往，是我自己同意了和他上床，是我自己決定了把妳生下來才和他分手。一切都是我自己的選擇，即便吳品瑞也是成因之一，但到底是我一步步走來所選擇了的道路，我沒有理由推卸，這是我自己的責任。

不得不說，身為一個年輕的單親媽媽，我已經算是很幸運的了。即便被妳的生父給拋棄了，我還有曉涵來愛我、來和我一同撫育妳，還有秦國晉來充當妳生命中的父親角色一樣地將妳視如己出。縱使我們家的組成份子和其他人不同，但我和妳所得到的愛和幸福並不比任何人的少，這些年走來，我沒有一天不在感謝當時的我所做出的選擇，能夠讓我們至少**曾經**那樣幸福過。

所以同樣的，現在的我也該為了自己的選擇承擔後果。所以我要為了自己愛上曉涵負起日後就有可能心碎的責任，我要為了自己與秦國晉多年來相扶相持的情份負上今日承擔他痛苦的責任，我要為了自己一直以來隱瞞我們家庭的真實情況負起責任，承擔住當曉涵孤身一人瀟灑離去時，我在人前連痛哭失聲的資格和合理的藉口都沒有。

我從沒告訴過秦國晉有關曉涵的事情。在考取了律師資格後，我們分別進了不同的事務所實習，再一步步熬成了初階的受僱律師。即使彼此都忙，卻從未失去過聯繫，每周總會至少空出一天和對方相聚。

有一次他平靜卻不失雀躍地向我說，他近日被他們的主持律師欽點，將他拉進了一個大案子中協助，他認為這對他而言是種無比榮幸的肯定，想抓住這樣的機會好好學習。

當下的我為他感到無比開心與驕傲，盡我所能地和他討論案情提供協助，卻在幾個星期後突然在下班時接到他的電話，不由分說地約我出去喝一杯。在他有些魂不守舍地喝乾了三杯純的威士忌後，我才敢小心翼翼地探問究竟，而他則是沉默了一下，面無表情地告訴我。「昨天客戶請我們團隊吃飯，席間有喝點酒，氣氛挺歡樂的，客戶看到我手上這個未宇要我戴著的對戒，就笑問我有女朋友啦？」他無意識地撫摸指間的戒指，語調還算平靜，可我卻幾要不忍再聽下去。「我告訴他我有男朋友，然後氣氛變得有點尷尬，結果今天主持律師就把我找去，說另外有個案子想讓我來辦，讓我先不用處理這一件了。」

他的每一個字都是用包裝過的淡漠和壓抑過的不堪說出的，重重地劃在我心上令我無比難受卻又無話可說。只能看著他用那種迷惘而透著些微痛苦的眼神望向我。「我不知道為什麼會這樣、我到底錯在哪裡。應該說我可以理解他們覺得我很噁心，但我從不認為這會影響到我的工作能力、也不認為這應該被拿來做為撤換我工作內容的理由。」我心下不捨，探出手去拍撫他的手背，見他沉默著垂眼沉思了一會，才向我扯開一個破碎的虛弱笑容，抽回手有些挫敗地抹了下臉，良久才挺直背脊，對我點點頭牽動嘴角，很努力地笑道。「算了，沒事。沒關係的，我得對未宇負責嘛，沒什麼，這一點小事我還是能頂住的。」

就見他向我露出一個期盼的微笑，像是個急欲討賞的孩子那樣單純無辜，彷彿希望我因為他謹遵我的教誨而摸摸他的頭稱讚他是個好寶寶。可我卻無法給出他期望中的安撫，而是只能倉皇地灌下一杯酒來掩飾自己的破碎，和那個在心底盤旋打轉揮散不去的念頭。

他到底是在為了自己所愛之人負上責任、還是在為了自己不愛這人而贖償罪惡？

而我又是如何呢？眼見著秦國晉毫不退縮地挺直肩背，無論受到怎麼樣的責難與屈辱也要向整個世界宣告他和李未宇的情感時，死揣著我們這個家的祕密的我，又是怎麼想的？

說實話，事情會走上今天這一步，我也得負一部分的責任。

喔，不要誤會我的意思了，我並不是把自己當成什麼悲劇英雄般的律師，自以為可以拯救張云暘和她的滿口謊言。今天這個局面，完全是她一個人一手造成的，和我沒有任何關係。

但我卻總忍不住去想，其實我是有機會可以去預防的。我可以直接了當地勸秦國晉好好回歸家庭把握幸福，而不是一次又一次聽他談起張云暘這個人有多美好。我可以罵秦國晉一頓讓他正視李未宇和他之間的關係，而不是一次又一次放任他留宿事務所或是三更半夜跑來我家，甚至在兩個避風港都擅自囤放了好幾件襯衫和換洗衣物以便隔日換穿。我可以在秦國晉不願見沒預約的客戶時就直接將張云暘給轟走，而不是一次又一次逼得他見客。我曾經可以的。

我早就知道秦國晉對這位故人抱持著的是什麼樣的情感，即便他再怎麼強調那只是友誼，我也完全明白他是用什麼樣的一種投射心理在把自己這些年來的失意給寄託在這位美好故人的身影上。

可我卻對婚姻太有信心，對愛情太有信心，對秦國晉太有信心。是以一意孤行地認定了，只要他能去面對自己的情感問題，只要他明白了張云暘只不過是他躲避現實的一個出口，只要他能忘卻那些對過往幼稚的念想，他就會醒悟過來乖乖回家，會開始珍惜他擁有的一切，會回到李未宇身邊再不對張云暘這個影子有所牽掛。

我真的曾那樣信誓旦旦地相信這一切都會如我算計地向下走，但我卻不僅低估了秦國晉的感情，更是低估了張云暘的。他們會為了彼此而不顧一切地走到今天這步田地，我遠遠沒有預料到。

情況走到這一步，我得負起責任。

這些年來我一直試著想去保護秦國晉，如同他保護我一般，可我終究是失敗了。就像當年我試著用隱瞞交往關係來保護吳品瑞的名譽，失敗了。我不願讓我和曉涵一同建立起的家被破壞和瞧不起，是以我對外宣稱我是個單親媽媽甚至連秦國晉都一併隱瞞，就是為了保護我們的家，失敗了。我想要從足以毀滅秦國晉人生的風浪中保護他，所以一直隱瞞著他內心深處對張云暘真正的情感，失敗了。

我拼盡全力也要保護妳不受影響和傷害，於是這次事件我一直試著隱瞞各種資訊，就是為了不要讓妳同樣身為同志家庭中的孩子的自卑感加重，這大抵也快要失敗了。我有些挫敗地想，待會頭條新聞的內容我想都不用想，也知道會是「嫌疑犯的告白：原來深愛著被害人的父親」。這樣的報導加上秦國晉拋下家庭也要為張云暘辯護的事實，想必關於「同志之間的愛情都不會長久」這個議題又會被拉出來炒作。

而我曾試著用生命守護的一切，最終也就隨著時光一同煙消雲散。

我向張云暘點頭道謝，結束了這段自我毀滅般的問話，頹喪地將自己摔回座位上。

一切，我對自己說，一切都毀了。

致　李未宇

如果今天太陽突然停止運作，冰冷的氣溫可能會在幾天內就殺死陸地上及接近海面的幾乎所有生命。但所幸，不是所有的生命都會死，因為有些生命是不需要陽光的。

在**那一天**，秦國晉被你搶走的**那一天**，我畢生所求的一切成了你所有物的**那一天**，我的心裡就有某些東西也隨之死去了。不過所幸，真的所幸，有些不能見光的想法、有些深藏著黑暗的內心、有些排山倒海席捲而來的恨意，是不需要陽光一般美好希望的灌溉也能存活下去的。

相反的，心裡那塊藏污納穢無比惡劣的角落是它吸收負面能量最適切的肥沃土讓。它會一日一日成長、茁壯，到最後那些陰暗的意念，將會足以把一個人生吞活剝。

陳珺問完話後，挫敗地回到座席上，檢察官笑著挑起眉表示沒有問題了，審判長便在這時宣布今日的庭先到這裡，接下來的之後再議。我回到被告席上坐好，見身旁的秦國晉有些呆滯地望著前方，而陳珺則是氣得臉色鐵青，等到三名法官魚貫走出法庭後她便迅速地站起身，將所有東西胡亂塞進手提包內，把一本卷宗重重地摔到秦國晉面前，看都不看我們一眼便大步離開。

而我和秦國晉並肩坐著，任沉默的氣氛籠罩在我們頭上，我低垂著臉，很輕鬆地微笑著，只用微微打顫的肩背和將整個人緊縮起來的方式，成功營造出自責和羞恥的假象，過了一會才小小聲地開口，向他輕輕地說。「對不起。」

「說什麼呢。」他很僵硬地應了一聲。

「我其實沒有想過要說的，我從來不想讓你知道。」我低聲說著。「我絕對不想破壞你和小宇的感情，更不想讓你覺得跟我在一起會有壓力、會需要避嫌，可我還是說出口了，是我不好。」我通篇一堆謊言說得面不改色楚楚可憐，用眼角的餘光滿意地感受到他偏過頭來看我，便深吸一口氣，換上堅毅中帶些脆弱逞強的表情，抬臉直視他。「所以，如果你對我的感情會覺得噁心、或是不舒服、或是怕小宇不高興所以要避嫌，不願意做我的律師了，我完全可以理解，你不要覺得為難，我會想辦法找到其他律師幫我辯護。」

我仔細觀察著他的神情，只見他輕輕嘆了口氣，接著眉眼間都放軟了，向我露出一個淺淺的微笑，重複了一次那句話。「說什麼呢。」只是這一次他說得無比溫柔，連眼角眉梢都染上了一些無可奈何的寵溺意味。「張云暘，我一直覺得在美國那一次我好像做錯了什麼，所以妳看起來才那樣難過、又就此離開然後避不見面。我一直覺得我欠妳一個道歉、一次談話的機會，可是現在並不是個好時機，我們得先專注在案子上，等到一切塵埃落定後，我答應妳，到時候無論妳想說什麼，我都會聽妳說。」

「你不會逃避？」我的聲音有些顫抖。

「我不會逃避。」他一口答應了下。

縱然我早已知道了他會是這樣的反應，步步試探步步引導著他這麼回答，可當真聽到了令我心心念念了十八年的話語時，我還是不禁紅了眼眶，再也沒能忍住地笑了起來。而他望向我的眼神笑意都是那樣溫柔，所以即便接下來，你和**那一天**一樣，走上前來趾高氣昂地打斷了我們的談話，我也依然能夠維持住臉上的笑容，甚至這一次，我可以抬頭挺胸地回望，向你笑出我心底深處那塊最燦爛絢麗的黑暗角落。

哈囉，安東尼奧・薩列里。我看著你臉上挫敗卻仍然想故作鎮定的神情，不禁笑了起來。

這一次。我在心中想著，一邊用平靜的語調招呼了你一聲。「小宇。」是我贏了。

致　秦國晉

和地球相比，小行星非常小，所以任何與地球近距離相會的小行星都不會造成影響。雖然也有些小行星撞上地球的例子，但是它們大部分都很小，而且每年有成千上萬噸的物質會落到地球上，大部分是質量才幾公克的物體。若是比較大的撞擊也可能會有比較嚴重的後果，就像是恐龍在六千五百年前所遭遇的那樣，雖然這樣的例子非常稀少，但只要發生一次，就是足以滅絕整個種族的大災難。

試著去體會一下恐龍的心情吧。牠們本來以為可以又一次安然度過這一劫，卻沒想到接下來所發生的卻毀滅了它們所有的希望，只能在懊悔和黑暗中，被揚塵給遮蔽掉陽光，在冰冷的空氣中被活生生餓死。

而我與你的婚姻也曾承受過太多的衝擊，卻不一定能從這場浩劫中全身而退。

我很不想這麼承認，可事實上我們的婚姻早在她出現之前就有了缺口。

好吧，這麼說或許並不精確，畢竟這些年來，在**那一天**之後，她就像個鬼魂一樣盤踞在我們的生活中，從來沒有離去過。在我們的日常相處裡，有她的影子在。在你桌上的水晶城堡上，有她的影子在。在小夏平靜溫和的笑顏中，有她的影子在。她從來沒有離開過。

雖然這一次她的出現像是毀了一切，給我們看是完美無缺的婚姻投下了一顆震撼彈，但其實我是知道的，早在她毀了這一切之前，我們的婚姻也早就和完美搭不上邊了。

那年我剛升副總沒兩年，又收養了小夏，你也才剛和陳珺一起建立了事務所，生活壓力漸大，是以我們時常起摩擦，那段時間幾乎任何雞毛蒜皮的小事都能讓我們吵起來。

不知道從何時起我養成一個習慣，我抓住了你總覺得自己愛得少所以虧欠於我這一點，把這當成我的殺手鐧，在每次吵架到我不願再繼續時，我總會擺出哀戚的神色，拉住你的手向你說。「國晉，這不是我想要的婚姻。」藉此來誘發你的罪惡感，然後你就會一次又一次地為我妥協。

可是如今，她出現了，破壞了我們的世界，掠奪了我的一切，將你對我僅剩的愧疚也全數毀滅。

就算這不是我想要的婚姻又如何呢？我看著她神色自若地向我打招呼，而你坐在一旁面無表情地凝視著我，突然在那一瞬間深刻地體會到了彗星襲來前那種足以滅絕一切的恐懼感。

這或許也不是你想要的婚姻。

自從事情發生了、而我雇用了漢娜後，她每天都會讓助理上網蒐集新聞之下網友的留言，和各個社群網站上對於案情的評論，再親自將資料帶到我面前唸給我聽，和我一起討論對策一一扭轉負面形象。

所幸漢娜是一名十分優秀的公關專家，所以我在人前的形象被塑造的十分成功，受傷、心碎、堅毅等等關鍵字在我面對媒體的精湛演出、以及漢娜安排的一切對策，加上她時不時上網用分身帳號發文留言來帶動風向之下，似乎漸漸深植人心。

直到有一次，在漢娜向我進行例行性的匯報時，她讀著讀著突然就皺起眉，站起身向守在外頭的助理大吼。「你過來！」等到一頭霧水的倒楣鬼進來後，她指著紙上的其中一段，面無表情卻語氣急促地說。「把這段的出處找給我，還有這個帳號曾經發過的文章和留言都一起找，快，我三分鐘內要看到。」

「可是……」助理瞬間白了臉，唯唯諾諾地回答。「這裡有幾百筆資料，而且都是從不同的網路平台找來的，我可能需要多一點時間……」

「什麼東西啊。」看到漢娜柳眉倒豎，準備下一秒就要大發脾氣的模樣，我咳了一聲，懶懶地開了口幫忙緩頰。倒不是我對那個助理有什麼惻隱之心，只是覺得頭痛欲裂，想為自己的耳朵圖一個清靜。「拿來我看看。」

「不必了，不是什麼重要的東西，你不要管。」漢娜横了我一眼，將文件抱在胸前，試著輕描淡寫地帶過。「我看到這邊有一則留言比較，」她頓了一下。「不尋常，所以想找到前後文和帳號的主人加以分析，不是什麼大不了的事，你不要吵我，我可以自己解決。」

「拿來。」我被激起了好奇心，伸手執意要看，卻見她死死抱著那疊文件如何都不肯讓步的模樣，便聳了聳肩讓步。「那麼妳唸給我聽，我想知道那個不尋常的留言是怎麼說的。」

「你真的要聽？」她深深地皺起眉。

「是的。」我哼了一聲。

「那好。」她沉默了一下，打發助理出去後重新坐下，嚥了口口水，聲音清脆語調平靜，一字一頓都挾帶著風雪，立時將我全身的血液凍結成冰。「這是他們**這種人**自己的選擇。」

在這一瞬間我又重新想起了這些日子以來受到的屈辱和敵意，尤其是吳檢座那份謙恭有禮中總透著鄙夷的笑容更是讓我喘不過氣，一直以來我所面對著的、所被批判的、以及所受到的歧視眼光，最終幾乎都可以濃縮在這句話之中：這是他們**這種人**自己的選擇。

事情會走到今天這一步，在他人眼中看來，似乎其實只要我們不要結婚、不要找代理孕母生小孩、不要**當個**同性戀，一切就都不會發生了。這些人在想什麼、在用什麼樣的眼光瞧不起我們，我完全明白。這是我們自己的選擇，是**我**自己的選擇。

可他們又能否知曉我無從選擇呢？這世界上當然有那種很浪漫的故事，一個人愛上了另一個人的本質而無關乎性別，而後幸福快樂的在一起。但是同時間，世界上有另一群人是**只能**愛上一種特定性別的人的。

啊，像異性戀就是啊，我也是。

並不是沒有想過要愛一個女生、要讓自己正常一點，但即便我再怎麼努力地去嘗試，我依然無法對身旁的女孩子有一絲一毫的動心，就是在青少年賀爾蒙滿溢的時期，當同年齡的男生對AV女優如數家珍時，我也只能在夜裡偷偷對著網路上找來的低畫質同志片自我慰藉。

無論我再怎麼試著去學習正常男生應有的行為，我就是無法對女人的身體感到一絲一毫的興趣，反倒是對男性的生理特徵有著難以啟口的衝動和好奇。

我曾經也認為自己是個變態、是個不正常的人，直到遇見了你，對你一見鍾情的那一日，我才終於想通了，我是無從選擇沒錯，可我又為什麼**要**選擇？

我對你的愛絕對不比任何人的少，我只是單純地不能接受一個性別、單純地愛上了一個人、單純地想和這個人白首到老，我到底做錯了什麼？我到底和這個世界上的其他人有什麼毀滅性的不同？我到底為什麼不能就如此單純地和你恩愛相守？

這麼多年來，多少的風雨和打擊我都咬牙撐過了，多少人不看好我們我也都證明給他們看了，多少的時刻當我**又一次**深刻地體認到你並不愛我，所以這一切都是我偷來的，這是我、而不是**我們**的選擇時，我又是如何繼續堅持牽著你毫無愛意的手也要走下去？

我們這個家和這段為人詬病的婚姻，我又是怎麼拼了命地去守護周全才得以維繫至今，秦國晉你究竟明白不明白？

我在之前曾問過漢娜一次，帶著些傷人傷己的涼薄與負疚感。「妳有沒有曾經覺得過自己所做的事情是很不道德的？」

「像是什麼？」她連眼都不抬一下。

「操縱人心？誣衊他人？」我有些嘲諷地笑道。「**說謊**？」

「每天都是啊。」就見她微微勾起嘴角，手中在記事本上寫寫畫畫的鋼筆始終沒有慢下哪怕一秒鐘，過了一會才突然停頓下來，抬臉望向我，像是在謹慎地斟酌自己的用字，很小心地開口。「但是副總，身為你的公關專家，我得說這全都是我一人需要承擔的問題，你不用這麼想。你並沒有傷害任何人、所做的一切也全是為了維護自己的家人，你沒有說謊，所以不用覺得有什麼過意不去的。」

漢娜難得會這樣溫言軟語地和我說話。我向她微笑，無意再繼續這個話題，而她也很識相地沒有再多說些什麼，只是恢復了一貫冷淡的口吻命令我明天上節目要穿哪一套西裝。

可我卻無論如何忘不了她的那一句「你沒有說謊」，多麼諷刺的是，這句話本身就是個天大的謊言。

我沒有說謊。而今站在你們面前，我看著張云暘平靜的笑顏，想起自己在日前對吳檢座強調過的那一句**你仍然愛家**，不禁有些自嘲地微笑了起來。**我沒有說謊**。

「小宇。」她掛著一成不變的笑容向我喊了一聲。

「暘暘。」我繃著笑臉，僵硬地向她微微頷首，然後轉過臉向你說。「國晉，可以和你談一談嗎？」卻只見你略微遲疑了一下，只那麼一瞬間的沉默便使得我心碎地笑了起來。

「秦國晉，你去吧，你是該和小宇好好談談。」她向你輕聲說，以一個做作又識大體的口吻勸道。

「我可以自己回去的，你和和他談談吧。」

「那妳讓小林來接你，我不放心妳一個人搭計程車。」你想了一會才妥協了似地對她說。「先回飯店，我們晚點再談。」

她向你微笑著點頭，而你則輕輕拍了下她的手臂作為道別，我冷眼看著你們之間這樣無比自然親近的互動像是深深灼燒在我心上，怒目瞪視著張云暘纖細的背影踏著娉婷步子離開，還順手小心地帶上了門，這惺惺作態的模樣令我再也沒能忍住地嗤笑出聲。「這下你知道了。」

你低垂著臉收拾桌上的文件，頭也不抬一下，過了一會才淡淡回了一句。「知道什麼？」

「她喜歡你，喜歡得追你追到美國去，喜歡得要發瘋，喜歡得殺了我們的孩子。」我嘲諷地笑著說。

「**她愛你**，這下你總該明白了吧？」

「……她喜歡我，和她有沒有殺了天權是兩回事。」你冷冷地回嘴，但我沒有漏看，當你說到我們兒子的名字時，闔上公事包的手仍是微微顫抖了一下，才又歸於平靜。「但是我的想法並沒有改變，我相信張云暘沒有做這種事。」

「你相信她。」我不帶感情地複誦了一次。

「是的。」

「你相信她，所以你幫她，然後又一再地保護她。」我幾乎要笑起來。「那我呢？你可不可以也保護我？」我的聲音顫抖，一字一句幾乎都是用吼的在質問你。「秦國晉請問一下你是誰啊？你是我老公是我李末宇的老公！在這種時候你還想著要保護她？還選擇要站在她那邊！那我呢？我要怎麼辦啊？」

我激動得全身打顫，當你的手輕輕覆上我的臉頰時，這才意會過來自己已淚流滿面。「未宇，」你低低地喊了一聲，打斷了我餘下的所有逼問。「對不起。」你的嗓音沙啞，每一個字裡都透著痛苦的意味，而我則抓緊了這個機會拉住你貼在我頰畔的手，像是在風雨中的汪洋裡攀附住一根能夠拯救我們婚姻的浮木。

「國晉，」我低聲對你說。「你回家好不好？我們不要再這樣子了，你回家好不好？」只要你回家就好，只要你還留在我身邊就好，只要你願意迷途知返就好，其他的都不重要了。「你要相信她也無妨，總是有別的律師可以幫她辯護的嘛，像陳珺就很好，你不要再管這個案子了，我也會把所有針對她發佈的攻擊都撤回，我們就誰也不要淌這趟渾水了好不好？就交給司法審判就好了好不好？你回家了好不好？」

你的眼神緩緩地放軟了，似乎隱約有妥協之意，於是我趁隙上前一小步，輕輕靠上你的胸膛。「國晉，」我如過去無數次一般地這麼說。「這不是我想要的婚姻。」

我以為這樣能使你重新記起那些愛過我的曾經，又或者，好吧，那些仍對我有著愧對之意的曾經，可卻似乎起了反效果。你全身僵硬，推開了我，似乎對我、對這句話、對這段婚姻都再也無話可說。

你抓過公事包，調頭就走，甚至沒有費心再多看我一眼，在我身後重重地摔上了門。隨著門甩上的噪音似乎也在我心中很狠劃上了一道再也無法挽回的傷口，我心痛如絞，想著那些即便捨卻自尊也要愛你的感情、那些放棄了一切也要留你在身邊的卑微，幾乎不能呼吸，用力地捶打桌子，再也沒有忍住地痛哭失聲。

婚姻大抵就像烹飪，不經過一番水深火熱的奮鬥，是絕對無法奉上好的菜餚。但有更多時候是，經過了水裡來火裡去、割傷了手、滲出了血，折磨得狼狽不堪，但最後所能端出的，到底也就是一盤焦黑、失敗、難以下嚥的成果。

致　陳珺

於審判過程中，檢察官如發現對被告有利之情形，檢察官即應注意，並撤回告訴或為無罪之論告、請求法院為無罪之宣告。是以，檢察官和法官相同有客觀任務，而非僅以追求被告有罪判決為唯一目標。

這一番冠冕堂皇的話說得可真好聽，只可惜了，大部分的檢察官仍是以將這些嫌疑人定罪視為自己的首要任務。不為責任不為正義更不為其他漂亮的場面話，為的只是那一份打擊犯罪後得以被推上高尚聖壇的虛榮心罷了。

啊，當然了。我看見前方的妳坐進車中，不禁笑了起來，大跨步追上前，拉開副駕駛座跟著坐了進去。偶爾為的也是這個。

「陳律師。」因為這種高人一等得以睥睨一切的感受，比什麼都好。

其實我並不是不想要孩子，也不是不想要**妳的**孩子，只是那時的我太年輕了，不懂得怎麼去完好地處理這個突如其來的意外，是以即便那時我是真的愛妳，也不免慌了手腳，說出許多無能挽回的話語，傷了自己也傷了妳，最後落得竹籃打水一場空的下場。

我曾想過挽回可又退卻，偶爾有勇氣撥出的電話也直接被轉進語音信箱，我不知道該說些什麼，只能對著嘟聲後空寂的話筒嘆口氣，然後重重地掛上電話。

再後來，我接到了妳女朋友打來的電話，像是示威一般地告訴我，妳會和她一同撫育我的孩子，所以要我離得越遠越好。

我們的孩子。我的手帶上了微微的顫抖，二話不說地摔上電話，依言再也不去打擾妳們。只是，很偶爾地，我還是會想起妳，和那個本該屬於**我們**的孩子，以及那些若我們還在一起、所組建的家將會有多美好的想望。

只是那些幻想早已不復存在了。只見妳的臉色倏然慘白，有些僵硬地望向我。「你找我有事嗎？」

「是男生還是女生？」我不知怎麼搞的，問出的第一個問題竟是這個。

「什麼？」妳挑起一邊的眉毛。

「孩子，」我說，感到有些口乾舌燥。「是男生還是女生？」

「這跟你沒關係吧。」幾乎沒有思考便快速地回嘴，妳有些緊繃地說。

「當然有了。」見妳防我像防賊一般，我也有些不高興了。

「願聞其詳？」妳嘲諷地揚起唇。

「這樣我才能決定是該買玩具車還是洋娃娃當禮物。」

「不勞您費心了。」

「別這麼客氣嘛，孩子都已經沒有了爸爸陪伴，又成長在這種**不正常**的家庭環境裡，再加上最近對妳們同性戀家庭的新聞鬧得那樣大，他心裡一定不好受吧？」我一字一頓都說得那樣不懷好意。「我們都知道這就是妳如此擔心焦慮的原因，不是嗎？」是的，無論妳是怎麼想的，我仍然了解妳。我滿意地望著妳的臉色慘白了下，才繼續說道。「所以，我想我這個做父親的也總該盡點心意。」

妳哼笑了一聲。「不需要。」

而我則步步相逼。「我想見孩子一面。」

「想得美。」

「我是孩子的父親。」

「早在你拋棄我們的那一刻起就已經不是了，當年你不想要負責，現在又何必再跳出來做好人呢？」

妳咬著牙向我笑語諷刺道。

「也許是被這個案子影響了吧，無論雙親再怎麼有悖倫理，孩子到底都是無辜的，需要在一個正常的環境下成長，不然哪天像李天權小弟弟一樣就不好了呢。」我也笑容可掬地回敬妳。

「**我的**孩子很好，用不著你來擔心。」這下妳的表情冷的像雪一樣，每個字都說得那樣強硬。「現在麻煩你下車離我遠一點，離得越遠越好。」

「看來妳是真的很討厭我。」

「這不是廢話嗎？」妳有些尖刻地笑了起來。「我恨不得你**去死**算了，算我拜託你，拜託你走開或是去死一死就算了好不好？拜託你再也不要出現在我面前！」

記得在我們交往時，我就嘲笑過妳這個可愛的小信仰：妳相信言靈的存在，所以妳從來不會輕易地說出傷害人的話。妳認為每一個字裡都蘊藏著力量，那怕是透過話語妳也不願脫口傷害。尤其是「去死」這兩個字，只要身邊有人說出口妳都會感到不悅，認為這是非常惡毒的一件事。

一開始我以為妳是相信詛咒之說，但妳向我解釋，妳並不是什麼擁有奇怪信仰的瘋子，妳只是寧願忍下一時的口舌之快，也不願來日若真有萬一發生時，給自己帶來無窮的痛苦和悔恨。

但現在的妳並不為此感到後悔。**不會**為此感到後悔。

「很好，」我面無表情地說。「妳表達得非常清楚了。」

我推開門下了車，重重地摔上車門，就見妳急踩油門快速離開，我頓時覺得自己心中有某一部分被繫在了妳的後車廂上，跟著妳的步伐一起一點一點地被拉走，最後那些年少時愛過的曾經，也就隨著那個年少時愛過的女人，一同離開了我的世界。

我沒什麼好道歉的。我喝下第無數杯龍舌蘭，用力地將酒杯摜在櫃檯上，示意酒保再來一杯。

我那時候還年輕，又只和妳交往了三四年時間，何況當下正值司法官的培訓期間，我怎麼樣都招惹不起這個麻煩，就算不要孩子也只是人之常情。再說，我也沒有拋棄妳，只不過是叫妳把孩子拿掉罷了，如果妳肯照做的話，我們根本就沒必要分手，搞不好現在都已經結婚生子了也說不定。我沒有錯，一切都是過度反應又咄咄逼人的妳的問題。

酒精有些蒙蔽了我的判斷力，讓我不由自主地去想一些我平常不會去想的事情。比方說，為什麼旁邊的女孩明明也算清秀可人，卻要和一個染金髮穿舌環的垮褲小子貼身熱舞？為什麼杯子裡的冰塊看上去像一隻很醜的恐龍？為什麼我一面有著想挽回妳的念頭，卻又一面樂此不疲地攻擊妳？

想挽回嗎？我被自己的念頭嗆了一瞬，然後才有些不甘願地向自己承認了，是的，我仍然有著想和妳從頭來過的想法。所以那些冷嘲熱諷，那些步步相逼，那些以打擊妳為樂的想法、事前指導證人精確地說出對妳們不利的證詞、以及那些不惜付出一切也要毀滅妳的動機，都只不過是我自我保護的一種手段罷了。

因為我知道，我再也無法得到妳了。而既然得不到，那就乾脆毀掉，免得自己老是三心二意，總認為還有得到的可能。一意識到自己沒有機會了，就先毀了那樣東西，看仔細那堆破敗的殘骸，藉此來了斷自己的念頭，這才是最明智的做法。我緊緊地握著杯子，凝視前方酒櫃中的瓶子上折射出淺淺光暈。這是我一向的處世哲學。

可我卻不禁想起妳每一分受傷卻又硬撐著不讓自己崩潰的神情，以及那些年少的往日裡，妳對我羞澀地笑得眉眼彎彎。

我不想再這樣下去了。真下不了手毀滅的話，我至少可以斷絕和妳相關的聯繫。一口飲盡了杯中液體，我有些笨拙地挪動手指，掏出手機撥給了秦國晉。

妳表達得那樣清楚。我哼了一聲，向電話另一頭的人開口。「喂，學弟啊。」

致　秦夏城

我有兩個媽咪。

這並**不正常**，我知道的，就和你一樣。而唯一不同的，大抵就是我真的很快樂很幸福，而你並不是。

小時候的我並不懂事，只知道媽咪是生我的媽咪，而曉涵媽咪是我的另一個媽咪，我有兩個愛我勝過一切的媽咪，我們真的很幸福。以前有好幾個早上，都是我跑下樓梯，看著各自在做早餐和看報紙的兩個背影，大喊一聲「媽咪」，就會看到她們二人同時回過頭來笑答。「怎麼啦寶貝？」

那時的我當然不懂什麼是正常的家庭什麼不是，只是偶爾會覺得疑惑，為什麼其他幼稚園的同學家裡沒有兩個媽咪？為什麼在別人面前我得喊曉涵媽咪為阿姨？為什麼我們從來沒有一家三口一起到國晉叔叔家吃過飯？

而媽咪給我的解釋是，因為曉涵媽咪是從金星來的宇宙戰士，她拋下了祖國的身分以求守在我們身邊，所以如果讓外面的人知道了她的身分，她極有可能會被祖國派來的人給抓回去，所以我們要守護好這個祕密，一起保護曉涵媽咪，讓她們能永永遠遠、長長久久地陪在我們身邊。

我相信了，和媽咪勾小指保證會好好守住這個大祕密，並且會在每次晚飯後爬上曉涵媽咪的大腿，撒嬌要她跟我說有關金星的故事。曉涵媽咪也總可以隨口說出一個又一個精彩的宇宙冒險故事，說到宇宙飛船時，還會將我整個人攔腰抱起在空中轉，最後一起摔進沙發裡哈哈大笑。

曾經我問過曉涵媽咪一次，為什麼要留在地球？而她的回答是，她原本是奉命保護金星公主的一名貼身女侍衛，直到有一回，為了來地球幫公主買好喝的咖啡，遇見了媽咪，她才發現她唯一想保護的人，就只有我們。「那時候我就知道了，妳們兩個才是我要守護一輩子的公主。」曉涵媽咪笑著告訴我。

「妳不要在小孩面前講這些有的沒的好不好。」媽咪沒好氣地笑著說。

「本來就是啊，妳是我的公主。」曉涵媽咪嘻皮笑臉地湊過去偷親了媽咪一下，又輕輕地撓我癢笑喊。「寶貝就是我們的小公主！」然後我們三人笑成一團，彷彿這就是最美好的時光。

只可惜這樣的幸福只延續了幾年，在我六歲那年，曉涵媽咪突然拋下我們離開了。完全沒有任何預兆，這樣一個每晚親吻我道晚安的人、這樣一個放棄祖國只為留在我身邊的人、這樣一個無時無刻都陪在我生命中的人，就這麼消失了。

我幾乎哭不出來，只是一再地回想我究竟有沒有在什麼地方不小心洩漏了曉涵媽咪的祕密，才害得她被抓回金星去？而媽咪則是心都碎了，她一連聲嘶力竭地哭了好幾天，就連向來最有辦法的國晉叔也勸不住，連發生了什麼事都不明白的他卻責無旁貸地天天往來我們家和他當時任職的事務所之間，一手包辦起我的生活起居，一句話也沒有多問地陪著媽咪哭到天亮。

等到我再長大一點，懂的事情更多了，也認識了你，我才明白了，其實曉涵媽咪並不是從金星來的宇宙戰士，她對外隱瞞身分只是為了保護我們不被外界的眼光瞧不起，而我們的家庭縱使再幸福也是**不正常**的。就和你們家一樣。

同時我也明白了，其實媽咪是很可憐的。她一定先是被我那不負責任的生父給拋棄了，才和曉涵媽咪在一起的，但是她後來又再一次被曉涵媽咪給丟下了，之後她唯一的依靠只剩下我和國晉叔叔，可現在卻連國晉叔叔也給她惹麻煩、也又一次地讓她失望。

我坐在電視前，看著新聞上的媽咪冷著一張臉走出法院，向來會把握記者的提問來扭轉己方局面的她、如今卻一概只用一句無可奉告來帶過。現在的媽咪，一定是在逞強著不要讓自己倒下吧。

門口突然響起了高跟鞋的腳步聲，然後是鑰匙插入鎖孔轉動的聲音，我連忙將電視切換成卡通台，換上一張笑臉跑到門口去迎接媽咪。而媽咪先是愣了一下，接著便將包包和鑰匙一丟，蹲下身用力地擁抱我，彷彿我是她在一整天的折磨之下唯一的依靠。

「媽咪，」我靠在她肩頭，小心翼翼地試著問道。「今天……」

「嗯？」

「……沒什麼，媽咪今天辛苦了。」我不願讓她擔心，於是咧開一個大大的笑容，用力環抱她。

只是那個梗在喉頭的問句像是扎在心上，每思及一次便使我的心痛一次。**秦夏城的家是不是毀了**？這樣短短十個字的問句我卻無論如何問不出口。

大抵是因為，這個問句背後更深刻的一層意思是，是不是像**我們**這樣不正常的家庭都無法長久？告訴你，我害怕聽到答案。而事實上，更令我害怕的是，我知道我心裡那個答案將會被給予肯定的回覆。

在這次事件發生前不久，你曾被老師叫去關切，大概是因為老師聽聞了些你被霸凌的風聲、且又害怕未宇叔叔會將事情鬧大，於是想向你確認是否真有欺負情事出現在你身上。

可問了半天你都不肯鬆口，低垂著臉一句話都不願說，無可奈何之下，老師只好將我叫去。「子幸，妳是班長，妳來說。」

被老師這麼一問，我心中陡然閃過幾個念頭：如果我幫著你告發蔡俊杰那夥小惡霸，是不是下一個就輪到我了？如果他們開始把矛頭指向我，我和你一樣不正常這件事還能隱瞞多久？如果我落入了你今日的境地，我有沒有辦法挺過去呢？又或者，我要有多久時間才會像你一樣失去為自己辯駁的勇氣？

我胡思亂想，遲疑了一瞬，還拿不定主意能怎麼回答時，就見你抬起頭望向我，露出了一個了然的笑容，微不可見地對我搖了搖頭。

於是我說。「沒有。」謊言脫口而出時總是特別乾澀，我嚥了口口水，試著擠出一個微笑來潤飾我的違心之言。「老師，蔡俊杰他們沒有欺負秦夏城啦！他們男生就是喜歡打打鬧鬧的，只是在玩而已，秦夏城**很好**，一點事也沒有。」

老師買帳了，隨口嘉勉了幾句課業加油之類的就放我們離開。回教室的路上，我們都沉默著，我想道歉卻又找不到自己的聲音，心裡甚至冒出了一句惡毒的話語來解釋自己的開不了口：**是你**要我別說的，所以不是我的問題，我沒有必要道歉。是你自己的選擇。

走到教室門口時你我不約而同地停下了腳步，像是在擔憂著你將面對的未來、也像是在無聲地弔唁你我之間虛假友誼的漸漸消亡，差別只在於面對這樣的沉默你倒是很逆來順受，而我所給予的，大抵也就是些偽善又無濟於事的擔憂。

就聽你突然輕輕說了一句。「沒關係的。」

我全身一震，幾乎不敢看你，卻見你對我空白地微笑，然後率先進到教室去，頓時被埋伏已久的蔡俊杰他們拿水桶給潑得全身濕透。他們一群人歡呼著彼此擊掌，將狼狽不堪的你圍在中間，一人一句地嘲笑辱罵。你則是面無表情地站在原地，任憑他們像對待垃圾一般地對待你。而我只能一個人站得遠遠的看著這一切，暗自痛恨自己的無能為力。

不，並不是無能為力。我有些自嘲地想，如果我願意去做的話，或許是可以改變些什麼的，可是基於我的自私、涼薄、和無可救藥的懦弱，我並沒有幫助到你。所以今天發生的這一切，是不是我也該負起相應的責任？

我不知道你有沒有看到，但我希望不要。今天放學時有幾家媒體在學校門口等著，逢人就問他們認不認識你，似乎想在初審這天從你的同學間挖到一些晚間新聞的題材。

我低垂著臉避開了鏡頭，卻見走在我身後的一幫男同學由蔡俊杰為首，嘻嘻哈哈地迎上前去，主動向記者表明了自己的身分——自然，是檯面上和你是同班了四年的同學這個身分，而不是私底下每節下課都把你當皮球踢的那一個——便恬不知恥地開始侃侃而談。「秦夏城他的兩個爸爸我們都常看到啊，家長會或是校外教學什麼的活動他們都會來，就是兩個很普通的叔叔，只是其中一個……」蔡俊杰咧嘴一笑，用前幾天在性別教育課上老師提過的詞來現學現賣。「陰柔一點。」

記者接著提問。「那秦夏城呢？他在案發前有沒有跟你們說什麼？你們對他失蹤這件事情怎麼看？」

還能怎麼看？我冷笑起來，聽他們用精湛的演技表示自己與平時拳打腳踢相向的你是摯友。「秦夏城喔？他平常在學校就是很安靜啊，然後很愛看書，大家都很喜歡他，」喜歡得在你失蹤的那一天早上，他們在教室裡把早餐倒在你頭上。「他沒有跟我們說什麼欸，」這是因為不論你說什麼，他們都不會聽。「我想他自己應該也很驚訝會發生這種事吧，真希望可以快點找到他。」他的笑容虛假而令人作嘔，享受著鎂光燈圍繞的同時通篇謊話說得臉不紅氣不喘，我幾乎想要上前在全國觀眾面前戳破他的假面具。

但是我沒有。我只是繼續垂著臉離開，坐上小林叔叔的車，安靜地回到家，打開電視關注今日法庭上的新聞，等待媽咪回家，試著粉飾太平，就如我過去一直以來所做的那樣，如此懦弱又不值得原諒。

整個過程中我都緊緊捏著手機，不知道是在期望你打給我、還是期望沉寂的冰冷手機永遠不要響起，不要讓你來怪罪我的無能為力。

我用力地擁抱媽咪，將臉埋進她的頸窩，試圖藏住自己的淚水，一邊盡我所能地壓抑下心中不斷迴盪著的小小聲音，一邊無聲地譴責有著這種想法的自己是如此卑劣。

我不想變得和你一樣。

致　張云暘

曾經有一次，我們在整理社團辦公室裡的檔案櫃，要將之前裡面所堆放的雜物清理出來，再將社團日誌歸檔進去。這個工作繁瑣而無趣，我們整理了一個下午都沒有完工。

我坐在長桌邊檢視每一本社團日誌，貼上側標以便之後課程規劃上的查詢，不經意間瞥了一眼時鐘，才發現我們已經在這裡待了四個小時了。我扭了扭僵硬的脖頸，打算去買個飲料回來讓妳休息一下，轉頭正想問妳要喝什麼時，就見妳盤腿坐在地上，身邊疊了高高一落的筆記本，動作利索地從櫃子中拿出一本本簿子，翻開檢視，而後一一歸類。妳把長髮順在同一側垂在胸前，半邊未被遮住的白皙脖頸被小窗投射進來的燦爛晴陽鍍上了細小的金色光芒，連帶著在妳的面頰上撒落顏色，映得那雙如貪睏的貓瞇起的眼眸晶亮而充滿笑意。

我就這樣瞧著妳的側臉不知時光流逝，直到妳從矮櫃的深處抽出一張照片後驚呼出聲，我才有如大夢初醒一般狠狠扭過脖子，心中暗罵自己實在太不得體。

妳沒有發現我的異狀，只是開心地轉過臉來向我揮舞照片。「秦國晉你看！是流星欸！」

「啊，這裡以前是攝影社的社辦，應該是他們拍到的。」我接過照片，仍是不敢看向妳的位置，故作冷靜地道。「背面有寫，是他們之前社遊在宜蘭拍到的。」

「好幸運喔……」妳拉長了尾音，托著腮很是嚮往地笑語。「吶，我們下次也去那裡玩好不好？」

事後回想起來，那大概就是我硬是用身為社長的特權把社遊的地點從淡水改到宜蘭的原因了。因為即便熬了幾天夜將住宿和包車的地點更動，當我在月光下疲憊地揉著後頸，望著妳因看見流星而亮起的明媚笑容，我頓時覺得什麼都值了。

那時的一切該有多美好啊。我嘆了口氣，按下妳房間的門鈴。可惜我們卻再也無法回溯。

妳幫我開了門，一如既往地微笑，而不知是房間內透出的光源抑或是妳溫柔的笑意太過晃眼，我微微瞇起眼睛，一時間突然感到無法直視。

「你來啦。」妳笑盈盈地迎接我。「快進來吧。」

「謝謝。」我進了房間，把鞋子脫了擺在門邊，換上妳遞來的拖鞋。以前要談事情都是妳到事務所來，所以這是我第一次能好好端詳妳的房間。妳住的是菁英套房，於是一進房門首先是一張辦公桌，再來是一個幾坪大的客廳，電視上播著某個從社群網站上抄來的新聞，妳摸過遙控器切斷電源，卻仍然有細微的聲音，我這才看見在電視旁有一道門連接臥房，裡頭隱約傳來電視的聲音。

「先坐吧，我去倒茶。」我依著妳的指示在雙人沙發上坐定，這才看到茶几桌上散落的數十張照片，妳看見了我的目光，於是笑著解釋。「我剛才在整理照片，所以有點亂。」

「怎麼突然整理起來了？」我看著其中一張城市煙火的照片問道。

「打發時間吧。」妳笑了。「成天關在房間裏很悶的，所以簡單分類一下，寫點註解，這樣以後要用也方便。再說，這些照片本來是要交給出版社的，但現在這樣的情況出寫真是不可能了，我就只好自己看看以前的作品，聊勝於無罷了。」妳指向茶几桌邊上的一角，瞇著眼道。「那邊好像有一些是我之前在你們家幫孩子們拍的照片，你看看吧，有喜歡的就自己拿走不要客氣喔，不是我在自誇，拍的是真的挺不錯的。」熱水壺發出沸騰的鳴音，妳彎身從矮櫃裡拿出一包茶葉，微偏過頭來看我。「金萱？」

「啊、謝謝。」我應了一聲，只禮節性地向照片上瞥一眼，看見夏城和天權並肩笑著的合照便像是被灼燒了視線一般地轉開臉，不敢再瞧下去，於是轉頭去看妳動作俐落地沖茶，不禁皺起眉。這房間太好了，連酒櫃和茶具組都一應俱全，從落地窗望出去便可以俯瞰整個台北市的夜景。我斟酌了一下用字，才小心地問。「張云暘，這間房間……不便宜吧？」

「對喔。」妳聽起來心情很好。「我沒記錯的話，一晚大概是一萬多吧。」

我有些埋怨地說。「我之前說了要找一間套房給妳妳又不要。」

「才不要呢，有飯店住為什麼要去擠那種小套房？」妳擺出一副土豪般的姿態說，然後又笑了起來。「開玩笑的，我這次回台灣本來就是來洽談出寫真的事情，所以是出版社訂的房，錢都已經預付了、不住白不住嘛，就算時間到了也沒關係，我自己付錢就是了，反正也才幾個月的時間，讓自己住得舒服一點也好，不是什麼大不了的事。」妳將茶放到茶几桌上，在我斜前方的單人沙發上坐下，笑咪咪地說。「偷偷告訴你，攝影師賺很多的，這錢我還出得起，反正以後也用不到了，不是嗎？」

我愣了一下，就見她輕巧地抿了一口茶，對我露出一個了然的微笑。「說吧，是什麼壞消息？」

「……我剛剛接到電話，是吳檢座打來的。」我有些支吾地說著，想起吳檢座方才在電話中說出的提議。「他要我建議妳，最好是認罪比較好。」

他聽起來像是喝醉了，說起話來有些大舌頭。「學弟啊，我就直接跟你挑明了講，這場官司你們必輸無疑了。但還好，你們很幸運。我基於某些個人因素，想盡快解決這個案子，所以只要你們認罪，我就會幫著向法官表示我認為她其情可憫，再加上她是個有醫生認證的神經病，你們主打她在犯案當下神智不清無行為能力，應該可以爭取到只判二十年，這樣你女朋友只要被關十年就可以假釋了，這樣如何？」

我一來不知該如何反應，二來也怕其中有詐，只能有些僵硬地說。「吳檢座，殺人罪是不能認罪協商的。」

「廢話。」他哼笑了一聲。「你是檢察官還是我是檢察官啊？我現在跟你說的都不是檯面上那一套，是我私下向你提出的建議。你自己想，如果我們檢方釋出了認為被告深具悔意、其情可憫之意，再加上你們順勢打一些感情牌，降低刑期是可想而知的吧？」他停頓了一下，聽起來像是又灌下一杯酒。「總之，我話說到這，要不要隨你。然後既然這是一場不會再有別人知道的談話，我就打開天窗說亮話了，今天你女朋友這樣在法庭上真情大告白，所有的輿論都認為她是個神經病殺人犯，法官也認為她毫無悔過之意，這下不用說是無罪了，她不是被判死刑就是被判無期徒刑，要怎麼決定，你自己看著辦。」

他一說完便直接掛我電話，而我有些茫然失措地來見妳，不知該如何是好，最終也就只能小小聲地向妳說。「檢察官說，如果妳願意認罪的話，他會幫著向法官求情。妳現在的情況，最樂觀的判決是無期徒刑，最悲觀的……」我嚥下死刑二字。「但他認為他有把握能爭取到判二十年，這樣假釋下來，只要十年就可以出來了。」

我幾乎不敢看妳，卻聽妳很輕鬆地笑了起來。「從無期一下跳到十年啊……還不錯啊，很划算呢。」妳笑著說。「那句話怎麼說來著？十八年後還是一條好……」妳笑著笑著突然就落下淚來，連妳自己也像是被嚇了一跳，慌亂地放下茶杯，摀住臉，顫抖著聲音說。「啊、對不起等我一下，我不是真的要哭我只是、我沒有要哭……你不要看我。」

我愣了一下，上前正想勸，卻聽妳一字一句哭著說得那樣真切。「秦國晉，我不想認罪。」妳抬起臉來看我。「被判死刑或是無期徒刑是一回事，所有人都覺得我有罪也是一回事，但是，如果我真的認罪了，我就是……認了。」

「秦國晉，這個人是你啊，我不想背負上殺了你的孩子這個罪名，我不想要給你一個憎恨我的理由，我不想、不想再也見不到你……」

這是事情發生以來，甚至是我認識妳以來，我第一次見妳哭得如此失態，妳總是笑臉迎人，將所有的情緒藏得太深，從來不曾在別人面前展露痛苦。所以現在的妳，是真的崩潰了吧？

我望著妳不住拭淚的模樣，不禁想起當年那個純淨美好、在韶華中陽光裹身，像是值得得到最好的那個妳，心中一痛，突然好奇起妳是從哪一刻開始就失去了那份最乾淨純粹的笑容。

妳不願再也見不到我，而我又何嘗不是？

和電影中演的不同，人類針對基於地球物質對太空世界的汙染，實際上有著嚴格到不可思議的規定。其中一個預防措施就是，在太空船可能污染其他世界之前，就先毀掉它。

其實在**那一天**之後，我總覺得自己就像是失去了所有的熱情，對任何事都再也提不起勁，無時無刻總想起妳平靜到近乎決絕地對我說。「如果有一天，你放棄天文了，請你再來找我。那時候我會再把這句話告訴你。」就像我的世界裡下起了一場怎麼樣也不會停的雨，而我就是用盡任何手段也無法阻擋，僅能任由冰冷的雨滴侵襲我的意志。

很快的，我就意識到這樣下去不行，曾經放棄一切也要追求的天文夢，如今卻像是阻礙我人生的絆腳石，我無法思考，無法專心，於是我不想再浪費時間，在第一學年結束後通知了父母一聲，逕自辦了休學返回台灣，報考我當年放棄了第一志願的法律系轉學考。對於我的這個決定，父親自是欣喜若狂，完全沒有多加過問，而正值熱戀期的未宇更是高興，自說自話地認定了我就是要回國陪他。

接下來和未宇開始同居，認識了陳珺，大學畢業，考上律師執照，結婚，收養夏城，創立事務所，生下天權。我的人生在放棄了天文後仍舊一步步前進，甚至比以前都要過得更好，可我卻始終沒有放棄過尋找妳的念頭，只是一直不能得償所願。

而如今，妳就在我身邊，我花了十多年尋找的人，現在就坐在我面前，哭著說不願失去我。

我在這個瞬間想到了很多，痛哭失聲的未宇，下落不明的夏城，死狀悽慘的天權。我想到了陳珺是怎麼痛心疾首地指責我，以及社會大眾是用怎麼樣的眼光在瞧不起我，甚至我自己都過不了心底強烈罪惡感的這一關。我知道，若是**這麼做**，無疑是要放棄許多東西。

可妳是我最珍貴的朋友，而我所顧慮的那些都早已是既定的事實了，妳的未來卻還沒成定局，我還可以努力一次，再為了妳努力一次。

曾經我不惜讓父親失望也要去追求天文這個夢想，可就連那樣愛逾生命的天文我都捨卻了，現在為了妳，還有什麼是不能放棄的？

我對不起未宇，對不起夏城，對不起天權。

這麼做是在將我自己逼上一條無法返回的道路，可是為了維護妳，最珍貴的妳，最重要的妳，我必須先行毀滅一切。

我坐到妳身邊，輕輕地攬住妳肩頭，見妳靠在我肩上泣不成聲，終於還是痛下決心定意孤注一擲。

致　李天權

去討論發現外星生命這件事情，到了最後往往會變成討論其存在所代表的隱含意義。

同理，討論天堂也是一樣的。並沒有人真正在乎天堂究竟是什麼樣子，他們所在乎的，只是希望知道自己死後將會是面臨什麼樣的世界，藉此來降低對於死亡的恐懼感。

而當我還是你這個年紀的時候，我對於天堂的幻想每天都不一樣。

有時候天堂是穿著白衣的人們在長長的隊伍裡等待投胎，有點像在醫院裡等待叫號看診的情形，只是天堂的叫號機會是金色的，長得有點像豎琴，在叫號前不會發出刺耳的嗶嗶聲或是機械化的電子女聲，而是悅耳的輕音樂。有時候天堂是一座圖書館，每個人都有專屬自己的白色沙發，裡面的每一本書都是一個人的人生，我可以盡情地回顧我的一生，也可以翻看他人的故事，並且對於那些在人世間尚未發生、但我卻已在書上讀到的事情感到惋惜卻也無能為力，有點像是在讀一本精采絕倫的小說，卻已被提前告知了結局。有時候天堂是一座人群來來去去的火車站，有人會不耐地低頭看錶，有人會坐在月台的長椅上享受微風，有人會向另一個人道別，不必急、也不必趕時間，只要下定好決心了，隨時可以坐上火車，至於我所前往的下一站將是哪裡，只有我自己可以決定。

那你可能會問我——算了，當我沒說，你根本不會問我任何事，你甚至從來不會跟我說話——現在的我又覺得天堂是什麼樣子呢？

我只能這麼說，別傻了，親愛的弟弟，別傻了。我已經不相信天堂存在了。

又或者應該這麼說，我已經放棄了、仍然相信有天堂存在的那種美好想望了。

床頭櫃上的電子鐘跳了一格，20:57，我瞄了一眼電視，畫面上是一個不知名模特兒的戀愛緋聞。20:58，我沒有抬頭，只聽聲音似乎是一個國外動物園的可愛影片。20:59，我坐起身來，默默地看著一個從網路上抄來的無聊題材。

21:00，我短暫地闔上眼睛又睜開，要開始了。

晚間九點的頭條新聞總是同一個主播，她掛著甜美的笑容，用一種嗜血的興奮感一字一句地說著今日第一次開庭的情形，並用大篇幅的報導分析云暘阿姨當庭對爸爸告白的驚人之舉，我的臉上不禁浮起一個空洞的微笑。

她做了這些事情，如果這也算是愛。

不了，可也或許是，她**做了**這些事情，如果這都不算愛。

我看著電視上的云暘阿姨掛著淺淺的笑意，突然又一次無比恐懼無比深刻地體認到，我與這個人是有多麼令人作嘔的相像。

記得當初第一次見到爸爸時，就像出自於一種動物求生的本能，我的視線定在他凝視著我的目光上，便即明白了，他就是那個能將我從這個噩夢深淵中給拉出來的救星。他看著我的眼神是那樣溫柔，彷彿他從我身上得到了對於過去所緬懷的一個寄託，甚至在一個微小的瞬間，我能從他對我微笑時，看見他眼中隱約閃動一種即使是出自於投射心態、但也確確實實是愛的情感。

他是可能會愛我的。我是可能會被愛的。

就像攀附住了生命中第一次出現的浮木，我緊抓著這一絲可能被人愛的曙光，盡我所能地觀察他的神情，注意著他會因為我的什麼動作和表情而露出溫柔的微笑，便著意留心下來，一點一點調整自己成為他所喜歡的模樣，最後再在自己溫和的笑容之中合上了一絲可憐兮兮的孤寂意味，擺出一副堅強的姿態，笑瞇瞇地抬頭向他揮手道別。「叔叔再見。」我微笑著說，刻意在眼神中加上一些小心翼翼的探詢。「下次再來玩喔。」如此便成功地讓他笑著答應了，會再回來探望我。

之後一步一步走著，我都是那樣步步為營煞費苦心，想方設法地騙得爸爸收養了我，讓我有一個家，讓我是被愛的，我好不容易才得到了這一切，我才不要放棄這一切，才不會輕易地讓你的出現來破壞這一切。

天堂。

「不知道現在上了天堂的李小弟弟，若是聽到這名嫌疑犯對自己的父親告白，該會是什麼樣的心情。」主播對這則新聞下了一個結論，而我瞄了身後的門一眼，終於還是有些諷刺地笑了起來。

我為什麼會在這裡？

啊、是了是了，你被殺害了，我親愛的弟弟死了，我得幫忙追蹤兇手。

我這麼試著說服自己，然後過了一會，不禁對自己微笑了起來。

致　李未宇

一旦進入了星際太空，我們就是真正進入了未知的領域。

等到張云暘的情緒穩定了一些，我再三向她保證我們不必認罪、我一定會陪她奮鬥到底，終是哄得她破涕為笑後，已經是將近十一點的事了，我加快速度回到陳珺家，輕手輕腳地開了鎖，發現客廳是全黑的，陳珺八成是睡了。我鬆了一口氣，躡手躡腳地進了門，正想直接回房時，卻突然聽到身後傳來一個識諷意味十足的聲音。「捨得回來啦。」

我嚇得幾乎弄掉了公事包，有些僵硬轉身一瞧，只見陳珺一副等著我回來的樣子坐在沙發上，而子幸則是枕在她的腿上睡得香甜。陳珺一面輕撫女兒的頭髮，一面冷然地瞪視我，她凌厲的眼神像是能看穿我，讓我瞬間有一種夜歸青少年被父母當場抓到的尷尬感。「呃，我剛才去……」我試著解釋。

「我不想知道。」她冷哼一聲打斷了我，抬了抬下巴示意我上前幫忙。「子幸睡著了，幫我抱她回房間，我腳麻了動不了。」

「好。」我應了一聲，小心翼翼地將子幸抱上樓，樂得有理由能逃開。

輕輕地把子幸放回小床上，替她蓋好被子後，我看著她熟睡的側臉，突然想起當天權剛出生時，我們每晚也都是像這樣哄著他睡著。

天權並不是一個好帶的孩子，他太神經質、愛哭、且需要人陪，我們二人工作都忙，又沒有帶這樣小的嬰兒的經驗，是以常常感到力不從心。那時你要求我，無論工作再忙，都一定要趕回家和你一起哄他睡覺，你希望讓天權從小就明白，他是個被愛的孩子，是**我們的**孩子。

有好幾次我們又是拍又是哄又是唱歌的努力之下，在他終於肯沉沉睡去時，你會拉住我的手，相視而笑，彷彿這就是生命中最幸福的時光。

你和孩子們曾是我生命中最重要的一切，可現在，我卻有了更重要的事物要守護。

不能再想下去。我撇開臉，替子幸扭開了小檯燈，回到客廳時見陳珺維持著相同的姿勢冷冷地瞪我，卻已經開了燈和倒了水來。我在她對面坐下，試著說些什麼。「陳珺，我……」

「閉嘴。」她咬著牙說。「我還在生你的氣。」

「……對不起。」我自知理虧，只能彎下脖頸，深深地向她道歉。「我知道妳是為了幫我，我今天不該說那些話的，是我不好，對不起。」

面對我的道歉她卻沒有回應，只是安靜地凝視著我，最後才沒頭沒尾地吐出一句。「這真的是你要的？」

我沉默著直視進她明顯不滿的眼中，突然記起了你從最初就不停地以各種金錢手段壟斷的媒體操作來無情地毀滅張云暘的意圖，以及這十八年來，你明知我一直在尋找她，卻蓄意隱瞞著讓我一再和她擦肩而過之中所蘊藏的背後意涵。

因為你恨她。而我絕不能讓你的冷血，和那份一廂情願地將自己對她的恨意與殺了我們兒子的兇手給連結在一起、想利用自己的私怨將她送進地獄的這份自私，來毀了我如今要好好守護的、最重要的她。

「對。」於是我向陳珺堅定地應承了下，再也沒有遲疑。

「那好，」她一字一頓地說。「我會幫你。」她像是很疲憊地閉上眼，再看向我時便已下定了決心。「你知道的，再這樣下去，我們必輸無疑。」她的聲線冷酷，眼神中卻隱約透出一絲悲憫的意味。「現在只有一種說詞可能會成功，該怎麼說、該怎麼做，你比我更清楚。」

我沉默了一陣，極力避免讓自己想起我們的兒子，唯有如此只有如此，我才能做出**這樣的**選擇。良久才輕聲向她說。「我知道，我也已經想好了。」

聽著我緩緩道出毀滅一切的方式和具體行動，她卻毫無動搖之色，像是早已預料到了這個局面。

而我依稀有些渾噩地想起，陳珺曾經說過，一個好的辯護律師永遠會想到三步以後。

又是誰說，要想成為一個優秀的辯護律師，必須先學會泯滅人性。

「需要我代替你嗎？」陳珺聽完我所有的計劃後問了一句，這是她最大限度的溫柔。「這對你而言是太沉重的代價。」

「沒關係，我去。」我揮開了腦海中你心碎的模樣，面無表情地應承了下。「總得有人下地獄。」

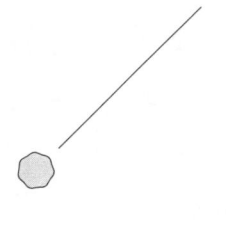

第七章
白矮星

白矮星是由簡併態物質構成的小恆星。其微弱的光度來自於過去所儲存的熱能。

它同時也被認為是中、低質量恆星演化階段的最終產物，內部不再有物質進行核融合反應，因此不再有能量產生，也不再由核融合的熱來抵抗重力崩潰。經過漫長的時間，白矮星的溫度將冷卻到光度不再能被看見，成為冷的黑矮星。

所幸，現在的宇宙仍然太年輕，還不可能有黑矮星的存在。

致　陳子幸

訴訟是事實——過去發生的事件或事物——的再創造。

第二次開庭的這天我五點就醒了。說是不睡了或者要來的更恰當些，昨晚我幾乎沒什麼睡，翻來覆去了一整夜，在心裡用今生所學的所有髒話痛罵了秦國晉一頓，直到清晨才終於迷迷糊糊地睡下，卻又一再被惡夢驚醒，幾次下來發現已經五點了，天邊也隱約透出了一層濛濛的慘白，便再沒了睡意。

我坐起身，在床沿呆坐了一會，讓早晨慣有的貧血症狀退去後，才突然想起了曉涵，想起了秦國晉，也想起了妳。

我想了很久很多，想到了我即便身為律師亦有的那些自身堅持的底線，想到了這十多年來秦國晉是如何照顧我的體貼，想到了我一直以來是怎麼拚盡全力也要保護妳的意味。

最後我站起身，瞄了床頭櫃上我們全家人的照片一眼，不禁有些厭惡地斜起嘴角，這才下樓做飯。我簡單地烤了吐司，煎了培根，炒了蛋，倒了柳橙汁，煮了咖啡，便完成了一桌簡易的早餐。

我站在流理檯前簡單沖洗了下油膩的煎鍋，這時已經梳洗好的秦國晉西裝筆挺地走進廚房，站在我身後向我微微點頭道早安，而我冷冷瞪了他一眼，無預警地用力肘擊他，見他摀著肚子彎下腰，心情這才好轉了些。「先幫我把早餐端上桌，我要去換衣服了。」

回到房間後，我穿上絲襪，換上套裝，仔細地上了精緻的妝，蓋去我並不完美的瑕疵，遮下雀斑、勾上眼線、替蒼白的唇妝點好社會期待女人該有的唇色，挑選適合的項鍊搭配，最後在頸間和手腕內側噴上香水便大功告成。我望向鏡中的自己，抿起一個微笑，這個人看上去專業，自信，美麗。

卻一點也不像我。我平靜地看著這個陌生人，只希望能隨著這樣的外貌一同將自己給埋葬。

我下樓時發現妳已經起床了，正穿著睡衣和秦國晉一起安靜地坐在餐桌前。我看著妳蒼白的臉蛋，直覺得口乾舌燥，一句話也說不出來，最後便也只能擠出一聲乾澀的早安。見妳回以平靜而不帶情緒的笑容，我不禁想起了小夏城，也想起了自己為幫助秦國晉而下的決心，一時間有些自我厭惡，重重地撇開了臉不敢再看妳。

我想要找回小夏城。這些日子來我們請了最好的私家偵探發布了無數次懸賞獎金的訊息，卻只招來幾張即便拍攝得模糊不清卻也能明顯看出不是他的照片、與一些毫無用處的小道線索。和秦國晉逃避現實式的麻木不同，我始終沒有放棄過欲找尋他的念頭，一直期盼著只要能找到他、或許就能連帶找回我所認識的那個秦國晉，以及能保全妳不受傷害的方法。小夏城是我唯一的希望了。

可如今很諷刺的是，為了保護秦國晉，我竟讓小夏城成為了我們另一種意義上的**希望**。我是個太惡毒又太卑劣的人了。我垂下眼，一時間竟覺得有些想哭。

整頓早飯的過程都是沉默的，妳勉強喝下了一杯果汁，吃了兩口吐司，便稱沒有胃口，要上樓換衣服。我連忙喊住妳。「寶貝，不用急著換衣服沒關係，妳今天不用去上學。」

「為什麼？」妳狐疑地望向我。

因為今天是世界末日。「因為最近妳表現得很好，所以妳今天可以在家裡好好休一天假。」我堆起笑容，拉起妳的手陪妳去客廳看卡通，等到吃完早飯的秦國晉將餐桌收拾好後，我這才親了親妳的面頰，用力地擁抱妳，聲音有些顫抖。「媽咪要出門了，很快就會回來。」

出門時我彎下身穿高跟鞋，秦國晉便順手將我的包包接了過去，先到前方按電梯。是以當我直起腰板，看著那個一身西服卻突兀地揹了個女用手提包的背影站在我前方幾步微掩著嘴打呵欠，突然就熱淚盈眶，想要好好地珍惜面前這個人與我一起擁有的歲月靜好。

更甚者是，我從其中看見了我過去和曉涵共同有過的一切。曾經她也是像這樣幫著我拿包包先去按電梯，曾經她的笑意也是這樣溫和，曾經她也是這樣在保護著這個家。而我卻不知道我所做的，即將做的，究竟是在破壞現有的美好時光，抑或是在竭盡全力地去維護這一段我想珍惜的歲月靜好。

無論如何，我得保護妳。我眨掉眼底的淚，走向前抬臉迎上秦國晉的目光，見他有些擔心似地皺起眉，輕輕扶著我的背進電梯，我瞄了他一眼，不禁嘆了口氣。我也得保護他。

秦國晉堅持他今天要親自去接張云暘，我也不費心思去阻攔他，於是我們分別開車前往法院，在停車場會合。我摔上車門，上了中控鎖，任憑電子鳴音尖銳地刮在我的耳膜上。我完全不去理會秦國晉身後一襲米白套裝、看似楚楚可憐的張云暘，只是逕自走到秦國晉面前。「準備好了？」

「嗯。」

「那走吧。」

只是這樣乾脆俐落的三句話，我們便結束了這段或是招呼或是問答，可我明白這更像是再也無話可說了。

我們沉默著並肩走向法院，毫不意外地有大量的記者迎面撲上來，用一個個棘手的問題砸得我有些頭暈。如意料之中的，秦國晉率先伸手護住了張云暘，冷冷地用無可奉告四字來試著擋下這一切。可接著，他的下一個動作，是將被人群擠得踉蹌了幾步的我護在身旁，緊緊地抓著我的肩頭，怎麼樣也不讓放。

我有些詫異地瞄了他一眼，抿起嘴一句話也不說，只是安靜地感受著他手心的溫度透過我肩上薄薄的布料一路傳達到心口，滿滿的都是他試圖保護我的意味溢於言表。

大批的鎂光燈閃爍令我微微瞇起眼睛，只感覺空氣有些稀薄。

檢方這回傳證的是秦國晉家的幫傭劉嫂，她是個總是笑臉迎人的矮胖婦人，性格開朗，燒得一手好菜，已經在秦國晉家工作了五、六年。她很喜歡妳，見了妳總不像對秦家的兩個孩子得喊少爺那樣拘束，每次我們去拜訪，她都一定會烤妳最愛的餅乾給妳，再用可愛的小紙袋裝滿點心讓妳帶回家。她就是這樣一個熱情善良的好人。

只可惜就連這樣好的她，我們今天都得一併毀滅。

「劉女士，請您說說事發當天的情形，一整天都發生了些什麼事，請您盡量說。」吳品瑞完全不浪費時間，一開口便直接問道。

「呃，那天早上李先生就交代我說中午有客人要來，所以他今天不去公司了，讓我把客廳打掃乾淨，還要準備午餐和一些茶點。」她嚥了口口水，有些緊張地說。「我問了，知道是張小姐要來，因為她比較挑嘴，所以我就出門去買一家比較精緻的蛋糕回來。弄了早茶餐給李先生和小少爺，然後收拾客廳，告一段落後就去準備午餐，大概是十二點十幾分的時候司機就先接大少爺回家了，啊、那天是星期三所以大少爺是中午放學，接著大約十二點半左右，張小姐就來了。」說到這裡時她有些畏縮地瞥了被告席一眼，才繼續道。「他們在吃午餐時秦先生打電話給李先生，說是今天不回來吃晚餐，所以先生就邀了張小姐留下來一起吃晚飯，張小姐也答應了。然後等他們吃完午餐就移動到客廳去，我備好茶點後就去收拾廚房和餐廳，然後在我洗衣服的時候先生突然喊我，說是公司有要事，他得出門一趟，又吩咐我說張小姐要留下來吃晚飯，讓我記得準備一些好菜招待。」

「然後呢？」聽說劉嫂把幾句話可以講完的事情應是絮絮叨叨地說得那樣長，吳品瑞卻完全不顯不耐之色，氣定神閒地接著問下去。

「接下來我就在客廳待了一下，看少爺和張小姐玩得很開心，我就先去看冰箱有什麼可以用來準備晚餐的食材，可是發現材料不夠，所以我就拜託張小姐幫我顧一下，我去買了菜很快就回來。」

「所以只有張小姐和兩個孩子單獨在一起囉？」吳品瑞故作驚訝地再次問出他早已知道答案的問題。

「對啊，家裡不會有別人。」

「那麼，回來後您看到了什麼？」

「我回來的時候，發現大門沒有關好，是半開的，推門進去時注意到張小姐的原本放在玄關的鞋子不見了，我擔心可能是出了什麼事，所以趕快跑進客廳，就看到……」她嚥了口口水，像是餘悸猶存一般顫抖著嗓音。「看到客廳裡有一大灘血，小少爺人躺在地毯上，動也不動，我嚇壞了，一直叫他也叫不醒，只好趕快報警求救。」

「那麼請問，就您身為第一發現人所認為的，」吳品瑞滿意地微笑，拋出最後一個問題。「最有可能的兇手是誰？」

「我當然是不能確定啦，」她看了張云暘一眼，接著斬釘截鐵地道。「但我想應該就是張小姐了。」

這是我和他共有的一個小祕密，就連李未宇和曉涵都不知道，在妳國晉叔叔他看似溫良恭儉讓這樣的冷情冷性外表下，他其實曾經在一時的憤怒之下出手揍過人。

那是大學的一次班聚，地點被選定在夜店，從未涉足過那種地方的我興致勃勃地想去，也死拖活賴地拉著心不甘情不願的秦國晉陪我一塊出席。他一向討厭這樣吵雜混亂又人多的地方，於是只勉強陪我喝了一杯不含酒精的飲料就告退。「我要回去了。」那時的他深深皺著眉，避開一名隨著音樂忘情擺動的少女，湊過來在我耳邊大喊。「未宇他知道我來這種地方已經在不高興了，我如果太晚回去他肯定又要鬧脾氣。」

「少拿李未宇當藉口！」我笑著罵他。「你就只是不想和同學互動而已，哪來廢話這麼多。」

「說是班聚根本也沒有聚到不是嗎？其他同學散的散、喝酒的喝酒、那裡還有一群男生組成一隊去搭訕了。」他抽動了一下嘴角。「結果還不就是我們兩個在聊天？要這樣的話我們明天去吃飯就好了，幹嘛在這裡人擠人的。」他說著就想拉我一起走。「好了，妳也跟我一起回家吧。」

「好什麼啦！我才不要！我想再待一下，你自己先回去吧。」我甩開他的手，對他做了個鬼臉。「自閉鬼。」

而他先是對我回以一個假笑，接著猛然變臉，壓著我肩膀一字一句鄭重地說。「不要喝太多，早點回去，到家跟我說一聲。」

我敷衍著直到像個老頭子一樣的他離開，輕輕地隨著音樂哼唱，和幾個女同學聊了一會八卦，又喝了一杯調酒，足足多混了快兩個小時才心滿意足地起身離開，拿出手機想打給當時的男友吳品瑞，卻發現被我調成靜音的手機上有好幾通未接來電，正想查看時，卻驀然被一名陌生男子用力地拽到一旁去。

那人將我困在他與吧檯之間，意圖使旁人以為我們是一對情侶，言語輕挑地一直往我身上靠。周圍的音樂和人聲太過吵雜，而他的力氣又太大，我就算使盡全力掙扎尖叫也無法逃開，心知他意圖不軌，我怕得幾乎要哭出來。

白馬王子就是在這時出現的。他用力推開那名變態，一把將我扯到身後護著，怒聲喝道。「你在幹什麼！」出乎意料的是，救我於危困的王子卻不是我的男友吳品瑞，而是不知道為什麼折返的秦國晉。

變態男子見秦國晉一副氣急敗壞的樣子，卻也不怕，反而還有臉振振有詞地道。「沒有啊，大家交個朋友嘛！都出來玩了還這麼嚴肅幹嘛？」

「誰跟你交朋友啊！」秦國晉氣得臉都青了。「分明是你在騷擾她！」

「你怎麼就知道一定是我先的？搞不好是她先貼上來的啊！」變態男子厚顏無恥地說。「拜託喔，都上夜店了還以為她是什麼清純小公主嗎？少來了啦！妓女裝得跟處女一樣，笑死……」

他的後半句話淹沒在慘叫中，我目瞪口呆地望著伸手揍人的秦國晉，見他一邊甩著手一邊像氣瘋了似地怒目瞪視被他揍倒在地上的變態，然後才像是回過神來，意識到自己方才在大庭廣眾下犯了傷害罪。他沉默了一下，反手拉住我，低低地拋下一個字。「跑。」

撥開了圍觀的人群，他拉著我一路跑到兩條街外才停下，在我還沒來得及喘過氣來之前，他摔開我的手劈頭就罵。「妳知不知道這樣很危險啊！如果我沒有過來的話妳要怎麼辦！妳一個女孩子在這種地方本來就要提高警覺！妳明知道我不在妳怎麼不和其他同學待在一起比較安全？如果妳被……被怎麼樣了怎麼辦！」

我看著平時連說話聲調都不變一下的秦國晉這樣氣急敗壞地罵著我，那些急欲保護我的感情溢於言表，我從方才就隱忍至今的恐懼揉合了現下的情緒一同潰堤，再也沒能忍住地掉下淚來。

秦國晉原先的罵聲嘎然而止，他像是嚇壞了，連忙從口袋中掏出手帕遞給我，試著安撫我又不知能說些什麼，最後只能笨拙地輕拍我的背，慌亂地道歉。「對不起啦，是我不好妳不要哭了，是我不該把妳一個女生丟在那裡，我不該罵妳的對不起、欸好了妳別哭了好不好，對不起對不起……」

我不理會他焦急而破碎的歉語，只是抓過他的右手，聽他吃痛地輕嘶一聲，不禁哭著問。「痛不痛？」

「不會啦。」他見有機可乘，連忙抓緊機會笑著安撫我。「說起來，還好我爸並不是期望我當一個醫生而是當法官，這樣即使我手受傷了也不用擔心再也不能拿手術刀，反正當法官的話就算只剩左手，也還是能敲小槌不是嗎？」

他竭盡所能的笨拙誘哄終於還是逗得我破涕為笑，我擦去了眼淚，真摯地向他說。「謝謝。」

直到好幾天後我們才又聊起這件事，我這才想到要問。「那時候你不是回去了嗎？怎麼又跑回來？」

「我打了好幾通電話給妳，想問妳到家沒，結果妳都沒接，我不放心，怕妳一個人在那裡出事。」他平靜地吃下一口麵，用一種無比理所當然的態度說。「我得保護妳。」

是啊，這個人一直以來都是最保護我的。與其說是朋友、夥伴或是兄弟，他更像是我的家人。這些年來，我被說過要保護我的吳品瑞拋棄了，我被應該要保護我的父母給逐出家門，我被發誓了要保護我的曉涵給丟下了。我什麼都沒有了。

多少年來，唯一一個始終如一陪在我身邊的人，留下來保護我，照顧我，把我當成家人一般在罵、在寵愛、在疼惜的人就只有秦國晉了。

是以我心裡就算有再多不滿，再多的不願，甚至再多的憎很這個人的無知無覺和笨拙，我還是把他當成了最重要並且唯一的家人。

以前都是他在保護我。我偏過臉去瞧他，只見他似乎有些擔心我會阻止一般地望著我，我甩開了所有的念頭，對他微笑。現在，我當然、當然也得保護他。

秦國晉拉了拉袍子站起身，向劉嫂點了點頭，才不慌不忙地開口。「請問，在事發當天的死者是誰？」

「呃，是……」劉嫂愣了一下，向來敬畏秦國晉的她囁嚅了一會才小小聲地回答。「是……小少爺天權。」

「那麼，除了天權以外，當時在您離開去買菜前，在家的還有誰？」

「張小姐，和大少爺。」

「那麼等您回來時，這兩人都還在嗎？」

「都不在了。」

「請問，您方才對檢方說，您認為張小姐是兇手，您的理由是基於她是最後一個和天權相處的人之一，且客廳無其他人出入過，並且當您回來發現了天權的屍體時，張小姐人已經消失了。並且在鑑識人員調查凶器上留有的指紋，就只有張小姐和大少爺的。」秦國晉平靜地敘述著，而吳品瑞則是有些警戒地抬起頭，像是不明白我們為何要繼續這樣的困獸之鬥。「您是否基於這些原因，才認為她是兇手的？」

「呃，是的。」

「那麼請問，基於同樣的理由，您認為，」秦國晉的神色淡漠，每一個字都說得很輕很慢。「有沒有可能，兇手是體型足以用氣窗逃逸、且也在院子圍牆上留下翻牆痕跡的、如今人消蹤匿跡的大少爺夏城？」

我閉上眼睛，聽著四周如意料中地響起一片譁然，李未宇尖叫著起身哭喊，吳品瑞拍桌大喊抗議，張云暘驚愕了一瞬又歸於平靜，旁邊的民眾像是不可置信地交頭接耳，法官則大聲地喊肅靜。而我睜開眼，看著這一切的混亂毫不動搖。這就是世界末日。

而我卻不能確定我想要守護的一**切**，是否能在這場我一手造成的災難中倖存。

致 秦國晉

這件事我從來沒有告訴過任何人，但在天權三個多月大的時候，有一晚你陪著我把他哄睡了後便趕回事務所，而我則是拿著公司的文件坐在嬰兒房裡，一面輕輕地推著搖籃一面翻看。過了一會，天權突然開始哭了起來，我連忙又是抱又是哄卻徒勞無功，後來終能辨認出他是餓了，我便輕手輕腳地將他安置回搖籃內，趕緊下樓去泡牛奶。

當我回到嬰兒房時，卻只聽天權的哭聲弱了些，而不知何時出現的小夏安靜地站在搖籃旁，抓著小毯子高舉過天權的臉，以至於將他的哭聲悶得那樣弱。從我的角度看過去，只能瞧見小夏被籠罩在細微陰影下的半邊側臉，我無法確定他究竟是單純地想替自己的寶貝弟弟蓋上毯子，抑或是有更深一層的涵義在這個動作之中。

自從我再見了張云暘，意識到你是被我偷來的、以及小夏和她是多麼令人作嘔的相似後，這兩個毀了我完美婚姻的幻象便一直纏繞著我，迫使我去破壞些什麼以防止自己的心四分五裂。

我破壞了我與小夏之間的關係。

我知道的，在那之後我再也無法同以前一般待他親厚，而他的笑容也從一開始天真無邪的燦爛笑意，漸漸扭曲成現在那樣令人生厭的平靜微笑。我再也無法從他一成不變的笑顏中讀懂任何情緒。

我緊緊地捏著奶瓶，深怕刺激到他，盡量裝作若無其事地喊了他一聲。「小夏？」

卻只見小夏無比自然地將被子下調了一些到適切的位置，替天權掖好被角，一轉身對著我就是一個完美無缺的微笑。

「有沒有可能，兇手是體型足以用氣窗逃逸、且也在院子圍牆上留下翻牆痕跡的、如今人消蹤匿跡的大少爺夏城？」

你的這句話一脫口，便像是在整個法庭內投下了一枚震撼彈，我幾乎能看見火焰在你我之間築出了一道牆，透過搖曳的火光我只能看見你的面無表情，連同張云暘那張完美無瑕的笑容，將早已體無完膚的我給生吞活剝。

我完全崩潰了，再也沒有忍住地站起身，推開所有試著阻攔我的人，衝上前越過欄杆，卻立刻被法警擋下，身後也隨即有人拉住我勸我別激動，我卻誰都不理，越過法警對著你尖聲怒吼。「你在說什麼秦國晉！你怎麼可以說這種話！」我不顧這麼做有多丟臉、不顧所有人都在看、不顧這段時間以來我苦心經營起的形象，用力地揮舞雙臂，失態地對著你痛聲叫罵。

你怎麼可以這麼說！你怎麼可以說出這種話！你怎麼可以把這種事情**說出來**！我滿心的憤怒、恐懼、以及不可置信，死命地瞪著你，嘴裡無意識地叫嚷著我自己也聽不清的咒罵話語。

為人父母的愛不是應當既深沉卻也盲目、無論如何都要以守護子女為第一要務，就算孩子真是殺人兇手也要想方設法瞞天過海維護到底、甚至不惜自己出面頂罪也要保得他周全才是嗎？而如今為了她，你卻可以連自己的孩子、你比較鍾愛的孩子、那個那麼**像她**的孩子都不要了？

良久，你才終於轉過身來，冷冷地望向我，在我們眼神交會的那一刻，我的世界中能聽見的喧囂一瞬間歸於平靜，讓我能更清楚地看見你的眼神裡不再流轉任何一絲對我的柔情，即便是之前所僅剩的那些愧疚的、不得不的、補償心態的，也不再有那麼一星半點。更加諷刺的是，這樣不帶感情的視線竟在一瞬間逼得我認清了自己究竟想問你什麼。

就算這是個**事實**，你怎麼可以把它說出口？

我闔上眼，登時暈了過去。

那是在我們剛把小夏的收養手續辦妥的那幾日，好不容易收養的文件下來了、房間和孩子該有的一切也都布置添購好了，我們邀請了你最好的朋友陳珺和她的女兒子幸，在家裡為小夏舉辦了一場溫馨的歡迎晚餐。

孩子們玩到很晚，直到最後兩個人都在客廳睡著了，陳珺才抱著女兒告辭。而你則是將小夏抱上二樓的房間，把他小心翼翼地安置在小床的中間，看著他在我們精心用天藍色油漆和一切最好的家具妝點的房間內睡得那樣安穩，你慈愛地看著這一切，臉上綻放出一個溫柔的笑意，替他掖好了被角，輕手輕腳地關了燈，退出房門。

而我望著這一切平靜幸福的氛圍，竟然感到有些格格不入的害怕。

「夏城是個好孩子。」你用充滿感情的聲音向我耳語，同時眼也不眨地盯著兒童房內的小床瞧。

「是啊。」也許是**太好了**。我嚥下那句話，強自壓抑住背脊滾過的一陣戰慄，向你露出一個微笑。

「他真的是個懂事的好孩子。」

接下來我們就像是無話可說了。你持續愛憐地望著床上被毯子裹起的小小一球人影，神色自若毫無新手父母的緊張興奮樣子，反而像是你已經這麼看了他的睡相三年，而不是僅有短短三天。而我卻只能望著黑暗中的某個角落走神，目光渙散落不得一個焦點，心裡有個小小的聲音在說，不是我不喜歡或不關心小夏，只是我**沒那麼**喜歡和關心小夏。

這樣想的我可能會遭天譴吧，我想。被瘋狗追咬，被海嘯捲走，被閃電擊中，一切都有可能。因為，有著這樣想法的我，實在是不可饒恕。

所以當你的手突然落到我肩上時，我在那一刻真的以為你發覺了我的心不在焉，甚至是察覺了我內心卑劣的小小聲音。我一瞬間竟慌了手腳，突然開始希望起瘋狗、海嘯和閃電同時出現在這個空間裡。因為對我而言，**最糟的**天譴，就是哪怕一絲一毫地被你厭棄。

我正想向你不著邊際地解釋些什麼的時候，卻只見你轉向我，臉上並未顯露我預期會出現的憎惡，反而是過於溫柔的表情，深深地刻在我眼底連眼淚都要被逼下。你輕輕地、帶著鼓舞性質地捏了捏我肩頭，很親暱地環住我，連聲音裡都帶了些難得的暖意。「你今天辛苦了，早點休息吧，明天早上我送你去公司。」

你什麼時候開始會對我這樣溫柔了？我驀然紅了眼眶，硬生生地撇過臉去，不願在你面前示弱。頓了一下清清喉嚨，才故作輕鬆地回道：「那明天全家一起吃早餐吧，吃完我們再出門。」

「嗯。」你淡淡地牽起嘴角，摟著我，不再多說。

我偏過頭靠上你的肩，默默地在心中珍惜著這段平淡卻又真實的幸福，接著在我還沒意識過來之前，我已經開了口，自以為是能將這個純粹美好的情景延續下去，卻不想是將我們彼此的距離拉出一道長長的溝壑。「你很喜歡孩子呢。」

你愣了一下。「夏城是個好孩子。」

「你這麼喜歡孩子的話，」我微笑著，悄悄探過去拉住你的手。「有沒有考慮過，我們可以親生一個？」

只那麼一瞬間我能感受到你的手指僵硬了下，接著掙開了我的手。「你在說什麼？」

「我是說，也許……我們可以找代理孕母。」我被你的反應嚇了一跳，有些結巴地解釋。「我是想說，如果我們可以有一個自己的孩子，那感覺也很好……」

「夏城很好。」你這下是真的生氣了，瞪著我像是無話可說。「我們……**很好**，這樣就夠了。」

語畢你皺著眉甩頭就走，而我漠然地望著你離去的方向，沒法做出任何反應，只能感受肩頭仍停留著微微的餘溫，像是你給我最後的施捨。這就是天譴，我想。

在那之後我們再也沒提起過這件事，直到張云暘悄無聲息地出現在我的婚姻中，掠奪了我完美的人生，破壞了我自以為是的風平浪靜，斬斷了我與小夏之間本就不存在的血脈相連。

但我卻從沒忘記過你那時的眼神，那已經不是困惑或是憤怒可以形容的了，那是一種冰冷的絕望、殘忍的憎恨，那是一種再多辭彙都無法形容的情緒，唯一可以精確道出的只有一句話。

也就是你不再愛我了。

而現在的我，被法警架著，瘋魔一般地站在人群的中央，與你對視時所面對的、就是這樣的眼神。

看吧。我目光空洞地想。這就是天譴。

我回過神來時只聽審判長說今天休庭，並有些尷尬地瞥了我們一眼，表示讓其他人先出去，留你和我好好談談。

「副總？」身後的漢娜詢問式地喊了一聲，我便向一直扶著我的她和其他隨扈們揚了揚下巴，示意他們先出去等著，便在最近的一張椅子上坐倒，只覺得自己一瞬間像是老了二十歲，感到無比疲憊且厭世。

你向陳珺點點頭，她便利索地拿起早已收拾好的包包，拉著張云暘快步離開，完全沒有了上次那種摔東西一走了之的怒氣沖沖。在經過我身邊時她停頓了一下，好像是想要道歉又不知如何開口，最終也就什麼都沒說，反倒是她身後跟著依然一成不變地笑著的張云暘停下了腳步，偏過臉來向我微微一笑，正欲開口說些什麼時，才被陳珺用力地拽過步出法庭。

這一切都是你們早就設計好的。我支起手臂擋在眼前，幾乎要笑起來，可笑著笑著終究也就收了聲。只見你走向我，卻不說話，沉默著站在我面前任時光流轉，過了很久我才有些艱難地擠出一句。「這真的就是你要的？為了那個婊子拋家棄子？」

你深深地皺起眉，像是不滿意我對她的稱呼，可最後還是沒有說破，只是淡淡地說。「我無意拋棄任何人。」

「**包括我**？」我諷刺地笑了起來。

「……當然。」你不自在地停頓了一瞬，接著像是為了彌補這樣的尷尬，你又接了一句。「我當然不想拋棄你。」

「而想當然爾你的『無意拋棄任何人』裡，也包括了她，是吧？」我冷笑著說。

「我不指望你能夠理解。」有些煩躁地撇開臉，你僵硬了一瞬，才面無表情地回答。

「我的確無法理解。」我立刻接口。「為了她，你可以不要這個家。為了她，你可以在天權死了的這種前提下依然選擇替她辯護。為了她，你可以在小夏仍然生死未卜的情況下還把罪推到他身上來為她脫罪！」我氣不打一處來，掙扎著撐在椅背上站起身，不可置信地瞪著你，連聲音都顫抖得不成原調。「秦國晉你怎麼能這樣對我？怎麼能這樣對**我們**？為了張云暘那個**婊子**，你可以就這樣什麼都不要了？」

不知是心虛抑或是真的被我激怒了，你終於提高嗓音斥責我。「你夠了！」

我也氣得失去了理智，口不擇言地對你咆哮。「她利用自己的身體還有那張臉來操縱你，讓你像昏了頭一樣什麼都不要了、讓你心甘情願拋家棄子也要替她做事，這不是婊子是什麼！現在是怎樣？你是不是有跟她上床？」

「我不想說了。」你的臉冷得鐵青，轉過身便要走。

「好！你走！你就只會逃避！從我們在一起到現在你總是這樣！」我氣得全身顫抖，用盡全力對著你的背影尖叫。「我到底要怎麼做才能讓你好好看著我！」

你的腳步頓了一下，又向前走了兩步，終於還是緩緩停了下來，卻不回頭，只是靜靜地站在原處，任憑我們之間被再也無話可說的沉默填滿。我淚眼盈眶地看過去，模糊之中只見你的背影料峭如松，數十年如一日的挺拔堅毅，當初我所愛上的，與曾經我所失去的，似乎從來沒有改變過。

於是我上前幾步，輕輕地將臉貼在你的背上，感覺著你即便僵硬了一瞬卻也不將我推開，便也緩緩地笑了起來，一時間只悲哀地覺得自己愛你入骨。

「國晉，」我說，抱著必死的決心，賭上最後一把，孤注一擲地乞求道。「國晉，求你……我拜託你算是我求你了、求求你……國晉，這不是我想要的婚姻……」

接下來的事情全是在幾秒鐘之內發生的，可在我看來卻像是過了一世紀之久。你輕輕地掙開了我的手臂，緩慢地轉過身，而在你開口前的那一瞬間我想過了無數的可能性，你或者會道歉、會安靜地擁抱我、會告訴我你仍然愛我。我巴巴地望著你平直抿著的唇線，是請求也是期望能聽得你一句愛語，以至於忽略了你凝視我的眼神，那種你曾望著我、正望著我、今後也會一直這樣望著我的眼神。

你冷冷地甩下一句。「那麼或者你從一開始就不該嫁給我。」

婚姻大抵就像隕石，遠遠看上去畫出的光跡璀璨流星般美好，卻只有在真正近了身得到後才被傷得那樣疼那樣重，最終也就落得了個兩敗俱傷的境地，誰都沒了輸贏。

致　陳珺

用力地拍桌喊完異議後，我只感覺手心熱辣辣地疼，整個人被突如其來過於龐大的資訊和驚嚇給震懾住了，只見秦國晉面無表情地坐回位子上，和妳快速地交換了一個複雜的眼神，妳便快手快腳地將桌上所有東西掃進包包裡，微傾過身去向張云暘低語，而一旁李未宇激動地衝上前、狀若瘋虎地又叫又嚷的畫面似乎對妳們不構成一點影響。秦國晉仍然板著一張死人臉，張云暘的臉色慘白了些卻也是笑著，而妳，我看不清妳的神情。

我一時之間心中轉了太多想法，整個人亂糟糟的，妳們這一招完全出乎我意料之外，我一時間沒能反應過來，第一個較為清晰的念頭是驚嘆秦國晉當真是為了那個女人拼盡了全力，而第二個念頭竟然是，**並不是沒有這個可能性**。

追著妳的腳步離開法庭時，我刻意避開了李未宇，他失魂落魄地癱在椅子上的模樣實在太過蒼白，多看一眼便像是多往心口刺一刀，就連向來瞧不起他的我都不禁為之感到悲哀。我重重地撇開臉，不能再看下去。

撥開了所有記者，我現在無心受訪，只是一路沉默地回到車上，重重地甩上車門，這才終於舒了口氣，扶在方向盤上想了很久，試著說服自己去貫徹一直以來的想法：他們不正常，他們的家庭也不正常，教養出來的孩子勢必也心理偏差，所以那個孩子就算真的做出這種事也是理所應當的，誰叫他們要是同性戀，這是他們**活該**。

可我卻無法控制地一再想到李未宇方才的模樣，這幾個月下來我和他密切地往來，我眼見著他歷經了失去兒子、目睹了自己丈夫和那個女人並肩作戰、承受了那個女人當庭對自己丈夫告白，甚至必須日日夜夜親身體會這一個再明顯不過的事實：他的丈夫選擇了別人。

面對著這些足以讓每一個人垮下的打擊他卻始終沒有變過，總是冷靜地告訴我發生的事實，提供了可用的資訊，分析著對方的策略，敘說出自己的想法，維持好外在的儀容，永遠一絲不苟地穿著不習慣的廉價西裝，在人前照著計畫演出那個受傷父親的堅毅形象。我總在想，他如此竭盡全力除了是要復仇，所為的，大概也是將秦國晉奪回身邊吧。

「他仍然愛家。」我記得李未宇這麼說過，那時我就曾帶著些鄙夷地想，或許秦國晉的愛，就是李未宇畢生所求。所以他才會拼命地逼緊自己去做到許多過於殘酷的事情，就是為了能有讓秦國晉回到自己身邊的那一天。

可方才李未宇一聽他的畢生所求不惜用傷害孩子的方式也要維護他人，他竟會失態至此，像是什麼都不要了似地崩潰。就算放棄畢生所求之愛，也要保護這個家、保護自己的孩子，為人父母的愛當真能如此深沉而不顧一切嗎？

我機械式地發動了引擎，踩下油門，跟著前方的一台車離開了法院，先是繞到了一家飯店去，再來才回到社區的住宅區，那台車駛下了停車場，而我則是停在外頭，搖下車窗，點了一支煙，耐心地等待。

方才我跟得很小心，和那台車始終保持著隔了兩部車的距離，並且每過一個紅綠燈就換一次車道，就是為了確保不讓妳發現。我坐在車上望著熾熱的陽光投射進樹叢中，在柏油路面上打出微微搖晃的細小光點，不知該如何解釋自己的行為。

其實我也不知道我究竟為何要來這裡，也不知道就這麼一意孤行地跟來是否能見得到面，更不知道就算真能如願之下確切地要說些什麼。

我只是現在，突然很想見見我們的孩子。

我第一次對妳說我愛妳，依然是一個雨天。我們逛街到一半時突然下起了傾盆大雨，我們都沒帶傘，只能一路淋雨跑到最近的電影院去，兩個人狼狽得要命，好不容易到了售票大廳才發現想看的片子在二十分鐘前開演了，下一場要等到兩小時之後，恰巧影城裡的餐廳又都客滿了，我不耐地嘖了一聲，突然瞄到了妳搓著手臂微微顫抖，連忙脫下外套遞給妳，卻被影城裡強烈的冷氣吹得不禁打了個噴嚏，一時間又是煩躁又是覺得面子上掛不住，更是氣自己竟然讓女朋友如此尷尬狼狽，終是忍不住，咒罵了一聲該死。

出乎意料之外地，妳把外套披回我肩上，一邊拉住我的手、一邊向服務生點頭微笑。「麻煩你，等一下有空位時打給我們好嗎？我們先去逛一下等你們這邊空出座位。」

我愣愣地望著妳留下電話給領台的服務生，接著拉著我離開，一般的女生到這時候多少都會鬧些小姐脾氣，但妳卻只是挽著我的臂膀，仍然笑瞇瞇地向我說。「我們真的跟雨很有緣呢。」我呆了一下，不知該怎麼回答，就聽妳自顧自地說下去。「走吧，我們先去找一間男裝店買乾衣服給你換上，不要感冒了，逛一逛吃完飯，很快就可以看下部電影了。」

妳笑著向我說，一面空出手將一綹潮濕而略微捲曲的頭髮順至耳後，而我看著這樣溫柔又善解人意、並且是先擔心我會感冒而非自己的妳，一句話驀然衝口而出。「我愛妳。」

妳微微愣了一下，然後噗哧一聲笑了出來，白皙的頰畔也緩緩地染上了一抹緋色，握緊了我的手，眼底閃動著喜悅的晶亮光芒。「我也是。」

那時的我們都深信愛情能讓彼此一直牽著手，永遠、永遠地走下去，只可惜事與願違，多少年後我一個人形單影隻，而妳，帶著本該屬於**我們**的幸福投入他人懷中。

我已經有很久沒有抽過菸了，只有在偶爾輸掉了我在乎的官司，我才會啟動我車上置物箱裡的緊急存貨，點燃一根，夾在手指間享受這種放縱自己一回的墮落氣氛，深深吸一口，剩下的便照慣例，看著它在晚風中緩緩燃盡，最後看著忽明忽滅的明紅火光想，這一根菸結束以後，我還是那個**完美**的人。

沒錯，我的人生很完美。我一路唸的都是最好的學校，應屆考上了司法官考試，在很年輕的年紀就當上了檢察官。我生命中的一切都是我精心策劃努力得來的，沒有一步失敗。

唯一的**錯誤**就是妳。我捏緊了菸盒，緊緊地盯著妳從社區的大門走出來，全然沒有意識到自己竟然在不知不覺中抽掉了一整包菸。

妳換上了居家服，褪去套裝後只被印有卡通圖案的上衣包裹的妳顯得那樣單薄，妳牽著一個小女孩，蹦蹦跳跳地走出社區，而我望著妳們的背影發呆，過了很久才手忙腳亂地下車，悄悄跟在妳們後方，一路到了便利商店。

是一個女孩。我難掩心裡的激動，完全不顧可能的後果，趁著妳去結帳時逼近了在糖果區的小女孩，一襲淺藍色小洋裝的，**我的女兒**。「小妹妹。」

「什麼？」她反射性地應了一聲，卻在轉臉過來瞧見我時明顯地愣住了，有些結巴地說。「啊、你是……」

她有我的眼睛，還有我的鼻子，和我在尷尬時會下意識去捏耳垂的小習慣。我的聲音顫抖，幾乎要不能克制地笑出聲。「妳認得我？」

微不可見地點了下頭，她有些警戒地望著我。「你是……檢察官。」她說，臉色暗了下來。「秦夏城的那個案子的。」

我愣了一下，然後才自嘲地意識到妳不告訴她她的父親是誰，是件多麼理所當然的事情。於是我又堆起笑容。「對，所以叔叔不是壞人，那妳可以告訴我妳的名字嗎？」

她遲疑著沒有說話，而我正一邊用一種笨蛋父親的心態在心中稱讚她不隨便與陌生人搭話的聰明，一邊還想再問時，卻突然被人用力地推開，我踉蹌一步，又再被推了一下，使得我重心不穩地向後坐倒。我抬臉一瞧，就見妳死命地把孩子摟進懷裡，看起來快哭了，顫抖著嗓音問。「你來幹什麼？誰讓你靠近我女兒的！」

「不是、妳聽我說……」我徒勞無功的解釋全數被淹沒在妳歇斯底里的怒吼中。

「你走開好不好！你到底想要怎麼樣嘛！你可不可以不要再來插手我的人生！」妳哭了起來，幾乎是尖叫著說。「我**什麼**都沒有了你到底還想要拿走什麼！算我拜託你了、拜託你！拜託你離我遠一點好不好！」

我欲語不能，只能眼睜睜地望著妳拉了孩子就走，愣愣地留在原地，看著當年我曾說過、也曾用生命愛過的妳，那份眼底眨動著溫柔的晶亮被我親手破壞殆盡。

致　秦夏城

在曉涵媽咪拋下我們離開的那一次之後，我就再也沒見過媽咪哭了。記得有一回我問起為何她從來不哭時，媽咪先是愣了一下，然後有些空白地微笑，探過身來用力地擁抱我。「因為曉涵媽咪回去守護金星了。」媽咪說，聲音中染上了些痛苦的顫抖。「所以媽咪得堅強，才能守護妳。」

而如今不知怎麼的，似乎連守護我都不夠成立令媽咪堅強的理由了。

離開了呆坐在地上的檢察官叔叔後，媽咪拉著我一路沉默著又急又快地走回家，將購物袋往玄關的櫃子上重重一放。她突然開始劇烈地顫抖，像是強自壓抑著哭泣、又像是正經歷著無比的恐懼。我望著媽咪安靜蒼白的背影，怯怯地喊了一聲。「媽咪？」

媽咪這才像是終於回過神，轉過身來對我露出一個比哭還難看的笑容。「沒事，寶貝。」她說，提起袋子將我帶進廚房，倒了一杯剛買來的葡萄汁遞給我，然後盡力維持著那一抹破碎的微笑說。「寶貝對不起，媽咪想先回房間躺一下，妳先自己乖乖看電視好不好？媽咪等一下再帶妳吃午餐。」她的聲音逐漸降弱，像是再也支撐不下去了。

我乖巧地點了點頭，目送媽咪蹣跚上樓的背影，終於還是不放心，拿起家裡的電話撥給國晉叔叔。

「喂？」

「喂？是……子幸吧，怎麼了嗎？」

「叔叔，你在哪裡？」

「我在往飯店的……呃，我在外面。」他的聲音頓了一下，然後有些不自在地問我。「怎麼了？」

「媽咪在哭，」我說，嚥下一聲哽咽。「可以請叔叔回來一下嗎？」

國晉叔叔答應了，並在十五分鐘後抱著一個紙袋開了門，迎上坐在客廳等待的我，他也不廢話去跟我客套，單刀直入地問。「妳媽咪呢？」

我發現自己有些無法直視他，於是撇開眼神，小小聲地應道。「在房間。」

「好。」國晉叔叔說，先是進廚房拿了兩個杯子，才由我陪著上樓走到媽咪房間門口，他試著轉了下門把，發現是鎖著的後嘆了口氣。「陳珺。」他一邊敲門一邊說。「是我，開門。」見裡頭沒有動靜，國晉叔叔微微瞇起眼睛，加大了拍打門板的力道。「陳珺，開門。」他威脅地說。「妳再不開我就撞門囉，妳知道我真的會，所以快點開門！」

這一招見效了，門上傳來輕微的「喀」一聲，國晉叔叔又試著轉轉門把，正欲開門前，突然又停下動作，回首向我安撫道。「子幸，我來處理就好了，妳先回房間，乖。」

他有些尷尬地摸摸我的頭，我便也從善如流地轉身回房，卻聽見身後的門被開啟又關上之際傳來了媽咪痛不欲生的哭聲，我不禁短暫地闔上眼。

我回到房間，進到浴室裡，把果汁全部倒掉，安靜地看見暗紅色的液體如血一般在洗手台中打旋下降，突然想起了我稍早看到新聞對今天法庭上的報導，以及向來那樣注重外在形象的未宇叔叔卻哭得幾乎虛脫、狼狽地被攙扶出法院的畫面，一時間止不住地心底發寒。

今天的確是世界末日。

看著手中的杯子在慘白的燈光下折射出模糊不清的光暈色塊，我突然記起，曾經在某一個午休時間，我利用班長的職權拉了你陪我一起去教務處搬資料，美其名是出公差，但其實我只是想替你爭取到一個能夠喘息的空間，便在領了一大疊文件後拉著你到花臺邊坐下，打算混到打鐘再回教室。

那時的你在閒聊的過程中都垂著臉，良久才突然用平靜到不帶一絲感情的聲音告訴我，昨天你弟弟不小心喝下了一杯太冰的果汁刺激到氣管，導致氣喘發作。「後來我爹地開車送他去醫院檢查後，休息了一下就沒事了。」

「那就好。」我隨口應了一聲。

卻見你眼底閃過一絲複雜的情緒，將臉埋進掌心裡，細弱蚊聲的幾個字從指縫間悄悄溜出，我要很努力才能聽得清，卻又在辨明了的那一刻後悔起自己為什麼要聽到。「為什麼沒有……」你胡亂抹了把臉，放下手時便已恢復了一貫的蒼白微笑。「還好，沒有大礙。」

我嚥了口口水，艱難地接了一句。「是啊，還好。」我說，試著粉飾太平地站起身。「走吧，該回去了。」

你順從地跟上，仍然掛著那副平靜的笑意，但我卻沒有漏看，方才你眼中一閃而逝的、為了沒有成功和可能會成功的未來，所感到的那份懊惱和**慶幸**。

我顫抖著手丟下杯子，回到房間裡，從衣櫃深處拿出了我最珍惜的照片，看著我們一家三口曾經那樣幸福卻也在時光的洪流中分崩離析，讓我不禁好奇起，你們家的幸福是在如今才消逝，還是在很久很久以前就被破壞殆盡了呢？

一個想法驀然竄入腦海中，這樣的想法似乎在我第一次見到你被霸凌的場景時就出現過了，並在那之後時不時地跳出來提醒我究竟是個多麼糟糕的人，只是在我的努力之下給壓抑著不曾真正吞噬我。我止不住地全身顫抖，重重地將相框塞回衣服堆中的最深處，越深越好，越深越好，最好是能讓我再也看不到。

可連我自己也不明白，我想藏起的，究竟是這樣卑劣的自己，還是那張照片上曉涵媽咪用生命在愛著我的笑容。

有這種想法的我，是不是和你一樣不正常？

致　李天權

當我們看著比較遙遠的星系時，我們在看著的其實是數十億年前的它們所綻放出的光彩。當然了，更大的恆星極有可能在那後來就死亡了，因為它們通常不會存活太久，於是我們能看見的，就也只是它們在這個宇宙裡殘留的遺跡。

你要明白，有太多東西總是在我們終於能感知到之前，就已經死去了。

新聞鬧得可真大呀。我一邊吃掉了最後一包泡麵，一邊很輕鬆地想著。真不愧是爸爸，這一著棋想必誰也沒有想到。

我抱著些事不關己的心態看著電視上的陳珺阿姨拉著云暘阿姨由助手護送著快步離開，不久後今天才說出了爆炸性發言的爸爸也冷著一張臉一個人步出了法庭，我聽著他用不帶感情的聲音一再說著「無可奉告」，突然很好奇他究竟又會是用什麼樣的語調來說出今天那句話的。我不禁短暫地闔上眼，然後帶著涼薄的笑意看著哭得聲嘶力竭的爹地被隨扈半扶半抱地架了出來，而我不必細想也能完全明白其中沒有一滴淚是為了我而落。

爹地曾經還算是喜歡我，儘管對我總抱著些隔閡感，但無可否認的是我們曾也有過一段頗為幸福的時光。只是某一天爹地回到家後，他看著我的眼神從以前那種略帶不自然的親近、突然變成了一種無以名狀的厭惡感，而後從那一個瞬間起，**什麼**都變了。

是以當我被你的出生給擠兌至一旁時，我反而有了機會能抽離出來看得那樣清那樣明。

爸爸不喜歡爹地，爹地不喜歡我，我好不容易得到的這個家隨時都有可能崩潰。我不想被送回去，不想就這麼無聲無息地失去一切，不想再變回以前那個沒有家、沒有名字、也沒有人愛我的小夏。

可一切似乎都已經太遲了。爸爸依然不愛爹地於是任由他哭得那樣難堪也不和他並肩，爹地依然不愛我於是他的心碎欲絕和我並沒有一絲一毫的干係，我曾經心心念念的美好家庭在我面前分崩離析、而我依然一個人孤立無援。

好吧，唯一值得慶幸的似乎是，那個出現後毀了我人生的你，現在的處境倒也沒有比我好。

曾經有一個冬天，我坐在地毯上和你一起看電視時，坐在沙發上的你驀然用力踢了一下我的後腦杓，要我幫你拿茶几上的果汁。我垂下臉，一語不發地抓過杯子遞給你，聽著空氣中冰塊敲擊杯壁和卡通的聲音，試著捏住自己的手來自我告誡：只要逆來順受就可以再撐過一天，再多在這個家裡苟延殘喘一天。

……冰塊？過了很久我才後知後覺地意識到不對勁，你有氣喘，不能在這種天氣喝冰的。我瞥了矮几一眼，卻見我錯拿了自己的杯子給你，而一回首就只見你摔了幾乎喝光了的杯子，冰塊混著殘留的橘子汁無聲無息地落到沙發上，而你痛苦地抓著喉嚨急促呼吸，每一個吸氣吐氣之間都夾雜著咻咻的聲音，就像冷風刮過岩洞的尖銳聲響，像老舊殘破的笛子吹出不甘心的最後一響，像我心底深處某個陰暗缺敗的卑鄙角落呼嘯著喧囂著的歡響。

我愣了一瞬，然後拔腿就跑，一路跑過玄關衝上樓梯，卻在邁往爹地的書房時放慢了腳步，沉默地盯著書房厚重的木門，過了一會才緩緩推開，低喊了一聲。「爹地。」

「小夏。」爹地在書桌後抬頭，向我不自在地微笑。「怎麼了嗎？」

請你愛我，請你在乎我，請你不要再掛著那副笑容喊我小夏。我動了動嘴唇，直覺得口乾舌燥，嚥了口口水後才奮力擠出一句。「弟弟好像不舒服。」

當我回過神來時，爹地已經一把推開我衝出書房，沿路喊著你的名字跑進客廳。而我怔怔地面對空無一人的書房，反覆思量著方才見你氣喘發作時心中那種驚愕恐懼中揉合著一種矛盾情緒的感受，良久深深舒了一口氣試著平復下來，卻發現這樣的情緒像是不會消失，而是一直糾纏著我，直到我眼見你在我面前死去的那一天，都未曾消散過。

聽說過莫札特的《安魂曲》嗎？那是爹地最喜歡的曲目之一。在你剛出生的那段時間，爹地正好迷上了《阿瑪迪斯》這部電影，於是反覆地在你的小床邊播放這曲天才最後的作品。

爸爸曾笑著問爹地：「未宇，這可是葬禮上的曲目，你這樣不覺得不吉利嗎？」

而爹地則絲毫不以為意，輕笑著撥弄你的小手，遠遠地向我遞過一眼，一邊隨著旋律哼唱一邊道：「不會啊，」他說。「這可是勝利者的曲子呢。」

當時的我並不能明白這背後的意涵為何，只覺得爹地的話中有話，望向我的眼神裡也總多了那麼一絲趾高氣昂的勝者意味。直到數年後，我去子幸家玩，在那個陰雨連綿的午後，陳珺阿姨放了這部老片給我們看，而在聽到片末致謝字幕出現前，最後響起莫扎特帶著些嘆息意味的笑聲時，我推開子幸衝去廁所吐了個一蹋糊塗。

從那一刻起我才終於痛徹心扉地懂了：對爹地來說，你就是莫札特，那樣的才華洋溢、光彩照人，一出生就蒙神眷顧得以獲得所有人的疼愛與關懷。你的存在就像是在嘲笑我的平庸與不得眷顧。只要有你在一天，我就不可能得到爹地的愛。

就像薩列里一樣，我所代表的就是庸才，而你是如莫札特一般的勝利者，是上帝所鍾愛的那位，是我一輩子的陰影。《安魂曲》是勝利者的曲子，是你的曲子。

這樣的想法困擾了我很久，我拒絕聽到或看到任何相關的一切，就連爸爸在車上放《魔笛》[16]一曲時，我也會試著不留痕跡地要求他轉到其他頻道去。

直到某一刻起我才想通了，在那一次我看著你因氣喘而倒在地毯上渾身顫抖時，我才終於意識到一個再簡單不過的事實。

縱使莫札特寫出了《安魂曲》這樣勝利者的曲子又如何？縱使薩列里終其一生都無法得蒙上帝恩慈又如何？縱使他們之間永遠隔著天才與庸才這樣的隔閡又如何？

最後落魄地死去的人，終究是莫札特不是嗎？

我為什麼會在這裡？

或許是因為對你的死亡所抱持的罪惡感吧。

我關掉了電視，似乎隱約能聽見一陣心滿意足的瘋狂笑聲，拈起一張我們二人的合照，看著你燦爛美好的笑顏在相紙上綻放，不禁想起那天，是如何心不甘情不願地和我拍完照後便用力地將我推開。

罪惡感。我嗤地一聲笑了起來，而後抬起手摀住眼放聲大笑，最後我笑得前俯後仰，連照片從我指縫間滑落亦無知無覺。

致　張云暘

行星所形成的位置與我們現今看到它們的地點不同。

16 《魔笛》是莫札特的最後一部歌劇，於1791年9月30日在維也納佛利德劇場首演，作者於同年去世。

我幾乎一路是用飆車的回到陳珺家，才剛進房就見她伏在床上哭得肝腸寸斷，我從沒見她如此失控過，連忙將手中抱著的紙袋和杯子隨便找個地方丟下，上前坐到她身邊輕拍她的背，替幾乎哭到喘不過氣來的她順氣，一邊放輕語調問道。「陳珺，怎麼了？」

她痛不欲生的哭聲被悶在枕頭中，斷斷續續地傳出來。「我什麼都沒有了……」

我微微皺起眉，試著溫聲哄她。「怎麼會呢？妳不要亂想，發生什麼事了嗎？」她卻不理我，只是逕自哭著，我過了一會發現大概是問不出個所以然，於是有些無奈地站起身，從我方才帶來的紙袋中拿出我萬不得已不會使用的最後手段，一瓶金賓威士忌。我抓過杯子和酒瓶在床沿坐下，倒了一杯後推了推她。「妳不想說也沒關係，起來喝一點，是妳喜歡的。」

埋在枕頭中的她微微側過臉偷看一眼，才像個孩子似地抽抽噎噎著坐起身，一言不發地仰頭乾了一杯，把杯子推向我示意還要，我便替她斟滿，幾個循環下來，直到整瓶酒被她一個人喝掉了大半，她才終於開口。「你知道你和子幸是我唯一所有了的吧？」

我愣了一下，望向她低垂著的臉龐，卻沒能瞧清她的神情，只能看出她在盡力維持最後一份理智來克制自己不要說出那個人名字。「吳……子幸的爸爸、不要我了，我爸媽也是……不要我了，還有……」她停頓了一下。「還有曉涵也是。」

其實我並無法完全明白她所說的話，但我只是很認真地聽著她邊哭邊說的每一個字。「我只剩下你和子幸了，你曾經是我仰望了多少年的目標，我多麼希望你可以好好的、一路走在我前方，一直、一直陪在我身邊，可是你卻消失了，消失了。」她闔上眼，看起來很痛苦，而我也只能默默地聽她控訴，完全無能反駁。「現在，我連你也沒有了。要是子幸、要是連子幸也……」

像是感受到極大的恐懼，她的手劇烈地顫抖起來，我連忙將她手中的杯子抽走，順著她啜泣著靠上我。「我什麼都沒有了……」她一次又一次地重複，聲音漸漸弱了下來，最後我感覺肩頭一重，就見她睡倒在我肩上。

我舒了口氣，把杯子放下，小心翼翼地將她放倒，拉過被她壓著的毯子替她蓋上，開了空調關上燈讓她能好睡一些。然後我凝視著她，見她眼下染上了淡淡的暗影，知道她一定是累了，這都是被我的改變、我的任性、我的**消失**給折磨的。

多少年來，她從來都是這麼照顧我。藏在總是開朗地笑著的外表之下，是她那份傾盡心力也要護得我周全的心意，我一直都明白，這些年來她是如何一步步艱辛地走過讓自己變得堅強，因為她要保護子幸，也要保護我。

就算是被孩子的父親拋棄了、面臨著一邊懷孕一邊準備國考的強大壓力，以及身為一個單親媽媽所要遭受的痛苦責難，她也沒有在我面前掉過一滴淚。只有在幾年前的某一次，她一通電話打來對我哭得撕心裂肺，不管我怎麼問都不肯說，只是逕自蒙著頭痛哭失聲，像是要將自己這麼多年來所受的委屈和沒能哭過的淚一次流盡。

在那次之後她就再也沒有哭過了，就像是什麼都沒有發生過一般地繼續拾起笑容生活下去，用一如既往的燦爛笑意溫暖地包容著我、扶持著我、陪伴著我。

曾經有一次她半開玩笑地問過我，是不是把她當成了妳的替身。當時的我只是橫了她一眼，沒有說話，但其實我是知道的，當然不是。陳珺她不是任何人的替身，她就是她自己，是我的朋友、我的兄弟、我的家人。

我就這麼沉默地望著她，過了一會才探手撥撥她的頭髮，抱起酒瓶和杯子離開。先回到廚房洗好杯子並把酒給收好後，我上樓敲了敲子幸的房門，見她臉色蒼白地出來，我一瞬間只覺得口乾舌燥，一句話都說不出口，最終究也只能低低地拋出一句。「走吧，妳媽咪睡了，我們先去吃午飯。」

帶她在附近的一家簡餐店隨便吃了，又外帶一份給陳珺，並在藥局買了胃藥和頭痛藥，我這才帶了子幸回去。回到家後我叮囑她。「晚一點記得去叫妳媽咪起來吃點東西，如果她會不舒服的話就跟她說藥在這裡，妳讓媽咪好好休息，晚一點我再回來陪妳們一起吃晚餐。」

原先安靜聽著的她突然愣了一下，然後才像是不可置信地抬起頭。「叔叔你還要出去？」

她的眼神銳利像在控訴我的無情，面對著這樣的指責我亦無話可說，只能拍拍她的頭，強裝出笑容。「我有一點事要處理，會很快回來，妳好好照顧媽咪，我很快就會回來。」一再保證的話語聽上去卻是那樣蒼白，我抿起嘴，停頓了一瞬，然後過於沉重地說了一句。「對不起。」

她垂下眼，安靜地目送我出門，而我卻不敢再回頭，深怕再看一眼她小小臉上刻滿的失望。

曾經我最害怕的就是讓別人失望，那種背負著他人落寞眼光的壓力實在太沉重，我不願也無法承受。所以我答應了和未宇交往，所以我放棄天文後返台報考了法律系，所以我同意了找代理孕母生下天權，就是為了不讓別人失望。

可如今為了妳，我卻背棄了我生命中為數不多所珍視的全部。

在離開的車上我搖下窗戶，任正中午炙烈的暖風熱辣辣地撲在我臉上，刺痛著眼睛幾乎要掉下淚來，我微微瞇起眼，明白自己身上所背著的是對太多人的辜負。

在二〇〇三年之前，冥王星普遍被視為一顆行星，但現在它的地位成了矮行星。

我曾經也認為我和未宇的婚姻很美滿，卻不知是從哪一刻起我才發現原來這一切都不如預期。而我卻想破了頭也想不明白，我一再令未宇失望卻又感到毫不在乎的這種心態，究竟是在我們的婚姻出了問題之前抑或是之後才開始有的。

坐在妳房內的客廳裡，我感到有些坐立難安的尷尬，抬頭看著妳安靜的背影，似乎也在無聲地譴責我的薄情寡義。說來也奇怪，明明我是因為拯救妳才落成如此境地，卻又無論如何不願讓妳見到我這副滿懷罪惡的憔悴模樣。

倒好了兩杯飲料才回過身的妳瞄了我一眼，靜靜地在我身旁坐下，將一杯熱茶放在自己面前，卻推了一杯威士忌給我，見著我詫異的眼光，妳只是笑著說。「你看起來像是需要喝一杯。」我也不推辭，道聲謝便接過酒杯，而妳望著我一口喝下大半杯酒，突然就斂下了笑容，向我正色道。「秦國晉，我覺得我還是找個新律師好了，或是就由陳律師來負責幫我辯護也很好，你退出這個案子吧。」我驚訝地抬臉，見妳終究是抿起了一個苦澀的笑。「我不希望、也不願成為毀了小宇婚姻的那個人。」

「妳怎麼……」我一時間舌頭像是打結了，只是愣愣地瞧著妳。

「我太了解你、也太了解小宇了，你們倆剛才……吵架了吧？」妳小心翼翼地問。「你們一定是吵得很兇，所以你才會放哭成那樣的小宇一個人不管，搞不好連後悔結婚這種話都說了，是吧？」我撇開臉默認了下，聽妳笑著接口。「看吧，所以我說了，我不願如此。」妳端起茶抿了一口，一派輕鬆地說。「所以很抱歉，但你被開除了。」

我立刻反對。「我不同意。」

妳一下就笑了出來。「恐怕由不得你吧？我不要你幫我辯護了，你不同意還能怎麼樣呢？打倒法警爬上被告席嗎？」

「如果妳是在擔心我和未宇的婚姻，」我不理會妳的打趣，自顧自地說。「那我可以告訴妳，這和妳無關，我和未宇之間本來就有問題，妳的這個案子只是……加速了它的到來罷了。」

「每一個負心漢都曾說過這種話呢。」妳涼涼地接話，放下茶杯後挺直背脊，手指將沙發的布料捏得死緊，向我認真地說。「秦國晉，你願意幫我我很感動，但我希望你明白，我從來不希望我對你的……

喜歡，被你知道了以後，會給你一種愛情劇裡男主角的錯覺，如果我早知道會變成這種局面的話，當初就是打死我也不會說出口。現在的你應該要回家和小宇一起修補你們的愛情，而不是在這邊對我亮這種漂亮話。」

妳的笑容很深，一字一頓地說。「你或者願意成為那樣的男主角，可我卻不願成為那樣的第三者。」

而我垂著臉一語不發，手肘撐在膝蓋上，用手指輕輕撥動杯子裡的冰塊，看著它們彼此磕磕碰碰。怎麼傷害彼此也找不到一個解脫。良久才小小聲地開口。「不，不是的。」我說。「在很久很久以前，我和未宇之間的愛就消失了。」

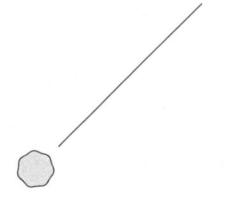

第八章
星風

星風是恆星表面發出的物質流，是恆星質量流失的一種途徑。

對於大質量恆星來說，星風造成的質量損失率很大，在其一生中質量會發生明顯的變化，星風對其具有很重要的影響。

致　李未宇

在我們二十四歲那年，你苦讀了兩年的碩士終於告結，並且想方設法地申請到了免役，是以你的碩士生涯一結束便得以進入你父親的公司、先從基層開始熬起。而我則是早已當完兵、考取了律師資格，並在律訓完後進了一間不錯的事務所實習任職。

屆時我們已經穩定地在一起了六年，生活還算平靜安逸。同居，上班、下班、有空時一起回家吃晚飯，偶爾週末安排一起去一個沒有光害的地方旅行觀星，你似乎滿足於這樣的微小幸福，而我也安於這樣的一成不變。

可我們畢竟二十四歲了，都出了社會還沒有帶過女朋友回家，雙方家長都開始或有心或無意地探問感情，甚至不只一次聽你回家靠在我身上抱怨。「我爸又要我去和另一個公司的千金見面了，說是認識一下當交個朋友也好，也不知道他到底從哪裡找來這麼多千金，煩都煩死了。」你說著說著最後總會假作不經意地提起。「你……找個時間和我一起回家，你覺得呢？」

「再緩緩吧。」我總是說，見著你不滿的神色我也只能勸道。「我們現在工作都忙，等過一陣子工作上軌道了再談，好嗎？也總是要一步一步來比較好，你這樣貿然帶一個男人回去，你父母也不會接受的吧。」

幾次下來你總心不甘情不願地答應了要再緩緩，卻在某一天我下班後，用一通電話不由分說地把我叫去了一家餐廳，我一面試著回想自己是不是又忘了什麼重大節日、一面在服務生的帶領下進了包廂，這才驚愕地發現雙方家長都在。

我怔怔地望向你，就見你明顯在強忍著情緒，雙手用力揪著膝前的布料顫抖著，我無心去細想究竟是怎麼東窗事發的，只能先領首問好，才順著你父母的意思在你身邊入座。

所幸雙方的家長都還算冷靜，聽了我們七零八落地解釋是怎麼認識和交往的後，你的父親挺開明地對我們微笑起來。「我們家雖然只有未宇一個兒子，但我們倒也不指望他傳宗接代什麼的，只是希望他幸福。未宇從小就被我們寵壞了，你要多擔待一些，幫我們照顧他，只要他能快樂，跟男生女生在一起我們都覺得都不要緊。」

聽著這樣的話，你的眼淚瞬間掉了下來，而我正支吾著想說些什麼，卻被父親打斷。「李先生，很抱歉我必須插個嘴。」父親冷冷地望向我，過了一會才開口。「國晉，你也是我們家唯一的兒子，你有想過你這麼做、我和你媽會怎麼想嗎？我們會有多失望嗎？」

失望。我全身僵硬，一句話都說不出口。我怎麼敢讓父親失望呢？從小到大我都是走在他替我安排好的道路上，中途一路走岔了去唸天文，卻終究是回到父親所期望的方向，我從來沒能逃開。選擇當律師而非法官是我最大程度的叛逆，並且也是建立在父親所說的「這年頭當律師也還算可以」這句話上才做出的可悲叛逆，否則我也不可能違背他的意願，走上一條他不讓我前行的道路。

而現在，父親對這件事的看法是什麼呢？會是像法官對上律師一樣的「選擇女生最好，但真的要跟男生在一起也勉強算可以」嗎？還是會像當年的法律對上天文一樣的「你讓我們失望了」？

我垂下臉，不知該如何面對，卻從眼角的餘光瞄見了你蒼白的顫抖和不安，突然想起了陳珺在很久以前對我說過。「你和李未宇在一起，那你就要負起責任。」她頓了一下，像是強調著又重複了一次。「你對他有責任。」

我對你有責任，我不能背棄你。於是我牙一咬，拉過你的手站起身，深深地向著我們二人的家長彎下脖頸。「爸、媽，我想和未宇在一起，請你們原諒。」

父親卻不生氣，只是很平靜地問了一句。「你是想說你愛他？」

我愣了一下，微偏過臉看著你般切求肯的帶淚面容，便有些制式化地背誦出我當年曾說過的話語。我對你有責任。「是的。」我僵硬地說，沉沉地低下頭。「我愛未宇，所以我們在一起。」

說實話，婚後的我們會這樣不斷有摩擦，是我早就料到了的。

答應了你的告白、玩了七日戀人的遊戲後，我們並沒有相處幾日你就回了台灣，是以我們談了將近半年的遠距離戀愛，直到我放棄了天文返台、考上法律系後與你同居，我們才算是真正開始以情人的身分在磨合相處。

也是從那時候開始我就隱約覺得，我們倆做朋友或許還行，但做情人實在是很糟糕。

你從小就被寵壞了，所以脾氣並不好，更不知道該如何待人好，便總是自說自話地一股腦把對我的好塞到我面前強迫我收下。不只一次的，你會看我累了就擅自幫我請假，不管我手上還有工作得做便不容分說地拖著我去渡假，導致我膽戰心驚地休息了兩天回來後，還是得付出加倍的努力來補上工作。你一直都是用這種霸道得自以為是的方式，在給予我你特有的笨拙溫柔。

可我卻認為，人與人之間的關係是要藉由互相體諒和照顧來建立，而不是像你這種自顧自地給予付出。但你卻一再任意妄為地去做**你認為**對我好的事，才導致你的付出總被我拒絕，使得兩個人一直以來紛爭不斷。

老實說，並不是沒有想過分手，但除了是不知如何開口之外，更是因為在眼見你為我付出一切可我卻無以為報時，我總會想到陳珺的那句：「**你對他有責任**。」

於是這個責任一扛就是十八年，可直到今天我們之間的問題卻都未曾真正解決過，才造成了我們的婚姻在表面上幸福無比，可檯面下卻是總有摩擦的這個局面。漸漸地、也就將本就不多的愛給消磨得半點不剩，最終仍剩下在頑固地維繫我們的關係的、似乎就也僅只有責任。

雖然說了這些看似絕情的話，可事實上，我並不是沒有愛過你。記得是在你為了我的二十歲生日而一手規劃了旅行的那次，熬了好幾天夜又坐了一天車的你，那天就算累壞了也不使小性子，到了飯店也不急著休息梳洗、而是衝到陽台上去，興沖沖地架好了你一路死死抱著不給我看的驚喜禮物：一台全新的天文望遠鏡，湊上去一邊看一邊喊我。「你快來看！今天水星能看得很清楚喔！」

看著你費心安排了這麼多，我心中感動，上前單手環住你，捏了捏你的肩。「謝謝。」

你瞥了我一眼，像是心情很好地揚起唇，撇開臉看著夜空，突然沒頭沒腦地說。「OBAFGKM[17]。」

「什麼？」

「你忘啦？恆星類型的分類口訣啊，Oh, Be A Fine Girl, Kiss Me。」你有些不好意思地笑了。「嘖、真是的，一點也不浪漫，怎麼就不是B呢。」你望著我逐漸了然的眼神，輕輕拉緊我的手，一字一頓都含著笑意。「Oh, be A Fine Boy. Kiss Me。」

我依言傾身吻了你，而後看著你有些彆扭地轉過臉去，眼底隱約眨著害羞的光芒，卻緊緊地拉著我的手來回搖晃不肯放，突然第一次發現到，自己是喜歡你的。

只是很可惜，這些愛過的感情早就被多年的婚姻吵嚷給折磨得失去了初衷，更甚者是，當年那個願意握著你的手面對一切的我，似乎也早已消失不見。

17　赫羅圖　Hertzsprung-Russel diagram：赫羅圖是恆星的光譜類型與光度之關係圖，赫羅圖的縱軸是光度與絕對星等，而橫軸則是光譜類型及恆星的表面溫度，從左向右遞減。恆星的光譜型通常可大致分為O.B.A.F.G.K.M七種，要記住這七個類型有一個簡單的英文口訣"Oh be A Fine Girl. Kiss Me!"

致　秦國晉

你是愛我的。

在那次同學會上你第一次說了愛我，只一句話便將方才一室的耳語給停了下，我怔怔地望向你，只見你推開了杯子，一語不發地拉著我的手頭也不回地離開。

你沒有喝酒，將我塞進副駕駛座後便開車回家，一路上我們都沒有說話，直到進了家門後，你牽著我的手，過了一會才試著開口。「未宇，」卻被我的動作給打斷。我連燈都不開便拉著你的手走向臥室，然後不由分說地扯開你的襯衫，任鈕子一顆顆掉落的同時推著你向後退，直到你的背抵上衣櫃，抬起頭深深地吻你。

交往了三年多，但在這之前我們之間最親密的接觸也僅止於親吻，並不是沒有想過更進一步的關係，但你總是那樣冷淡，怎麼都不可能期待由你主動，而要由我來類似投懷送抱一般的舉動也著實為難，我們彼此都沒有去討論過這個尷尬的問題，所以才這樣不冷不熱地拖到現在。

但是這一個晚上，一切都不一樣了。在我使出渾身解數來誘惑你之下，你終於壓著我在那張雙人床上讓我們擁有了彼此。

你是愛我的。初次情事的隔天早上我躺在你身邊醒來時，我望著你摟著我熟睡的側臉，再也沒有忍住地咧出了大大的笑容。在那天之後我再也沒有過懷疑。

直到今天。睡前我經過書房時，聽到你躲在裡面講電話。「不、爸，我不想……是、是我明白，我現在沒有女朋友，我只是不想相親，可是……」你徒勞無功的反對終於還是被吞了回去，你嘆了口氣，順從地說。「是的，下個禮拜日我會空出來。」

我在你掛斷電話前躲回了房間，在床上躺好，直到你若無其事地進來，瞥了我一眼。「還沒睡？」

「要睡了。」我抓著被子的手指攥得死緊，卻對你露出一個自然無比的笑容。「你剛剛在講電話？」

「嗯，」你摘下眼鏡，單膝跪上床，面不改色地撒謊。「打錯的。」你吻了一下我的額頭道晚安，我也僵硬地回應，看著你在我身邊躺下，不一會就聽你發出均勻安穩的呼吸聲。你倒是睡著了，可我卻抓著你的袖子夜不能寐，死命地瞧著你堅毅的側臉，想著若不向家人說破這樣的關係，我們怎麼也不能永永遠遠、長長久久地在一起。

於是我閉上眼，下了一個決心。不成功便成仁，大不了和家裡撕破臉，只要能不失去你，怎麼樣我都願意。

隔天我在公司的午休時間一不做二不休地鬧進了父親的辦公室，父親在驚訝之餘立刻聯絡了母親和你的家人，雙方決定了要兩家人一起出來好好談談。

我尷尬地坐在包廂裡，聽我們雙方的家長仍能表面上一團和氣地聊著股票，直到你來了的那一刻，我才終於開始緊張，擱在膝上的手也不自禁地打起顫，突然擔心起你是否願意和我一起面對、你是否也像我不想失去你一般的不想失去我？

所以當你在面對你父親的時候，我的手心裡都是汗，我想過了無數的可能性，做好了你可能會放棄我的心理準備，卻不想你會當著你我父母的面拉起我的手，向來自負不肯輕易示弱的你為了我沉沉地彎下肩背懇求，說出了那句我會拿出來回味一輩子的愛語。「我愛未宇，我們在一起。」

你是愛我的。

我曾經認為我是你的太陽，給予了你一切所需的愛與關懷，並享受著你的愛和你共同成長，是以多少年來再大的風雨我們也能一起走過，這樣緊緊相依的掌心我從來沒有想過要放棄。

我愛你，而你也是愛我的，一路走來我們這段時時有可能被旁人指指點點的婚姻並不容易，唯一得以維繫至今的原因，都是為著愛。可事到如今，那個曾牽著我的手說愛我的你，卻對我說出了也許我們從來不該結婚的這種話。這麼多年來的感情、這樣一生一次的愛情，對你來說竟然只是一個錯誤？那麼，當初的、一直以來的、以及現在也本該存在的那份愛究竟去了哪裡？我不明白。

或許我從頭至尾都不是你的太陽，也不是什麼受你眷顧的天才莫札特，更不是你生命中最愛的那個人。我有些心悸地意識到。**她才是**。

太陽其實只不過是在夜空中看見的成千上萬顆恆星中的一顆，而出於某些理由才使你在白日時只看得到她。至於那理由為何？那還用說，她給了你希望和光亮。

那我又是什麼？我們的愛又算什麼？我似乎總只能守著她不在的那段時間、在你失去了她而備感絕望的黑夜中，給予你無濟於事的微弱光芒。

不知怎麼的就回到了一切的起點，我站在一扇門後愣愣地出神，而後按下門鈴，倒退一步，等待。

我只是突然很想問問門後的這個人，你對我的愛究竟去了哪裡。即便多麼諷刺的是，我前來詢問的，正是造成這一切的原因。

她開了門，像是等著我來的一樣，對我揚起了那抹令人生厭的平靜微笑。

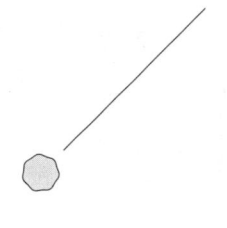

第九章
衛星

衛星是環繞一顆行星按閉合軌道做周期性運行的天體。

簡而言之，衛星保護行星，周而復始。但不代表它們都不會受傷。

致　李未宇

小行星帶是因為太接近木星，所以無法形成更大的行星。因為在很接近這麼大的氣態巨行星的情況下，任何與碎粒結合成的較大「原行星」，都會在木星下次經過時被拆散。

曾經的你太過耀眼自信，和你一比立刻可見我的渺小，以至於每當我追上前方的你、試著從你身邊擠過去和你一較高下時，總會被你我之間龐大的差距給傷得四分五裂。

但這一次，一切都不一樣了。幾十年來的第一次，你才是那個需要在後方追趕、而後即將被我的勝利和**得到了他**給逼得心碎的那個人

要演出一個識大體又不願背叛舊友的角色是越來越容易了。

微笑著送走秦國晉後，我將客廳的酒杯收起，走進浴室放了一缸水，舒舒服服地泡了個熱水澡，而後裹著浴袍走回客廳，替自己倒了杯紅酒，這才愜意地在電視前坐下。

談論時事節目的主持人和名嘴總是可以把白的說成黑的，啊、就跟律師一樣，也跟我一樣。我很輕鬆地想，看著主持人播放今日的新聞片段，當你哭到不能自持地被扛出法院的畫面亮起時，我突然就笑了起來。

「這究竟是官司的策略考量呢、還是出自於秦律師想維護她的意味呢？」主持人的問題才剛脫口，名嘴們便紛紛搶著回答，煞有介事地說著他們版本的故事，彷彿親自身在其中。我興致很高，饒富趣味地看著他們七嘴八舌地揣測我是何時把秦國晉引誘上床以求得今日成果的，不禁再次體認到觀眾真是非常好騙。只要出現在電視上的新聞是他們**想接收**的，他們就會感到深信不疑。

其實攝影師也是一樣的。只要先拍出一張乍看之下調色和光暈都完美的照片，事後再適時地搭配上富

有意境的文字，就可以讓原先看著照片一頭霧水的人自認為看懂了其中意境，甚至自滿地大放厥詞。「對嘛！我早說了這張照片就是要表達這樣的意義、我就說嘛！」殊不知我在按下快門的當下，其實完全沒有那個意思。

都是騙子才能勝任的工作呢。我喝了一口酒，笑了起來。

「但也或許秦律師這麼做的原因是出自於愛呢？」

電視中的某個來賓突然這麼說，我愣了一下，捏緊了手中的酒杯，緩慢地咀嚼這幾個字的意涵，接著不能控制地綻放出最燦爛的微笑。想起他是怎麼為了我拋棄你、親手把自己的孩子送上絞刑架、甚至甘心背上天下人的指責也要保護我的那份心意，以及他方才是如何坐在我身邊，望著我，一字一句地細數你們的婚姻是如何分崩離析。

我晃著酒杯，看暗紅色的液體在我手中折射層疊光暈，再也沒有忍住地放聲大笑。

我倚在沙發上睡著了，夢裡見到兒時的我們坐在土星環上玩積木，這時我突然看見不遠處有一個相框裡放著秦國晉的照片，正努力地伸長手想搆時，卻驀然被你一把推開。我向後跌坐，無能為力地瞧著你搶走了我的畢生所求，**又一次**。

而突然之間，正猖狂地笑著的你極其輕微地頓了一下，接著倒了下去，大片大片的血色蔓延開來。我在原地緩緩地站起，卻沒有立時動作，只是靜靜地看著，是看著你的手指無用地蠕動著試圖去抓住些什麼，也是看著方才被你脫了手的秦國晉，不禁無法抑止地拉開了一個狂喜的笑容，上前撿回了我的畢生所求咯咯輕笑，最後我再也不必忍住，將多少年來的怨恨用一種歇斯底里的瘋狂方式全數笑了出聲。

也是在那一刻我才忽然想起原來土星環是如此的薄，並且其實組成它的物質不是來自一顆破碎的行星、就是來自**無法形成**衛星的廢棄材料。

醒來時已經六點了，我瞇著眼微笑了起來，即便不餓也還是叫了客房服務，自己哼著歌吃完了一份餐點，另一份就先擱著。

接下來我輕手輕腳地進了浴室更衣洗漱，明明沒有出門的打算也依然上了最精緻的妝容，回到客廳重新拿出兩個杯子和一瓶99年的紅酒放在桌上，在沙發上靜靜地坐下，閉上眼等待。

自從我去見了秦國晉的那天起，我便步步算計著，一點一滴地引導著你們緩緩走入我設下的局中，讓我想要的一切最終都能繞個彎兒進到我手裡。

於是我在秦國晉面前慘白了臉，在秦國晉面前流盡了淚，在秦國晉面前識大體地要他回到他早已不願回首的人生去，一步步走著就是為了使他心疼而對我的溫順乖巧有太多愧疚、並讓他深深地厭惡起對你的責任沉重。

可即便說著這樣的話，且在先前不斷明示暗示著誘導他，我都並沒有真正想過他會真為了保全我而甘心賠上夏城，又或者該說是我不敢奢望，他竟真會像我這些年來為了他所做的一樣、也願意為了我而不惜放棄一切。

是我贏了。

至於你，我知道你會來，我當然知道。畢竟如今的你什麼都沒有了，而你**畢生所求**的一切如今全落在我的掌握之中。你一定會想正視這個問題，找出其中的癥結點，然後想方設法地奪回原本屬於你的一切。你一直以來都是這樣積極又勇於爭取的人。

但是這一次，你休想。我帶著志得意滿的微笑，以及和你曾掠奪了我的一切的**那一天**同年份的紅酒，笑著開門迎接了你和你的失敗。「小宇。」

致 張云暘

指示司機將車停在飯店的正門，我換下了一直以來示人的西裝和皮鞋，穿上了輕便的T恤牛仔褲和球鞋，只戴上口罩不去做其他過於欲蓋彌彰的掩飾，便堂而皇之地混在人群中走進飯店。一旁採訪過我幾次、連我都能認出的記者連頭都沒有抬一下。

只要將自己裝扮成一個不是他人所期待的模樣，就可以暫時逃離這一切，成為一個連自己都不願成為的人。

我上到最高樓，依著秘書之前調查到的資訊走到相對應的房間前，深吸一口氣，試著忽略自己的懦弱與膽怯、以及那種如棄婦一般想抓著妳大吼「把我丈夫還給我」的不堪和衝動，抬手按了門鈴。

幾乎是在我的指尖才剛離開按鈕的那一瞬，妳那張可憎的笑容便出現在我面前。妳的臉上連一絲驚訝的意味都沒有，像是正等著我的到來，無比自然地招呼了一聲。「小宇。」

「暘暘。」我也笑了起來。「我可以進去坐坐嗎？」

「當然了。」妳一口應承了下，領著我在沙發坐下，將桌上的兩個杯子都斟滿了酒，才用像是問天氣一般的語氣開了口。「最近一切都還好嗎？」

「托妳的福，」我咬著牙笑著回答。「一切都好。」

「那就好。」妳笑瞇瞇地說。

在這樣扭曲又尷尬的寒暄之下，我們便像是再也無話可說了，兩個人沉默著喝乾了酒，當妳傾身向前替我倒酒時，我看著妳的髮垂落在精心妝點過的容顏之側，妳微微頓了一下，伸手將那綹髮絲撥至耳後，露出了妳像是盡力壓抑著一些什麼情緒的平靜笑顏。那一瞬間我的一句話突然衝口而出，連我自己也嚇了一跳。「妳很恨我吧？」

「怎麼會呢？」妳抬臉望向我，緩緩地勾出一個微笑，這才若無其事地接口，端起酒杯靠回椅背上。「你是我最好的朋友啊。」

「是啊，我們從小一起長大，有那麼多年都形影不離地在一起，一直都這麼親近、照顧彼此、關心彼此，我的確是妳最好的朋友。」我撐著頭笑了起來，一字一頓地說。「好到偷走了妳最深愛的男人。」

「十八年前的**那一天**，妳去美國是為了找秦國晉告白的吧？」眼尖地發覺妳的手不著痕跡地抖了一下，我笑得更加開懷，拿起杯子又喝了一口。「我看到了喔，看到了在那個時候，妳站在他的背後，看著我們。從那時候我就明白了，妳愛他。」

「所以，我當著妳的面，環上了他的脖子，吻了他。我要讓妳知道，**他是我的**。」我很惡劣地笑了起來，看著妳連弧度都不曾改變的笑容。「那個時候，妳所要的一切都被我偷走了，對不對？」

「沒錯。」妳揚起臉，直視進我的眼中毫不退縮。不，又或者該說，妳從來不是該退縮的那個人。

「所以現在的妳又想要什麼呢？妳要的到底是什麼？妳究竟是對什麼東西的執著如此深刻、深刻到妳即使在十八年後也還是要回來？回來毀掉我？」我質問著妳的嗓音染上了纖薄的顫抖，像是在面臨我這輩子最深刻的恐懼。「妳回來到底是想要搶走什麼？」

妳沒有立刻回答我，只是仰頭喝乾了杯中的酒，又替自己斟了一杯，隨著酒杯緩緩被注滿，妳的笑容也一點一滴地漸深，良久妳的視線終於從杯子移到我身上，在我指間的婚戒打轉了一圈後，向上平移直視進我的眼中，這才平靜地開口，每一個字都是帶著笑說出來的。「小宇，你知道的，我要的東西很簡單，始終如一。」

「我要秦國晉。」

其實嚴格來說，地球並沒有繞著太陽轉，而是它們兩者繞著這個系統的質量中心在轉。

而月球呢？同樣的，月球也不是單純地繞著地球轉，此二者一樣擁有一個質量中心，只不過這個質量中心深埋在地球之中，才會造成月球奮不顧身地圍著地球打轉的可悲情況。

妳要秦國晉。我愣愣地看著妳，然後重重地摔下杯子猛然起身。「妳做夢！」

相較我的激動之下，妳完全沒有一絲動搖，只是微笑著望向我，彷彿在縱容著一個無理取鬧的孩子。

我再也無法忍受妳那樣足以逼瘋我的平靜眼神，氣沖沖地掉頭就走，直到回到車上重重地甩上車門，才發現自己全身顫抖。

無論妳想要什麼都行，想破壞我的人生也隨妳，就算是要毀了我我也願意，但就只有秦國晉不可以！我抱著頭，幾乎可以感受到全身上下的每一個細胞都在尖叫咆嘯，每一寸骨節都因為強烈的恐懼而格格作響，就連耳邊的風都幻化成妳溫柔帶笑的嗓音說著。「我要秦國晉。」

「李未宇先生？**李未宇先生**？」

我扯著頭髮回過神來，發現吳檢座皺著眉在喊我，秦國晉冷冷地直視這個方向，而妳，依然抿著那個一成不變的微笑，我這才突然意會過來這又是一場庭審，而我已經瞪著妳的方向機械式地回答了一切有關事發當天我們喝了什麼茶的這一類無聊問題。

「可以麻煩你再重複一次剛才的問題嗎？」我努力打起精神，揮去耳邊呼嘯而過的妳的笑語。

「請問在二零一七年四月十二日的那個下午，當您離開家裡之前，張小姐對您說了什麼？」

「她對我說，」我嚥了口口水。「早點回來。」

「那當您回來時又看到了什麼？」

「警察，和我小兒子的屍體。」

「那大兒子呢？」

「不見了。」

「不見了？」吳檢座很刻意地問了一句。「去哪兒了？」

「可能也被她殺了啊。」我很惡毒地說，語氣中充滿了憎恨。「監視器上面沒有拍到小夏離開家裡的畫面，雖然我們家客廳的氣窗是挺高的，但也沒有高到搆不到的地步，以張小姐的身高來說，只要墊個腳伸長手就能碰到窗框了，所以極有可能是她站在椅子上把小夏的屍體丟到院子裡後、再走到院子去把他丟出我們家的圍牆，然後開著車帶到河邊去棄屍，不就是這樣嗎？還能去哪裡啊？」

「為什麼您會認定不是大兒子下的毒手呢？照您的說法看來，不也有可能是大兒子殺了弟弟後，自己爬出氣窗再跳出圍牆逃逸的嗎？」

「先不提警方調閱了我家附近所有的監視器、卻連個我兒子的影都沒看到這件事，小夏的鞋子一雙都沒有少，如果是他殺的人、總是要穿鞋子才能逃離現場吧？還是說檢調單位是如此沒用，不僅在監視畫面上找不到人影，還連一個身無分文可能流落街頭、而且還沒穿鞋子跑不了多遠的男童也找不到？」我尖刻地說。「再說，作為凶器的相框上，除了小夏的指紋以外，可也是有她的指紋。」

吳檢座的臉僵了一下，然後才假笑著繼續問道。「請問您是一開始就認為兇手是張小姐嗎？」

我毫不猶豫地拋出一個字。「對。」

「為什麼？」

「因為她就是個神經病。她想要我丈夫想要得發瘋，所以她才回來毀了我的人生、殺了我的兩個兒子，把小兒子的屍體留下來羞辱我，又把大兒子的屍體帶走來製造一些他媽的懸念，哄得我丈夫相信她是清白的，所以為了她拋棄一切。」縱然真有可能兇手是小夏又如何呢？就算真是小夏殺了天權，可毀滅了我和我的家的，也仍然是妳。我怒目瞪視妳溫和而平靜的笑顏，咬牙切齒地說。「一直以來，她就是這樣一個不擇手段的**婊子**。」

「檢方沒有問題了。」吳檢座滿意地笑了起來，趕在妳們那方可能站起來抗議之前先一步結束了問話。

而我疲倦地短暫闔上眼，再睜開時只見他面無表情地站起身，突然想起了一個很悲哀的現象：縱然月球保護了地球，但給予地球生命的，到底還是太陽。

即便這些年來我是如何拼了命的在守護他，可到頭來，他愛的人終究還是妳。

我絕望地看他冷著一張臉漠然地直視我的方向，終於再也沒能忍住地笑了。

有什麼辦法呢？我想。妳們終究是擁有更多的質量中心。

婚姻大抵就像分岔路口，有些人能好好停留在原地牽著手，也有些人卻是彼此羈絆撕扯著終究釀成車禍，而有更多人則是即便再不願意、也不得不走上不同的道途漸行漸遠。

致 李未宇

記得天權大概是八個多月大時，有一回我們按照慣例一同哄他入睡，他咬著手中的長頸鹿娃娃，突然模糊地發出了一個單音。「**趴**。」

那時我滿腦子想的都是隔天的開庭內容於是有些心不在焉，而你則是激動地抓住我的手臂，聲音微微打顫。「你有沒有聽到？」

「什麼？」我回過神來，對於發生了什麼事完全摸不著頭緒。

「天權，來，」你轉向天權，逗弄他胖乎乎的小手，一邊童言童語地說。「再叫一次好不好？再叫一次爸爸好不好？」卻見天權瞇著眼，似乎突然對自己的手指產生了極大的興趣，連看都不看你一眼。你不屈不撓地把他抱起來，一邊發出聲音誘哄他，而天權呆呆地望向你，看著看著突然也就笑了。

「**趴趴**。」他口齒不清地嚷著，揮舞著肥胖的胳臂像是想玩。

他只是發出了一個連他自己都不明白意思的音節，你卻表現得像是他剛解開了二元一次方程式一般，又是親又是抱地直誇他聰明，逗得他樂呵呵地咯咯笑後，接著又將他湊到我面前。「來，叫爸爸。」

和天權大眼瞪小眼地僵持了一會，我愣愣地瞄了你一眼，不明白你這個動作是希望得到我怎麼樣的回應。而天權看著我，突然嘴一扁便要哭，我連忙手忙腳亂地將他抱過來，感覺著他在我懷中咿咿啊啊地嚷了幾聲後才安靜下來，隨即又不安分地伸手來搆我的眼鏡，我將他抱開一些，就見他傻傻地笑了，模模糊糊地又喊了一聲。「**趴趴**。」然後滴了一大灘口水在我衣服上。

我不禁也笑了，拍撫著他的背放回搖籃裡，聽你溫柔地哼著搖籃曲哄他入睡。

待天權睡了後，我們躡手躡腳地溜出了房間，你拉住我的手，難掩興奮之情地笑道。「他會叫爸爸了！」

「是啊。」我也跟著微笑。

「說起來這樣也方便，」你抓著我的手來回晃。「我記得之前聽朋友說，他的小孩也是一樣先叫爸爸，結果他老婆就跟他鬧了一個禮拜彆扭。我們這樣方便多了，天權喊一次就兩個人都叫到了，很划算，不愧是我兒子。」我們相視而笑，而你突然踮起腳在我的嘴角印了一吻。「我愛你。」

我微微愣了一下，便也順著環住你的肩。「我也是。」傾身吻了你的額頭後，我摟著你一同望進嬰兒房內的那個小身影，只這樣平靜的光景，便足以令我感到幸福。

是啊，如今回想過去，即便我總認為這**不是我想要的**一切，我們也曾有過這樣平淡純粹的幸福時光的。只是我一再地迫使自己去忽略這所有，才得以轉移注意來守護我如今最為重視的事物。

而如今我凝視著那個當年曾與我相視而笑的、曾說過愛我的、曾也令我想要守護的人坐在我面前，我卻突然開始感到迷惑，究竟那些我也曾說過的愛上了哪兒去？

陳珺推了一份文件到我面前，我瞄了一眼，上頭列全了我該問你哪些問題、又分別依你是如何回答的來向下分支出不同的應對方式。她像是怕我怯場，用眼神詢問我是否該換她，我則是把文件推回去，輕輕壓住她的肩膀，順勢站起身往你的方向望去。

「未宇。」我見你笑得那樣絕望那樣諷刺，終究也只能乾巴巴地喊了一聲。

「國晉。」你冷冷地笑了，努力挺直背脊迎上我的目光。

招呼過後我們就像是再也無話可說了，只是沉默無話地望著彼此，時光流轉在我們交纏的視線中，無論氣氛再如何尷尬亦像是衝不散你眼底的柔情萬種。過了不知多久你卻突然開口，聲音很低很輕，重重地砸在我心上疼得頭暈目眩。「你還記得你當初是為什麼跟我求婚的嗎？」

當然記得。我眼也不眨一下，任憑當年的記憶狠狠撞進我腦海中。「李未宇升經理啦？」在一次下班後的居酒屋裡，陳珺突然問道。

「嗯。」

「不錯啊，他還這麼年輕就當經理了。」她哼笑了一聲，仰頭喝乾了麥茶，視線卻猛地定在我們身旁復古裝飾的日曆上，愣了好一會才轉向我，用一種不可置信的語氣問。「等一下，今天不是你們交往紀念日嗎？你怎麼在這裡？」

「妳怎麼記得？」我皺起眉，努力回想了一下才記起是今天沒錯。

「**你怎麼不**？」陳珺看起來連想掐死我的心都有了。「喂、我說這位秦先生，你們也交往了有八年吧？我說真的，你如果不想，就不要隨便給人錯誤的期待，如果想走下去，那就麻煩你負起責任，不要忘記了。」她語重心長地重複了一次那句她曾說過的話。「你對李未宇有責任。」

我沉默地垂下臉，一句話也沒有說，而她安靜地看著我，突然就笑了。「時間還早，先陪我去逛逛吧？」

逕自買了單後，陳珺拖著我逛遍了百貨公司的專櫃，說是自己老覺得脖子前空空的不大莊重，總想買一條項鍊。卻在逛街的過程中一個勁地把戒指往我手上套，我也就從善如流地刷卡買了一對鑽戒，任由她替我重新繫好被拉鬆了的領帶和調整西裝袖口邊角的皺褶，還被她推著去買了一束大紅的玫瑰，這才回家。

一開家門，你便走到玄關來迎接我。「回來啦。」你笑著說，接著看見了我手上的花束，你愣了一下，然後笑了出來。「怎麼？你要求婚啊？」

而我站在你面前只感覺無比迷惘。都交往八年了，雙方家長也都見過了，彼此也都屆適婚年齡，的確，是也差不多該結婚了吧？

但如果真要收手現在應該也還來得及，交往和結婚到底是兩回事，我是否真的已經做好了要與這個人共度一生的決定？其實若真要現在撤手也還行，頂多是被陳珺罵得狗血淋頭再背上負心的罪名，可總歸是能讓這一切歸之於一場年少輕狂的放縱，而非終身給人貼上同性戀的標籤低人一等。

我是否真能為未宇負上這一輩子的**責任**？

我愣愣地望著你打趣地說著話的笑容，只覺得陳珺的那句責任沉甸甸地壓得我舌頭發苦，我頓了一下，努力回想之前曾和你一起看過的愛情文藝片中的場景，把花塞進你懷中，安靜地單膝下跪，掏出戒指向你開口。「嫁給我？」

這其實是一個一點也不浪漫的故事，就是回想起來我也只能感受到那種不得不為的情緒壓在我嘴裡。可如今在你泫然欲泣的眼眸之下，我終究也只能乾澀地擠出一句。「記得。」

「記得辦婚禮的時候有多麻煩嗎？」你接著問。

「記得。」非常麻煩。場地西裝戒指鴿子音樂餐點花童乃至於地毯的質料，你都堅持要親自過目，也逼著我一定要在湖綠色和藍綠色這兩個在我看來一模一樣的顏色之中做出決定。但不可否認的是，我們的婚禮真的很美。

「記得在婚禮上我爸致詞時幾乎哭了嗎？」

「記得。」而你其實也哭了，只是不讓別人看見。

「記得我們是怎麼收養小夏的嗎？」

「記得。」夏城是個好孩子，是**我們**的好孩子，我當然記得。

「記得我們剛開始跟小夏接觸時，我們幾乎每週都去遊樂園玩嗎？」

「記得。」雖然你一玩咖啡杯就想吐，但你還是不厭其煩地、一次又一次陪著他玩。我壓下了嘴角的笑意。

「記得天權出生的時候嗎？」

「記得。」他好軟好小，抱起來卻意外的沉。

「記得他第一次叫爸爸？」

「記得。」而且其實是**趴趴**。我再也沒能忍住，笑了起來。

你看著我淺淺的笑意，突然就紅了眼眶，小小聲地又問了最後一句。「記得你愛我？」

我抿起唇，點了點頭，只覺得有些想哭。「當然記得。」

「你都還記得。」你的唇邊緩緩揚起了一個微小的笑意，喟嘆著說。

「從來都沒有忘記過。」我輕輕地說。

我們之間又重新陷入了沉默之中，而我望著你，看你像是又重拾了希望一般地笑著，突然在這一瞬間終於能記起了那些曾愛過你的感情。

「我問了你這麼多，」你小心翼翼地打破了沉默，一字一句都說的那樣慎重。「你有什麼想問我的嗎？」

也突然發現了那些情感早已全數煙消雲散。

「沒有。」我僵硬地說。「但我有一句話想說。」你的眼中再也沒能控制住地轉動著幸福的期待光采，我幾乎要順從著局面說出那句綁架了我一輩子的話語。我愛未宇，**我愛你**，所以我們在一起。

但是，已經消失了呢，一切都是。「我們離婚吧。」

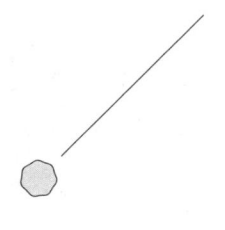

第十章
聯星

聯星是兩顆恆星各自在軌道上環繞著共同質量中心的恆星系統，較亮的一顆稱為主星，而另一顆稱為伴星。

它們相互圍繞著共同的重心旋轉，劃出的軌跡完美重疊。

致　陳子幸

秦國晉曾對我說過，律師都是天生的騙術專家。但我不認同，我們從不說謊，我們只是不說完整的實話。

因為一旦當我們去誠實地交待所有，往往才是最傷人的時刻。

和秦國晉一起合開事務所的初期，因著有他的法官父親和李未宇家人脈極廣的雙親，介紹來的客戶多少會看在他們的面子上委任我們，是故我們在草創時期的案源還算過得去，少了許多他人創所初始的刻苦。

可過了一開始的蜜月期後，中間有一大段時間是我們得積極地開發新客戶，而在這段日子裡，總有遇過幾次原先相談甚歡的客戶在得知了秦國晉的性向後露出一個尷尬的微笑，表示他們會再考慮看看便急匆匆地離開。幾次下來。饒是秦國晉再如何遲鈍，他也發覺了此事背後代表的意涵。

在某一回我們迎來了一位客戶，是一名盛氣凌人的中年婦女揚言要控告自己十八歲兒子的二十歲男友誘拐加侵權，並伴隨著一連串不堪入耳的咒罵話語。我實在不想插手這種爛案，站起身乾笑著送客。「您的兒子在刑法上已經成年，雖說民事上您可以主張他的男朋友侵害您對子女的監護權，但恐怕這樣只會造成您和您的兒子之間的關係惡化，且這並非我們擅長的案件類型，還請您另請高明吧。」

可那婦人卻不理我，只是逕自衝著秦國晉逼問道：「秦律師，你也有孩子吧？應該可以理解我的心情吧？為人母親的怎麼可能捨得看著自己的寶貝兒子被那些骯髒下流的死同性戀拐騙？如果這事是發生在你的小孩身上，你太太又會怎麼說？」

而秦國晉的額角擰起了一道細微的皺紋，直視那婦人的方向豪不退縮，淡淡地開口道：「我想，**我先**

生並不會認同您的言論。」

語畢他立即跟著站起身示意送客，而那婦人的眼神先是從困惑到了然再轉為全然的鄙夷，一把奪過自己的皮包像是深怕她的愛馬仕在此沾染上見不得人的病菌，趾高氣昂地大跨步離開的同時也不忘啐著拋下一句：「沒想到生得一表人才卻也是個不要臉的。」

忍下了喊秘書去拿鹽來撒、或是跟蹤她然後刮花她車子的衝動，我抿著嘴和秦國晉並肩站在會議室裡，沉默的氣氛籠罩在我們身上，像在進行一場註定兩敗俱傷的角力似地沒有人肯先開口，直到他先敗下陣來率先動作，往我的方向傾靠輕輕撞了下我的肩膀，向我有些艱難地擠出一個微笑。「對不起呢，都是我害的。」

聽著這樣的話我一瞬間紅了眼眶，沉下語調惡聲惡氣地叫他給我閉上嘴，然後不由分說地拉過他，踮起腳給了他一個擁抱，看似要安慰方才被那個死老太婆不分青紅皂白地羞辱了一通的他，可實際上只有我自己知道，這不過是為了不讓他瞧見我眼底閃爍的痛楚、和我自覺過於卑劣而不願示人的怯懦。

連並不愛李未宇的他，都有勇氣向滿懷惡意的這個世界承認了他們之間的關係，那我又有什麼資格宣稱，我愛曉涵、愛**妳**，勝過一切？

在秦國晉說出了那句離婚後，整個法庭內先是陷入了一片死寂，而後爆出了從各方傳來的細碎耳語，秦國晉倒是輕鬆自在，冷著一張臉回身向法官頷首。「辯方沒有問題了。」吳品瑞則立即起身表示檢方已舉證完畢，請求法官根據現有的檢方舉證下判決，審判長也像是在這個尷尬的情況中找到了一個台階下，隨即宣布休庭。

我看著李未宇失魂落魄地坐在證人席上，比之上次狀若瘋虎地大嚷大叫，如今的他一動不動地呆坐在原處的模樣更令人心疼。他沒有哭，也沒有笑，只是怔怔地坐著，像是為了自己方才相信了秦國晉仍然愛他的那一瞬間感到不可置信似的。他身後的一名女子皺著眉揚了揚下巴，讓隨扈上前半扶半抱地把他架出法庭，而我能看見在被拉起身的那個瞬間，李未宇的手虛弱地在空中對著秦國晉的方向劃了一下。

一個幻影在我眼前晃過，我只感到口乾舌燥，奮力地將其眨掉，再抬眼時只見秦國晉轉向我，站在我面前像做錯事的孩子一般，垂著臉沒有看我，要不是顧慮著這一切在記者眼中會成為大好的狗血肥皂劇題材，我幾乎氣得想搧他一巴掌。

和他僵持了一會後，我抿著嘴緩緩揚起了一個微笑，學著李未宇的口吻諷刺意味十足地開口。「你有什麼想問我的嗎？」

他愣了一下，才乾巴巴地回答。「沒有。」

「很好，那我有一句話要對你說。」我冷冷地接口。「我知道這句話是你的陰影，所以認識你這麼多年，不管我對你有過再多不滿和埋怨，我都不曾對你說過這句話，這是第一次，你要聽好了。」我凝視著他，一字一頓地說。「我對你真的非常、非常失望。」

在那一瞬間秦國晉眼中像是有什麼東西碎掉了，他頓了一下，垂下臉沒有說話，而我抄起手中為他熬了三天夜才趕出來的詰問稿重重摔到他臉上。「你自己送她回去，我不管了。」

我看都不看張云暘一眼，抓過包包就大跨步離開，步出法院的那一刻，果不其然有大批的記者圍上，我被推擠著倒退兩步，一瞬間記起了之前他環住我肩膀保護我的溫度，突然在這個當下明白了自己的卑鄙和自私。

我闔上眼，明白比起氣他，我更氣的是自己。

從十多年前開始，我就一直傾盡全力地在幫助秦國晉去、怎麼說呢，成為一個更好的男朋友；而多年後，自然就是幫助他成為一個更好的丈夫和父親。簡單來說，也有些自負地說，這些年來秦國晉的婚姻能成功地走下去，除了因為李未宇是真的很愛他之外，剩下的幾乎可以全部歸功於我對他的洗腦式教育。

我承認我是真的很自私，一直以來我都把李未宇當成一個犧牲品，不、應該說是秦國晉在得不到張云暘之下的安慰獎或許比較恰當。因為我明白，縱然秦國晉的外在條件都很優秀，但以他冷漠又遲鈍的性子、並且還有一個十多年放不下的故人來說，除了李未宇以外，他再也得不到幸福。

所以我會一直想方設法用盡各種手段也要讓他留在李未宇身邊，因為我太在乎他了，我希望他幸福，若他真的要死守那個得不到的幻影而不願幸福也罷，我至少希望有人能陪在他身邊**給他幸福**。而這就是李未宇的功用了。

反正他愛秦國晉嘛。我總會很涼薄地想。我認為秦國晉需要一個人來陪伴照顧他，而李未宇，他需要和秦國晉在一起、至少營造出表面上彼此相愛的假象。各取所需罷了。

我太希望他能幸福了，是以即便我明白他對李未宇的情感只是得過且過，有也可以，沒有也無所謂，我也依然竭盡所能地在幫他去得過且過。讓他去謹守這唯一的信條：他對李未宇有責任。

曾經我認為這樣就夠了，秦國晉不愛李未宇也罷，只要他不去背棄這段婚姻並死守著責任二字不離不棄，僅憑藉著李未宇對他的愛，我就有信心他們能幸福到老。我真的認為這樣就足夠了，直到張云暘出現。

秦國晉是個非常好猜透的人，他會認為他的確對李未宇有責任，可現在更有責任要保護張云暘。所以他優先選擇了張云暘，自以為能夠暫時將對李未宇的責任擱在一邊。這樣並不算不負責任喔，他會這麼想。我太了解他了。

是以從事情發生到現在，我總會想，如果我當年對他說的話是：「你**要愛**李未宇。」或許今天事情就會比較不一樣了吧。他總認為他對李未宇有責任，到最後卻成了僅有責任，而在張云暘身上尋得了多年來對愛的出口。

多少年過去後，如今妳和他是我僅有的一切了，所以我太在乎他，最不願見到的就是他受傷。可他又怎麼能這麼做？當我拼死拼活地在維護他與他的一切時，他卻一意孤行地把一切毀掉。

我太了解秦國晉了。我明白若是綁著他只會讓他更想逃離，那我情願不去給他壓力，放任他去做一切他認為是最好的決定，即便是要毀了他自己的家也隨他去，我唯一的請求是希望他記得，任性夠了之後要回到那座廢墟中牽起李未宇的手，好好看著這個人、這個家和這個他親手毀滅的廢墟殘骸，去好好想起十多年來的一切，然後牽起李未宇的手，再也不要放開。這是我對他唯一所求。

所以，我明白妳有多崇拜且在乎妳的國晉叔叔，但也請妳試著去理解我有多麼失望，當我看著秦國晉毀了這個家、又將呆坐在斷壁殘垣中的李未宇的手給毫不留情地甩開時，我真正看到的其實是當年被吳品瑞給毀了一切的我，坐在破敗的世界中，又再次被曉涵給丟下。

我什麼都沒有了。

不要怪我涼薄。我最好的朋友、家人、這個曾說了要保護我的人，我仰望了十多年的心靈導師竟然這樣去傷害了一個人、一個我能切身處境體會他感受的人，妳還能期待我怎麼想？

當年在曉涵拋下我們離開後，我失魂落魄地躲在房間裡，雖然惦記著妳的感受卻又實在無力處理自己以外的情緒，便只能勉強打起精神撥通電話給秦國晉，聽著他淡漠卻不失溫柔的嗓音在話筒另一端響起，我終於再沒有忍住，緊緊地握著手機對一頭霧水的他哭得撕心裂肺。

他用最快的速度趕到我身邊，先把當時尚年幼的妳安頓好後，才在我床邊坐下，隔著被子輕輕拍撫哭到幾乎喘不過氣來的我，只問了幾句得不到回答的問題後便也收了聲，沒有再為難我，只是一肩扛起照料我們母女二人的責任、擅自替我向當時任職的事務所告了假，每天早上準備好早餐送妳去上學、再回家查看我的狀況並勒令我要把早餐吃完、才匆忙趕去上班，中午休息時間抽空買午飯回來給我吃，晚上盡量準時下班去接妳回家、穿上粉紅色的圍裙煮出一桌並不好吃的晚餐、陪妳玩遊戲做功課、再盯著妳刷牙洗臉才送妳上床睡覺、瞇著眼睛讀完妳指定的床邊故事，一邊整理家務一邊加班趕狀、然後才會拿著一瓶金賓威士忌來陪哭哭啼啼的我喝酒到天亮。什麼都沒有多說。

即便被人拋棄所在生命中留下的創傷有多麼痛徹心扉，日子也終是得繼續過下去的。在哭了整整一個禮拜後，我也不得不去面對曉涵已經不在我身邊了的這個事實。我看著實在是精疲力盡了而歪歪斜斜地倚靠在我床邊睡著了的秦國晉，輕輕抽過毯子替他蓋上，躡手躡腳地起身繞過他步出房間，套上那件粉紅圍裙做起早飯，而當驚醒了的他忙慌慌地滿屋子找我、最後跑到廚房來傻愣愣地盯著我瞧的蠢樣實在太過滑稽，我不禁紅著眼眶噴笑出聲，任由他溫暖地微笑起來，上前勾住我的肩膀，無比自然地問我今天早上吃什麼？

在那之後我因為無故請了一星期假而無法提出任何合理的證明被記作曠職，被主持律師軟硬兼施地給資遣了。我還有一個孩子要養、我現在只能**獨自一人**撫養妳長大了，我能怎麼辦？我還能怎麼辦？正自茫然失措時，秦國晉又以一副無比理所當然的姿態出現在我面前，將一紙契約、印臺、和他自己的印章塞到我面前，用不由分說的語氣開口。「這是我擬的合夥契約，妳看一下，沒問題的話就蓋章。」

我愣愣地看向他，完全反應不過來。「你說什麼？」

「合夥契約，看一下，然後用印。」他慢吞吞地將句子拆解成幾段，用一種我是個白癡的語氣解釋給我聽。

「誰的和誰的合夥契約？」我還是沒搞清楚狀況。

「妳的和我的啊。」他說得無比自然，甚至還翻了我一個白眼。「我想過了，我們現在也二十九快三十了，從執業以來也有快六年了，經驗、人脈和案源都累積了不少。雖然我原本預計是等過兩年再來討論這件事、所以現在是有點早，可我覺得也是時候可以準備自己開業了。」

他雖然說得那樣輕巧，但其實我們都心知肚明，他現在在任職的大所待得好好的，若沉下氣來再熬幾年，將來自己開業時所能觸及到的案源和客戶都會更廣更多、也會更名正言順，而他之所以願意放棄這一切可預見的好處也要急著現在出來開業的唯一原因，就是為了我。我眼眶一熱，垂下臉道。「欸、你不用這樣啦，我只是失個業而已又沒什麼，還是可以先去外面再找其他受僱律師的工作、再不濟找個法務的缺先擋一陣子也可以，你不要一下子衝動就開始想這些有的沒的。」

而他聳了聳肩，沒好氣地道。「有人說是為了妳嗎？妳不要自作多情好不好？」他試著裝霸道的腔調和我的口氣簡直是一模一樣，只是要來得更拙劣一些。「本大爺愛怎麼做就怎麼做，妳別管，閉上嘴把印章交出來就是了。」

我沒有動作，試著想再說服他，他不聽我的勸，倒是輕鬆自在，兀自走到電視櫃前，將從右手邊數過來的第三個抽屜整個拉出來，從抽屜底面拿下用膠帶黏在上頭的印章——那是我收納重要東西的秘密藏匿點——我脹紅了臉。「喂、你……」

「妳太好猜了。」他對我擺了擺手，一邊試著撕去上面的殘膠，一邊命令我。「快點看，看完就蓋章了。」

「我覺得，如果你真的想出來開業的話，我們還是先合署比較好，就互相分擔租金和其他開銷、彼此有個照應。案件和金錢的部分還是獨立開來，」我小心翼翼地說。「這樣比較不會有什麼困擾。」

卻聽他一口回絕。「不要。」他像是心情很好的樣子，逕自把契約拿過去蓋上自己的印章。「如果是別人的話，我連合署都不會考慮。但今天是妳，所以我只要合夥。」他堅定地看著我，把我的印章輕輕地放入我的掌心，然後向我假笑了下，學著我的語氣開口，止不住那抹笑意漫延至眼底。「妳擺脫不掉我的，兄弟。」

早上開庭就是有這個好處，當我甩開記者回到家後，我還可以有一段完整的時間能自己靜一靜，而不必趕著去接妳放學回家。

我抱著一桶巧克力冰淇淋躲回房間看電視，看著記者從各種角度捕捉每一個畫面：失魂落魄的李未宇前方擋了一名綁馬尾的女子一再說著無可奉告，接著由隨扈將他塞進車中後揚長而去；秦國晉緊緊地護著張云暘，一人面無表情一人笑靨如花的模樣實在諷刺；吳品瑞步出法院時意外地沒有多加發言，只是沉著一張臉看不清情緒地大步離去。

我憤憤地挖了一大口冰淇淋送入口中，在心裡暗自咒罵這一切該死的混亂世界。

這時出乎意料之外的，樓下傳來鑰匙開門的聲音，我愣了一下，以為是妳回來了，猛一瞥時鐘才發覺不對。現在才十一點多，妳今天是中午放學，不會是妳。

那就是秦國晉了。我撇了下嘴角，將房門上鎖後把電視關了，貼在門邊全神貫注地聽外頭的動靜。「陳珺？陳珺？」只聽秦國晉在客廳喊了幾聲後便走上樓來，腳步聲在我的房間前停下，他試了試門把，嘆了口氣。「陳珺，我們談談好嗎？」

誰要和他談啊。我翻了個白眼，聽他不依不撓地繼續說。「陳珺，我知道妳在裡面，妳先不要躲我，我們談談好不好？」該談的對象是李未宇而不是我吧。我不理他，逕自躺回床上玩手機，他等了一會兒得不到回應便也放棄了。「我去接子幸下課，順便帶她吃飯，妳……妳好好休息吧，我不吵妳了。」

我在心中細算時間，才發現他就是全速飆車，也不可能送了張云暘回飯店後在這個時間出現在家裡，意識到他一定是寧可讓張云暘坐計程車回去也要趕回來見我。我沉下臉，又在房裡躲了一會，等到確定他真的出門了後，便驅車前往張云暘所在的飯店。

原因很簡單，我不惜傷害妳也要保護的、我最在乎的這個人成了我一個幾乎要不認識的人，我至少要親自去確認，看這個足以令秦國晉放棄一切也要守護的對象，究竟值不值。

重重地按下門鈴後，我聽見房內傳來另一扇門被摔上的聲音，接著張云暘便掛著完美無瑕的笑容來應門，我忍下所有鄙夷的情緒，向她招呼了一聲。「張小姐。」

「啊，陳律師，真是稀客。」她笑盈盈地說，並沒有將門全部打開，而是半掩著房門見我。「抱歉，現在不太方便，就不請妳進來了。」

「沒關係，我只是要問妳一句話。」我無心去理會她欲隱藏在門後的事物，我本來就只為了這一個目的前來，其他的，我連好奇都懶。「這句話我當初也問過妳，老實說，妳的回答我並不相信，所以我要再問妳一次，請妳對我說實話。」我望著她溫柔的笑意，一字一頓地問道。「那一天，到底發生了什麼事？」

她並沒有立刻回答我，只是輕輕地笑了起來。那是一種從眼角眉梢直直溢落下來的喜悅，就連唇邊抿著的那一抹意味深長的弧度也隨之亮了起來，她就掛著這樣的微笑，站在我面前，良久才回答。「其實也沒什麼，」她說。「我只是奪回了本該屬於我的一切。」

我瞪視著她深沉的笑容，一瞬間感到無比的恐懼、厭惡、與一種幾乎將我整個人掏空的無力感，在曉涵過世之後我再沒有過這樣強烈的感受。

妳還能期待我怎麼想？

我受夠了。

致　秦夏城

「寶貝妳知道嗎？」在我六歲那年，某一次曉涵媽咪載我出門的路上，她突然這麼說。「其實金星自轉的方向和其他的星星都不一樣喔！」

「真的嗎？」

「當然是真的！我就是從金星來的，所以我也和其他人不一樣。」曉涵媽咪笑瞇瞇地說，空出一隻手來摸摸我的頭。「我會用我的一**切**來愛妳和媽咪。」

我笑了起來，央求曉涵媽咪再多說一些宇宙冒險的故事，卻在這時目睹了對向車道有一輛大卡車歪歪斜斜地向我們疾駛而來，曉涵媽咪避閃不及，在最後能反應的那一刻，她溫柔的笑意仍凝結在嘴角，眼神卻是空白的，彷彿她接下來所做的一切完全是出自於本能而非思考過的結果。

她急扭方向盤打斜車身，讓那輛卡車硬生生地撞進了駕駛座那側，而坐在副駕駛座上的我則毫髮無傷。

之後所發生的事在我記憶中全像是蒙上了一層模糊不清的黑白濾鏡，就像數十年前的默劇看上去那樣哀傷又可笑。我全身顫抖著被抱上了救護車，到了醫院後目送渾身是血的曉涵媽咪躺在輪床上被推走，而我被帶去做了一連串的檢查，木然地任由護理師擺佈，直到媽咪趕到醫院、緊緊地抱住我，我才像終於找到了自己的聲音一般哭了出來。

媽咪帶著我一起在手術房外等候，我們等了很久很久，久到曉涵媽咪幾乎已經斷絕關係的家人都來了，一得知媽咪就是和曉涵媽咪在一起的**那個不要臉的女人**，我名義上的祖母立刻狠狠撇開臉連看都不看我們一眼，在之後面對著向他們下跪求肯哭得泣不成聲的媽咪，他們卻連回答都懶，說什麼也不肯放行，以致我們連曉涵媽咪的最後一面都沒能見到，更不用說是喪禮了。

自然，那個時候的我是不懂這些的，我只一心認為那對神色冷淡眼神漠然的老夫婦是來自金星的士兵，所以才奉命過來把曉涵媽咪抓回去。曉涵媽咪當然沒有死，她可是金星戰士啊！她只是被祖國給帶走了，才沒辦法留在我們身邊。

所以當媽咪崩潰了時，我沒有哭，只是趁著國晉叔叔來代替心碎了的媽咪照顧我的那幾個晚上問他，金星在哪裡？然後每晚每晚看著夜空盼望曉涵媽咪能打過守衛逃回我們身邊。我不哭，我要等著她回來。

直到後來，我長大了，才終於明白了她並不是金星戰士，只是一個深愛我和媽咪的普通女人，只不過她的確自始至終都在守護著我們，直到她生命的最後一刻。

而面對著這個愛我勝過一切、這個甘願放棄祖國也要守護我們、這個本能上認定了要用生命來換得我平安的，我的曉涵媽咪，我所保持的竟然是**這種**想法。

我覺得自己好可怕。

放學後國晉叔叔聯絡了我，要我在校門口等他來接，我心下一沉，明白今日的庭審一定又出了什麼事，於是拖著沉重的腳步正想步出教室，卻聽班上的中心突然爆出一陣歡呼聲，我皺著眉回首，就見其中一個男生揮舞著智慧型手機，一邊手舞足蹈地大笑。「有夠精彩的啦！秦夏城他爸要跟他爸離婚了！而且是在法庭上當著所有人的面提出來的欸！比連續劇還要精采。」

……離婚？我咬了咬下唇，不明白為什麼事情會走到這一步，只能沉默著聽另一個男生輕挑地接了口。「廢話，那個女的雖然是殺人犯但還是滿正的啦，在那個年紀來說算很好看了，如果我是秦夏城他爸也會選她啊，他另一個爸爸雖然是個娘娘腔但也還是個男的嘛，有個漂亮女人誰要選個男的啊！」

「反正死個兒子對他爸來說也不算什麼吧！再生就好啦，秦夏城根本就也可以不用回來了嘛，反正他爸爸都已經要離婚了，誰要找個拖油瓶帶著啊？看來他被綁架也被綁得很會挑時間欸。」

「不會啦，被找回來也好啊，他的律師爸爸八成是不會回家了，他剛好可以花很多時間跟他的娘砲爸爸培養感情，」蔡俊杰哈哈大笑著說。「到時候就是大娘砲養小娘砲，搞不好最後兩個人還會搞在一起咧，反正又沒有血緣關係。」

一群男生立時發出猥瑣的哄堂大笑，七嘴八舌地討論一些不堪入耳的字眼，而我緊緊攥著手心站在幾步外的距離聽著，再也忍無可忍，驀然開口對他們大吼。「你們說夠了吧！」

話甫脫口我便後悔了，見著蔡俊杰站起身的模樣我不禁瑟縮了一下，卻只能努力挺直背脊面對。他瞄了我一眼，挑了挑眉問道。「妳說什麼？」

「我說，」我嚥了口口水，聲音漸漸弱了下來。「你們不要這樣，講得太難聽了啦，大家都是同學……」

「是同學又怎麼樣啦？秦夏城他爸就是變態啊，他也沒有好到哪裡去，我是為什麼不能說？」他哼笑一聲。「班長，妳幹嘛幫他說話啊？怎樣？妳跟他一樣不正常是不是？」

其他男生很配合地轟笑起來，而我在他們那樣冰冷的視線之下只覺得口乾舌燥，一句話都說不出口，最後只能倉皇地拋下一句。「沒有啦，我不是那個意思，你們繼續聊，我先回家了。」我灰頭土臉地逃出教室，混在人潮中出了學校，依約在校門口等待，試著讓自己喧囂著的心冷靜下來，卻在盼到國晉叔叔前先見到了一名我不曾想會再見的人。

上次那名和媽咪起了口角的檢察官叔叔站在夏天炙熱的正午豔陽下，他像是很緊張的樣子，在同一個區域來回踱步，頻頻低頭看錶又不斷四處張望，一見我出現他便愣了一下，隨即快步上前，彎下身對我擠出一個笑容。「小妹妹，妳還記得我嗎？」

我狐疑地點點頭，他又繼續問。「妳……最近還好嗎？」

「好啊。」我冷冷地說。

「那妳媽媽呢？」

「很好。」聽到他提起了媽咪，又想到上次談話後媽咪歇斯底里的哭聲，我不禁皺起眉，倒退一步。「你問這個幹什麼？」

似乎因著我的冷漠而感到尷尬似的，他踟躕了一會，才支支吾吾地說。「我只是想，如果妳和秦夏城很要好、妳們家又……我是說，妳的，」他頓了一下。「妳的**媽媽們**……」

在那一瞬間我能感覺到我用這麼多年來築起的防護罩被毫不留情地打碎了，大片大片崩毀的世界砸在我身上，我卻無心去感受疼痛。而是先四處張望是否有人發現了我的祕密，下一秒又像是為了自己那一刻的害怕而感到羞愧似的，我倏然冷下臉，用長年和律師長輩們打交道所習得的尖酸刻薄語氣怒聲開口。「你是誰啊你關你什麼事？你為什麼在乎啊？請問我們家好不好到底關你什麼事？」

「我……我是關心……」檢察官像是被我嚇住了，於是後半句話全被吞了下，只是呆呆地看著我。

就這樣和他僵持了一陣子，我才看見國晉叔叔在前方不遠處停下，我不願讓他下車撞見這樣的場景再多生事端，是以我撇了面前的人一眼，無心停留，只是在跑開之前冷冷地對著他丟下一句。「你這種自以為是的正義和憐憫，我不需要。」

帶我在外頭吃了飯回家後，國晉叔叔盯著我寫完功課，像是想彌補些什麼、或是在我身上尋得他沒能給予自己兒子的解脫，於是陪我玩了幾盤跳棋，空氣中凝結著化不開的沉默，在我幾乎要感到窒息時，我的手機突然響起劃破了寧靜。我瞄了一眼，心中一窒，是個未顯示的號碼，是**那個**未顯示的號碼。

我倉皇地瞥了國晉叔叔一眼，才故作鎮定地說。「叔叔，我同學找我，應該是要討論下禮拜的小組活動，我先回房間接個電話。」

「好，那我也先回房間處理事情。」他不疑有他地應承了下。「有事情就直接叫我。」

成功地擺脫國晉叔叔後，我三步併作兩步地躲回房間，接起電話後顫抖著應道。「喂？」

「我爸爸要離婚了，」果不其然，你的聲音從手機的另一端傳來，沙啞地問著一個我不知道該如何回答的問題。「我的家變成**這樣**，妳是不是也覺得這是我的錯？」

是該昧著良心說不是呢、還是該直言不諱地說是呢？我搜腸刮肚也尋不到一個適切的說詞，最後一句話脫口而出，是出乎意料亦是理所當然，我從一開始就該這樣問。「秦夏城，」我嚥了口口水。「你在哪裡？」

我收起了手機，從抽屜裡拿出之前存下的壓歲錢，躡手躡腳地溜出家門，攔了一輛計程車，報出了你方才說出的地址：圓山大飯店。

我不能不這麼做，不能不去見你一面，不能不正視這個困擾了我太久的問題。

我必須弄清楚，我是不是和你一樣不正常。

我記得初次見你時你很活潑愛笑，喊我名字的嗓音總是開朗而燦爛，會驀然從背後嚇我一跳再咧出大大的淘氣笑容。而如今這個門後的你，掛著一副平靜到看不清情緒的蒼白笑意上前迎接我，我不禁感到好奇，你的轉變究竟是來自於蔡俊杰的羞辱、你們家的破碎，抑或是我的冷眼相待？

沉默籠罩在我們二人頭上，誰也沒有先開口。我有些出神地盯著你手肘上因為長年被欺負而跌倒在地所磨破皮結出的疤，突然想起了你究竟是從什麼樣的人生中逃離出來的，也想起了那個深埋心底的卑劣想法，那份**慶幸**，那種見了你是如何因著家庭因素而被霸凌後所衍生出來的、還好曉涵媽咪不在了的念頭。

我止不住地全身顫抖，見著你漠然的笑意，緊張而乾澀的嗓音艱難地擠出一句。「你弟弟……」我問。「是你做的嗎？」

卻見你低垂下臉一語不發，我再也按捺不下心中那種幾乎要將我吞噬的恐懼，一扭頭放足狂奔。

原來我和你早就是一樣的了。

我好可怕。

致　李天權

當一顆恆星和我們距離太遠時，極有可能它已經變成了超新星，但是光還沒傳到我們這裡而已。

從我還在孤兒院開始，在我有記憶以來，每晚睡前我都有一套自己的儀式：隨著院長老師帶一干院童禱告完，躺回床上，死死地盯著黑暗中頭頂上的燈管，試著去記得自己究竟身在何種處境之下，一次又一次地告訴自己，我要當個好孩子，才會有人要我。

曾經我對這樣日復一日的儀式感到無比厭惡，並在小小的心中渴望著，等到哪一天被收養了，我一定要有一個小夜燈。

這樣的想法是黑暗的日子裡唯一的安慰了。

一日一日過去後，我依然持續著那種近乎絕望的企盼，直到我遇見了爸爸、進而認識了爹地，真正踏進家門的那一刻，才終於能如願以償。當天晚上我的睡前儀式有了天翻地覆的轉變：爸爸親自替我拉上被子，爹地坐在床沿摸摸我的頭髮笑著說晚安，兩個人各吻了我額頭一下後，替我點亮了小夜燈才離開，而我終於得以盯著暖黃的微弱光源，在不再黑暗的環境中睡下。

我有了愛我的雙親，一盞如願望中的小夜燈，和一個夢寐以求的家。那時候我的人生很幸福，我再也別無所求，直到爹地突然不愛我了的那一日。

一切都毫無徵兆，那一日他回到家後，看我的眼神裡帶上了排拒感和極其厭惡的冷淡，卻又用一種試著粉飾太平的態度陪我吃了晚飯，送我上床，尷尬地親了我的額頭。而在他擰亮小夜燈前，我看著他疏離的側臉被瀏海投下令我看不清的陰影，一股難以名狀的恐懼感突然向我襲來，於是我下意識地開口，打斷了爹地。「爹地，」我艱難地吞了口口水。「不用開燈了沒關係。」

「不用嗎？」他皺著眉轉臉望向我。

「嗯，」我將半邊臉埋進被子裡，小小聲地說。「不用了，這樣很浪費電，謝謝爹地。」

「那好，」爹地頓了一下，對我拉出一個不帶感情的微笑，抬手啪地一聲關上了大燈。「晚安。」

從那一天開始，我身陷黑暗。

就像又回到了孤兒院一樣，我開始每晚每晚地盯著玻璃罩子中的燈泡看，試著去提醒自己如今是身在什麼處境之中，一次又一次地警告自己，我要當個好孩子，才會有人愛我。

那你可能會問我。什麼步驟都有了，就和當年一樣，卻缺了一個禱告，為什麼獨獨少了這個儀式？難道是因為院長老師不在嗎？

而我只能說，親愛的小弟，別傻了。我當然也曾向那個我不知道是否存在的上帝禱告過，但在你出生的那一晚後，我就已經放棄了這一類不必靠努力也能得償所願的美好幻想會實現在我身上了。

事實上，從你出生那一天開始，我每天都做同一個夢，夢裡的我總是縮在一個暗無天日的深淵中，好不容易歷經了千辛萬苦、被峭壁上的尖石傷得錐心刺骨，期盼最後能見到哪怕微乎其微的光點也好，卻在終於爬出去後，才發現我心心念念了一輩子的出路，仍然是一片望不到底的黑。

那既然我這麼怕黑、連作夢都在困擾著，那我為什麼又堅持著不開小夜燈呢？其實原因很簡單，因為我不要浪費電、我想當個好孩子，**我要**當個好孩子。所以在那天之後我努力讀書幫忙家務，我不吵不鬧變得安穩沉靜，我盡我所能地不去成為家裡的負擔。

所以在那天以後，我連我的小夜燈都不敢開、就是在學校被蔡俊杰那夥人如何欺凌羞辱、在家裡又得被你的無禮和憎恨給逼得那般痛苦，我也都咬牙吞了下。因為我深怕有一天會被抓到把柄、會被爹地給厭棄、會被真的送回去。所以我要當個好孩子、我只能當個好孩子。

這麼說好了，我的確害怕黑暗，可一和那種令人窒息的、被拋棄的恐懼相較之下，我原先的畏怯簡直幼稚到不值一提。

爸爸和爹地要離婚了。

好吧，這句話說起來其實並沒有想像中的令人驚訝，反而挺合情理的。畢竟爸爸本來就不愛爹地，這種由爹地單方面來維繫著的感情原本就不會走得太長太久，所以我對事情真正走到這一步，並不會感到太意外。

可是，當他們今天走上離婚這一條路，是**因為我**所做的一切而導致的，這就有很大的不同了。

「你弟弟，是你做的嗎？」子幸開口問道，嗓音乾澀沙啞。說起來很諷刺，現在這個站在我面前質問我是不是殺人兇手的女孩，是我最好的朋友，是我除了自身之外，第一個動念想盡力去保護的對象。可如今卻連這樣曾那麼寶愛而珍稀的友誼也被我給親手破壞殆盡。

我垂下臉，沒有說話，只是愣愣地站在門口，凝視我曾經最好的朋友用看著怪物的眼神瞪視我而後驀然扭頭狂奔的背影突然覺得自己人生裡所剩無幾的重要事物中的一部分也隨之消失，如同我曾夢寐以求擁有的家，一切都在我所做的事情之下分崩離析。

而除了我自己之外，我找不到第二個人來怪罪。

「夏城？」啊，對了，我都忘了呢。我僵硬地關上門，聽身後的人用溫柔的嗓音問著。「你的朋友嗎？」

「嗯。」我垂著臉回過身，等做足了心裡準備才能抬頭去看。還有她可以怪罪。

「還是小心一點喔，不要被別人發現了比較好。」云暘阿姨笑瞇瞇地迎上了我的目光，她今天從法院回來後就一直心情很好的樣子，從冰箱裡拿出盒裝果汁倒了一杯遞給我。「喝果汁？」

「嗯，謝謝云暘阿姨。」我試著微笑卻以失敗告終，只能連忙接過果汁藉此掩飾情緒。

「好乖。」她笑著伸手摸了摸我的頭，我頓時全身僵硬連氣都不敢透一口，而云暘阿姨只是笑了笑，不著痕跡地收回手。「你要不要先進臥室看電視？你爸爸等一下可能會來，我想先去買些茶點回來備著，你有沒有想吃什麼？」

我搖搖頭。「沒有，謝謝云暘阿姨。」

仍然保持著一貫的笑容，她卻不接受我的拒絕，又問了一次。「不用客氣喔！買蛋糕好不好？」

「那麼，草莓的。」我不敢再拒絕，只能逕自扯出一個破碎的微笑。「有慕斯在上面的那種小蛋糕。」

「沒問題。」云暘阿姨笑瞇瞇地應承了下，拎過包包就要出門，卻又突然停下腳步，回過頭來對我一字一句都說得那樣真切。「夏城你要記得喔，現在和以前已經不一樣了，你不用再逞強著去做違背自己心意的事情。」

「現在的你，可以自由自在的呼吸。」她的笑意深沉，用一句話讓我們之間的空氣沉默下來，過了一會才無比自然地拍了拍我的頭。「我出門了，你先把玩具收一收帶到臥室去玩吧，別被發現了。」

云暘阿姨出門後，我一口喝乾了冰涼甜膩的果汁，任由化學添加物的苦味壓在舌根上令我反胃作嘔，望著客廳桌上散落著的照片中有一張你的笑顏，我幾乎要吐出來，但我沒有。我只是安靜地洗好了杯子倒跨在檯面上瀝乾，依言收拾了她今天突然帶回來的一桌新玩具，把它們全數堆到臥室的角落，本想依著長久以來的習慣將其排列整齊，可收著收著卻也慢慢停了下手，想起自己現在可以不必再當個好孩子了。

那一日從河邊一路走到市區、輾轉跑了好幾個地方過了幾天，整段過程中我有過遲疑有過迷惘有過後悔，卻終是一步步來到了這裡。當我低垂著臉按下飯店房間的門鈴，而云暘阿姨掛著無比自然而平靜的微笑拉開了門迎接我時，我看著她溫和的笑顏只感覺止不住地反胃，歉疚、恐懼與自我厭惡等情緒重重地壓在心上，可即便再如何痛苦我也心知肚明，除了她這裡，我再無其他棲身之所了。

可無論現今我擁有了諷刺意味多麼濃厚的自由，我卻依然不能自己地有一種仍舊深陷深淵的感受。

畢竟就算我能再次將好孩子的面具給戴上，也沒有人能夠再愛我了。

我為什麼會在這裡？

是為了想逃離這個令人窒息的家。

我瞥了眼那堆玩具中混雜了一盒城堡款式的樂高積木，記起了在爹地突然不愛我了的那晚，爸爸沒有在家裡睡，隔天他書房裡的那座水晶城堡就消失了，再隔天我去爸爸的事務所找他時，發現那座水晶城堡出現在辦公桌上，而邊角上有了淺淺的裂痕。只一瞬間我便明白了他們的爭執來自於何，並且也明白了，這座被爸爸無比珍視的水晶城堡是如何漸漸蠶食了我的家，直到一切四分五裂。

我不禁重重地別開臉，只覺得心裡亂糟糟的無法排遣，一揚手狠狠地將那堆玩具打翻。

為什麼現在的我已經成功地遠離了過往，卻仍然無法自由自在地呼吸？

致　陳子幸

從張云暘那副平靜的笑顏前如逃難一般地倉皇離開後，我回到家，萬分慶幸地發現秦國晉還沒接妳到家，八成是帶了妳在外面吃飯，讓我得以不必在這樣的情緒之下面對妳。

我躲回房間裡，感覺著空氣中揉合著微微的濕氣和痛苦的味道，就連呼吸時亦能體會到那種無以名狀的厭憎狠狠扎在心上，我闔上眼，重重地將自己拋進床鋪裡，試著遺忘張云暘方才那抹笑靨中令人生厭的意味深長，卻在這一瞬間只覺得對秦國晉感到無比失望。

無論是輕易地被這樣滿口謊言的女人給騙了的、抑或是死守著莫名其妙的往日情誼所以心甘情願被騙了的秦國晉，我都已經受夠了。

我受夠了。想通了的瞬間便也輕鬆了，我微笑起來，將自己埋進被子裡，愜意地舒了口氣。對，受夠了，從今天開始他愛怎麼鬧就去怎麼鬧，要幫張云暘辯護到拋家棄子甚至真的離婚也隨他去，我不管了，這是他自己的選擇。

好好睡了從事件發生以來最舒服的一覺，我醒來後發現竟已是傍晚時分了。呆呆地在床上坐了一會兒，我發現床頭櫃上多了一杯水、頭痛藥和紙條，是秦國晉留下的，說是他出去了不回來吃晚餐，要我好好休息，醒來記得帶妳去吃飯。

我一邊翻著白眼想之後一定要記得鎖房門，一邊抓過一件薄外套披上，打著呵欠走出房間，正想著要帶妳出去吃好料的，卻發現家裡全是黑漆漆一片，連妳的房間門縫中都未透出一些光源。

這不像妳。我皺著眉察看了下妳的房間，驚愕地發現竟然是空的，我頓時慌張了起來。「寶貝？」一邊喊著妳一邊下樓，我這才發現客廳裡傳來了刺目的白光，順著源頭的方向走去，就見妳裹著毯子在一片黑暗之中看電視，社論節目的畫面中被打上了馬賽克卻仍能辨識出的小夏城在這個空間中安靜地微笑著，「受害者還是殺人犯」幾個大字毫不留情地打在妳身上，讓妳的背影看上去那樣蒼白寂寥。

我心中不安，卻又怕嚇著妳，只能放輕聲音喊了妳一句。「寶貝？」

妳沒有回答，只是沉默地盯著被關了靜音的電視一動也不動，我的心也隨著這樣的氛圍沉下，一句話都說不出口，只能愣在原地，看著妳在良久後轉過臉，眼神空洞失魂，囁嚅著開口。「媽咪，」妳問道。「我是不是也不正常？」

話甫出口妳便哭了起來，而我在這一瞬間只覺得世界都毀滅了，上前猛然跪下擁妳入懷，只感覺我們二人都劇烈地顫抖著，我用力抱緊妳，突然明白了不只有我，妳也是被拋下了的那一個。

只是差別在於，當妳用小小的腦袋在奮力思考這一切天翻地覆的變化，並向我伸出手求助時，我卻因為太專注於要保護我生命中僅剩的、最在乎的一切，死命地想讓妳和秦國晉遠離危險，而忽略了妳在絕望之中向我伸出的手。

而如今妳在我懷中哭得泣不成聲，自責、後悔、恐懼、憎恨和氣惱，一切的情緒都壓得我頭暈，就在這時一個可怕的想法驀然躍入腦海中，只一瞬間便令我再也沒能忍住地落下淚。

與其讓妳現下如此痛苦，我是不是從一開始就不該生下妳會更好？

自從曉涵告訴了妳她是個金星戰士後，她便樂此不疲地開始定時收看探索頻道、上網搜尋，甚至是翻找一切可得的關於金星的資料，以便能再次編故事給妳聽。我已經記不得有多少次在睡前，當她捧著一本天文百科讀，而我笑她是個書呆子時，她便會湊過來用一個甜蜜又埋怨的吻打斷我。

那一段時間秦國晉剛收養了小夏城，於是我經常帶妳去他們家一起用晚餐，而曉涵便照慣例留在家中，微笑著目送我們離開，任憑我丟下她，去到一個沒有人明白**我們**的地方。

有一回我們一樣從兩家人友好的聚餐回來後，我向曉涵大肆抱怨著秦國晉的笨拙遲鈍和心不在焉。「妳知道秦國晉這個人一向很冷漠，但我總認為以他的性子、會願意和李未宇相守這麼久就足以說明什麼了，所以理論上啦、一舉一動都要能牽動他情緒的人也應該只是李未宇才對。」

我皺著眉回想起在飯後，李未宇陪著妳和小夏城在客廳玩，而我則隨著秦國晉進到他的書房去，看到他桌上放了一座並不搭調的水晶城堡，我隨口問起，卻不想見到他露出一個溫柔含笑的表情，連聲線中都合上了緬懷過往的繾綣意味。「是朋友送的。」他說。「很重要的朋友。」

「這已經不是他第一次提起那個人了，我總覺得就算那個叫張云暘的故人不在身邊，也總在影響著秦國晉的人生，牽動著他的思緒甚至是婚姻，而我卻無法對這樣的情況做些什麼、去勸他些什麼，」我有些頹喪地闔上眼。「我覺得自己好沒用。」

那時的曉涵安靜了好一會兒都沒說話，良久才對我輕輕地微笑。「妳知道嗎？地球上的潮汐大都是由月球和太陽引起的，下一個最大的潮汐就是由金星造成的。」她頓了一下，想了想才做出一個比喻。「假設來自月球的潮汐有一公尺高好了，那麼即便是金星最靠近我們時所造成的潮汐也不過只有五微米的增加，也就是說是千分之五毫米的差別，完全可以忽略。」

我愣了一下，然後噴笑出聲。「什麼呀。」

曉涵也笑了，順手撫平我翹起的瀏海。「我的意思是，每個人對另一個人的影響本就有限，不是嗎？如妳所說的話，那秦國晉的生命中也就已經有了兩個足以左右他人生的人了，他們自會取得一個平衡，妳不用操心。」見我仍皺著眉，她便探過身來吻去我眉間的愁色，向我溫柔地笑出頰側的酒窩。「他是妳最重要的朋友，妳若是在乎，就陪陪他吧，我想這才是最重要的。」

她說的每一個字都有理，但當時我卻不聽她的勸，一意孤行地想去影響秦國晉，讓他走上我所認為對他好的道路，卻是造成了今天的結果。

比起恨他，我更恨的、只應恨的，其實只有我自己。

後悔也來不及了。我抱著哭累的妳上樓，替妳拈亮了小夜燈掖好被子，倚在小床邊凝視妳的睡顏，看著妳的手指仍然習慣性地想去抓住些什麼，我便拿過一隻娃娃湊到妳手邊，見著妳抓牢了後才咂了咂嘴，心滿意足地繼續熟睡，我不禁想起了在妳出生的那一天，妳又是如何用這雙小小的手把我們這個家凝聚在一起，也想起了曉涵是如何用生命在愛妳。

我也一樣。我短暫地闔上眼，傾身吻了吻妳的額頭，決意要去拯救那雙與我們一樣被拋下了的手。

我開車離開，搖了下車窗，任憑晚風刮著我的臉頰，明白若是要保護妳，我必須先改變一切。

按下李未宇家的門鈴後，我正自盤算著在這幾場庭審發生了這麼多事後，是該怎麼說服劉嫂讓我見上他一面，卻沒想到會碰上更為棘手的對象。來應門的是近日在人前總跟李未宇形影不離的那名女子，她見到我時愣了一下，隨及換上一副冷淡專業的笑容招呼道。「喲，是陳律師，這麼晚了請問有什麼指教嗎？」

「您好，不好意思這麼晚來打擾，我有話想和李副總談談，」我小心翼翼地應付著。「麻煩您，讓我見他一面。」

「這有什麼問題呢？只是不巧，副總他剛睡下，現在不方便見您。」她連眉毛的弧度都沒變一下，只是端著同一副皮笑肉不笑的模樣向我官腔地說。「不然這樣，陳律師有什麼話想告訴副總的，可以讓我轉達，不然就得請您改日再來了。」

「這樣啊，那我來得真不是時候。」要說這種場面話，我也不弱。「但我要告訴副總的是很重要的話，還請您理解，我不會打擾太久的。」

她的手緊緊抓著門把，聽我說話的時候不著痕跡地將門帶上了一些，雖然是正臉看我但整個身子都側對著我，從肢體語言中就能看出她完全無意放行。「我明白陳律師的意思，但是副總今天狀況不好，也請您務必體諒。」她微微瞇起眼，諷刺意味十足地說。「再怎麼說，陳律師對現在的情況是再清楚不過的，不是嗎？」

言下之意就是這是我一手促成的。我無話可說，只能僵在原地和她乾瞪眼，正自思索著該如何再開口時，卻聽裡頭傳來了李未宇虛弱沙啞的聲音。「是秦國晉嗎？是他回家了嗎？」

「副總……」眼前的女子尷尬地回首，一邊試著將我擋住一邊向旁人低吼。「在幹什麼！快帶副總回去休息！」

「妳們不要攔我！」我隔著門聽見李未宇厲聲喝道。「我要見他！誰都不要攔我！」而她微不可見地皺了下眉，終究是讓了步，扶著腳步有些不穩的李未宇開門見我。而在那一瞬間我能看見李未宇眼中本就所剩無多的希望一下子熄滅了，他冷冷地望著我，表情空白了下，然後很輕很緩地，他蒼白的面龐上浮現一個絕望的笑容，細小的皺紋爬上他的眼角，像是害怕被人發現這樣的瑕疵似地，他支起手臂擋在眼前，像是不可置信卻又像是早知結局如此，良久才放下手，艱難地迸出一聲。「是妳。」

「是我。」他看起來好憔悴。我不忍地轉開眼神，小小聲地應了一句。

「妳**還想**幹什麼？」他瘦削的肩背在晚風中微微搖擺，像是全憑倚者身後的女子才得以站穩身子，歲月和秦國晉所造成的負累全無情地刻在他眼下暗沉的細紋中，他就是用著這樣被時光匆匆流逝給消磨得失去意志的目光冷瞪著我，接著猛然睜大了眼，與其說是極為憤怒不如說是極為恐懼，有些失控地向我大吼大叫。「就算他派妳來也一樣！我不會離婚！妳回去告訴他想都別想！我不會跟他離婚！我**不要**跟他離婚！」

原先盛氣凌人的怒喝到了最後卻是他最單純最深刻最渺小的心願，他畢生所求的也不過就是這麼純粹的微小盼望，用了十多年的時光拼死拼活小心翼翼地捧著護著，就是一切都粉碎了也深怕遺失任何一塊碎片，用這樣笨拙到可悲的方式來捍衛自己最愛的人留在身邊，可到頭來，卻終究只是一場空。

我看著他整個人都在劇烈地顫抖著，就算到了這個地步、都已經被甩開了手還在做這樣徒勞無功的困獸之鬥、還在卑微地企盼那個人終有一日會回來再牽起他的手。我心中一酸，再也忍無可忍地上前拉住了他的手。「我是來幫你的。」

「什麼？」他愣愣地望著我，一時間竟沒有掙開手。

想說的話太多了。我會幫他奪回秦國晉，我會幫他把張云暘送進大牢，我會幫他狠狠教訓秦國晉，我會幫他把秦國晉的家產全部贏走流落街頭，我會幫他得到他想要的、他真正要的。「我會幫你。」看著他眼底的疑惑，我一時無法解釋，便只言簡意賅地說。「我們同樣為人父母。」

致　秦國晉

當我還小的時候，我曾被煙火的碎屑燙傷過，但卻意外地不疼，我甚至以為那是殞墜的星星而非爆炸後落下的火花。我親眼見著細微的火光落在我掌心而後消逝，只留下了淺淺的熱度燙在我的手中，我卻毫髮無傷，讓我在一瞬間竟起了自己是個不會受傷的超級英雄的念頭。

直到長大了之後我才明白，這其實是因為即便每一發煙火的溫度都很高，但是每個分散了的小火花的熱卻都很少，所以就算我的手碰到了火花也不會受傷。而相反的，火爐撥火鉗的溫度比起煙火雖然要來得低得多，但是我們卻絕對不會想握住一根燒得發亮通紅的撥火鉗。

這多少年來，你無數次的心不在焉冷漠以對都不足以打擊我，我是個超級英雄，我不會受傷，我總這樣想。直到你站在我面前，用著閃過一瞬溫柔而後卻堅定決絕的眼神凝視著我，平靜地開口向我提出離婚。這一刻我才真正感到痛不欲生，像是你拿了一隻燒紅的撥火鉗重重砸在我臉上。

漢娜把我扶到沙發邊坐下後，才將陳珺請進了客廳，又親自泡了一壺茶放到桌上，這才沉默地站到我身後，一語不發。我瞥了陳珺欲言又止的尷尬模樣一眼，實在想聽她這樣不要臉地跑來究竟有什麼話好說，於是我輕咳一聲，向漢娜點了點頭。「漢娜，妳先回去吧，我沒關係的。妳和這麼多人擠在家裡我反而沒辦法休息了。」

她橫了我一眼，沒有回答，只是逕自轉身走去向客廳外的助理道。「喂，你去把副總的秘書和隨扈他們趕回去，然後到外面守著，我不想看到有任何不長眼的記者或狗仔或好事的白痴來打擾。」在助理應承下了離開後，漢娜才轉身向我面無表情地開口。「很抱歉，副總，在今天發生了這麼多事的情況下，在任何時間都有可能會有人來吵著要採訪，承蒙您不棄雇用我為公關專家，我就必須確保您不會說出任何可能有損形象的發言。」她說著瞥了陳珺一眼，微微斜了下嘴角。「我會在外頭等著，您和陳律師慢慢談吧，有什麼需要就請喊我一聲，也麻煩您不要自說自話地做什麼**蠢事**。」

目送難得對我有禮地打官腔的漢娜離開後，我才終於望向陳珺，見著她侷促不安的模樣我突然就笑了。「妳為什麼要來？是嫌我還不夠慘是不是？還是奉了秦國晉的旨意來逼我簽字離婚？協議書呢？拿出來啊！」我一派輕鬆地諷刺著。「啊，對了、我忘了，根本不需要呢，到底是我自己蠢，以為辦了場世紀婚禮就是他名正言順的合法伴侶了，卻不想結婚了八年、有了兩個兒子，我依然只是他的同居人，因為我們結的婚根本沒有法律效力不是嗎？那妳到底還來這裡幹什麼？」

我看著她的臉倏然慘白了下，心裡不禁揚起了一種病態的滿足感，彷彿我把無法對你造成的傷害全轉嫁到了她身上，如此便也足夠解氣。

但是說實話，我其實並不恨她。從我知道你身邊有了這個知己好友的那一日起我就明白，她是那個一直在你身邊幫助你、扶持你、或有心或無意地一直讓你留在我身邊的人，也是那個一路走來到今天唯一有良心的人、唯一對著我的可悲境地真心感到愧歉的人。

可是即便如此，她也依然一步步幫著你出謀劃策走到這一刻，幫著你去逃離這個你自始至終都未曾想要過的人生，幫著你拋棄了我。

我微微顫抖著瞪向她，卻見她艱難地嚥了口口水後開口。「我說了，我是來幫你的。」

「幫我。」我幾乎要笑出聲。

「是的。」她說。「我承認，以前的我把秦國晉看得太重要了，所以即便這一切都違背我的本心，我還是義無反顧地選擇站在他那邊、去幫他籌謀一切，就是希望能幫他達成他所希望的結局。」她撇開臉，有些尷尬地抿了下嘴。「就是、張云暘的判刑能越輕越好。我從來都不真正相信小夏城有那麼一絲機會可能是兇手，幫著秦國晉設計好這一切，只不過是我對他又一次的縱容和放任，以及身為辯護律師不擇手段的一種策略。兇手一定是張云暘，可我只是想千方百計幫著他不要真為了那個女人拋家棄子，所以不得已才出此下策。我知道這樣聽起來很像藉口，但我並不是真的要幫張云暘脫罪，我只是希望能讓秦國晉親手來負責這個案子，而不是因為你的關係而放棄了可以替張云暘辯護的機會，等到她被判了比想像中要更重的刑責之下再把這份不滿轉嫁到你身上，你我都知道秦國晉就是會這麼做的人，所以與其讓他在事後再挑事和你算帳，我寧願他先去幫張云暘，至少等到判刑後、秦國晉的情緒會是自責而不是憤怒，不會憤怒到牽扯上你和你們的婚姻。」

「但是我從來沒有希望過事情會走到這一步，我從來不希望傷害你即便我已經傷害了，但至少不是這種、這種讓你失去他的方式……」她的話聲減低，頓了一下，而後抬臉對上我的視線，一字一句說得那樣深沉。「李未宇，對不起。真的很對不起。」

我凝視著她寫滿歉意的眼瞳，只覺得口乾舌燥欲語不能，從事情發生到現在第一次聽到的真誠道歉沉甸甸地壓在我心口，我重重地撇開臉，過了很久才抑制不住鼻酸的感覺，小小聲地開口。「我其實知道，如果沒有妳，或許他的這一句離婚早在好幾年前就會說出口了吧。是你幫著我，留住了他這麼多年，就算結局不如預期也沒關係了，」我深吸一口氣，吐出一句原諒。「我不怪妳。」

她愣愣地望著我，似乎沒想過能取得這樣的回應，突然就哽咽了。「可是我怪我自己啊。這麼多年來，就算我拼死拼活幫你留下了他，你又是真的快樂嗎？」我說不出話來，只聽她輕聲說著。「我想幫你，想幫著你快樂，所以如果秦國晉真的是你最想要的那我說什麼也一定會幫你奪回他，可是問題是，他留下了、你就會快樂了嗎？他真的就是你要的嗎？」

「李未宇，你真正想要的是什麼？」

我沒有回答，眼神飄到了那幅全家福上，看著你，看著天權，看著過去我最在乎的**全部**，突然很想知道我曾用生命在守護的那份快樂究竟上了哪去？

我到底想要什麼？

要形成雙行星系統最基本的定義之一，就是質量中心必須位在這兩個天體的表面之外。而月球和地球的質量中心深埋在距離地心四千七百公里處，是以它們並非雙行星系統。

我想，我和你之所以無論如何都無法成為完美的雙星，大抵就是因為我放了過多的重心在你身上吧。

一直以來，我都太愛你了，因此不擇手段地用最可悲的方式也要留你在身邊，也因此自以為是地將天權當成了我們愛的結晶，更因此一意孤行地去忽略了小夏的感受。

這些年來我對小夏總是又親近又疏離，從一開始愛與懼怕交錯的複雜情感，到那一日再見了張云暘後轉變成了一種說不清道不明的憎恨，再到天權出生後索性淪為不管不顧的漠視。就連在他失蹤而生死未卜的情況下，我也並未真正有過**很想要**找到他的念頭，而是只將找尋他這件事拿來用作操作媒體和大眾心理的一種手段，並非真心期盼他能重回我的懷抱。

甚至在心底的某個陰暗角落總有個我壓抑不下的惡毒而冷酷的聲音反覆叨唸著：**為什麼**？為什麼死的竟是天權而不是小夏？

這樣卑劣的情緒一再地令我感到自我厭惡，卻又無法抑制地想將你不愛我這個悲劇推到小夏身上去尋得一個發洩的出口，所以才造成了這些年來情感上的拉鋸，一面深沉地憎恨著他卻又一再告誡自己不能如此，這樣矛盾又相互抵觸的情緒使得我偶爾對他排拒地冷漠以待，卻又偶爾記起那麼一絲父愛地將他捧在手心當寶。

如此忽冷忽熱的對待方式簡直就是打了一巴掌再給顆糖的卑鄙手段，我明白，小夏更明白，於是一日一日過去，他漸漸從那樣活潑愛笑的孩子轉變成如今溫柔安靜的模樣。我知道他是在試著以新的形象來當個乖孩子討我歡心，卻不想他這副樣子只是讓他更像張云暘、更令我感到厭煩。

看著小夏平靜的笑意背後似乎總隱藏著她的影子在，我也從原先有些心虛愧對的態度漸漸成了麻木的憤怒，甚至給了自己一個憎恨他的理由：是他自己要擺出這副令人生厭的模樣的，難道要怪我嗎？同樣是我們家的孩子，為什麼天權可以、而他就一定要這麼不正常？

所以從事發至今我總是想著，就是真找到了小夏又如何呢？難道是要我再一次看著他那令人生厭的平靜微笑，來一再地提醒我自己是個多麼失格的父親、提醒我天權不在了、提醒我你選擇了她嗎？

這麼多年來，我一直都對不起小夏，我不是不知道。大抵就是因為為人父親的我卻一直沒能給予小夏他應得的父愛，以致今日報應不爽，我**什麼**都沒有了。

我沒有了天權，沒有了你，也沒有了小夏。一切都消失了。

然後陳珺坐在我面前，問我究竟想要什麼。

是啊，我到底想要什麼呢？我用了十八年的時間死守著從張云暘那兒偷得的你，賭了命的、也要將你留在我身邊。我用了天權短暫的一生來盡己所能地愛他，竭盡全力要給他一個幸福快樂的家，就是希望我與你愛的結晶能夠護得這個家不要分崩離析、能多讓這個家再苟延殘喘地走久一點。我用了這麼多年來拉鋸對小夏的恨與愛，事到如今我卻依然沒法明白，我想防止的究竟是這個家被破壞、抑或是維護我的心不要四分五裂。

可我就是機關算盡地熬過了這些年，也依然什麼都沒能守住，我還是和十八年前的**那一天**一樣，自以為得到了你卻其實掌心空空落落。我拚盡全力地守護了、緊攥了一輩子的一切，全在你所道出的那句離婚中破碎得不留痕跡。我什麼都沒有了。

我到底想要什麼？我愣愣地望向陳珺。我又還能奪回什麼？

婚姻大抵就像一連串取捨的過程，所謂兩害相權而取其輕，就是多麼想要守住自己最在乎的事物，歷經了多少掙扎和不願放棄，往往到了最後，終也是只能捨下自己的心之所向。

致　張云暘

有一個名叫塞勒斯的太空人曾經說過，從軌道上所看到的太陽是一顆被放在漆黑背景前亮得不可思議的白色球體，而從那個角度看見的日出則是幾秒鐘裡就能結束的過程，在那一個瞬間整個視野中會短暫地染上古銅色和金黃色的光芒，然後太陽會突然帶著明亮的光輝出現，只那麼一霎眼的功夫便足以令人折服於這樣無與倫比的美麗。

有鑑於檢方已舉證完畢，法院需要一些時間來審理檢方舉證和開庭的資料，是以離下一次的庭審還有一段時間。

而自從我向未宇提出離婚後，陳珺就不跟我說話了。就是在事務所開會時也不看我一眼，更不用說是在同一個屋簷下了。無論對她說什麼，她的反應永遠都是冷冷地看我一眼，然後依然保持沉默。不再插手管我的人生後，她的生活變得很規律：早上摔一盤早餐在我面前，逕自送子幸上學後去事務所，準點下班接子幸回家，十一點就上床睡覺。只有偶爾幾個晚上會突然出門直到三更半夜才回來，自然了，也不會去理會我的過問。

相對的，這段日子以來，我也多了很多空閒的時間能去頻頻探望妳，幾乎每天下班後我都會前往飯店，看妳用一貫溫柔的微笑迎接我，一起去吃晚飯，在房間的客廳裡泡一壺茶天南地北地聊著，看妳向我眉眼彎彎地輕聲招呼。「秦國晉。」

有什麼東西不一樣了，然後一切都不一樣了。每每望著妳笑盈盈地和我對視，我總能感覺心底深處有某塊被埋藏了太久的角落在隱隱蠢動著，我卻摸不著頭緒這究竟是一種什麼樣的情感。

很快的，幾個星期在妳的眉眼含笑之間過去了，接下來就是那個大日子。我一早換上了最好的一套西裝，在挑領帶時遇到了瓶頸，理論上藍色系的會比較適合這套西裝，但我遲疑了許久，終究還是捨棄了中規中矩的深藍色而繫上了另一條墨綠色的領帶。妳在很久以前曾經說過，這個顏色極襯我的眼睛。

下班後我反常地不帶文件回去看，只是提了個小紙袋，對著辦公室中書櫃的玻璃門整理了下衣領，這才走向陳珺的辦公室，輕扣門板後向低著頭的她說。「陳珺，我今天有事，一樣不回家吃晚飯了。」

陳珺緩緩地抬頭，冷冷瞪著我，接下來她的眼神落到了我手中的袋子，又在我的領帶上轉了一圈，唇邊緩緩擰起一個扭曲的笑容，仍然盯著我瞧卻向外頭大喊。「小林！」等到助理進來後，她才用平靜的語氣開口。「麻煩你幫我轉告秦律師，我不在乎他要不要**回家**吃飯，事實上，他就算不回來也不關我的事，謝謝。」

小林是個老實的年輕人，就是有點太老實了。我嘆了口氣，在他要向我覆述那些話之前打斷了他。

「我聽到了，謝謝。」

其實早就料到了會是這樣的結果，我又嘆了口氣，已經沒有了太多的情緒波動，逕自離開了事務所去見妳。

即便已經事先通知了妳今晚要出去吃飯，還開玩笑地要妳打扮得漂亮一點，但當我真正在飯店門口見到妳一襲雪白洋裝，抿著溫柔的微笑在風中撥撥頭髮，向我笑瞇了眼招手的那個時刻，我依然無法自制地看得傻了。

我訂了最好的餐廳，特地囑咐了要能看到夜景的位子，飯後又帶著妳上到觀景台去，心滿意足地看著妳欣喜的神色，而後從隨身的包包裡抓出一台意外地大的相機，開始像個孩子一般興奮地到處拍照，我不禁有些好笑，看著妳趴在圍欄上聚精會神地取景。「秦國晉，笑一個。」突然妳轉過身來，在我來不及反應前，就聽到快門聲在離我近到不可思議的距離突兀地響起，只見妳笑瞇瞇地對我比了個ＯＫ的手勢。「拍到了，很好看喔，你驚訝的表情有點像章魚。」我無奈地笑笑，放任妳拍了幾張我的個人照，又陪著妳在觀景台上照完了無數張底片，妳才有些不好意思地放下相機對我笑笑。「抱歉欸讓你等這麼久，我只要一看到漂亮的景色就會忍不住想要拍下來，這是個職業病。」

「沒什麼。」我向妳微笑，脫下西裝外套替在晚風中微微打顫的妳披上。「妳喜歡就好。」

「我很喜歡。」妳向我靠近了一些。「謝謝你。」

又安靜地看了一會夜景，我擔心妳會著涼，又想盡快把準備好的東西交給妳，便開車帶妳回到飯店，從後車箱悄悄拿出那個小紙袋，等到回了房間，妳開了一瓶紅酒在我身邊坐下後，我才終於拿出禮物遞給妳。雖然在方才的餐廳或是觀景台上氣氛也都很適合，但是重要的話，我總想等到兩個人能獨處時再說。

「這個給妳。」

妳愣了一下，接過那個剛好能用兩手捧在掌心的盒子，狐疑地看我一眼，有些愛嬌地笑了。「什麼呀？」

「妳的生日禮物。」我有些緬懷地說。「以前還在學校的時候，每一個生日都是我們兩個一起過的，這麼多年過去了，現在自然也不能例外。」看著妳珍而重之地將那個盒子捧在手上，像個孩子一般傻笑著，我不禁也笑了，伸出手去順過垂在妳頰畔的髮絲，建議道。「打開看看？」

妳依言拉開了淺藍色的緞帶，掀開盒蓋，將裡面的禮物小心翼翼地取出。是一座做工精巧的雪花球，裡頭的擺件是我特別去訂做的、和當年那座水晶城堡如出一轍的縮小版，靜靜地佇立在細雪紛飛之中。

我自己對這個禮物是很滿意，總覺得既有心意又不流於俗套，認為妳一定會喜歡，卻不想妳不如預期中高興，反而是低垂著臉沉默地看它，良久才低聲拋出一句。「……十八年了，你還記得。」

「十八年了，」我加重語氣。「怎麼能忘得了。」

妳驀然紅了眼眶，抬臉與我對視，接著突然就笑了出聲，指揮我拿過酒瓶和杯子，自己則捧著那座雪花球領我到陽台上的桌椅邊坐下，把雪花球底座上的開關扳開，和我並肩看它在黑夜中綻放璀璨的七彩光輝，妳靜默了一陣才低聲說。「**莫忘初衷**。」

我輕輕地應承。「從來都沒有忘記過。」

平時不太喝酒的妳今天像是興致很高，拉了我連喝好幾杯，笑語盈盈地談論往事和故人、以及失去了彼此的這些年。一切都像是時光未曾老去，又像是歲月荏苒匆匆流逝，多少年過去了，我們卻終能重逢在妳我身邊一同笑看似水年華。

幾杯酒下肚後，妳有些薄醉，撐在椅子的扶手上支著下巴斜臉看我，柔語問道。「你會想天權嗎？」

「當然。」我立刻回答，就像我應該做的那樣，但頓了一瞬後又突然反駁自己。「不，說實話嗎？其實還好。」

我有些微醺，模模糊糊地想起我從一開始就是多麼不想要這個孩子，看著未宇成天忙進忙出地添購物品佈置嬰兒房，我只覺得對這一切都沒有實感，甚至在天權出生的那晚我感到莫名無力，拉了陳珺喝得酩酊大醉。

說實話，我是愛天權的，那種會看著自己兒子的照片傻笑的笨蛋父親一般的行為和情感我都曾有過，即便從他死後到現在我都表現得那樣冷血無情，但我其實只是在試著壓抑那些痛苦的情緒來讓自己能專注地保護妳，能夠繼續維持想要幫助妳的那份初心。我確實是愛他的。

只不過這份理所當然要深刻的父愛裡，似乎總是愛少了些而厭煩多了些，每日每日看著未宇抱他在我面前晃的幸福模樣，我卻只無法抑制地感到煩躁。接著不由自主地去想，這不是我想要的人生。

自從妳離開了的**那一天**起我總是不快樂，但我又不願將這份失意和不滿去與未宇聯結在一起，我不能這麼做，我對未宇有責任，我要對未宇負起責任。

可是，我真的好累啊。一步步走上了自己不願前行的道路，扛上了一個令人厭煩的責任，過上了並不快樂的人生。我無能為力，就是再怎麼不願也只能把對未宇的那份反感全丟到天權身上，只有這樣我才能為這段婚姻找到一個出口、一個能繼續走下去的理由。

所以妳說我不愛天權嗎？不，大抵還是愛的，但有更多的是不在乎。從妳離開之後總是如此，對於我人生中的一切我總抱持著同一個態度：有也好，沒有倒也無所謂。

過了一會我才發現我在酒意的驅使下把這些惡劣的想法全數宣之於口，可比起自身的罪惡感，我更擔心的是妳會不會因此鄙視我。我不安地望向妳，良久才用帶著纖薄顫抖的嗓音吐出一句：「我讓妳失望了吧？」

「怎麼會呢？我從來沒有對你感到失望過。」卻見妳依然溫柔地笑著。「這些年來，你辛苦了。」妳輕聲向我說。「天權確實和小宇很像呢，也不怪你會把他們的形象重疊了。」

「天權那個孩子……其實很溫柔，很善良，只是從小被未宇寵壞了，盡學足了他的嬌氣。」我嘆了口氣。

「那夏城呢？」

「夏城……」我沉默了一陣，而後深深地將臉埋進掌心，像是對自己的卑劣感到羞愧，更像是不敢面對妳的笑容。「我很對不起他。夏城一直是我最疼愛的孩子，我愛他勝過一切，可我卻這樣對他、這樣把罪名安到他身上，我算是什麼父親。」感覺著妳的視線落在我的後頸上，我無法控制自己，繼續吐出痛苦的辭句。「從他失蹤到現在，我越來越不敢去想、或是去擁有尋找他的這個念頭，就是因為我覺得我不配，我是個太卑鄙的人了。我真的很愛他，可我也不得不在權宜之計下囿於情勢，利用了『反正他人到底也不在這裡，所以不會造成傷害』的這種處境作為理由，把一切我找不到出口的原因歸責於他、甚至親手將他推上絞刑架。」我停頓了一瞬，放下手望進妳溫柔的眼中，小小聲地吐出一句。「就是為了保護妳。」

面對我這樣狡猾地將自己惡劣的過錯加諸於妳身上，妳卻沒有一絲不快的樣子，只是伸出手輕輕覆上我的手背，體貼地輕聲安慰我。「我明白，我想夏城一定也可以明白的。」妳笑了笑，溫柔地拍撫我的手背，一邊軟言問道。「和我說說他吧，夏城是個什麼樣的孩子？」

我短暫地闔上眼，而後望向妳。「夏城他……很像妳。他善良、聰明又靈巧，而且心思細膩擅體人意，是個很溫柔的孩子。」

「你說錯了吧。」微微撇開臉，妳的眼神裡依稀眨著我沒能讀清的情緒，連聲線中亦合上了一絲深沉的意味。「夏城再怎麼說都該是像你，或是像小宇，怎麼會是像我呢？」

「是像妳。」我見妳似有縮回手的意思，連忙反手抓住了妳纖細的指節，語氣認真中帶了一絲笑意，看著妳詫異地望向我，我不禁也輕輕地笑了。「夏城他真的和妳很像，如果有機會的話，我真想再見他一面，和妳一起。」

「你放心，我相信夏城一定還好好的。」妳沒有收回手，拇指淺淺地劃在我的手腕上，卻撇開了臉沒有看我，只是抬頭看著夜空，輕輕踢著腳，像是心情很好的樣子，良久才轉臉望向我，向我巧笑言兮地說。「真希望能快點抓到兇手。」

而我看著妳帶著笑意的側臉，從未如此深刻地意識到我尋找了大半輩子的人就在這裡，就坐在我面前，對著我笑出我十八年來都沒能找到的美好。我再也無法壓抑心底的悸動，一句等了十八年的話驀然脫口而出。「妳說過如果我放棄了天文，妳就有一句話要告訴我，那現在我已經放棄了、妳也回來了，那妳能不能告訴我，妳在**那一天**，究竟想對我說什麼？」

妳並沒有立時回答我，只是轉臉回來深深地望著我，彷彿妳要將這些年來所有遺落了的韶華和失去了的美好給全數補上，時光流轉在妳我繾綣交纏的目光中，過了很久妳才像是緬懷夠了那些歲月匆匆，緩緩地回握我的手，堅定地看著我，一字一頓都帶著平靜的微笑和義無反顧的意味。「我不是已經說了嗎？」

在這一瞬間我怔怔地望著妳溫柔的笑意，從未意識過妳竟是如此美麗，突然明白了自己一直以來的心之所向。

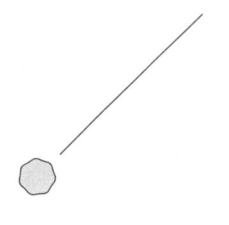

第十一章
三體問題

三體問題的結果是，這些質量形成三顆恆星是比較可能的，只是在三者相互的擾動之下，系統終會將三顆恆星中的一顆拋出，並且假設在沒有明顯的進一步擾動下，留下來的兩顆星會慢慢形成穩定的雙星。

另一個問題是，被拋出的是誰，被留下的又是誰。

致　張云暘

行星的移動可能是與原行星盤內的塵埃物質交互作用所造成的，可能的原因之一就是，一旦這些塵埃在形成行星、衛星與小行星的過程中被耗盡了，行星就會停止移動。

所以，一旦一個人對另一個人的愛耗盡了，那麼在這一刻，這個人的世界就停止了轉動。

「你決定好了嗎？」陳珺向我再次確認。「這麼做，或許就沒有挽回的機會了。」

「我知道。」我撇開臉，望向客廳矮桌上放著的、我和秦國晉的合照，不願再給自己理由退卻。

「好。」對我的回答並沒有感到太驚訝，她逕自掏出手機撥通了電話。「是我，我要你現在回家一趟，當然是回你家！……誰管你現在是不是喝醉了！不能開車就給我搭計程車回來！我有很重要的話要對你說。」陳珺頓了一下，而後目光深沉地說。「還有，把張云暘也一起帶來。」

一聽到妳的名字，我依然沒能忍住地闔上了眼，試著去遺忘今天是妳的生日。從小到大我們都在一起，也很自然地、我陪著妳慶祝過那樣多的生日，至今我仍舊可以清楚地記起小時候的妳埋在生日蛋糕中吃得滿臉都是的傻呼呼笑容有多麼燦爛。然而時光荏苒，歲月轉瞬即逝，就連想在手中把握些什麼也終是不得人願，只能任憑名為年華的巨輪轟隆隆將我們輾過，一同將那些本該溫柔純粹的回憶毀滅成如此不堪的境地。

花了這樣多年的時間和妳爭鬥，甚至不惜一切也要破壞妳眼底那份所剩無多的希望，彷彿這麼做就能防止我的心四分五裂，可這一切卻是早已沒了意義。

妳的世界還在轉動，妳還是擁有想要的一切，妳還有能力繼續愛與被愛。那我呢？我的世界在這些年來的磕磕碰碰跌跌撞撞之下，是否也該自己先停下了？總好過這樣繼續拉扯繼續相殘，死守著與秦國晉之間的羈絆怎麼樣都不讓放，糾纏著彼此早已煙消雲散的往日情份直到遍體鱗傷，即便想逃離也是撞破了頭都尋不到一個出口，落得此般狼狽又痛苦難堪的下場。

是不是該停止了？

不。我驀然睜開眼，看著陳珺向我面無表情地點頭，我明白時間還沒有到，我還可以再試一次，再為了**我們**好好努力一次。

是我把秦國晉偷走了。自從再見妳的那一日起我就明白了，是我在那一年，**那一天**，用了最下作最卑鄙的手段把他給偷來禁錮在我身邊，用最惡毒的方式毀了妳人生所有的希望，用十八年的時間破壞了三個人本該擁有的幸福人生。

所以我沒有立場來指責妳。這些年來我就像做了一場夢，本以為是一場我與他終能恩愛相守的美夢，可到頭來才發現是一場必須活在妳隨時可能來掠奪一切的惡夢。是我自己不願醒，早知如此何必當初，若我從一開始就不要癡心妄想能與他白頭到老，或許今日我就不必深陷在這樣的惡夢中無法解脫。

可是，憑藉著我們數十年來青梅竹馬相互扶持相互憎恨的情分，我還是想這麼做，想再次把我所想要的東西從妳身邊拿回來，只是差別在於，這一次我不會用偷的。我什麼都不要了我真的可以什麼都不要，我只想再自私地這樣努力一次，把我曾丟失的、曾遺忘的、曾親手破壞的美好給奪回。

我看著妳掛著同一抹溫柔安靜的微笑，和秦國晉——我的丈夫，我想方設法從妳那兒偷來的人，我多少年來的畢生所求——一同並肩站在我面前，我做了十八年的夢終於醒了，直到這一刻我才真正明白、才真正看清自己。

我要的，想要的，**還能**要的，只有一個人。

角動量[18]正不斷地將月球拉遠離地球，所幸月球並不會一直無止盡地往後退，很神奇的是，當它後退到五十六萬多公里以外的地方，它就會再度往前，這是太陽的潮汐效應所造成的。

奇妙的是，多少年來一切未曾改變，今朝和昔日相似到令人發笑，每每當現實將我擠兌得退到一定程度時，卻也都是因著妳才讓我得以下定決心前行。

於是我上前兩步，率先打破了一室中尷尬的沉默，捨棄了全部的自我和尊嚴，不擇手段要奪回我如今最在乎的一切。

「對不起呢，暘暘。」我說，沉沉地彎下肩背。「對不起呢，國晉。」

婚姻大抵就像一場賭博，值得人賠上生命中的一切，但唯有手段和運氣兼具者才能成為最終贏家，所以諒是有通天本領能操縱一切可見的變數，若是天不假年，仍然有可能輸得一敗塗地。就更不必提那些既沒有本事留住人、又輸給了造化弄人的失敗者了。

致　秦國晉

那一日的情景像是烙印在眼前而非刻在腦海裡，那種深刻的憎恨、急欲破壞些什麼的衝動，以及從天權額上噴濺出來的血熱辣辣地燙在臉上連靈魂都被灼傷的疼，一切的一切只要我閉上眼就能清晰地瞧見，再一次在我早已破敗不堪的世界裡上演。

在小宇和劉嫂相繼出門後，我為了緩和下倏然有些安靜了的氣氛，便從帶來的紙袋中取出了禮物分給

18 角動量　Angular momentum：在物理學中是與物體到原點的位移和動量相關的物理量，在古典力學中表示為到原點的位移和動量的叉積。

孩子們。天權一下子便將包裝紙扯開，歡天喜地地抓著機器人滿客廳跑，而夏城則就老成得多，先規規矩地道了謝後，才拆開禮物拿出精裝版的原文小說。

「喜歡嗎？夏城也學了幾年英文了，現在的程度應該能讀懂吧？」我笑著說，拍了拍他的頭。「阿姨想說你喜歡看書才選了這個禮物，怎麼樣、喜歡嗎？」

「喜歡，」那時的夏城對我安靜地微笑。「謝謝阿姨。」

「好乖。」我凝視著他沒什麼情緒波動的眼睛，突然想起我還有準備另一樣禮物給他。「對了，阿姨還買了一雙鞋子給你，這是要獎勵夏城平常都這麼乖，所以才特別給你的，是一雙很好看的球鞋喔。」我對他豎起一隻手指，眨了眨眼笑道。「阿姨就是偏心你，不要讓弟弟知道喔。」

他終於給了我一個比較接近他這個年紀的笑容，乖巧地在我腳邊的地毯上坐定，開始翻閱新收到的禮物，我便也繼續翻看攤在桌上的相本，一邊陪他有一搭沒一搭地聊天。我是真心喜歡這個孩子，他有很多地方都像你但也有些不像，持續相處的這些年來，我能看出小宇並不待見他，也能看出他不如弟弟那樣得小宇歡心，於是我總會特意護著他些，至少給他一點在這個家裡得不到的溫情。

夏城見我看著相本，突然便丟下手中的書跑開，在客廳邊的矮櫃中翻了一下，回來時像獻寶一般地拿著一個相框往我面前湊。「云暘阿姨妳看，是我爸爸喔！」

是你的個人照呢。我微笑著正想接過，卻見原本拿著機器人和戰車玩的天權突然出現，一把搶過了那個相框。「我要這個！這個是我的！你不准碰！」

「可是我……」夏城愣了一下，原先似想逆來順受地停止這場爭奪，但又像是仍有些不甘心，囁嚅著說。「那個明明就是爹地的，我只是想要拿給阿姨看……」

「你走開！」

天權並不領情，一把用力地推開他，而身為哥哥的夏城就是高上許多，也在一瞬間重心不穩地向後坐倒，眼神中流露出的情緒意外地不是憤怒或是憎恨，而是一種打從心底湧出的絕望。

在那一瞬間我突然眼前一黑，能看見的二位孩子的面容全成了我和小宇兒時的樣貌，把方才短短數秒發生的情景一次又一次地在我的腦海中上映。我眼睜睜地看著小宇再一次惡狠狠地將我推開，張狂霸道地搶走了你、搶走了我的畢生所求。**又一次**。

我無法呼吸，無法思考，在來得及反應過來之前，我已經抄起了手邊第一件能及的那個相框，重重地砸在小宇的幻影上。像是瘋魔了一般一再用力擊打，彷彿要將這多年來面對他時總抱持著的憤怒、委屈和憎恨全數揮開。

那是一種從靈魂深處翻騰而上的恨意，我從來沒想過自己竟有這樣大的力量，讓相框的玻璃幾乎是一觸及天權的頭上的那一刻就在我手中碎裂。我能感受到血濺到臉頰上時那種炙人的熱度，能聽到他的頭骨在強烈的撞擊下發出一聲悶響，也能看見記憶中那座最純粹美好的水晶城堡嘩啦啦破碎得不留痕跡。

當我回過神來時，便眼見天權在我面前痛苦地喘氣的畫面，我嚇壞了，不知究竟怎麼做，只能看著天權在原地抽蓄，像是在為了自己的生命做出最後一次不甘的反抗。耳邊像有強烈的風吹得我頭疼，我不能呼吸，只能眼睜睜見著我親手破壞的一切、毫不留情地刮在心上。

「……阿姨、云暘阿姨。」感覺自己的袖子被扯了幾下，身邊有一個聲音輕輕地喊著我，我愣了好一會兒才看向那個人，就見夏城站在我身邊，看著我，沉著地開口。「妳要不要先去洗個臉？」

我依言去了廚房，洗掉臉上的血滴和初步整理了下衣服上濺到的血漬，等到稍微冷靜了下才回到客廳，看著夏城蹲在天權身邊，臉色平靜地抽出了那張你的照片，放下相框，站起身沒有說話，只是低垂著臉，沉默地把相片遞給了我。

而我想起了五年前得知你們婚姻不順後，我返台重新出現在小宇面前，卻僅有時常來拜訪他與孩子們、沒有使任何其他的手段。除了是為了折磨他，其實更像是在等待今天、等待一個轉機、一個可以讓我將你奪回身邊的最佳手段。

這是命運。

感受著方才喧囂著悸動著的心平定之下後，取而代之的情感竟是一種難以名狀的冷漠，我瞥了天權動也不動的小小身軀一眼，接著凝視著被我捏在手中的你的照片沉默了很久很久，我才終於開口。「如果你想要的話，」我沒有看他，只是逕自用乾澀的聲音說著。「你想不想跟我一起、到一個你可以自由呼吸的地方去？」

他沒有回答，也沒有看我，只是安靜地走到沙發邊，從我帶來的紙袋中翻出那雙送給他的球鞋，緊緊地攥在手中，而後垂著臉，向我點了點頭。

接下來的事情就很簡單了，夏城告訴我，小宇在玄關裝了監視器，於是我讓他把手機丟在客廳以防被追蹤，幫著他從客廳的氣窗爬了出去，用袖子擦乾淨窗台上的指紋，再到院子去接應他攀出圍牆，這才假作若無其事地從大門離開走到車邊，隨手抽過一個塑膠袋給他罩到頭上以免落下頭髮，並將一件大外套鋪在後車廂底，把他抱進去放在上頭，一面小心地不留下任何痕跡、一面安撫他忍耐一些，才關上後車廂發動引擎離開。

大抵是平日下午的緣故，我沒有費太多功夫就找到了一段四下完全無人的河畔。我把夏城抱出來，只留下一張等等自己搭計程車的千元鈔，便把錢包裡的所有鈔票都給了他，寫下飯店的地址和房號，囑咐他待會用零鈔付計程車錢不然會太顯眼。為了避免檢方去調閱飯店的監視器，我讓他先找幾家二十四小時的速食店待著，每隔一段時間就換一家以防被好事的人關切，直到在新聞上確定了我被交保後再來飯店找我。

他始終低垂著臉沒有多說話，我也不強求什麼，在河岸邊和他道別，自己則先行回到飯店換下衣服，把沾染了血跡的過去剪碎，將那些附著到罪惡血色的布片在房間的陽台上燒了隨風而逝。

待衣服都燒乾淨了只留下扭曲的細碎粉塵後，我凝視著那張照片，就是再如何捨不得，也終是得點亮打火機。而你的幻影也突然隨之出現，包覆住我抓著沾了血的你的照片的手，溫柔地向我微笑，帶著我的手向前讓相紙碰上飄搖的火苗，只一瞬間便燃起了明亮的火光和刺鼻的臭味，炙人的熱度不一會便燙上我的指尖，我鬆了手，便只見那些碎片漸漸焦黑碎裂成粉末，幻化為濃重的煙霧在屋簷下盤旋繚繞著不肯離去，你放開我的手，走上前揮動臂膀驅趕，而後那些我犯下的罪惡黑煙便與你的背影一同被高樓層上灌進來的風給吹散。在那之後我再也不能、又或者該說沒有必要再仰賴你的幻影來讓我擁有得到了你的荒謬幻想。

看著一切灰飛煙滅後，我短暫地闔上眼又睜開，堅定地挺直背脊出了門，雖然已經做好了防護措施、但為求保險還是將車開到保養廠去預約了全套的清潔美容，這才搭著計程車離開，直接去見你。並定意這一次，我不會再讓任何人任何事，搶走我的畢生所求。

我什麼都預料到了，從你的反應到小宇的策略再到檢警會如何判斷，我早就知道了事情會如何發展，步步算計著讓結局的走向朝著我所希望的道途前進。而這條路彎彎繞繞地走了十八年，我費盡心機演足了戲，終是讓你說出了那句離婚。我還要再奢求些什麼？

只是縱使我再如何機關算盡，我也從未想過小宇竟會這麼說，對著這樣卑劣的我，說出讓我等了一輩子的這句話。

「對不起，暘暘，把秦國晉從你身邊偷走了十八年。對不起，國晉，把你從她身邊偷走了十八年。」

「……小宇？」我也顫抖著聲音喊道。

「未宇？」你皺著眉問了一聲。

「對不起呢，暘暘。對不起呢，國晉。」

小宇垂著臉，眼角的淚水滑落滴在地板上，一如那一日天權的血。我有些頭暈目眩，聽他又急又快說。

「我拜託人幫我準備好了兩本假護照，隨時可以讓妳逃到一個沒有引渡條款的國家去，又或者妳不願冒這個險，我也可以在偏鄉的山區給妳安排住所，無論如何我都會給妳一大筆錢讓妳遠走高飛，我甚至可以買通法官或是乾脆想辦法找人來頂妳的罪。」

「我可以既往不咎，我可以讓妳離開並保妳在這之後衣食無虞，我可以……」他瞥了你一眼，然後有些苦澀地笑了。「我可以把秦國晉還給妳我真的可以。」

「所以，拜託妳、拜託妳……把小夏還給我……」

我愣愣地杵在原地，看著我向來最心高氣傲、絕不肯向人低頭的童年玩伴在我面前垂著臉哭得泣不成聲，一時間竟無法動彈，腦海中只是迴盪著那一句：「對不起，把秦國晉偷走了十八年。」

我彷彿又能看到當年那座水晶堆砌而成的城堡在自己面前崩塌。

這十八年來，我想著你念著你愛著你；十八年來，我羨慕小宇忌妒小宇憎恨小宇；十八年來，我輕視自己厭惡自己放逐自己。其實我在等待的就是今天只是今天，只是想聽小宇親口對我道歉，對不起，他把你從我身邊、偷走了十八年。

我並不是真的要殺了天權並不是真的想綁架夏城，只是十八年來，我都多麼希望，當年心碎消失的人是小宇、而被你帶走的人是我自己。可我卻連這樣卑微的渺小心願都做不到。

如今我所有的念想都成真了，在這樣突如其來的一瞬間，小宇輸了，我贏了，你是我的了。

我抬臉望向站在我前方一小步的你，發現你也正凝視著我，眼底仍流轉著對我經年不改的溫柔和信任，就像下一秒你就要再次反駁小宇的一切說詞以維護我。

你是我的了。我還能再奢求什麼？還**要**再奢求什麼？我畢生所求的一切如今都在我手中，我什麼都可以捨棄了。

「夏城現在人就在我飯店的房間裡。」良久我小小聲地說，垂眼斂眉，這些年來第一次真心萬分愧疚地對著小宇深深一鞠躬。「小宇，對不起。」

話聲甫落他便掩面痛哭失聲，而我直起身來定定地望向你，就見你不可置信地瞪著我，眼中依稀殘留著最後一分溫柔，但那些曾經的信任都已經破碎在這句話中。面對著這樣的你我卻毫不退縮，昂首望向你，眼神中流露出的意味深長。

小宇他放棄了自尊、家庭、和他畢生所求的你，換得了夏城。而我放棄了安全、自由、和本該一帆風順的未來，換得了一句道歉。那麼，現在是不是該換你也放棄些什麼了呢？你是不是同樣也該**為我**犧牲些什麼呢？

每一次的日蝕後，經過了一萬九千七百五十六天，也就是五十四年又一個月，在地球上的同一個地點就能再看到一次幾乎一模一樣的日蝕。

致　李未宇

若是把時間快轉十億年，所有星座都會有非常大的改變，到時候我們已經不認識這片天空了，也無法再辨識一些我們所熟悉的星星。

我愣愣地凝視張云暘一貫溫柔安靜的笑容，數十年如一日地，她唇邊微笑的弧度像是未曾改變過，用同樣的眼神定定地回望我，而我突然感受到一種前所未有的厭倦感。這些日子來，她是抱著什麼樣的心態日日笑瞇了眼地站在我身邊？當她眼見我在她的欺騙之下賠上自己的所有只為得保她平安，她是怎麼說出那句「我絕對沒有對不起你」的？在我每日每日進出她飯店房間、而我失蹤了的兒子就在一扇門之遙的情況下，就在方才，不過兩個小時前，她又是如何能說出「希望能快點抓到兇手」？

一切想質問她的語句壓在我嘴裡隱約發苦，所有情緒強烈地撞擊著我讓我有些頭暈想吐，面對這樣一個才剛下定決心要捨棄一切去愛的女人，我卻從未對一個人有過這樣深刻的噁心感。

而後我僵硬地轉開眼神望向你，見這個三十多歲的大男人明明有著過人的驕矜自負卻在人前哭得這樣難堪，在這一刻我突然想起了許多溫柔的記憶，以及當年那個我最初愛上的少年在天文望遠鏡後露出的燦爛笑靨。

用了半輩子的時間兜兜轉轉，我應該要比任何人都清楚，一直以來的你是如何用盡心力地在愛我，這段婚姻得以走到今天又是多麼難能可貴，這個家、我們的家，我該是有多麼愚蠢才被年少輕狂的感情和少不更事的悸動給沖昏了頭去捨棄這一切？

於是我毅然決然地大跨步上前，離開了張云暘也丟下了所有對過去的無謂念想，一把將痛哭失聲的你拉進懷中。

感覺著你哭倒在我肩頭，我用力地收緊手臂擁住你，明白自己願與這個人重新開始。

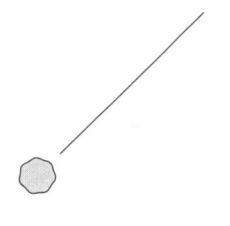

第十二章
超新星

超新星是某些恆星在演化接近末期時經歷的一種劇烈爆炸。恆星透過爆炸會將其大部分、甚至幾乎所有物質以高速向外拋散。

這種爆炸都極其明亮，過程中所突發的電磁輻射經常能夠照亮其所在的整個星系。

致　陳子幸

很多人不知道這一點，但其實檢察官的權力是很大的，可以任意起訴我們所認定有罪的人。自然了，最後判決權是掌握在法官手上的，但看看曾經有多少人只是被起訴便被媒體大肆的報導、挖掘、和迫害給逼得身敗名裂吧，即便最後以無罪開釋又有誰知曉呢？

人們常說，法官所扮演的角色是上帝，可以由他一人來判定人的生死罪責以維持正義。那麼我呢？大抵也就是個自以為能去維持**我所認為**的正義的撒旦了。

只不過，身為撒旦還不是最糟的。當我身為撒旦卻仍自以為是個能斷人生死的上帝，那才是最可怕的。

整整十二年來，我都是個失職的父親，更甚者是，我連父親的這個資格都不配擁有，在我拋棄了妳母親的那一刻以來，我也就一併失去了這一切。

所以即便我在推算下能得知妳今年十二歲又大約四個月大，即便我在上次見妳時瞄到了制服上繡的名字，即便我在那次的談話之後每次每次都會到妳們學校前面等待就為偷偷看妳一眼，但那又如何呢？我總之不是妳的父親。

我和那種拋妻棄子卻仍然每個月固定存款到一個帳戶、以備將來交給自己孩子的有情有義父親不一樣，即便我一早就知道了有妳這個孩子，但自始至終除了一再放棄妳們、我什麼都不曾做過。

子幸。我反覆咀嚼著這個名字，是取自幸福的孩子的意思吧。沒有我來插手妳們的人生，妳們就是如此幸福快樂嗎？我苦澀地笑了起來，這是當然了，妳和妳的母親們都曾那樣清楚地表達過。

自從被妳指責的那一日之後我便一直在想，究竟是帶著一種看好戲的心態在期待妳們**這種**家庭不可能幸福的我比較惡劣，還是總想著比起妳們並不快樂、彷彿妳們的快樂不來自於我要來得更令我感到難受的我更為卑鄙一些？

無論如何，無論是哪一種，無論我還有沒有這個資格，我都是個失敗的父親。

我接到電話後立刻趕到現場，和已到場的警方會合時發現了妳母親和李未宇他們都在，我無暇顧及他們，走上前向帶隊的黃警官輕聲問。「嫌犯人呢？」

「在大廳，有兩名刑警看著，她很配合，自己把房卡交給我們了，隨時可以進去。」

「好。」在我的首肯下，一干刑警輕手輕腳地進了房間，發現整個客廳空蕩蕩的，而另一扇連接臥室的門後卻隱約傳來人聲。我上前試了下，門鎖著，便立刻示意警方嚴陣以待，為避免有同夥在，我無聲地向黃警官揚了揚下巴，一干持槍的刑警便即在我的指示下破門而入。

出乎意料之外的，臥室內沒有被綑綁的男童和血肉模糊的慘狀，卻只見失蹤了幾個月、一臉驚恐地望向我們的秦夏城正趴在床上，一旁擺著一包洋芋片、手中還握著遙控器準備要轉台，整個氛圍輕鬆到有些諷刺的可笑。和他滑稽地大眼瞪小眼了好一會兒，我才示意身邊的刑警去搜浴室和陽台有無同夥，自己則越過了不知為何散落一地的照片上前，放輕語調向秦夏城問道。「小弟弟，你不要怕，我是檢察官，那些叔叔們都是警察，我們是來救你的，你爸爸他們也來了，你不要怕。」卻見此時他眼中的恐懼緩緩弭平，取而代之的是一種冷然的絕望，我以為他有哪裡受傷了，連忙快速地檢視了一下。「你還好嗎？有沒有怎麼樣？有沒有哪裡受傷？」

他不看我，只是輕輕地搖了搖頭，沒有說話。我微微皺起眉。「好，那小弟弟，你可不可以告訴叔叔，是誰把你關在這裡的？」他還是不肯開口，我雖然並不想逼他，但這會是極為重要的證詞，便只能換個方式再問一次。「是不是張云暘、你的云暘阿姨把你關在這裡的？」

略為遲疑了一下，他的視線仍然沒有放在我身上，只是微不可見地點了點頭。我得到了想要的答案，方滿意地轉身便發現了他方才目光的終點落在何方。哭得全身顫抖的李未宇淚流滿面地由妳母親扶著，站在離我們數步之遙外，只是這中間的距離卻像是永恆。

我無意阻攔他們父子重逢，便走回黃警官身邊，點了點頭，低聲拋下一句。「逮捕她。」

令我驚訝的是，李未宇並沒有如我想像中地狂奔上前擁住自己的兒子，相反的，他的每一步都是由秦國晉攬著緩緩走出的，一走到床邊他便用力甩開秦國晉的臂膀，撲通一聲跪在床上，顫抖著探手去觸碰秦夏城面無表情的臉頰，良久才帶著哭腔開口。「小夏，你沒事嗎？」秦夏城僵硬地搖了搖頭，撇開了臉閃過李未宇的手指。而李未宇愣了一下，卻不氣餒，抓住了他的手又問道。「飯店門也沒被鎖著，你為什麼不逃？是她有威脅你嗎？還是有傷害你？不然你為什麼不逃？」

「我……」秦夏城顫抖著嘴唇，突然像是鼓起了這輩子所有的勇氣一般甩開了他父親的手，原先那樣安靜的他也像是驀然失去了控制大喊大叫起來。「你不要再叫我小夏了！」所有人都愣住了，李未宇尤其是，只能愣愣地聽這名男童控訴著。「云暘阿姨殺了弟弟，我覺得你一定不會要我了，一直以來、你都只要弟弟不要我，我不想被送回孤兒院、不想再當那個小夏了……可是就算回家了也沒有用，你還是一樣不愛我，不管去哪裡我都一樣沒有人愛，我不想再這樣下去了……我不想再當那個沒有人要的小夏了……」

他餘下的痛苦話語被全數淹沒在李未宇的擁抱中，李未宇用力地收緊手臂環住自己的兒子，痛哭失聲斷斷續續地說。「夏城對不起、對不起對不起……是爹地對不起你你不要這樣，我們回家好不好？爹地真的很對不起你，但爹地很愛你你要相信我，爹地真的真的很愛你……」

而方才一直沉默著的秦國晉也跟著上前，伸手圈抱住他僅剩的家人，哽咽著低聲道。「沒事就好，我們都沒事就好。」

而安靜了許久的秦夏城終於哭了出來，他哭得那樣撕心裂肺痛不欲生，像是要將他曾經不能哭出來的淚一次流盡。原先我對這孩子的了解很片面，只來自於照片和旁人的隻言片語，後來甚至以為他可能是下手殺了自己親弟弟的殺人犯，真正見到他時又覺得他平靜冷漠得過了頭，但直到這一刻我才突然發現，原來他也只是一個和妳同年齡的孩子。

看著我向來最瞧不起的同性戀在我面前泣不成聲地一家相擁，我也不禁沉默了。李未宇哭得那樣狼狽那樣痛徹心扉，但擁著兒子的他嘴角仍噙著一絲滿足的笑意。而秦國晉曾為了一個女人拋棄一切，如此冷淡的他抱著自己的家人竟也落下淚來，曾經可以什麼都不要了的他如今卻將一切抱得那樣緊那樣痛深怕再次失去。

這或許，就是所謂的父愛吧。我想。妳的母親們，應該也是用著同樣奮不顧身的情感在愛著你的。

我偷偷望向妳的母親，見她堅定地挺著腰板看這一切，纖細的肩背隱約打顫，我無法從中讀出她究竟是想起了妳、妳們家，抑或是當年也拋棄了一切的我。

多少年過去後她的確變了，變得更成熟、堅強、但也更易碎，我只能依稀從她眼角泛著的淚光和唇邊抿起的細小皺紋中，看見那個我最初愛上的她。多少年過去後，她又是如何被時光、歲月和我當年施加的傷害給一步步折磨又一步步苦撐至今的？

一直以來，我都自以為是地瞧不起妳們這種家庭、瞧不起妳的母親們，自以為能夠扮演上帝來審判**這種愛**為不正常的情感，但直到這一刻我才終於意識到自己的愚蠢、自私和大錯特錯。

她是個值得被愛的人，這一點我從來不曾懷疑過。

無論是誰，只要是真心相愛、只要能真正給妳們幸福，那麼是不是身為同性又何妨呢？

我邁開沉重的步伐走到她面前，見她先是深深地皺著眉，而後驀然唇線柔軟，對我緩緩綻放一個溫柔的微笑。這一刻像是我們又重新年輕了，我曾發了誓要一輩子讓她幸福的女人就站在我面前，時光匆匆的洪流從未沖散過她眼中那份燦爛的晶亮笑意，唯一的差別只在她如今的幸福，是來自於另一個比我更加深愛她的女人。

這一刻我終於明白，妳們、和李未宇他們，以及全天下的家庭都一樣，只要一家人能幸福快樂地在一起，那麼或許一切、一**切**就都很好。

致　吳品瑞

秦國晉曾向沒什麼天文知識的我耐心解釋過，其實超新星不是一顆固定的星球，反而更接近是一種現象，是某些恆星在演化的終點爆炸的情況，就像是它走到生命末期時不願就此無聲無息的最後一次不甘心的綻放。

換句話說，我們今日所見的超新星並不是第一顆，也永遠不會是最後一顆。

曾經在最年少美好的往日用生命相愛過所造成的後遺症就是，我太了解你了。包括你是靦腆或是尷尬地微笑這樣細微的差異我都能從你眼尾下垂的弧度分辨出不同，包括就是閉著眼睛也能從你的腳步聲中聽出你的喜怒，包括你那從來無法輕易說出道歉的彆扭脾氣。

你向我走來，我先是依照過去的經驗本能性地武裝起自己，但所有的面具卻在見了你微垂著臉、眼角眉梢都透著一絲懊悔和多年未曾見過的溫柔模樣後給全數斂下，我微微愣了一下，不禁就也笑了起來。

佔據了我人生十多年來那樣深刻的憎恨驀然全數消弭了，連我自己都覺得驚訝，但有更多的是一種寬容的平靜。其實，縱然這份憎恨佔據了我生命中如此大的一部分，也在不知不覺中，早就不恨了。

你微微皺著眉——是出於窘迫而非厭惡的方式——低著頭在我面前支支吾吾了一會兒，卻始終沒能說出一個字。多少年過去了，你依然是當年那個心高氣傲的少年，我不禁有些好笑，率先開口打斷了你不成句的話語。「沒關係。」我說，向你輕輕地笑了。「我不怪你了，真的。」

沒有料到我會是這樣的反應，你呆住了，接著像是無法接受自己就這麼被原諒了而感到無比羞愧。

「我……我知道，妳並不想要我涉足妳和孩子的人生，我現在提起這件事情也不是這個意思只是我還是想要補償些什……」

「不用了。」我打斷了你又急又快的喋喋不休。「你沒有欠我什麼，又何必談補償呢？相反的，如果不是你、如果沒有你，我不會成為今天的自己。」我探手過去拍了拍你的手肘，對你平靜地微笑。「**我們**很好，一切……一切都很好，你千萬不要覺得虧欠於我。」

你沉默了一瞬，而後用著緬懷的眼神凝視著我，輕輕地舒了口氣。「當年那個膽怯又冒冒失失的妳，已經長成了一個很了不起的大人了呢。妳的……」你嚥了口口水，也跟著揚起嘴角。「妻子，是個非常幸運的人，祝妳們、還有孩子，三個人可以幸福。」

接著你向我伸出手，而我則是逕自踮起腳給了你一個擁抱，連同了曉涵的、女兒的、和我在過去無能給予的，一併在這個擁抱中傳達給你。「我現在，很幸福。」我不打算告訴你有關曉涵不在了的事實，一來我不願讓你再有任何想補償我們的歉疚之心，二來畢竟無論如何我們都會守著她給予的回憶一同幸福下去，於是我輕輕地在你耳邊說，真心實意地。「希望你也務必要過得好。」

你深深地回抱我，收緊手臂而後放開，拍了拍我的肩道別後，終是笑著離開。而我微笑地看著你的背影，慶幸終於在這樣多年後，還能再笑著送你走，那份深埋在心底的傷痛和怨懟，也就隨著那個我曾用生命愛過的男人一同消失。

我轉身看向秦國晉他們，見著哭起來那樣難看的李未宇已經被小夏城給逗得破涕為笑，兩人額抵額相視而笑的親暱模樣，我也不禁笑了。如我所說的，一切都很好，雖然事過境遷，一切都再不能回到原先的正軌上，但卻也都步往了一個更好的方向。

剩下需要去導正的，就是女兒了。過去為了保護她，有些話我一直沒說，但如今也是為了保護她、為了避免她步上小夏城的後塵，有些話，我不得不說。

等到一切處理好後，我開車送秦國晉他們一家人回去，到達時坐在後座的李未宇透過後照鏡向我用口型無聲地道謝，不等秦國晉便自顧自地帶了小夏城進家門。而秦國晉沉默著下車似乎想追，但彷彿知道這樣也無法彌補任何缺口似的，最後終究沒有跟上去，反而繞到了駕駛座這一側，在我搖下車窗後探頭進來，向我笨嘴拙舌地開口。「陳珺，我……對不起，還有，謝謝妳。」

我瞪了他一眼，抿著嘴想了想，然後勾勾手指讓他靠近一些，直到他大半個腦袋都探進了車裡，我便用力地向前撞了一下他的額頭，一邊揉著自己也泛起紅印的眉心，一邊看他吃痛地猛然仰起脖子接著撞上後腦勺的蠢樣，終於滿意地笑了出聲。「快回家吧，你放在我家的東西改天再來拿就好。」

「好，」他直起身，輕輕按著頭上的痛處一面向我頷首。「謝謝。」

「秦國晉，」我沉默了一會突然喊住了他。「這句話我以前也說過，但現在我要再說一次，你要聽好了，我希望這是我最後一次這樣對你說。」我深深地看了他一眼，每一個字都說得無比認真。「好好對他。」

他抿著嘴站在晚風中，什麼都沒有說，只是安靜地點了點頭。

回家後我抱著女兒坐到沙發上，給我們一人拿了一桶巧克力冰淇淋，這麼多年來第一次和她談了很久很久。

「媽咪，秦夏城他……」

「他很好，沒事了，我剛剛才把他和國晉叔叔他們一起送回家，一切都結束了。」我見著她像是鬆了口氣又像是欲言又止，最後倉皇地塞了一口冰淇淋來掩飾自己的蒼白的無助樣子，再也沒有忍住，輕輕拉過她的手，柔聲開口。「寶貝，妳聽我說，我知道這些年來，我一直沒有讓外人知道我們家的情況，也沒有讓妳這麼做，我自以為這樣是可以保護妳不受外界的眼光傷害，卻不想反而讓妳覺得自卑了，是我不好。寶貝，對不起。」

「妳現在也長大了，以前說曉涵是來自金星的戰士那一套再也騙不了妳了。」我故作無奈地聳了聳肩，她也很配合地笑了起來。「所以現在我希望妳明白，媽咪是女生，曉涵媽咪也是。我在很多年前遇見過一個男生，和他相愛、懷了妳，但是是曉涵陪著我生下了妳，陪著我們一起成長。不管別人怎麼說，不管妳的生父是誰，我和曉涵都是妳的**雙親**，這件事永遠都不會改變。」

看著她抿著嘴忍住不哭的模樣，我也感覺自己口乾舌燥，漸漸紅了眼眶。「我們都是女生沒錯，但我們沒有傷害任何人，只是好好的在一起，給妳的愛不比任何人少，比誰都還要愛妳，我們沒有對不起任何人，也沒有什麼好丟臉的，所以妳也不要覺得自卑。」我撥開了她的瀏海，看著她同時繼承了你眼角的笑紋，和曉涵笑起來時會聳肩的壞習慣，不禁很溫柔地笑了。「從今天起，我希望妳能自己選擇，要不要讓人知道、要讓誰知道，都由妳自己決定，我會尊重並跟隨妳的選擇，如果有任何人要試著傷害妳，我也會盡我所能地來捍衛妳。媽咪愛妳，希望妳可以不要自卑，也不覺得丟臉，更不要變得憤世嫉俗，我們很好，這樣就好了。」我眨去眼底的淚光，再強調了一次。「不管妳怎麼選擇，**媽咪們**都愛妳。」

話聲方落她便突然塞了一大匙冰淇淋到我嘴裡，然後雖仍掛著淚光卻也笑著靠進我懷中，我感覺著她溫熱的小手貼在臉頰上，以及口中的冰淇淋漸漸融化在舌尖留下微甜微涼的幸福感，突然明白了為何即便當年的傷痛徹骨髓，也能放下對你的憎恨甚至是滿滿的感謝。

謝謝你，在十二年前給了我一個無與倫比的女兒。謝謝你，在十二年拋棄了我才能讓我遇見曉涵。謝謝你，在今天能鼓起勇氣向我道歉，也給了我勇氣面對未來。

從今往後我們會走在自己的道路上，我們很好，除此我便再別無所求。

致　李天權

把月球不斷地拉遠離地球的角動量永遠無法被摧毀，只會被轉換。如果軸轉動的速度慢下來，就像是地月系統因為潮汐力造成的情況，那麼其他的東西就必須要增加，而所謂其他的東西，指的其實就是兩個星體之間的距離。[19]

在那天之後，我就沒有再見過張云暘了。只聽說陳珺打點了一下關節，把她的這樁案子轉給了我們大學同學開的事務所。她來告知我這個消息時我一聲都沒坑，至於之後將會是由誰來替她辯護、那位律師的風評如何，我完全沒有多加過問。

我開始每天準時下班陪你爹地和你哥哥一起吃晚飯，有處理不完的文件也會等到送你哥哥上床後才熬夜解決，有應酬就一概推給陳珺阿姨，真的躲不了也會事先和你爹地報備並想辦法盡快脫身。

每天每天，我們家都能聚在一起，吃飽飯也會一起待在客廳看電視或下棋，截至目前我們已經看完了二十部經典電影，九部得過獎的動畫片，和大約五部我甚至說不上來究竟是在演什麼的爛片。你哥哥也從完全不會下西洋棋，到現在慢慢可以有一局沒一局地打敗我。一切都很好，但也一切都不一樣了。

有一天我回來得晚了沒趕上吃飯，距離你哥哥的睡覺時間也只剩了一個多小時、不足以讓我們看完預定要放的電影，於是我們只能向卡通頻道的劣質節目妥協。我陪著他看電視時，你爹地不知是要逃避英雄動畫片裡的高分貝尖叫和砲聲隆隆抑或是想從我身邊逃開，便逕自去廚房準備飯後水果。

好不容易才熬到了廣告時間，我摸過遙控器想轉去看電影，卻不小心轉成了新聞台，恰巧在播放的就

19 引述自摩爾、諾斯《仰望夜空》。

是張云暘今日步出法庭的片段。我愣了一下，手忙腳亂地想轉台，卻按成了靜音鍵，而我在那個當下只感覺整個世界也跟著一同停止了轉動。

直到我們身後突然傳來**匡噹**一聲，我回頭就見你爹地蒼白著臉摔了手中的水果盤，空氣中頓時陷入了一種尷尬的沉默，沒有人有能力先開口打破它。過了很久你爹地才像大夢初醒一般回過神，大跨步上前拉起你哥哥。「夏城，走，來爹地的書房玩。」

他瞪我一眼，然後拉著夏城上樓，留我一個人面對張云暘溫柔安靜的笑容無聲地在電視上綻放。

我關了電視，把遙控器摔進沙發裡，蹲下身整理散落了一地的玻璃碎片和水果，卻不小心劃破了指尖，血珠迅速地滲出皮膚鼓成一顆小球，而後突破了表面張力順從了地心引力，在我來得及挽回前滴到了地毯上。

那滴血恰巧就落在了你死去的那個角落，我愣愣地看著血漬在地毯上暈染開來，頓時感到心口一窒，也突然想起了你爹地方才看我的那一眼。並非冷酷也不是憤怒，那反而比較接近一種冰冷的絕望、殘忍的淡漠，以及乘載了過多我無能訴說的情緒，我唯一能想到最恰當的解釋，就是他不再像從前那般愛我了。

原先將他和我之間拉出去距離的，我知道，其實就是張云暘、和我對年輕的往日那樣不切實際的緬懷所造成的，而現如今，則是全因為著他的心灰意冷。

對不起，天權，沒能早點待你、待**你們**好。

我頹喪地向後坐倒，只覺得滿心的愧歉像是要將我淹沒，過多令我無能承受的情緒溢上眼角，我痛苦地胡亂抹了把臉，卻沒有哭出來。

不哭並不單單是因為哭不出來，有更多的理由是因為我知道，只要流過眼淚傷痛就會被帶走一併淡忘，可我不想這樣，我想將這一切都深深地記著留在心底永不遺忘。

你是知道的，我從來不信鬼神宗教，自然也就不相信了那套死後的世界這種概念，所以現在的我，不知道你是否真能看見這一切，一面矛盾地想堅持自己一直以來的科學論點、一面又隱約盼望著你此刻能趴在軟綿的白雲之上俯瞰我們。

我不希望你看見你哥哥是如何在日漸開朗的情形下卻仍有些強顏歡笑，有好幾晚我睡前去查看他有沒有踢被子時，會發現他正在夢囈，幾次下來我便知道了他經常做惡夢，他仍舊被某種陰影困擾著，我將其歸因於一種倖存者的罪惡感。但他卻像是怕我們擔心，體貼地一個字都不曾提過。

同樣的，我也不希望你看見你爹地的痛苦和封閉，他在人前和你哥哥面前總會擺出和以前一般無二的態度來粉飾太平，但當只有我們二人獨處時他卻像是冰封千里，一起躺在床上也總背對著我，就是我試著挑起話題也是我說三句他才回一句。只有很少數的幾次，他的眼神中會透出一絲溫柔的緬懷笑意，緊緬著的唇線也會稍稍放軟，但隨即他就會為了自己這一瞬間的軟化而感到羞愧似地，重重地撇開臉把我趕出去睡沙發。

但我不怪他，他心碎了，是我害的。我不怪他。

只是，無論如何，我都希望你能看見我的後悔。

後悔我從未給過你應有的關懷和歡笑，後悔我沒能在你還在時多撥出一些時間陪伴你的成長，後悔我甚至沒有去參加你的喪禮。

陳珺阿姨安慰過我，說那都是辦給活著的人看的，提供一個地方給人盡點哀思和好好痛哭一場，聽些於事無補的安慰來讓自己更難受，尋到一個理由可以來放下過世了的人，然後繼續好好地活下去。這些一切死了的人都是不會看見的，他們已經離開了，真有什麼後悔莫及也終是只能錯過了。

我錯過了那個時候，沒能、也沒有好好地為你痛哭過一場，所以現在我不哭，我要把所有欠你的眼淚留在心上最重要的位置，因為我要記著你、記著這份傷痛一輩子，任由這些後悔的情緒永遠提醒我該怎麼抱著愧歉走下去。

後悔我在這些年，沒有早點好好地愛你。

致 陳珺

小時候曉涵媽咪編故事給我聽時曾提起過，她們穿梭在宇宙中拯救銀河系時，常常會遇見一個星球的自爆現象發生，她們稱這種星星為超新星，並在遇到這種情形時想方設法地去帶出上頭的居民，能救幾個是幾個，因為到最後往往會死傷慘重。

但曉涵媽咪也說，會突然爆炸的超新星並不是最糟的，對她們這些金星戰士來說，最可怕的是另外一種——成對不穩定性超新星，隨著恆星崩塌，這種超新星能量的釋放將會毀滅整顆恆星，什麼都不留——甚至連黑洞也沒有，完全沒有能再挽回的餘地。

在一切真正塵埃落定後，也差不多是我和秦夏城要升國中的時候了。我知道妳想送我去讀私立的女校，認為那裡師資水平高、環境也相對單純，會很適合我之後的升學發展。

妳吞下了一句話：在那裡，可以把我可能受到的傷害降到最低。我知道，在發生了這麼多事情後，即便妳決定了讓我自立選擇，卻也仍然想保護我。我很感激，但還是拒絕了妳的提議，在和秦夏城聊了很久後，決定了要和他一起上同一所國中。

這或許是出自於我過去沒能幫助他的那份歉疚，也或許是出自於我們自幼青梅竹馬的情份，但無論如何，在這麼多事情過去了之後，曾經我對他的那份恐懼已經全數轉換成了另一種情緒。如今，我希望能夠換我來保護他。

子幸是幸福的孩子，妳總愛這麼說。而我如今也已經能夠深切地體會到這一點了。我是幸福的、是被愛的、是有能力去左右自己人生的未來的，可秦夏城不是。我始終明白這一點。

於是或者是出自我們打小一起長大的情分，也或者是出自於一種「我是正常的而你不是」的優越感，我都希望能去幫助他，並且就是一次也好，我要讓他知道這個世界上有人是在乎他的，讓他知道他並不孤單，讓他知道即便曾和我一般有過那份卑劣的**慶幸**，他也仍然有權利能再幸福一次。

在未宇叔叔的打點之下，我得以在國一便和秦夏城同班。開學的第一天我們一同走進校門，我能清楚地感知到他的情緒漸漸低落，原先說著笑著的話題也慢慢停了下來，他像是記起了什麼椎心刺骨的記憶，不斷地左顧右盼，甚至不著痕跡地拉開了我們原先並肩的距離。

是以當我意識過來時，在經過了所有人的努力而得以稍微恢復成原先愛說愛笑的那個他、已經變回了另一個安靜絕望的他了。我不知是該為他這份深刻的恐懼而感到心疼，抑或是為了他的輕言放棄而感到憤怒。

但在我來得及找到一個適切的反應前，我們已經沉默無話地走到了教室門口，而他突然一把拉著我向後退了兩步，短暫地闔眼再睜開，深吸一口氣像是下定了決心一般，向我低聲說。「妳不認識我，聽見了嗎？我們從來都不認識。」似乎發現了這樣的舉動吸引來了不少好奇的目光，他捏了捏我的手，一度地微笑，然後悄聲開口。「現在，甩掉我的手假裝很噁心的樣子，就像我在騷擾妳。」

我冷冷地望著他，沉默了一陣後用力摔開他的手，看著他決然的眼神中仍然不可避免地染上了一絲受傷，我不禁笑了起來，親暱地搭上了他的肩。傻子，會受傷又何必裝作大度呢。「我一點也不覺得我最好的朋友噁心。」我向他咧嘴一笑，靠過去撞了一下他的腦袋。「你只是有點不一樣而已，我們都是。」

他的眼神從方才那份一閃而過的受傷轉為一種令人憐惜的迷惘，我沒有再多說什麼，只是用力地拍拍他，半推半拉地把他拽進教室裡。沒有說出口的、以及過去來不及說出口的，我希望他終有一日能明白。

接下來倒也平安度過了一段時間，在我或有意或無意的努力下，他也交到了一些朋友。我將這樣順遂的日子歸功於現在的小孩子都不看新聞，所以才沒人認出他。

直到第一次的教學參觀日我才發現自己錯了。那天大多數的家長都在第一堂課就開始陪我們上了數學課，觀摩自己的寶貝子女是如何——在老師事先安排下——優秀地舉手回答問題的，妳也不例外。是以當第一節下課時間才突兀地進到教室、手拉著手的國晉叔叔和末宇叔叔，自然會成為眾人目光的焦點。

一切都像是世界末日。他們的到來先是在家長群之間引爆了一陣竊竊私語，然後幾個同學似乎也認出了這兩個人於是耳語以秦夏城為中心蔓延開來，坐在我隔壁桌的他臉色倏然慘白，末宇叔叔繃著肩背像是試圖甩開被牽著的手，而國晉叔叔冷著一張臉握緊了手不讓放，妳看著這一切微微皺起眉，像是不知該如何是好。

這一切都讓我感到心慌，我不希望時間再一次地回到從前的情景，不希望秦夏城再一次地心碎，不希望我的無能為力再一次地將我吞噬。我想要保護秦夏城，就如同他一直以來即便身處險境也仍然為我做到的那般。

於是我拽過他的手，傾身向他低語。「等一下，直接承認。」

「什麼？」

「你先承認了，你不害怕，他們反而沒什麼好說了。」我抓起他站起身，向妳走去，擺出一副天真燦爛的笑容，拉起妳的手提高音量道。「媽咪，這是秦夏城，我最好的兄弟。」

「……阿姨好。」在眾人目光的洗禮之下他有些騎虎難下，只能心不甘情不願地向昨天才見過面的妳點頭自我介紹。「我是子幸的同學，我叫秦夏城。」

不等妳回答，我便藉勢拉了他的手問。「欸，那邊那個是你爸爸嗎？」

他沉下臉。「嗯。」

「所以你有兩個爸爸？」我刻意提高音量。

「……對。」

「**好好喔**。」我笑開了，向二位叔叔點頭。「叔叔好！欸，那你有兩個爸爸的話他們是不是很疼你啊？我記得上次林凱豪才在抱怨說他媽媽都不懂男生在想什麼，但是你都不用怕沒有人懂你的少男心了對不對？」

「啊，」他像是到這一刻才明白了我的用意，於是微微展露笑顏。「我爸爸……**他們**都對我很好。」

「好羨慕你喔！欸雅心，」我順口喊住了身旁的一名女同學，擺出一副少女花癡的姿態向她笑道。「妳不覺得秦夏城他爸爸長得很像什麼明星嗎？」

雅心被我突然的叫喚給嚇著了，但接著便也笑著應承。「是有一點。」

我偷偷推了下秦夏城，他便也自然地接了話。「我爸爸很帥吧，而且還買一送一，兩個都一樣好看。」

被激起興趣了的同學們很快就和他聊了起來，國晉叔叔也微彎下身親切地搭話，妳則是趁隙拉著未宇叔叔和其他的家長攀談。而我站在秦夏城身邊，沒有加入他們的對話，只看著他方才還那般驚懼煞白，如今卻已笑了起來的紅潤臉頰，心中全是救援成功的滿足感，轉頭向妳眨了眨眼，相視而笑。

說實話，我不知道這樣對於我們這種家庭的歧見還要多久才會消失，妳也不知道，更甚者是我懷疑它們根本**不會**消失。但至少，所幸現在的我，能夠有這份力量來保護他。

同樣的，當妳之前把選擇權交到我手中時，我之所以決定了繼續隱瞞我們的家庭情形，也是為著保護這個家。我不自卑，不覺得丟臉，更不憤世嫉俗，會選擇不說也不是因為害怕，而是我選擇了保護自己、保護妳。

曾經那個來自金星，能夠用生命捍衛我們的曉涵媽咪已經不在了，所以我會連同她的份一起守住我們這個家，守住妳，守住每個我所在乎的人。

絕不逃避，絕不放棄，也絕不輕言示弱。我們走在自己的道路上，我們很好，很幸福，如此便已足夠。

致 李天權

因為彼此自轉和公轉配合得天衣無縫的關係，月球一直是用同一面在對著地球，於是在太空時代我們對於月球的另一面可說是一無所知，直到將火箭送上月球才得以得到更多資訊——其實就和我們孰悉的這一面一樣，多山、多坑洞、並且陰暗沒有生命。

當我還是你哥哥這個年紀時，我看過一本書——《蘇西的世界》[20]。其中對於天堂的描述基本奠定了我對於死後世界的想像。所以我相信你現在會在天上，住在漂亮的大房子裡，每餐都可以吃冰淇淋，身邊有許多善良的好人陪伴照顧，你會擁有一切你想要的東西。

好吧，除了，活著之外。

你應該也能看見，現在一切都不一樣了，尤其是你爸爸，他不再像以前一樣想逃避一切地早出晚歸，甚至不讓司機載我、而是執意親自接送我上下班，若是傍晚真沒辦法來接我回家他也一定會先打來萬分抱歉地報備一聲，從回到家的那刻便一直陪著我們直到睡覺，就是真有工作要處裡也是寧願熬夜也不肯占用我們的家庭時光。

20 《蘇西的世界》 The Lovely Bones：作者為美國作家艾莉絲・希柏德（Alice Sebold）。故事講述一名年輕女孩蘇西，放學後在玉米田遭到謀殺，以蘇西為第一人稱觀點，從天堂觀看她的家人與朋友，在她遇害後往後驟變的生活，至最後走出陰霾面對蘇西去世的事實。小說得到相當良好的社會評價，成為當年的暢銷書籍之一。

他變了，變得溫柔、體貼、顧家，變成了一個我從前做夢都希望他能成為的那種丈夫。一切都變了，但我卻仍然沒法感到幸福。

這是很自我折磨的一種想法，說難聽點，其實也就是人性最賤的那種想法。我現在所擁有的他，就是我曾夢寐以求的一切，但我卻不會去惦記著這份終於得到的幸福，而是總想著他從前為什麼不去做到的缺憾。

當然了，這並不是個疑問句，我是知道答案的，很簡單，其實一切也就只是因為從前他並不愛我。

曾經有多少年，他都是用著這樣羞辱人的態度在對待這個家，冷漠以待、心不在焉，甚至有一種得過且過地在混日子的感覺，就像這個家對他來說什麼也不是。就連最後選擇回到我身邊，也並非為著他突然醒悟良心發現自己是愛我們的，而是因為那個令他念想了十八年的初戀女子終於在他面前本性全露，展現出是如何毀了我們家那樣瘋狂的一面，所以他在兩害相權而取其輕的抉擇下，才**不得不**回到我們身邊。

這是一種多麼羞辱人的方式啊。並不是為著愛，而只是基於一種無濟於事的彌補心態。

我知道，若是以前的我肯定不會在乎這些，只要他回來就好了，至於其他的問題，像是愛不愛我啦、是不是真心想要這個家啦，我都不在乎。曾經，我就是用著這樣悲哀又不擇手段的方式在愛著他的。

但是現在，我真的已經太累了。所謂執迷千載終有悟時，那份曾可以不求回報包容一切的愛，也早已經被他親手造成的傷害給消磨得只剩下能和他和平共處的餘地。

歷經了**十八年**，他才終於願意給出的這份幸福，我實在要不起。

在你過世後的第一個生日那天，我表現得和平常一般無二，直到吃過晚飯送你哥哥上床後，我才躡手躡腳地溜進了你的房間。一切都未曾改變，彷彿還在從前，那個調皮愛笑的小傢伙會再一次蒙著床單腳步不穩地上前來試著扮鬼嚇我。

你最喜歡的娃娃和機器人仍散落在床邊，讀過的繪本東倒西歪地散落在小書架上，鬆軟的枕頭在你慣睡的那一側總有些凹陷，衣櫃裡也亂七八糟甚至還塞了一包糖果藏在最深處，在角落的牆壁上、甚至還留了一個你一時淘氣而用水彩印下的紫色小手印。

我坐在地上，伸手輕輕地貼上那個小手的痕跡，在這一瞬間我能記起的終於不再是你那一日雙目圓瞪死狀悽慘的模樣，而是想起了你披上毯子假裝自己是超人地亂跑亂跳，在三更半夜抓著玩具車爬上我和你爸爸的床嚷著要玩，或是把牛奶灑了一地後向我撒嬌求饒地傻笑；想起了你每日每日又叫又笑地跑到門口歡迎我回家，吃飯時總是吃得滿桌滿臉都是，抓著娃娃哭著告訴我衣櫃裡有怪獸；想起了你的小手貼在臉頰上是多麼不可思議地令人安心，小小的身子總是軟呼呼的溫熱，以及每一個你瞇著眼燦爛地笑著喊我爹地的時刻。

你這麼短暫的人生中與我相處的點點滴滴卻是多到數不清。今天本因是你的五歲生日，我卻只擁有了你四年多。這太不公平了，一切都太少太不足夠了，四年根本不夠，根本不足以讓你知道我究竟有多麼愛你。

終於再也沒能忍住，我抱著膝蓋，眼淚止不住地掉。自從你離開後，我哭過很多次，但那時的我卻總將全部的眼淚放在了你爸爸身上，人前算計著該怎麼哭得扣人心弦，人後則哭著去細想他為何不在我身邊、該如何將他奪回我身邊。所以這是我第一次，這麼長時間以來，終於能真正地為你好好痛哭一場。

不知道哭了有多久，一雙手輕輕地落到了我肩上，然後極其珍惜地擁我入懷。是你爸爸。在淚眼模糊中看著他眼底流轉那樣痛苦的深沉情緒，我沉默了一下，在這些日子來他所給予的溫柔和我心灰意冷的退卻之間拉鋸了一陣，終於還是敵不過十八年來那份依戀他的軟弱，順著他的拍撫靠進他懷裡痛哭失聲。

宣洩過後我輕輕地推開他站起身，走到儲藏室裡去拿回幾個大紙箱和封箱膠帶，然後安靜地開始動手收拾。你爸爸沒有多說什麼，只是默默地幫著我拆開你的床單、把毯子疊好、所有的玩具和繪本都掃進箱子裡封上，只花了不到一個小時，除了那個調皮的紫色小手印仍留在那兒證明了你曾經的淘氣，你便像是不曾於這個空間中存在過。

然後我拉著他的手走進你哥哥房間，不顧已是午夜了、並且他明天還要早起上課也要一意孤行地叫醒他。並不為了什麼，只為了用力地擁抱他，告訴他一句最重要的話。「爹地愛你。」

你爸爸也一同傾身環住我們，各親了我和你哥哥的髮頂一下，聲音瘖啞低沉。「我愛你們。」他說。

就如我說過的，一**切**都變了。幸福從來都不是一個固定的時間點，而是一種生活的方式，如今我所擁有的也就只剩下這些了，即便都不一樣了、愛給消磨完了、你不在了，這一切真的都無妨，我要握住我僅剩的一**切**，把來不及給你的、以及過去未曾給過你哥哥的幸福全數放到他身上，不要再造成第二個遺憾。

至於你，我聽說每個喪子的父母都會面臨這一刻：究竟是要耽溺在回憶中的美好而悲傷得無法自拔，抑或是要忘卻過去的傷痛來放手給自己自由？我拒絕做出選擇，而是走上了第三條路，只在偶爾對你的想念突破防線時，才會走進你的房間去，把手貼上那個紫色的小手印，讓自己將一切深深地藏在心口不沉淪也不遺忘。只有這樣唯有這樣，那個我曾深愛、愛著、今後也會一直愛下去的你，才不會消失。

婚姻大抵就像登山，唯有那些撐過了路途艱苦，忍下了日高路渴或寒徹骨髓的天氣，甚至從高山症這種折磨人的病痛中也能堅持過的人，才能夠登上山頂看到那樣無與倫比的風景。

致　秦夏城

所有東西都會自轉，倒不是因為有什麼被啟動了，而是因為**沒有**什麼可以阻止它們。

在我坦承了你消失的這些日子以來是和我在一起後，我就再沒能見上你父親一面了。無論是更換律師的事宜、或是之後的審判，他都不曾來過。而你大抵也沒有告訴任何人你在那一日是自願跟我走的，因為事後我不但被以綁架犯的身分逮捕了，又被檢察官再追加了一條略誘罪[21]。

我不怪你，人生總有許多不能說實話的時候。

而我說了，會給你一個能自由呼吸的地方，我就不會再要回來。是以當新的律師向我重新詢問案情時，我便依著事情在他人眼中**應該如此**的假象作為事實招認。沒錯，我殺了你弟弟，綁架了你，反正在法庭裡，只有被法官認定的事實才是事實，這是你父親教我的。

很快的，再沒幾個月後一審判決便下來了，普通殺人罪和略誘罪在法官認定了「犯後毫無悔意、簡直泯滅人性」之下，兩罪刑期皆判到了最高刑度，二罪併罰共求處了二十七年有期徒刑，全案仍可上訴。

我倒是很平靜，但這名新負責我案子的律師卻很沮喪。他人很好，也已經盡力了，我原先以為非死刑即無期徒刑，在他的努力下卻能扭轉成二十七年這樣的結果，我已經很滿意了。但他卻不，在判決下來後向我表示。「還沒結束，我們還可以再上訴，照往例來看，只要是有期徒刑，二審三審判下的刑期通常都會再降低。」

「不必了，」我沒什麼情緒波動，只是撐著臉向他微笑。「我不在乎。」

本人不願上訴，他倒也不能說什麼，只是幫著我打點入獄的事宜。他來監獄探望我時，我已經剪短了頭髮，平靜地看他替我帶來了換洗的內衣褲、幾本書、一張照片和我帳戶裡的一些錢，以及你父親的消息。「我聽陳珺說，秦律師他搬回家住了，和李先生的感情也不錯，他們似乎打算重新開始。」

「是嗎，那很好啊。」我微笑著轉移了話題。「謝謝你幫我送東西來。」

「不會，有什麼需要的再告訴我，我會再來。」他也很識相地接了話，開玩笑道。「妳付了這麼豐厚的一筆律師費給我，又不要上訴省了我很多時間，一點售後服務還是能做到的。」

21 略誘罪：刑法第241條，略誘未滿二十歲之男女，脫離家庭或其他有監督權之人者，處一年以上七年以下有期徒刑。

我撥了撥耳後的髮，向他笑著告別，只覺得脖子涼颼颼的，以前頭髮還長的時候從來沒有注意過，原來只少了一些東西也會讓人這樣冷。

對許多新入獄的受刑人而言，通常第一天晚上都是最難熬的。白天或許還好，會被各種檢查和心理測驗給磨得沒有實感，但到了晚上，一旦看到十五個人要擠在兩坪大的房間裡過夜的現實，無論再如何窮凶極惡的人都會在夜裡無聲地啜泣。

但我始終很平靜，一滴淚都不曾掉過。日子還長著呢，若現在就撐不住了，之後該怎麼辦？這裡的生活很枯燥，但也很規律。我不與人交惡，卻也不和任何人過份親近，久而久之我的獄友們便也習慣了，除了幾個人偶爾會請我代寫家書之外，便始終與我保持一個相敬如賓的合適距離。

只有一次，一個剛滿二十的小女生好奇地問過我，為什麼我總是能保持微笑？而我只聳了聳肩，笑著反問了她一句。「為什麼不呢？」

何必要有罪惡感呢？我沒有對不起誰。尤其是沒有對不起你父親。

在我們單獨相處的那幾個月裡，你總像躲著我似的，從來沒有主動和我說過話，只在某一次你父親離開後，你才突然問了我一句。「云暘阿姨，你是喜歡我爸爸的，對不對？」

「對。」我沒有說謊的必要，大方應承了下。

「那妳不會……不會覺得……」

「覺得什麼？覺得對不起他嗎？」我打斷了你的支支吾吾，一邊抬手拿下了單邊耳環，一邊輕聲笑了。「不會。」

我唯一真有對不起的人只有你弟弟，他還小，到底是無辜的。你爹地小宇呢？可能吧，我或許是背叛了與他的友情，但我沒有對不起他，這一切都是他先開始的，他曾掠奪了我人生中所有的一切，我今天做出這件事還算是愧歉於他嗎？不，更接近是一報還一報，他欠我的還清了。

至於你父親就更不用提了，我**沒有**對不起他，我所做的、所給了他的，全是他自己想要的，我並沒有背叛他，我只是想藉此來奪回我和他的曾經、給他一個能回到十八年前的**那一天**重新開始的機會。**他知道他想要**。

現在，他只不過一時間被歉疚感和亟欲彌補些什麼的情緒給蒙蔽得回到原本的人生去，終有一日他會醒悟，會發覺自己又陷進了這個不快樂的循環中，會記起只有我、**只有我**才是他的心之所向。

想起你父親送給我的生日禮物，我不禁很溫柔地微笑了起來。我當年曾對他說過，我喜歡城堡，他總有一天會明白。而在十八年後的他縱使並未能完整地了解我對於這座城堡的執著，也仍然能將和我當年放在社辦裡一樣的那座、在**那一天**連同我的心一起破碎了的那座、對於我來說象徵著我和他共同構築起的美好回憶的那座水晶城堡，珍而重之地交到我手中，輕輕地告訴我，他從來都沒有忘記過。

我相信童話故事。王子和公主相遇相識相知相戀，即便路途遙遠需得披荊斬棘受盡苦楚，可在結局時終是能相守。我也深信我和他也終將能如此陪伴在彼此身邊，從此過上幸福快樂的日子。

我不知道那天晚上，你父親與我在陽台上的對話你有沒有聽到，但他曾說過，你和我很像。溫柔、聰明又靈巧，而且心思細膩善體人意，他很想和我一同見你一面。從認識他的那天以來，我都一直在他身邊，幫著實現他的每一個心願，同樣的，這次也不會例外。

二十七年啊……我倒回枕頭上，重重地舒了口氣。記得沒錯的話，有期徒刑是只要服滿了二分之一的刑期便可申請假釋，也就是說，憑藉著我是個模範犯人的姿態，只要再十四年後，我就可以再見你們了，就如他所希望的。

我拿起律師替我洗出來的、在我生日那天偷拍你父親的那張照片，看著他被驀然響起的快門聲給嚇住了的模樣，不禁很溫柔地輕笑了起來。照片上靜止的他和我記憶中的他一模一樣，都是透過我的雙眼所留下的、他凝視著我的時刻。一直以來的他總是如此溫柔，縱使嘴上不說，但眼角眉梢中合著無可奈何的寵溺笑意也總是這樣縱容著我。

他知道他想要。

雖然這麼說，但我不會一到十四年就立刻去見你們，我要等到十八年後，才會提報假釋。我與他的愛情曾經來遲了十八年，但也終是在我的努力、他的溫柔和命中注定的撮合之下，讓本就只屬於我們的幸福快樂一步步走到了彼此身邊，我還可以再經受得起十八年的等待，只為了要讓你父親再次明白，再一次過上十八年沒有我的日子，他該有多難熬。我才是他的心之所向，他一定會明白。

我將照片貼上心口，側翻過身咬住了枕頭套，不敢發出過大的聲音，只是無法抑制地揚起了一個最燦爛的笑容，笑得全身顫抖，笑到連眼淚都掉下來。

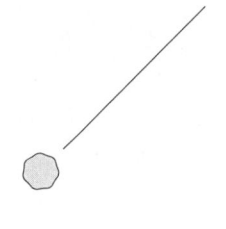

終曲
天權

藍矮星是一種光度小、體積小、溫度卻很高的恆星，是白矮星的分支，相較於白矮星微亮，溫度也比白矮星較高。

它是恆星死亡的殘骸，只殘留著尚未熄滅的藍白色火燄。

致　李天權

我想你應該不知道這件事情，但你的名字是爹地幫你取的，那是取自北斗七星的其中一顆，就叫做天權，它是一顆藍矮星。爹地的用意很顯而易見，除了傳說中天權宮文曲星君可是代表著未來官運亨通富於文筆外，北斗七星同時也是自古以來指引人方向的重要指標，而又有哪個父母不希望自己的孩子可以成為他人的方向、甚至是這個家的方向呢？

尤其是當爹地這麼不擇手段也要把爸爸拉回身旁的時候，自然而然的，你這個被**親生**下來的孩子就是我們唯一得以仰賴的目標了。

只是很諷刺的是，到頭來除了爹地他那樣癡心妄想的鏡花水月外，你並沒有成為任何人的方向。我想，你應該不是不能，只是來不及了，所以這倒也不能怪你，畢竟歸根結底，到底也是因為我殺了你。

從你開始有自己的意識起，你都在不停地衝撞我、打擊我、甚至是憎恨我。我想連你自己可能都無法真正明白這是為了什麼，只是在下意識地去這麼做，我明白的。

原因很簡單，大人們總以為我們還小，所以對什麼都不懂，但事實上我們能懂得的事情，要比他們想像中的來得多。所以我能看得明白的東西，縱然你年紀還小不能完全領會，但你也一定可以感覺得出來我們家的整體氛圍是多麼令人窒息——爸爸不喜歡爹地，爹地不喜歡我，而爸爸卻也同樣的不喜歡你。

所以到了某一天開始，你明白了，你並不如你自己想像中的那樣得所有人的寵愛於一身時，你自然會開始感到害怕，就和我一樣，我們兄弟之間的相像竟然體現在這種可悲的地方上，我不知是該哭還是該笑。

一直以來，你小小腦袋中轉著的恐懼我全都看在眼裡。你害怕如果只有爹地愛你的話，哪一天爸爸不要你了怎麼辦？爹地是那麼愛爸爸，他會不會順著爸爸的意思把你這個不得他歡心的兒子給丟掉？所以你會想方設法地來欺負我也好、排斥我也罷，就是為了要給我一個下馬威，讓我知道你才是最得人疼的那個兒子，在你面前的我什麼都不是，藉此來鞏固你在這個家中所擁有的、本就不多的地位。

記得以前我在閱讀有關木星的科普書籍時，我總對木星沒什麼興趣，反而對它旁邊的小行星帶充滿了好奇。小行星帶是因為太接近木星所以無法形成更大的行星，因為在很接近這麼大的氣態巨行星的情況下，任何與碎粒結合成的較大「原行星」都會在木星下次經過時被拆散。

所以這一次，當我終於能強大到與你抗衡、又或者說你終於弱小到和我一樣之際，我終於可以搶先一步在你毀了我的心之前，先行結束了你的生命，以防再有下一回、你會又一次地將我的心給四分五裂。

那一日的情景像是烙印在眼前而非刻在腦海裡，那種從骨血中竄出的憎恨、對自己無能為力的軟弱感到的不堪、以及眼見你在我面前倒下的那份說不清道不明的心情，一切的一切只要我閉上眼就能清晰地瞧見，再一次在我早已無法挽回的世界裡上演。

看著你在倒下後痛苦地掙扎著，我一時竟無法反應過來，自己的這份心情究竟是驚恐、悲慟，抑或是一種難以名狀無法自制的狂喜。

於是我在沉默了一陣後，拉了拉云暘阿姨的袖子，讓她先離開去洗把臉，就是為著能釐清自己的想法。我上前兩步，帶著一種涼薄的意味，居高臨下地凝視你。

其實從你倒下而後開始劇烈喘氣之時，我就知道，你是氣喘發作了。我完全明白面對這樣的情況要怎麼處理、該怎麼處理。

但我還是把明顯驚慌失措、可能會發覺你的症狀進而救助你的云暘阿姨支開了，看著你倒在地毯上奮力地扭動身軀，伸手想去搆客廳小櫃子半開著的抽屜中的氣喘藥的模樣，我卻面無表情地上前，直接碰地一聲把抽屜給關上，而後看著你痛苦地抽搐了一陣，眼中有什麼東西漸漸消逝，最後一下子破碎了。那雙曾哭過笑過，被人稱讚極有靈氣的眼中，也就什麼都不剩。

一直以來，因為你的關係，我都無法在這個家中自由自在地呼吸生存，於是當云暘阿姨問我要不要一起離開時，我無法呼吸，無法思考，也無從選擇，只能順從這樣的情勢隨著她一同離開。

過程中我曾不停地問過自己，我為什麼在這裡？其實並不是為了要追緝殺了弟弟的兇手，也不是對這件事抱持了一絲一毫的罪惡感，更不是想要逃離這個令人窒息的家。

想逃避的，想逃開的，一直都是有著這樣想法的自己罷了。

所謂鰥寡孤獨，是指那些失去了至親又沒有能力照顧自己的人，不知道是純粹失去了經濟上的支柱，還是連他們的心也一併不見了。但是無論如何，這其中都不包含、也沒有一個詞能精準地形容失去手足的痛。

我安靜地吃完了早餐，垂著眼沉澱了一下心緒，才抬頭開朗地笑著宣布。「我吃飽了！」而爸爸和爹地立刻放下手中的刀叉，一起送我到門口由司機載上學。爸爸揉了揉我的頭髮，微笑著環住爹地，而爹地輕輕掙了一下便沒有特別說什麼，只是從衣帽架拿下一條圍巾把我裹好，溫柔地親親我的臉頰，向我笑著道別。

一切都很好，我們現在很幸福，會好好地走下去。我坐上車，請司機將廣播轉至古典音樂電台，恰巧在播放莫札特的《安魂曲》。我憶及往事一時有些呼吸困難，彷彿在這個瞬間回到了那日逃離現實世界的後車箱裡，一切我試圖淡忘的回憶倏然湧上，包括那些自我欺瞞、自我逃避，與自我厭惡的情緒。

我稍微拉開衣領，搖下窗戶，看著外頭略過秋末冬初時節萬物凋零的情景，早晨的風涼颼颼地撲在臉上，樹梢有枯萎了的葉子隨風落下，連呼出的氣息都染上了白茫的霧氣，一如那一日你不再清澈的眼底淬上的那一絲死亡的汙濁。

我知道，這份罪惡、歉疚和偶一為之的喜悅會一直糾纏著我，我永遠沒法解脫，只能抱著這些痛楚的情緒，好好地走下去，我也只能如此活下去了。

好好地活下去啊……我笑了起來。這句話壓在嘴裡嚐起來是種多麼自命清高又虛偽的假想，舌根上那種甜蜜又絕望的苦澀壓得我頭暈，又有一種無法自制、我也不願抑止的狂喜湧上心口，這種情感從你離開的那一天起就不曾消散過。

因為我會活下去，好好地，活著，而你不會。你的笑容和那份對我的欺凌會永遠被凝固在你四歲那年傾城的陽光下。

開始下雨了。我把車窗搖上，輕輕地闔上眼睛，良久才有些涼薄地抿起嘴角，順著《安魂曲》的旋律輕輕哼唱，看著雨滴落在窗戶上而後向低處沉淪。同樣的情景一再重演，周而復始，不曾停止。

【後記】

用了半年的時間來撰寫這本書、又花了近半年的時間來反覆校稿，終於，我的第一本作品完成了。

謝謝我的父母親，是你們從小的教育、讓我能夠對於世界有這些體悟。

謝謝我的姐姐，只有在你身邊，我才能真正表露出我自己。

謝謝愷，無論就哪一方面來看，你都是我的秦國晉。如果沒有你，就不可能有這本書的存在。

謝謝家安，因為有你在，才讓我想成為一個更好的人。

謝謝ㄆ，謝謝你面對我每一個脆弱的時分、總是能夠二話不說地接納我的所有不足與淚水。

謝謝芷仙，謝謝你總是把我當成你生命中最美好的一部份看待。

謝謝璇，你知道的，因為有你，所以我才是完整的。謝謝你出現在我生命裡。

謝謝天地無限老師，如果當初不是因為您的演講、且將我引薦給喬編輯認識，我不可能走到今天這一步。

謝謝我的責任編輯喬齊安，如果沒有你當初願意給僅有一面之緣的我這個機會、就不可能有今天的這部作品。

謝謝秀威出版社的編輯團隊，幫我完成了出書的夢想。

謝謝凡瑾　廣告小妹，身為你的粉絲，能與你這樣來回討論、並得到你撰寫的推薦序文，對我來說是無比幸福的一件事情。

謝謝李錫錕教授，能有幸成為您的學生、並蒙您不棄願協助惠予拙作一篇推薦序文，是我的榮幸。

而最重要的，是要謝謝每一個願意拿起這本書翻閱的你。希望你會喜歡這個故事、甚至可以從中得到一些看世界不同的方法。

想謝的人太多了，但最後，我卻只想厚顏無恥地好好謝一謝自己。

說實話，這段日子十分累人、也十分消磨心智，途中有過懶怠有過疲憊，但唯一不變的，是自己對於寫作本身的熱愛與任性。謝謝這麼多年，你始終在困境中掙扎向上讓自己成為更好的人、卻也並未因此而失去初衷。

人生中總有些事情有些人，你願意執著願意等。

現在的我，過得很好。希望無論此時此刻的你存在在我心中的哪個角落，也務必要過得好。

01.01.2017

釀小說96　PG1827

恆星的安魂曲

作　　者	林家榆
責任編輯	喬齊安
圖文排版	周妤靜
封面設計	楊廣榕

出版策劃	釀出版
製作發行	秀威資訊科技股份有限公司 114 台北市內湖區瑞光路76巷65號1樓 電話：+886-2-2796-3638　傳真：+886-2-2796-1377 服務信箱：service@showwe.com.tw http://www.showwe.com.tw
郵政劃撥	19563868　戶名：秀威資訊科技股份有限公司
展售門市	國家書店【松江門市】 104 台北市中山區松江路209號1樓 電話：+886-2-2518-0207　傳真：+886-2-2518-0778
網路訂購	秀威網路書店：http://store.showwe.tw 國家網路書店：http://www.govbooks.com.tw
法律顧問	毛國樑　律師
總 經 銷	聯合發行股份有限公司 231新北市新店區寶橋路235巷6弄6號4F 電話：+886-2-2917-8022　傳真：+886-2-2915-6275

出版日期	2018年1月　BOD一版
定　　價	500元

國家圖書館出版品預行編目

恆星的安魂曲 / 林家榆著. -- 一版. -- 臺北市 :
釀出版, 2018.01
面； 公分. -- (釀小說 ; 96)
BOD版
ISBN 978-986-445-241-5(平裝)

857.7 106022554

讀者回函卡

請貼
郵票

11466
台北市內湖區瑞光路 76 巷 65 號 1 樓
秀威資訊科技股份有限公司 收
BOD 數位出版事業部

（請沿線對折寄回，謝謝！）

姓　　名：＿＿＿＿＿＿＿＿　年齡：＿＿＿＿　性別：□女　□男

郵遞區號：□□□□□

地　　址：＿＿＿＿＿＿＿＿＿＿＿＿＿＿＿＿＿＿＿＿

聯絡電話：（日）＿＿＿＿＿＿＿＿＿（夜）＿＿＿＿＿＿＿＿＿

E-mail：＿＿＿＿＿＿＿＿＿＿＿＿＿＿＿＿＿＿＿＿